Et les hommes sont venus

Chris Cleave

Et les hommes sont venus

Traduit de l'anglais par Odile Demange

ÉDITIONS FRANCE LOISIRS

Titre original : *The Other Hand*

Ouvrage traduit avec le concours du
Centre national du livre

Édition du Club France Loisirs,
avec l'autorisation de NiL éditions.

Éditions France Loisirs,
123, boulevard de Grenelle, Paris.
www.franceloisirs.com

ISBN : 978-2-298-03607-7

Pour Joseph

« La Grande-Bretagne est fière de ses traditions d'hospitalité et offre un asile sûr à ceux qui fuyent [*sic*] les persécutions et les conflits. »

Extrait de *Life in the United Kingdom : A Journey to Citizenship*, UK Home Office, 2005 [*La Vie au Royaume-Uni : Un voyage vers la citoyenneté*, Publications du ministère britannique de l'Intérieur, 2005].

1

La plupart du temps, j'aimerais mieux être une pièce d'une livre britannique qu'une fille d'Afrique. Tout le monde serait content de me voir arriver. Je pourrais vous rendre visite pour le week-end, par exemple, et puis d'un coup, parce que je ne tiens pas en place, je déciderais d'aller voir le type de la boutique du coin – mais vous ne seriez pas triste parce que vous, vous seriez en train de manger un petit pain à la cannelle ou de boire une canette de Coca-Cola bien fraîche et vous ne penseriez plus jamais à moi. Nous serions heureux, comme deux amants qui se sont rencontrés le temps des vacances et qui ne se souviennent même plus comment l'autre s'appelait.

Une pièce d'une livre peut aller où elle veut, là où elle pense être le plus en sécurité. Elle peut traverser les déserts et les océans, et laisser derrière elle le bruit des fusillades et l'odeur âcre du chaume qui brûle. Quand elle aura bien chaud et qu'elle se sentira tout à fait tranquille, elle se retournera pour vous sourire, comme ma grande sœur Nkiruka souriait aux hommes de notre village au cours de ce bref été où elle n'était plus une fille mais pas encore vraiment une femme, en tout cas avant le soir où ma mère l'a emmenée dans un endroit paisible pour avoir une conversation sérieuse avec elle.

Bien entendu, une pièce d'une livre peut être sérieuse, elle aussi. Elle peut devenir un instrument de pouvoir ou de propriété, et il n'existe rien de plus sérieux pour une fille qui n'a ni l'un ni l'autre. Il faut essayer d'attraper la livre et l'enfermer dans votre poche avant qu'elle ne s'en aille pour un pays sûr sans vous emmener avec elle. Mais une livre connaît toutes les ruses des sorciers. Poursuivie, je l'ai vue se débarrasser de sa queue comme un lézard et ne vous laisser que quelques pence en main. Et quand enfin vous êtes sur le point de vous en emparer, la livre britannique peut accomplir le plus grand de tous les prodiges, en se transformant non pas en un, mais en deux billets verts identiques d'un dollar américain. Vos doigts se refermeront sur le vide, c'est moi qui vous le dis.

J'aimerais tellement être une livre britannique ! Une livre est libre de voyager pour se trouver un abri, et nous sommes libres de la regarder partir. C'est le triomphe de l'humanité. Cela s'appelle *mondialisation.* Une fille comme moi se fait arrêter à la douane, alors qu'une livre peut bondir par-dessus les tourniquets, glisser entre les mains de ces grands types avec une casquette d'uniforme et s'engouffrer dans un taxi qui attend à l'aéroport. *Où voulez-vous aller, madame ?* À la civilisation occidentale, mon brave, et que ça saute !

Vous voyez comme une pièce d'une livre britannique s'exprime bien ? Elle parle avec la voix de la reine Elizabeth II d'Angleterre. Il y a son portrait dessus et, quelquefois, quand je la regarde de très près, je vois ses lèvres remuer. Je l'approche de mon oreille. Que me dit-elle ? *Posez-moi immédiatement, jeune fille, ou j'appelle mes gardes.*

Si la reine vous parlait sur ce ton, auriez-vous l'idée de lui désobéir ? J'ai lu que les gens qui l'entourent – même des rois et des Premiers ministres – ont constaté que leur corps réagit à ses ordres avant même que leur cerveau n'ait pu se demander pourquoi. Ce n'est ni la couronne ni le sceptre qui font cet effet-là, je vous le dis. Moi, j'aurais beau poser un diadème sur mes petits cheveux crépus et brandir un sceptre dans une main, cela n'empêcherait pas les policiers de s'approcher avec leurs grosses chaussures et de me dire : *Tout à fait charmant, et si tu nous montrais tes papiers, maintenant ?* Non, ce ne sont pas la couronne et le sceptre de la reine qui gouvernent votre pays. C'est sa grammaire, et c'est sa voix. Voilà pourquoi il est tout à fait souhaitable de parler de la même façon qu'elle. Comme cela, vous pouvez dire aux policiers, d'une voix aussi claire que le Cullinan, vous savez, ce gros diamant : *Dieu du ciel, quelle audace !*

Si je suis en vie, c'est uniquement parce que j'ai appris l'anglais de la reine. Vous pensez peut-être que ce n'est pas bien compliqué. Après tout, l'anglais est la langue officielle de mon pays, le Nigeria. D'accord, mais le problème c'est que chez nous, là-bas, nous le parlons bien mieux que vous.

Pour parler l'anglais de la reine, il a fallu que j'oublie les meilleurs trucs de ma langue maternelle. Par exemple, jamais la reine ne dirait : *Tu parles d'un sacré* wahala, *cette fille, elle a joué du popotin pour enjôler mon fils numéro un, et tout le monde aurait pu se douter qu'elle finirait dans un mauvais buisson.* Voici ce que la reine doit dire à la place : *Mon ex-bru a usé de ses charmes féminins pour se fiancer avec mon héritier, or n'importe qui aurait pu prévoir que cette affaire connaîtrait une malheureuse issue.* C'est un peu triste, vous ne trouvez pas ? Apprendre l'anglais de la reine, c'est comme de retirer le vernis rouge vif de vos ongles de pied, le lendemain d'un bal. Cela prend un temps fou, et il en reste toujours un petit peu à la fin, une tache rouge près des lunules, pour vous rappeler les bons moments que vous avez passés. Vous voyez que j'ai appris lentement. Il faut dire que j'ai eu tout mon temps. J'ai appris votre langue dans un centre de rétention administrative pour immigrés en situation irrégulière dans l'Essex, au sud-est du Royaume-Uni. Deux ans, on m'a enfermée là-dedans. Le temps ? C'est bien tout ce que j'avais.

Pourquoi me suis-je donné tant de mal ? En raison de ce que des filles, des grandes, m'avaient expliqué : Pour s'en sortir, il faut être jolie ou parler joliment. Les laides et les silencieuses, on pourrait croire que leurs papiers ne sont jamais en règle. Vous, vous dites : Elles sont rapatriées. Nous, nous disons : *Renvoyées à la maison de bonne heure.* Comme si votre pays était une fête d'enfants – quelque chose de trop beau pour que cela dure toujours. Mais nous, les jolies et celles qui parlent joliment, nous avons le droit de rester. Et cela rend votre pays plus gai et plus beau.

Je vais vous raconter ce qui s'est passé quand on m'a libérée du centre de rétention administrative. L'employé du centre m'a tendu un bon, un bon de transport, et m'a dit que je pouvais téléphoner pour appeler un taxi. J'ai répondu : *Merci, monsieur, que Dieu entre gracieusement dans votre vie, qu'il mette la joie dans votre cœur et apporte la prospérité à ceux que vous aimez.* L'employé a levé les yeux au ciel comme s'il y avait quelque chose de très intéressant au plafond, et il a dit : *Putain, c'est pas vrai.* Puis il a pointé le doigt vers le couloir et il a dit : *Le téléphone est là-bas.*

Alors, j'ai fait la queue devant le téléphone. J'ai pensé : *J'ai dépassé les bornes* en remerciant cet employé du centre de rétention. La reine se serait contentée de répondre merci, un point c'est tout. En fait, la reine aurait dit à l'employé du centre de rétention qu'il n'avait qu'à appeler ce sacré taxi lui-même, sans quoi elle le ferait fusiller et lui ferait trancher la tête pour la planter sur les grilles, devant la Tour de Londres. À ce moment précis, j'ai commencé à comprendre que c'était une chose d'apprendre l'anglais de la reine dans les livres et les journaux au fond de ma cellule, et que c'en était une autre de parler cette langue pour de vrai, avec les Anglais. J'étais furieuse contre moi-même. Je me disais : Tu ne peux pas te permettre de collectionner les erreurs, ma fille. Si tu parles comme une sauvage qui a appris l'anglais sur le bateau, les hommes vont t'attraper et te renvoyer tout droit chez toi. Voilà ce que je me disais.

Il y avait trois filles devant moi dans la queue. On

nous avait toutes libérées le même jour, nous, les filles. C'était un vendredi. Un beau matin ensoleillé du mois de mai. Le couloir était sale, mais il sentait le propre. C'est un bon truc. De l'eau de Javel, c'est comme ça qu'ils font.

L'employé du centre de rétention était assis à son bureau. Il ne nous regardait pas, nous, les filles. Il lisait un journal. Il l'avait étalé sur son bureau. Ce n'était pas un des journaux dans lesquels j'ai appris à parler votre langue – le *Times*, le *Telegraph* ou le *Guardian*. Non, ce journal-là n'était pas pour des gens comme vous et moi. Sur la photo du journal, il y avait une fille blanche sans rien en haut. Vous comprenez ce que je veux dire, parce que c'est votre langue que nous parlons. Mais si je racontais cette histoire à ma grande sœur Nkiruka et aux autres filles du village, là-bas, chez moi, il faudrait que je m'arrête, là, tout de suite, et que je leur explique : *Rien en haut* ne veut pas dire que le corps de la dame du journal n'avait pas de partie supérieure. Cela veut dire qu'elle ne portait pas de *vêtements* sur la partie supérieure de son corps. Vous comprenez la différence ?

— *Attends. Même pas un soutien-gorge ?*

— *Même pas.*

— *Oueh !*

Et puis, je reprendrais mon histoire, mais les filles, là-bas, chez moi, elles chuchoteraient entre elles. Elles poufferaient derrière leur main. Et au moment même où j'en reviendrais à mon histoire du matin où on m'a libérée du centre de rétention administrative, les filles me couperaient de nouveau la parole. Nkiruka dirait : *Écoute un peu, tu veux ?*

Attends. Soyons claires. La fille, sur la photo du journal, c'était une prostituée, c'est ça ? Une fille publique ? Est-ce qu'elle baissait les yeux de honte ?

— Non, non. Elle ne baissait pas les yeux de honte. Elle regardait droit vers l'objectif, et elle souriait.

— Quoi ? Dans le journal ?

— Oui.

— Alors, en Grande-Bretagne, on peut montrer ses nénés dans le journal sans avoir honte ?

— Eh oui. Les garçons aiment ça et il n'y a pas de honte. Autrement, les filles sans haut ne souriraient pas, tu comprends ?

— Mais alors, est-ce que toutes les filles là-bas les montrent ainsi ? Elles se promènent avec les nénés qui se balancent ? À l'église, dans les magasins, dans la rue ?

— Non. Seulement dans les journaux.

— Et pourquoi est-ce qu'elles ne montrent pas toutes leurs seins puisque les hommes aiment ça et qu'il n'y a pas de honte ?

— Je ne sais pas.

— Tu as vécu plus de deux ans là-bas, mam'selle j'y-suis-allée. Comment ça se fait que tu ne le saches pas ?

— C'est comme ça, là-bas. Une grande partie de ce que j'ai vécu dans ce pays-là était tellement bizarre ! Il m'arrive de penser que les Anglais eux-mêmes ne pourraient pas répondre à ces questions.

— Oueh !

Voilà comment cela se passerait, voyez-vous, si je devais prendre le temps de tout expliquer en détail aux filles, là-bas, chez moi. Il faudrait que j'explique le linoléum et l'eau de Javel et le porno soft et les métamorphoses magiques de la pièce d'une livre britannique, comme si toutes ces choses quotidiennes étaient des mystères incroyablement merveilleux. Et, très vite, mon histoire à moi serait noyée dans ce vaste océan de prodiges, parce qu'on aurait l'impression que votre pays est une fédération enchantée de miracles et que ce qui m'y est arrivé n'est en réalité qu'une histoire, toute petite et pas du tout magique. Mais avec vous, c'est beaucoup plus facile, parce que je peux vous dire, vous savez, le matin où on nous a libérées, l'employé de service au centre de rétention administrative regardait une photo de fille sans haut dans le journal. Vous comprenez immédiatement de quoi il s'agit. Voilà pourquoi j'ai passé deux ans à apprendre l'anglais de la reine : pour que vous et moi, nous puissions parler tranquillement sans nous interrompre.

L'employé du centre de rétention, celui qui regardait la photo sans haut dans le journal, c'était un petit homme aux cheveux aussi pâles que la soupe aux champignons en conserve qu'on nous servait le mardi. Ses poignets étaient minces et blancs comme des câbles électriques recouverts de plastique. Son uniforme était trop grand pour lui. Les épaules de sa veste remontaient et faisaient deux bosses, une de chaque côté de sa tête, on aurait dit que des petites bêtes s'y cachaient. J'ai imaginé ces créatures, clignant les yeux à la lumière quand il retirait sa veste, le soir. J'ai pensé : Oui, monsieur, si j'étais votre femme, je garderais mon soutien-gorge, merci bien.

Et puis je me suis demandé : Pourquoi est-ce que vous regardez cette fille dans le journal et pas nous, les filles, ici, qui faisons la queue devant le téléphone ? Et si nous nous sauvions toutes ? Et puis je me suis souvenue qu'on nous *laissait* partir. C'était difficile à comprendre après tout ce temps. *Deux ans*, j'ai passé deux ans dans ce centre de rétention. J'avais quatorze ans quand je suis arrivée dans votre pays, mais je n'avais pas de papiers pour le prouver, alors on m'a mise dans le même centre de rétention que les adultes. Le problème, c'est qu'on y enfermait ensemble des hommes et des femmes. La nuit, les hommes étaient gardés dans une autre aile du centre de rétention. On les mettait en cage comme des loups quand le soleil se couchait, mais le jour, les hommes se promenaient parmi nous et ils mangeaient la même nourriture que nous. Je trouvais qu'ils avaient l'air d'avoir encore faim. Alors, quand les grandes filles m'ont chuchoté : *Pour t'en sortir, tu dois être jolie ou parler joliment*, j'ai pensé que la deuxième solution était plus sûre pour moi.

Je me suis rendue indésirable. J'ai refusé de me laver, je n'ai rien fait pour éviter d'avoir la peau grasse. Sous mes habits, j'ai enroulé une large bande de coton autour de ma poitrine pour que mes seins soient petits et plats. Quand les colis des organisations humanitaires arrivaient, remplis de vêtements et de chaussures d'occasion, certaines filles essayaient de se faire belles, mais moi, je fouillais dans les cartons à la recherche d'habits qui dissimuleraient mes formes. Je portais un jean trop large et une chemise d'homme hawaïenne, et aussi de gros rangers noirs avec le bout renforcé dont l'acier brillait à travers le cuir déchiré. Je suis allée voir l'infirmière du centre de rétention et je lui ai demandé de me couper les cheveux très court avec des ciseaux médicaux. Je n'ai pas souri une seule fois pendant ces deux années, je n'ai même pas regardé un homme en face. J'étais terrorisée. Le soir, une fois qu'on avait enfermé les hommes, je retournais dans ma cellule, je déroulais enfin le tissu qui comprimait mes seins et je respirais profondément. Puis je retirais mes lourds rangers et je remontais mes genoux sous mon menton. Une fois par semaine, je m'asseyais sur le matelas de mousse de mon lit et je me faisais les ongles des pieds. J'avais trouvé un petit flacon de vernis au fond d'un colis d'une organisation humanitaire. Il y avait encore l'étiquette du prix dessus. Si jamais je rencontre la personne qui l'a donné, je lui dirai qu'elle m'a sauvé la vie pour une livre et quatre-vingt-dix-neuf pence britanniques. Parce que c'était exactement ce que je faisais là, me rappeler que j'étais vivante, en dessous : sous les renforts métalliques de mes boots, je portais du vernis à ongles rouge vif. Parfois, quand je retirais mes rangers, je fermais les yeux pour retenir mes larmes et je me balançais d'avant en arrière, en tremblant de froid.

Ma grande sœur Nkiruka, elle est devenue femme à la saison où tout pousse, sous le soleil africain, et qui pourrait lui en vouloir si la grande chaleur rouge lui a fait tourner la tête et lui a donné envie de flirter ? Qui aurait pu ne pas s'appuyer contre le montant de la porte de sa maison et ne pas sourire avec une indulgence tranquille en voyant ma mère la faire asseoir pour lui dire :

Nkiruka, ma toute belle, il ne faut pas sourire comme ça aux grands garçons ?

Moi, je suis devenue femme sous la lumière blanche des néons, dans une chambre au sous-sol d'un centre de rétention administrative, à soixante kilomètres à l'est de Londres. Là-bas, il n'y avait pas de saisons. Il faisait froid, froid, froid et je n'avais personne à qui sourire. Ces années froides sont gelées au fond de moi. La fille d'Afrique qu'on a enfermée dans ce centre de rétention administrative, la pauvre petite, elle ne s'en est jamais vraiment échappée. Dans mon âme, elle y est encore enfermée, pour toujours, sous les néons, pelotonnée sur le sol de linoléum vert, les genoux remontés jusqu'au menton. Et la femme qu'on a libérée du centre de rétention administrative, la créature que je suis, appartient à une autre espèce humaine. Il n'y a rien de naturel en moi. Je suis née – enfin, je suis née pour la deuxième fois – en captivité. J'ai appris la langue que je parle dans vos journaux, je porte vos fripes et c'est votre argent dont l'absence fait mal à mes poches. Imaginez une jeune femme découpée dans une publicité souriante du magazine de l'Unicef, habillée de vêtements roses usagés trouvés dans la benne de recyclage de votre supermarché de quartier et qui parle anglais comme l'éditorial du *Times,* s'il vous plaît. Je traverserais la rue pour m'éviter. Franchement, c'est le seul point sur lequel les gens de votre pays et ceux du mien soient d'accord. Ils disent : *Cette réfugiée n'est pas des nôtres. Cette fille n'est pas intégrée.* Cette fille-là n'est qu'une moitié d'être humain, le produit d'un accouplement contre nature, un visage bizarre dans la lune.

Bref, je suis une réfugiée et je suis très seule. Est-ce ma faute si je ne ressemble pas à une Anglaise et si je ne parle pas comme une Nigériane ? Et d'abord, qui a dit qu'une Anglaise doit avoir la peau pâle comme les nuages qui traversent ses étés ? Qui a dit qu'une Nigériane doit parler un anglais qui a dégringolé, comme s'il était entré en collision avec l'ibo, tout en haut, dans les couches supérieures de l'atmosphère, et que la pluie l'ait précipité dans la bouche de cette fille en une averse qui l'aurait presque noyée et la ferait s'étrangler en racontant de jolies histoires sur les couleurs éclatantes de l'Afrique et la saveur de la banane plantain frite ? Pas comme une conteuse, mais comme une victime sauvée d'une inondation, qui recrache l'eau coloniale de ses poumons ?

Excusez-moi d'avoir appris à parler correctement votre langue. Je suis ici pour vous raconter une histoire vraie. Je ne suis pas venue vous parler des couleurs éclatantes de l'Afrique. Je suis une citoyenne du monde en développement qui est née pour la deuxième fois, et je vous prouverai que la couleur de ma vie est le gris. Et s'il se trouve qu'en secret j'adore la banane plantain frite, que cela reste entre nous, je vous supplie de ne le dire à *personne.* D'accord ?

Le matin où on nous a libérées du centre de rétention, on nous a remis toutes nos possessions. Je transportais les miennes dans un sachet en plastique transparent. Un dictionnaire anglais Collins de poche, une paire de chaussettes grises, deux slips gris et un permis de conduire du Royaume-Uni qui n'était pas à moi avec une carte de visite tachée d'eau qui n'était pas à moi non plus. Si vous voulez tout savoir, ces objets appartenaient à un Blanc qui s'appelait Andrew O'Rourke. Je l'avais rencontré sur la plage.

Je tenais ce petit sac en plastique quand l'employé du centre de rétention m'a dit de partir et d'aller faire la queue pour téléphoner. La première fille de la file d'attente était grande, et elle était jolie. Son truc, c'était la beauté, pas la parole. Je me suis demandé laquelle de nous deux avait fait le meilleur choix de survie. Cette fille, elle s'était épilé les sourcils et ensuite elle les avait redessinés au crayon. Voilà ce qu'elle avait fait pour rester en vie. Elle portait une robe violette, une robe trapèze à motifs roses représentant des étoiles et des lunes. Elle avait une jolie écharpe rose nouée autour de ses cheveux et des tongs violettes aux pieds. Je me suis dit qu'elle avait dû rester enfermée très longtemps dans notre centre de rétention. Il faut fouiller un sacré nombre de cartons de vieux vêtements, vous savez, pour composer une tenue qui ait vraiment l'air d'un *ensemble*.

Sur les jambes brunes de la fille, il y avait de nombreuses petites cicatrices blanches. Je me suis demandé : Est-ce que ces cicatrices te recouvrent tout entière, comme les étoiles et les lunes de ta robe ? Je me suis dit que ce serait joli et je vous prie tout de suite, s'il vous plaît, de me donner raison et d'admettre qu'une cicatrice n'est jamais laide. Ceux qui font les cicatrices voudraient bien que nous le croyions. Mais vous et moi, nous devons nous entendre pour leur tenir tête. Nous devons considérer que toutes les cicatrices sont belles. Vous voulez bien ? Ce sera notre secret. Parce que, vous pouvez me croire, une cicatrice ne se forme pas sur les mourants. Une cicatrice veut dire : *J'ai survécu.*

Dans très peu de temps, juste le temps de respirer, je vais vous dire des mots tristes. Il faudra que vous les entendiez comme nous venons d'accepter de voir les cicatrices. Les mots tristes ne sont qu'une beauté de plus. Une histoire triste signifie que celle qui la raconte est vivante. Et au moment où vous ne vous y attendez pas, il va lui arriver quelque chose de bien, quelque chose de *merveilleux,* et alors elle se retournera et sourira.

La fille à la robe trapèze violette et aux cicatrices aux jambes, elle parlait déjà dans le combiné du téléphone. Elle disait : *Allô, taksi. Toi, viens chèché moi okay ? Sé bon. Où je viens ? Jamaïque, monchè, tu peux me croire. Hein ? Comment ? Ah, où je viens* là à présent ? *Okay, attends, tu veux ?*

Elle a posé la main sur le combiné. Elle s'est tournée vers la deuxième fille de la queue et elle a lui a dit : *Ékout machè, sa s'appelle comment isit, juste là ?* Mais la deuxième fille a simplement levé les yeux vers elle et elle a haussé les épaules. La deuxième fille était mince, elle avait la peau brun foncé et les yeux verts comme un bonbon à la gélatine quand on suce tout le sucre qui l'entoure et qu'on le tient devant la lune. Elle était si jolie, je ne peux même pas vous dire. Elle portait un sari jaune. Elle tenait un sachet en plastique transparent comme le mien, mais il n'y avait rien dedans.

D'abord, j'ai cru qu'il était vide, et je me suis dit : Pourquoi tu portes ce sac, ma fille, s'il n'y a rien dedans ? Je voyais son sari à travers, alors j'ai décidé qu'elle portait un sachet rempli de jaune citron. C'était tout ce qu'elle possédait quand on nous a libérées, nous, les filles.

Je connaissais un peu cette deuxième fille. À un moment, nous avions passé deux semaines dans la même chambre, mais je n'avais jamais bavardé avec elle. Elle ne parlait pas un mot d'anglais de qui que ce soit. Voilà pourquoi elle s'est contentée de hausser les épaules et de se cramponner à son sac plein de jaune citron. Alors la fille au téléphone, elle a levé les yeux au plafond, comme l'avait fait l'employé du centre de rétention à son bureau.

Puis la fille au téléphone s'est tournée vers la troisième fille de la queue et elle lui a demandé : *Comment sa s'appelle isit* ? Mais la troisième fille ne savait pas non plus. Elle est restée là, comme ça, elle portait un T-shirt bleu, un jean bleu et des tennis Dunlop Green Flash, et elle a simplement baissé les yeux vers son sac transparent, qui était plein de lettres et de documents. Il y avait tant de papiers dans ce sac, tout chiffonnés et froissés, qu'elle devait le tenir par-dessous pour l'empêcher d'éclater. Cette troisième fille, je la connaissais un peu, elle aussi. Elle n'était pas jolie, et elle ne parlait pas joliment non plus, mais il existe un autre truc qui peut vous éviter d'être *renvoyée à la maison de bonne heure*. Le truc de cette fille, c'était d'avoir mis toute son histoire par écrit, de l'avoir officialisée. À la fin de son histoire, il y avait des tampons à l'encre rouge qui disaient, c'est VRAI. Je me rappelle qu'une fois, elle m'a raconté son histoire et elle ressemblait à cela, *les-hommes-sont-venus-et ils-*

ont-brûlé-mon-village-
attaché-mes-filles-
violé-mes-filles-
pris-mes-filles-
battu-mon-mari-
tailladé-mon-sein-
je-me-suis-sauvée-
à-travers-la-brousse-
j'ai-trouvé-un-bateau-
traversé-la-mer-
et-puis-on-m'a-mise-ici. Ou quelque chose de ce genre. Je mélange un peu, avec toutes les histoires du centre de rétention. Toutes les histoires des filles commençaient par *les-hommes-sont-venus-et-ils.* Et toutes finissaient par *et-puis-on-m'a-mise-ici.* Toutes les histoires étaient tristes, mais nous avons passé un accord, vous et moi, à propos des mots tristes. Cette fille – la fille numéro trois de la queue –, son histoire l'avait rendue si triste qu'elle ne savait pas le nom de l'endroit où elle était et qu'elle n'avait pas envie de le savoir. Elle n'était même pas curieuse.

La fille au téléphone, elle lui a redemandé : *Alò ? Tu parles pas non plus, toi ? Comment sa se fê que tu sé pa, toi, koman sa s'appelle isit ?*

Alors la troisième fille de la queue a levé les yeux au plafond à son tour, et la fille qui était au téléphone a levé les yeux au plafond pour la deuxième fois. Je me suis dit : Bon, puisque l'employé du centre de rétention a regardé le plafond une fois, que la fille numéro trois a regardé le plafond une fois et que la fille numéro un a regardé le plafond deux fois, peut-être qu'après tout, il y a des réponses sur ce plafond-là. Peut-être qu'il y a quelque chose de très réjouissant là-haut. Peut-être qu'il y a des histoires écrites sur ce plafond, qui racontent des choses comme : *les-hommes-sont-venus-et-ils-*

nous-ont-acheté-des-robes-de-toutes-les-couleurs-
ils-sont-allés-chercher-du-bois-pour-le-feu-
ils-nous-ont-raconté-des-blagues-
ils-ont-bu-de-la-bière-avec-nous-
nous-ont-couru-après-jusqu'à-ce-que-nous-gloussions-
ont-empêché-les-moustiques-de-nous-piquer-
nous-ont-appris-le-truc-pour-attraper-la-pièce-d'une-livre-britannique-
ont-transformé-la-lune-en-fromage-

Oh, et puis on m'a mise ici.

J'ai regardé le plafond, mais il n'y avait que de la peinture blanche et des néons, là-haut.

La fille au téléphone, elle a fini par se tourner vers moi. Alors je lui ai dit : *L'endroit où nous sommes s'appelle le centre de rétention administrative des services de l'Immigration de Black Hill.* La fille m'a regardée. *La bel blag,* a-t-elle dit. *Sé pa un non, sa.* Alors je lui ai montré la petite plaque métallique vissée au mur, au-dessus du téléphone. La fille l'a regardée puis elle s'est retournée vers moi et elle a dit : *Padon, machè, moi, je sé pas* lire *sa.* Alors je le lui ai lu, et je lui ai montré les mots, un par un. CENTRE DE RÉTENTION ADMINISTRATIVE DES SERVICES DE L'IMMIGRATION DE BLACK HILL, HIGH EASTER, CHELMSFORD, ESSEX. *Mèsi la bel,* a dit la première fille, et elle a soulevé le combiné.

Elle a dit dans le téléphone : *Alò, ékout à présent, misié, isit sa s'appelle rétention administrative de l''immigration de Black Hill.* Puis elle a dit : *Non, siouplé, attan.* Puis elle a eu l'air triste et elle a reposé le combiné du téléphone sur son support. J'ai demandé : *Qu'est-ce qui ne va pas ?* La première fille a soupiré : *Le misié taksi, il a dit ki vient pas chèché isit. Il a dit ancò : Vous, vous êtes la lie de notre pays. Tu connais se mot, toi ?*

J'ai répondu non, parce que je n'en étais pas tout à fait sûre, alors j'ai sorti le dictionnaire anglais Collins de poche de mon sachet transparent et j'ai cherché le mot. J'ai dit à la première fille : *Tu es un dépôt qui se forme au fond des récipients contenant des boissons fermentées.* Elle m'a regardée et je l'ai regardée et nous avons rigolé parce que nous ne savions pas quoi faire de cette information. C'est un problème que j'ai rencontré tout le temps quand j'ai appris à parler votre langue. Les mots se défendent drôlement bien. Au moment précis où vous voulez les attraper, ils peuvent se diviser en deux significations différentes et la compréhension se referme sur du vide. Je vous admire, vous autres. Vous êtes comme des sorciers, et vous avez mis votre langue en sécurité aussi bien que votre argent.

Donc nous rigolions, la première fille de la file et moi, en nous regardant, je tenais mon sachet transparent et elle tenait son sachet transparent. Il y avait un crayon à sourcils noir, une pince à épiler et trois tranches d'ananas séché dans le sien. La première fille a vu que je regardais son sac et elle a arrêté de rire, *Qu'est-se tu regardes, toi ?* a-t-elle demandé. J'ai répondu que je ne savais pas. Elle a dit : *Moi, je sé ce que tu penses, toi. Tu penses puisque taksi va pas chéché moi, où je va, moi, avec un crayon sourcils, une pince épiler et trois morceaux ananas ?* Alors j'ai répondu : *Peut-être que tu pourrais te servir du crayon à sourcils pour écrire un message disant* AIDEZ-MOI *et alors tu pourras offrir les tranches d'ananas à la première personne qui t'aidera.* La fille m'a regardée comme si j'étais folle dans ma tête et elle m'a dit : *Sé sa, machè, un, j'ai pas papier pour ekri message, deux, je sé pas ekri, je sé juste dessiner mes sourcils, et trois, je vais manjé l'ananas moi-même.* Et puis elle m'a regardée en faisant des grands yeux.

Pendant ce temps, la deuxième fille de la queue, la fille au sari jaune citron et au sac transparent rempli de jaune, était devenue la première, parce que maintenant, c'était elle qui tenait le combiné dans sa main. Elle chuchotait dedans dans une langue qui faisait comme un bruit de papillons en train de se noyer dans du miel. Je lui ai donné une petite tape sur l'épaule, je l'ai tirée par son sari et je lui ai dit : *S'il vous plaît, il faut essayer de leur parler en* anglais. La fille au sari m'a regardée et elle a arrêté de parler dans sa langue de papillon. Très lentement et avec beaucoup de soin, comme si les mots d'un rêve lui revenaient à l'esprit, elle a dit dans le combiné du téléphone : *Anglitè. Oui, je vous prie. Oui, je vous prie, merci, je veux aller Anglitè.*

Alors la fille en robe trapèze violette, elle a mis son nez juste devant celui de la fille en sari jaune citron, avec son doigt elle a tapé sur le front de la fille et avec sa bouche elle a fait un bruit qui ressemblait à celui d'un manche à balai qu'on cognerait sur un tonneau vide. *Bong ! Bong !* elle a lancé à la fille. *T'es déjà en Anglitè, tu comprends ?* Et elle a pointé ses deux index vers le sol recouvert de linoléum. Elle a dit : *Isit, c'est l'Anglitè, machè, tu comprends sa ? Isit là, tu vois ? C'est isit qu'on est déjà.*

La fille en sari jaune s'est tue. Elle a regardé l'autre avec ses yeux verts comme des lunes en gelée. La fille à la robe violette, la fille jamaïcaine, elle a dit : *Attends, donne-moi sa,* et elle a arraché le combiné de la main de la fille au sari. Elle a approché le combiné de sa bouche : *Toi, ékout, attan, minute.* Mais ensuite elle s'est tue et elle m'a tendu le combiné, j'ai écouté et il n'y avait que la tonalité. Alors je me suis tournée vers la fille au sari. *Il faut d'abord que tu composes un numéro. Tu comprends ? D'abord tu composes un numéro, puis tu dis au monsieur du taxi où tu veux aller. Tu comprends ?*

Mais la fille au sari, elle m'a simplement regardée en plissant les yeux et elle a serré son sachet transparent rempli de jaune citron plus fort contre elle, comme si elle avait peur que je le lui prenne comme l'autre fille lui avait pris le téléphone. La fille à la robe violette, elle a soupiré et s'est tournée vers moi : *Sa sert à rien, machè. Le bondié, il va rappeler ses enfants à lui avan qu'elle appelle un taksi, cette fi.* Et elle m'a passé le combiné. *Alé, sé à toi d'éséyé, alò.*

J'ai montré la troisième fille de la queue, celle qui avait le sac rempli de documents, le T-shirt bleu et les tennis Dunlop Green Flash. *Et elle ? Cette fille était avant moi dans la file. Wi,* a dit la fille à la robe violette, *mé cette fi là, crois-moi, elle a pa la* mo-ti-va-syon. *Pas vré, machè ?* Elle a regardé la fille aux documents, mais la fille aux documents, elle a juste haussé les épaules et elle a baissé les yeux vers ses chaussures Dunlop Green Flash. *C'est pas vré, sa* ? a répondu la fille à la robe violette, et elle s'est retournée vers moi. *C'est à toi, machè. Toi, tu parles et tu fais sortir nous d'isit avan qu'y changent d'avis et qu'y nous enferment toutes ancò.*

J'ai regardé le téléphone, il était gris et sale, j'avais peur. J'ai relevé les yeux vers la fille à la robe violette. *Où veux-tu aller ?* ai-je dit. Et elle a répondu : *N'impot quoi.* Pardon ? *N'impot où, machè.*

J'ai composé le numéro du taxi qui était écrit sur le téléphone. J'ai entendu la voix d'un homme à l'autre bout de la ligne. Il avait l'air fatigué. *Taxi*, a-t-il dit. Il l'a dit d'une telle façon qu'on aurait cru qu'il m'accordait une immense faveur rien qu'en prononçant ces mots.

« Bonjour. Je voudrais un taxi s'il vous plaît.

— Vous voulez un taxi ?

— Oui. S'il vous plaît. Un taxi. Pour quatre passagers.

— Où faut-il vous prendre ?

— Au centre de rétention administrative de Black Hill. S'il vous plaît. À High Easter. C'est près de Chelmsford.

— Je sais où c'est. Maintenant, écoutez-moi bien...

— S'il vous plaît. Tout va bien. Je sais que vous ne prenez pas de réfugiés. Nous ne sommes pas des réfugiées. Nous sommes des femmes de ménage. Nous travaillons ici.

— Des femmes de ménage ?

— Exactement.

— C'est pas du flan ? Parce que si j'avais empoché une livre pour chaque immigré de mes deux qui est monté dans un de mes taxis sans savoir où il voulait aller et qui s'est mis à jacasser en swahili avec mon chauffeur avant d'essayer de le payer en clopes, moi, je serais en train de jouer au golf en ce moment au lieu de vous parler.

— Nous sommes des femmes de ménage.

— C'est bon. Vous ne parlez pas comme les autres, c'est vrai. Et vous voulez aller où ? »

J'avais retenu l'adresse du permis de conduire du Royaume-Uni qui se trouvait dans mon sac en plastique transparent. Andrew O'Rourke, le Blanc que j'avais rencontré sur la plage : il habitait à Kingston-upon-Thames, dans le comté anglais du Surrey. J'ai parlé dans le téléphone : « À Kingston, s'il vous plaît. »

La fille à la robe violette m'a attrapée par le bras et m'a soufflé : *Non, machè !* a-t-elle dit. *N'impôt où mè pas la Jamaïque. Les hommes, y vont tuer moi aussitôt que j'arrive là-bas, et alò, je suis morte, moi.* Je n'ai pas compris pourquoi elle avait peur, mais maintenant, je sais. Il y a un Kingston en Angleterre, mais il y a un autre Kingston en Jamaïque, où le climat est différent. Encore un de vos tours de sorcellerie – même vos villes ont deux queues.

« Kingston ? a demandé le monsieur au téléphone.

— Kingston-upon-Thames, ai-je dit.

— C'est à des kilomètres d'ici, ce bled. C'est où déjà, dans le... ?

— Dans le Surrey.

— Le Surrey. Ouais. Vous êtes quatre femmes de ménage venues du fin fond du Surrey, vous voulez me faire avaler ça ?

— Non. Nous sommes des femmes de ménage d'ici. Mais on nous envoie travailler dans le Surrey.

— Vous avez un compte ? »

Le monsieur avait l'air tellement fatigué.

« Comment ?

— Vous payez en espèces, ou est-ce qu'on envoie la facture au centre de rétention ?

— Nous allons payer en espèces, monsieur. Nous payerons à l'arrivée.

— Y a intérêt. »

J'ai écouté encore une minute, puis j'ai posé la main sur le support du combiné. J'ai composé un autre numéro. C'était le numéro de téléphone qui était écrit sur la carte de visite qui était dans mon sachet en plastique transparent. De l'eau avait abîmé la carte. Je n'arrivais pas à voir si le dernier chiffre était un huit ou un trois. J'ai essayé le huit parce que dans mon pays, les nombres impairs portent malchance, et ça, j'en avais déjà eu plus que mon lot.

Un homme a répondu. Il était en colère.

« Qui est-ce ? Putain, il est 6 heures du mat'.

— Suis-je bien chez M. Andrew O'Rourke ?

— Ouais. C'est qui ?

— Est-ce que je peux venir vous voir, monsieur ?

— Mais qui êtes-vous, bordel ?

— On s'est rencontrés sur la plage, au Nigeria. Je me souviens très bien de vous, monsieur O'Rourke. Je suis en Angleterre, maintenant. Est-ce que je peux venir vous voir, Sarah et vous ? Je n'ai pas d'autre endroit où aller. »

Il y a eu un silence au bout de la ligne. Puis l'homme a toussé, et il s'est mis à rire.

« C'est une blague, c'est ça ? Qui est-ce ? Je vous préviens, j'en ai plus que ma claque d'être harcelé par des cinglés. Lâchez-moi un peu, vous voulez, ou vous aurez de mes nouvelles. Mon journal n'hésite pas à engager des poursuites. Ils repéreront d'où vient l'appel, ils trouveront qui vous êtes et vous feront arrêter. Vous ne seriez pas la première.

— Vous ne croyez pas que c'est moi ?

— Foutez-moi la paix, vous comprenez ? Je ne veux pas en entendre parler. C'est arrivé il y a très longtemps, et je n'y suis pour rien.

— Je vais venir chez vous. Comme ça, vous verrez que c'est bien moi.

— Non.

— Je ne connais personne d'autre dans ce pays, monsieur O'Rourke. Ne soyez pas fâché. Je vous préviens simplement pour que vous soyez prêt. »

L'homme n'avait plus l'air en colère. Il a fait un petit bruit, comme un enfant inquiet à l'idée de ce qui va se passer. J'ai raccroché le téléphone et je me suis tournée vers les autres filles. J'avais le cœur qui battait si vite, j'ai cru que j'allais vomir là, tout de suite, sur le sol en linoléum. Les autres filles me regardaient, elles étaient nerveuses, impatientes.

« Alò ? a demandé la fille à la robe violette.

— Hmmm ?

— Le taksi, machè ! Y se passe quoi avec le taksi ?

— Ah oui, le taxi. Le monsieur du taxi a dit qu'une voiture va venir nous prendre dans dix minutes. Il faut que nous attendions dehors. »

La fille à la robe violette, elle a souri.

« Mwen, c'est Yevette. Jamaïque, tu sè. Toi, t'es vraiment *utile*, machè. Tu t'appelles comment, toi ?

— Petite Abeille.

— Sé quoi se non ?

— C'est mon nom.

— D'où tu viens, toi, pou ky donnent des nons d'insectes aux ti fi ?

— Du Nigeria. »

Yevette a ri. C'était un grand rire, comme celui du chef des méchants dans les films de pirates. *Ou-ha-ha-ha-ha !* Le combiné du téléphone en a cliqueté sur son support. *Niii-JÉÉÉRRYA !* a dit Yevette. Puis elle s'est tournée vers les autres, la fille au sari et la fille aux documents. *Vous, vous vené avec nous, les fi, dites. Nous, on est la Nations unies, et aujourd'hui, nous, on suit toutes Niii-JÉÉÉRRYA. Ou-ha-ha-ha-ha !*

Yevette riait encore quand nous nous sommes dirigées toutes les quatre vers la porte, en passant devant le bureau de la sécurité. L'employé du centre de rétention a levé les yeux de son journal. La fille sans haut avait disparu maintenant – il avait tourné la page. J'ai vu son journal. Sur la page ouverte, il y avait ce titre : DES DEMANDEURS D'ASILE MANGENT NOS CYGNES. J'ai regardé l'employé du centre de rétention, mais il n'a pas voulu tourner les yeux vers moi. Pendant que je l'observais, il a déplacé son bras sur la page pour recouvrir le titre. Il a fait semblant d'avoir envie de se gratter le coude. Ou peut-être qu'il avait *vraiment* envie de se gratter le coude. Je me suis rendu compte que je ne savais absolument rien des hommes, sauf la peur. Un uniforme trop grand pour toi, un bureau trop petit pour toi, un service de huit heures trop long pour toi et, tout d'un coup, tu vois arriver une fille avec trois kilos de documents et pas de motivation, une autre qui a des yeux verts comme de la gelée et un sari jaune, et qui est si belle que tu ne peux pas la regarder trop longtemps si tu ne veux pas que tes yeux fassent *plouf*, une troisième fille du Nigeria qui a le nom d'une abeille, et une femme de la Jamaïque qui fait beaucoup de bruit et qui rit comme le pirate Barbe-Bleue. Peut-être est-ce exactement le genre de circonstances où un homme a envie de se gratter le coude.

Je me suis retournée vers l'employé du centre de rétention juste avant que nous ne franchissions la double porte. Il nous regardait partir. Il avait l'air tout petit et tout seul là-bas, avec ses petits poignets minces, sous les néons. La lumière rendait sa peau verdâtre, de la couleur d'un bébé chenille à peine sorti de l'œuf. Le soleil du petit matin brillait à travers la porte vitrée. L'employé plissait les yeux pour ne pas être ébloui. Je suppose que, pour lui, nous n'étions que des silhouettes. Il a ouvert la bouche, comme s'il voulait dire quelque chose, mais il s'est arrêté.

« Comment ? » ai-je fait. J'étais sûre qu'il allait nous dire qu'il y avait eu une erreur. Je me suis demandé si nous devions nous enfuir en courant. Je ne voulais pas retourner au centre de rétention. Je me suis demandé jusqu'où nous irions si nous prenions la fuite. Je me suis demandé s'ils nous poursuivraient avec des chiens.

L'employé du centre de rétention s'est levé. J'ai entendu sa chaise racler le sol en linoléum. Il était debout là, les mains le long du corps.

« Mesdames ? a-t-il dit.

— Oui ? »

Il a baissé les yeux vers le sol, puis les a relevés.

« Bonne chance. »

Et nous, les filles, nous nous sommes retournées et nous avons marché vers la lumière.

J'ai poussé les doubles portes, puis je me suis figée. C'est le soleil qui m'a arrêtée. Le centre de rétention m'avait rendue si fragile, j'avais peur que ces rayons brillants ne me brisent en deux. Je n'arrivais pas à faire ce premier pas dehors.

« Y a une chôz ki va pas, Mouchanmyèl ? »

Yevette était derrière moi. Je bloquais la porte à tout le monde.

« Un moment, s'il te plaît. »

Dehors, l'air frais sentait l'herbe mouillée. Il soufflait dans mon visage. Son parfum m'a affolée. Depuis deux ans, je ne sentais que l'odeur de l'eau de Javel, de mon vernis à ongles et des cigarettes des autres détenus. Rien de naturel. Rien de pareil. J'avais l'impression que si je faisais un pas en avant, la terre elle-même allait se soulever pour me rejeter. Il n'y avait plus rien de naturel en moi maintenant. J'étais là, dans mes rangers, les seins bandés, ni femme ni fille, une créature qui avait oublié sa langue et appris la vôtre, dont le passé s'était effrité, réduit en poussière.

« Pourquoi tu attends, dis, machè ?

— J'ai peur, Yevette. »

Yevette a secoué la tête et elle a souri.

« Pitèt t'as raison d'avoir peur, Mouchanmyèl, passke t'es intelligente, toi. Pitèt que moi, j'suis trop bèt pou avoir peur. Mais moi, je suis restée enfermée isit disuit mois, alò, si toi tu crois que moi, je suis assez bèt pour rester ancò une seconde passke toi, tout ton corps y tremble, t'as tort, crois-moi. »

Je me suis retournée pour lui faire face et je me suis agrippée à l'encadrement de la porte.

« Je ne peux pas bouger », ai-je dit.

À ce moment-là, Yevette m'a donné un grand coup dans la poitrine et j'ai volé en arrière. Et c'est comme ça que la première fois que j'ai touché le sol de l'Angleterre en femme libre, ça n'a pas été avec la semelle de mes bottes, mais avec le fond de mon pantalon.

« Ou-ha-ha-ha-ha ! a fait Yevette. Bienvenue en Anglitè, sé pas cool sa, dis ? »

Quand j'ai retrouvé mon souffle, je me suis mise à rire, moi aussi. J'étais assise par terre, un soleil éclatant me chauffait le dos, et je me suis rendu compte que la terre ne m'avait pas rejetée, que la lumière du soleil ne m'avait pas coupée en deux.

Je me suis relevée et j'ai souri à Yevette. Nous avons toutes fait quelques pas pour nous éloigner des bâtiments du centre de rétention. Tout en marchant, pendant que les autres filles ne regardaient pas, j'ai glissé la main sous ma chemise hawaïenne et j'ai défait la bande de coton qui m'écrasait les seins. Je l'ai déroulée, je l'ai jetée par terre et je l'ai enfoncée dans la poussière avec le talon de mon ranger. J'ai respiré à pleins poumons, dans l'air frais et propre.

Quand nous sommes arrivées au grand portail, nous nous sommes arrêtées toutes les quatre un instant. Nous avons regardé de l'autre côté de la haute clôture de barbelés, vers les pentes de Black

Hill. La campagne anglaise s'étendait jusqu'à l'horizon. Un voile de brume restait accroché au fond des vallées, les sommets des collines basses étaient tout dorés dans le soleil du matin, et j'ai souri parce que le monde entier était frais, nouveau et radieux.

2

Entre le début du printemps et la fin de ce long été où Petite Abeille est venue habiter chez nous, mon fils n'a retiré son costume de Batman qu'à l'heure du bain. J'ai commandé un deuxième costume identique que je substituais à l'original pendant qu'il barbotait dans la mousse, pour pouvoir au moins débarrasser le premier des traces de transpiration de petit garçon et des taches d'herbe. Combattre les maîtres du mal est un sale boulot, qui a une fâcheuse tendance à vous verdir les genoux. Quand ce n'était pas Mister Freeze et son ignoble rayon réfrigérant, c'était le Pingouin – l'ennemi juré de Batman – ou l'encore plus sinistre Puffin dont les créateurs de la franchise Batman avaient inexplicablement omis de retracer la chronique de l'insondable vilenie. Nous en subissions les conséquences, mon fils et moi – une maison remplie d'acolytes, de sbires et de comparses, qui passaient leur temps à nous épier, planqués derrière le canapé, à pousser d'effrayants gloussements depuis l'étroit interstice entre la bibliothèque et le mur et à se jeter généralement sur nous sans sommation. Une horreur après l'autre. À quatre ans, éveillé ou endormi, mon fils vivait en état d'alerte rouge perpétuelle. Il était hors de question de le séparer de son masque de chauve-souris démoniaque, de son costume en lycra, de sa ceinture multifonctions jaune brillant et de sa cape noir de jais. Et il était parfaitement inutile de s'adresser à lui par son nom de baptême. Il regardait derrière lui, tendait le cou et haussait les épaules – comme pour dire : *Mes bat-sens ne détectent aucun petit garçon de ce nom par ici, madame.* Le seul nom auquel mon fils répondait, cet été-là, était Batman. Et il était tout aussi inutile d'essayer de lui expliquer que son père était mort. Mon fils ne croyait pas à la possibilité matérielle de la mort. La mort ne pouvait survenir que si l'on ne déjouait pas à tout moment les projets maléfiques des méchants – ce qui était, bien sûr, impensable.

Cet été-là – l'été où mon mari est mort –, nous avions tous des identités dont nous répugnions à nous défaire. Mon fils avait son costume de Batman, j'utilisais toujours le nom de famille de mon mari et Petite Abeille, malgré la sécurité relative dont elle jouissait chez nous, se cramponnait au nom qu'elle avait adopté en un temps de terreur. Nous étions des exilés de la réalité. Des réfugiés de nous-mêmes.

Fuir la cruauté est la chose la plus naturelle du monde, cela va de soi. Or la succession d'événements qui nous avait réunis cet été-là aurait difficilement pu être plus cruelle. Petite Abeille nous avait téléphoné le matin où on l'avait libérée du centre de rétention. C'est mon mari qui avait pris l'appel. Je n'ai appris que beaucoup plus tard que c'était elle – Andrew ne me l'a jamais dit. Si j'ai bien compris, elle lui a annoncé sa venue, mais je crois qu'il n'a pas eu le courage de revoir son visage. Il s'est suicidé cinq jours plus tard. Pendu. On l'a retrouvé les pieds marchant dans le vide, ne foulant le sol d'aucun pays. La mort, évidemment, est un refuge. C'est l'endroit où l'on va lorsque aucun nouveau nom, aucun masque et aucune cape ne peuvent plus vous dissimuler à vous-même. C'est le lieu où l'on se précipite quand aucune principauté de votre conscience n'est prête à vous accorder l'asile.

Petite Abeille a frappé à ma porte cinq jours après la mort de mon mari, soit dix jours après sa libération. Au terme d'un voyage de huit mille kilomètres et de deux ans, elle est arrivée un peu trop tard pour trouver Andrew vivant, mais juste à temps pour son enterrement. *Bonjour, Sarah,* m'a-t-elle dit.

Petite Abeille est arrivée à 8 heures du matin, l'entrepreneur des pompes funèbres à 10. Pas une seconde plus tôt, pas une seconde plus tard. Je suis sûre qu'il est resté plusieurs minutes devant la porte sans faire de bruit, les yeux rivés sur sa montre, attendant que nos vies convergent sur la ligne de faille précise où trois légers coups de heurtoir de laiton étincelant suffiraient à opérer le clivage entre notre passé et notre avenir.

Mon fils a ouvert la porte, il a pris bonne note de la taille de l'entrepreneur des pompes funèbres, de la coupe impeccable de son costume et de la gravité de son maintien. Je suppose qu'aux yeux du monde entier, le croque-mort ressemblait à l'alter ego ordinaire de Batman. Mon fils a couru d'un bout à l'autre du couloir en hurlant : *Maman, c'est Bruce Wayne !*

Ce matin-là, je suis sortie dans la rue et j'ai passé un moment à regarder le cercueil d'Andrew à travers la vitre épaisse, légèrement verdâtre, du corbillard. Quand Petite Abeille m'a rejointe, tenant Batman par la main, l'entrepreneur des pompes funèbres nous a conduits jusqu'à une longue limousine noire et nous a fait signe de monter. Je lui ai dit que nous préférions aller à pied.

Nous avions l'air d'un montage sur Photoshop, tous les trois, nous rendant à l'enterrement de mon mari. Une mère de famille blanche de la classe moyenne, une réfugiée noire maigre comme un clou et un petit chevalier noir de Gotham City. Un vrai coupé-collé. Mes pensées s'affolaient, cauchemardesques et décousues.

L'église n'était qu'à une centaine de mètres, et nous marchions dans la rue tous les trois, précédant le fourgon mortuaire, tandis qu'une file de voitures exaspérées s'allongeait derrière nous. Ça me rendait malade.

J'avais mis une jupe et une veste gris foncé avec des gants et des collants anthracite. Petite Abeille portait mon imperméable chic, le noir, au-dessus des vêtements qu'elle avait sur elle à sa sortie du centre de rétention – une chemise hawaïenne si peu funèbre que c'en était gênant et un jean. Mon fils arborait une expression de joie absolue. Il avait arrêté la circulation, lui, Batman. Sa cape tournoyait dans son minuscule sillage alors qu'il paradait fièrement en tête, son sourire s'étirant d'une oreille de chauve-souris à l'autre sous la noirceur de son masque. De temps en temps, sa vision supérieure décelait un ennemi à châtier et, le cas échéant, mon fils pilait net, réglait son compte au méchant et repartait. Il se tracassait à l'idée que les hordes invisibles du Puffin ne m'attaquent. Je me tracassais parce que mon fils n'avait pas fait pipi avant de partir et risquait de mouiller sa bat-culotte. Je me tracassais aussi à la perspective d'être veuve pour le restant de mes jours.

Au début, j'avais trouvé très courageux de ma part d'insister pour rejoindre l'église à pied, mais à présent, j'avais la tête qui tournait et je trouvais ça complètement idiot. J'avais peur de m'évanouir. Petite Abeille me tenait par le coude et me conseillait tout bas de respirer à fond. Je me rappelle avoir pensé : Comme c'est bizarre que ce soit *toi* qui m'aides, *moi*, à tenir debout.

À l'église, je me suis assise sur le premier banc, avec Petite Abeille à ma gauche et Batman à ma droite. Il y avait un monde fou, évidemment. Personne du bureau – j'essayais de cloisonner ma vie privée et mon travail à la revue –, mais tous ceux que nous connaissions, Andrew et moi, étaient là. C'était déroutant, on aurait dit que tout le contenu de mon carnet d'adresses s'était habillé en noir et exporté sur les bancs de l'église sans tenir compte de l'ordre alphabétique. Ils s'étaient rangés selon un protocole tacite de chagrin, la famille à proximité morbide du cercueil, les anciennes petites amies regroupées à contrecœur près des fonts baptismaux. Je n'avais pas la force de me retourner pour contempler ce nouvel ordre naturel des choses. Tout allait beaucoup trop vite. Une semaine plus tôt, j'étais une jeune femme active à qui tout réussissait. Et voilà que j'assistais à l'enterrement de mon mari, flanquée d'un super-héros et d'une réfugiée nigériane. C'était comme un rêve dont j'aurais dû pouvoir me réveiller sans trop d'effort. J'avais les yeux rivés sur le cercueil de mon mari, jonché de lis blancs. Batman avait les yeux rivés sur le prêtre. Il contemplait son étole et son surplis d'un air approbateur. Il a levé solennellement un pouce dans sa direction, encouragement d'un combattant du mal en cape à un autre. Le prêtre lui a rendu son salut, avant de reposer son pouce sur la tranche en or fané de sa bible.

Le silence s'est fait dans l'église ; un silence d'attente. Mon fils a regardé tout autour de lui, puis il s'est tourné vers moi. *Où il est, papa ?* a-t-il demandé.

J'ai serré la main chaude, moite de mon fils, j'ai écouté l'écho des toux et des reniflements que renvoyaient les murs de l'église. Comment expliquer la mort de mon mari à son fils ? C'était la dépression qui avait tué Andrew, évidemment – la dépression et le sentiment de culpabilité. Mais mon fils ne croyait pas à la mort, sans parler de l'aptitude de simples émotions à la provoquer. Les rayons réfrigérants de Mister Freeze, peut-être. L'envergure meurtrière du Puffin, éventuellement. Mais un unique appel téléphonique, d'une petite Africaine maigre comme un clou ? C'était inexplicable.

Je me suis dit qu'il faudrait bien qu'un jour je raconte toute l'histoire à mon fils. Je me suis demandé par où je commencerais. C'était deux ans plus tôt, au cours de l'été 2005, qu'Andrew s'était engagé sur la longue et lente pente de la dépression qui avait fini par l'emporter. Tout avait débuté lors de notre première rencontre avec Petite Abeille, sur une plage isolée du Nigeria. Le seul souvenir que j'en garde, c'est une absence, à l'endroit où se trouvait le médius de ma main gauche. L'amputation est parfaitement propre. À la place de mon majeur, il reste un moignon, un doigt fantôme auquel étaient dévolues jusque-là les touches E, D et C de mon ordinateur portable. Je ne peux plus compter sur ces lettres au moment où j'en ai le plus besoin. *Creusé* se transforme en *rusé*, *crayon* en *rayon*.

Mon doigt me manque surtout les jours de bouclage, quand tous les correcteurs sont rentrés chez eux et que je dois taper les ajouts de dernière minute. Un jour, nous avons publié un éditorial où je protestais contre l'absence *riante* des hommes dès qu'il s'agit de participer aux tâches ménagères. Je voulais dire *criante*, bien sûr, et après une centaine de lettres de lectrices furieuses, je dois avouer que je n'étais plus d'humeur à crier, mais à hurler. Ce n'était qu'une faute de frappe, ai-je expliqué dans le numéro suivant. Je n'ai pas précisé que c'était le type même d'erreur typographique provoquée par une machette d'acier sur une plage nigériane. D'ailleurs, comment appelle-t-on le genre de rencontre qui vous fait gagner une petite Africaine et perdre le E, le D, et le C ? *Ça m'étonnerait que vous ayez un mot pour ça dans votre langue.* Voilà ce que dirait Petite Abeille.

Assise sur mon banc d'église, je massais mon moignon de doigt et, pour la première fois, j'ai dû admettre que mon mari avait été condamné dès le jour où nous avions rencontré Petite Abeille. Les deux années qui s'étaient écoulées depuis avaient été jalonnées d'une série de pressentiments de plus en plus sombres, qui avaient atteint leur apogée en cet épouvantable matin, dix jours plus tôt, où la sonnerie du téléphone m'avait réveillée. Tout mon corps s'était recroquevillé de terreur. C'était un jour de semaine ordinaire. Le numéro de juin de ma revue était presque prêt à partir chez l'imprimeur et Andrew devait, lui aussi, livrer sa chronique au *Times.* Un matin tout à fait normal, et pourtant, les petits poils de mes bras se sont hérissés.

Je n'ai jamais été de ces privilégiées qui soutiennent que les catastrophes arrivent sans prévenir. Pour moi, les avertissements n'ont pas manqué, d'innombrables petites brèches dans la normalité. La barbe de deux jours d'Andrew, une seconde bouteille débouchée un jour de semaine, l'emploi du passif un vendredi de bouclage. *L'auteur de cette chronique se sent un peu perdu face à certaines attitudes affichées par notre société.* C'est la dernière phrase que mon mari ait écrite. Dans sa chronique du *Times,* il faisait toujours un usage si précis du mot écrit. Pour le profane, *perdu* était synonyme de *perplexe.* Sous la plume de mon mari, c'était un au revoir mesuré.

Il faisait froid dans l'église. J'écoutais le prêtre dire *Ô mort, où est ton aiguillon ?* Je regardais les lis, je sentais leur suave accusation. Bon sang, si seulement j'avais fait plus attention à Andrew !

Comment expliquer à mon fils que les signes avaient été réellement ténus ? Que la catastrophe, lorsqu'elle est sûre de sa force, s'annonce en remuant imperceptiblement les lèvres ? On dit que dans l'heure qui précède un tremblement de terre, les nuages sont de plomb dans le ciel, que le vent ralentit pour n'être plus qu'une haleine brûlante et que les oiseaux se taisent sur les arbres de la place. Sans doute, mais à dire vrai, on observe exactement les mêmes phénomènes juste avant l'heure du déjeuner. Si nous dramatisions chaque fois que le vent s'apaise, nous passerions notre temps à quatre pattes sous la table de la salle à manger au lieu de mettre le couvert.

Mon fils admettrait-il que les choses s'étaient passées ainsi avec son père ? *Les poils de mes bras se sont hérissés, Batman, mais j'avais un ménage à tenir. Je n'aurais jamais cru qu'il allait vraiment le faire.* Tout ce que je pourrais dire en toute franchise, c'est que la sonnerie du téléphone m'avait réveillée, que mon corps avait prévu un événement à venir, mais que je n'aurais jamais imaginé qu'il serait aussi grave.

Charlie dormait encore. Andrew a décroché dans son bureau, très vite, pour éviter que la sonnerie ne réveille notre fils. Andrew s'est énervé. J'entendais distinctement sa voix depuis notre chambre. *Foutez-moi la paix. C'est arrivé il y a très longtemps, et je n'y suis pour rien.*

Malheureusement, mon mari n'en était pas convaincu.

Je l'ai trouvé en larmes. Je lui ai demandé qui avait appelé, mais il n'a pas voulu me répondre. Et puis, comme nous étions réveillés tous les deux et que Charlie dormait encore, nous avons fait l'amour. Je faisais ça avec Andrew de temps en temps. Plus pour lui que pour moi, en réalité. À cette étape de notre vie commune, c'était devenu de l'entretien, comme la purge des radiateurs – une des choses dont il faut s'occuper dans une maison. Je ne savais pas – et je ne le sais toujours pas – quelles terribles conséquences sont censées se produire si on s'abstient de purger les radiateurs. Ce n'est pas une découverte qu'une femme prudente se permettra de faire.

Nous n'avons pas dit un mot. J'ai conduit Andrew dans notre chambre et nous nous sommes allongés sur le lit sous les hautes fenêtres géorgiennes aux stores de soie jaune. Les stores étaient brodés de feuillages pâles. Des oiseaux de soie y nichaient dans une sorte d'appréhension silencieuse. C'était un beau matin de mai à Kingston-upon-Thames, mais la lumière du soleil qui filtrait à travers les stores était d'un safran foncé et rougeâtre. Fiévreux, presque paludique. Les murs de la chambre étaient jaune-ocre. De l'autre côté du palier au plancher grinçant, le bureau d'Andrew était blanc – la couleur, sans doute, des pages vierges. C'est là que je suis allée le chercher, après cet atroce coup de fil. J'ai lu quelques mots de sa chronique pardessus son épaule. Il avait veillé toute la nuit pour écrire un article d'opinion sur le Moyen-Orient, une région où il n'était jamais allé et dont il n'était pas spécialiste. C'était pendant l'été 2007, mon fils se battait contre le Pingouin et le Puffin, mon pays se battait contre l'Irak et l'Iran, et mon mari influençait l'opinion publique. Le genre d'été où personne n'ôtait son costume.

J'ai éloigné mon mari du téléphone. Je l'ai entraîné en le tirant par la cordelière à glands de sa robe de chambre, parce que j'avais lu quelque part que ça excite les hommes. Je l'ai fait tomber sur notre lit.

Je me souviens de la façon dont il bougeait en moi, comme une horloge dont le ressort est à bout. J'ai attiré son visage contre le mien et j'ai chuchoté : *Ça va, Andrew ?* Mon mari n'a pas répondu. Il a simplement fermé les yeux pour refouler ses larmes et nous avons accéléré, laissant de petits gémissements involontaires sortir de nos bouches et se rejoindre en un désespoir inarticulé.

Et c'est dans cette tragédie mineure qu'a fait irruption mon fils, plus à l'aise lorsqu'il s'agissait de combattre le mal d'une envergure plus grandiose, plus tapageuse. J'ai ouvert les yeux et je l'ai aperçu sur le seuil de la chambre, en train de nous observer à travers les petites fentes en losange de son masque de Batman. À en croire l'expression de la partie visible de son visage, il semblait se demander si l'un ou l'autre des gadgets de sa ceinture multifonctions pourrait être d'une quelconque utilité dans pareille situation.

Quand j'ai vu mon fils, j'ai repoussé Andrew et tâtonné fébrilement pour attraper la couette et la remonter sur nous. *Merde, Charlie,* ai-je dit.

Mon fils a regardé derrière lui, puis il s'est retourné vers moi.

« Charlie n'est pas là. Je suis Batman. »

J'ai hoché la tête et je me suis mordu la lèvre.

« Bonjour, Batman.

— Qu'est-ce que vous faisez, papa et toi, maman ?

— Euh...

— Vous faisez la chasse aux méchants ?

— Vous *faites*, Charlie, pas *faisez*.

— Vous faites la chasse aux méchants ?

— Oui, Batman. C'est exactement ce que nous faisons. »

J'ai souri à mon fils et j'ai attendu la suite. Je me demandais ce que Batman allait dire. C'était : « Quelqu'un a fait caca dans le costume de moi, maman.

— Dans *mon* costume, Charlie.

— Oui. Un gros, gros caca.

— Oh, Batman, tu as vraiment fait caca dans ta culotte ? »

Batman a secoué la tête. Ses oreilles de chauve-souris ont frémi. Sous son masque, une expression de ruse extrême s'est dessinée sur la partie découverte de son visage.

« C'est pas moi qui a fait le caca. C'est le *Puffin*.

— Tu veux dire que le Puffin est venu cette nuit et qu'il a fait caca dans ton costume de Batman ? »

Batman a hoché la tête, solennellement. J'ai remarqué qu'il avait gardé son masque, mais retiré son costume de chauve-souris. Il était tout nu, à part le masque et la cape. Il m'a tendu le costume pour inspection. Il en est tombé une masse qui s'est écrasée sur la moquette. L'odeur était indescriptible. Je me suis assise sur le lit et j'ai vu que des petits tas dessinaient une piste qui traversait toute la moquette depuis la porte de la chambre. Au fond de moi, la fille qui avait passé un bac scientifique a remarqué, avec une fascination empirique, que des fèces barbouillaient également un certain nombre d'objets qui comprenaient – la liste n'est pas exhaustive – le chambranle de la porte, le mur de la chambre, mon réveil et, bien sûr, le costume de Batman. Mon fils avait mis de la merde partout. Il avait de la merde sur les mains. De la merde sur la figure. Il y en avait même sur le symbole de chauve-souris noir et jaune de son costume. J'ai essayé de me convaincre que c'étaient des crottes du Puffin. En vain. C'était bel et bien de la merde de chauve-souris.

Je me suis vaguement rappelé quelque chose que j'avais lu à la page « parents ».

« Ça ne fait rien, Batman. Maman n'est pas fâchée.

— Maman nettoie le caca.

— Hmm. Oh. Mon Dieu. »

Gravement, Batman a secoué la tête.

« Non, pas mon Dieu. *Maman.* »

Le ressentiment commençait à l'emporter sur l'embarras et sur le sentiment de culpabilité. J'ai tourné la tête vers Andrew qui gisait, les yeux fermés et les mains crispées par la lancinante horreur de sa dépression, l'interruption de notre baise insatisfaisante et cette dense puanteur de merde.

« Batman, et si tu demandais à *papa* de te nettoyer ? »

Mon fils a contemplé longuement son père, puis

s'est retourné vers moi. Patiemment, comme s'il expliquait quelque chose à une débile, il s'est remis à secouer sa petite tête.

« Et pourquoi ? (Je suppliais à présent.) Pourquoi est-ce que tu ne demanderais pas à papa de le faire ? »

Batman a pris l'air solennel. « Papa se bat contre des méchants », a-t-il déclaré. Rien à dire sur le plan grammatical. J'ai regardé son père avec lui et j'ai soupiré. « Oui, ai-je dit, tu dois avoir raison. »

Cinq jours plus tard, le dernier matin où j'ai vu mon mari vivant, j'ai fini d'habiller mon redresseur de torts en cape, je lui ai donné son petit déjeuner et je l'ai conduit au club des Petits Oiseaux de sa garderie. À mon retour, j'ai pris une douche. Andrew m'a regardée enfiler mes collants. Les jours de bouclage, je faisais toujours un effort vestimentaire. Talons, jupe, une élégante veste verte. La vie d'une revue a ses rythmes propres et si la rédactrice en chef ne les respecte pas, elle ne peut pas demander à son personnel de le faire. Je ne lance pas des idées de sujets en escarpins Fendi, je ne boucle pas un numéro en Pumas. Je me suis donc habillée à toute vitesse pendant qu'Andrew m'observait, allongé, nu, sur le lit. Il n'a pas dit un mot. La dernière fois que je l'ai vu avant de refermer la porte de la chambre, il avait toujours les yeux fixés sur moi. Comment décrire à mon fils la dernière expression que j'ai saisie sur le visage de son père ? J'ai décidé de lui dire que son père avait l'air parfaitement détendu. J'ai décidé de ne pas lui dire que mon mari avait ouvert la bouche pour parler, mais que j'étais à la bourre et que j'ai filé.

Je suis arrivée au bureau vers neuf heures et demie. Le siège de la revue se trouve à Spitalfields, Commercial Street, à quatre-vingt-dix minutes de Kingston-upon-Thames par les transports en commun. Le pire moment est celui où l'on quitte le réseau aérien pour s'enfoncer dans la fournaise du métro souterrain. Nous étions entassés à deux cents par compartiment, à écouter le grincement des roues métalliques sur les rails, nos corps cloués, immobiles. Trois stations durant, je suis restée collée contre un homme en veste de velours qui pleurait tout bas. En temps normal, j'aurais détourné les yeux, mais j'avais la tête coincée dans une position qui m'obligeait à le regarder. J'aurais bien voulu poser mon bras sur l'épaule de cet homme – un simple effleurement de compassion aurait suffi. Mais d'autres banlieusards me plaquaient les bras au corps. Certains auraient peut-être volontiers tendu la main vers cet homme, eux aussi, mais nous étions tous trop serrés pour bouger. La multitude de gens bien intentionnés suffisait à rendre incommode toute manifestation de sympathie. Il aurait fallu que l'un de nous pousse les autres et se mette en avant, une attitude assez peu britannique. Je n'étais pas sûre d'être capable de dispenser de la tendresse de cette façon-là, dans un wagon bondé, sous le regard silencieux d'autrui. Je m'en voulais de ne pas aider cet homme, mais j'étais déchirée entre deux genres de honte. D'un côté, l'indignité de ne pas accomplir un devoir humain. De l'autre, l'extravagance d'être la première de la foule à oser un geste.

J'ai souri, impuissante, à l'homme en pleurs et je n'ai pu m'empêcher de penser à Andrew.

Dès qu'on revient à la surface, évidemment, on n'a aucun mal à oublier ses obligations humaines. Londres est une machine idéale pour ça. La ville était radieuse, fraîche et engageante ce matin-là. J'étais impatiente de boucler le numéro de juin, et c'est presque au pas de course que j'ai parcouru le trajet de deux minutes qui me séparait du bureau. La façade de notre immeuble arborait le nom de la revue, *NIXIE*, en lettres de néon rose d'un mètre de haut. Je suis restée dehors un instant, j'ai respiré à fond plusieurs fois. L'air était immobile et on pouvait entendre les crépitements du néon au-dessus du grondement de la circulation. La main sur la porte, je me suis demandé ce qu'Andrew avait failli dire, juste avant que je parte.

Mon mari n'avait pas toujours été à court de mots. Les longs silences n'avaient commencé que le jour où nous avions rencontré Petite Abeille. Autrefois, c'était un vrai moulin à paroles. Pendant notre voyage de noces, nous avions parlé, parlé, parlé. Nous logions dans une villa en bord de mer, nous buvions du rhum et de la limonade et nous avions tant parlé que je n'avais même pas remarqué la couleur de la mer. Chaque fois qu'il me faut me rappeler à quel point j'ai pu aimer Andrew un jour, il suffit que j'y repense. Que je me souvienne que l'océan couvre les sept dixièmes de la surface de la planète et que mon mari était arrivé à m'empêcher de le voir. Tellement il était grand pour moi. Quand nous avions regagné notre maison de jeune couple à Kingston, j'avais interrogé Andrew sur la couleur de cette mer de lune de miel. Il avait répondu : *Ah ouais, elle était bleue, non ?* J'avais dit : *Allons, Andrew, tu es un pro, tu peux faire mieux.* Alors Andrew avait dit : *Très bien : la redoutable citadelle océanique était d'une splendeur d'outremer crénelée de cramoisi et d'or, là où le soleil patiné flamboyait sur la crête des vagues et les envoyait s'écraser dans les dépressions lugubres qui s'épaississaient en un sombre et malveillant indigo.*

Il avait traîné sur la première syllabe du dernier mot, prenant un ton grave et comiquement pompeux en levant les sourcils. *INN-digo,* avait-il mugi.

Tu sais pourquoi je n'ai pas fait attention à la mer ? C'est parce que j'ai passé deux semaines la tête –

Où était la tête de mon mari ? Eh bien, entre lui et moi.

Nous avions ri comme des baleines, nous avions roulé sur le lit et Charlie, ce cher petit Charlie, avait été conçu.

J'ai poussé la porte donnant sur la rue et je suis entrée dans le hall de la revue. Le sol de marbre noir italien était le seul ornement qui avait survécu à notre occupation des lieux. Le reste était du *Nixie* craché. Des cartons de fringues envoyées par de prétendues maisons de couture s'empilaient le long d'un mur. Une stagiaire les avait triés par catégories annotées au marqueur bleu : OUI, À GARDER POUR LES PHOTOS, ou OH ÇA, ÇA M'ÉTONNERAIT ou encore, d'un absolutisme triomphal JE N'APPELLE PAS ÇA DE LA MODE, MOI. Un genévrier japonais desséché se dressait dans un vase Otagiri doré craquelé. Trois babioles de Noël scintillantes y étaient encore accrochées.

Les murs fuchsia étaient ornés de guirlandes électriques et, même dans la lumière tamisée des vitres teintées qui donnaient sur Commercial Street, la peinture avait l'air tachée et défraîchie. Je cultivais cet aspect négligé. *Nixie* était censé être différent des autres magazines féminins. Qu'ils gardent leurs vestibules immaculés et leurs prétentieux fauteuils Eames. S'agissant de choix éditoriaux, je préférais des collaboratrices brillantes et une entrée miteuse.

Clarissa, ma chef de rubrique, a franchi la porte juste derrière moi. Nous nous sommes embrassées une fois, deux fois, trois fois – on était copines depuis le lycée –, et nous avons monté l'escalier ensemble, bras dessus, bras dessous. La rédaction était au tout dernier étage. On était à mi-chemin quand un truc bizarre m'a frappée.

« Hé, Clarissa, je rêve, tu as les mêmes fringues qu'hier ? »

Elle a eu un petit sourire satisfait.

« Ça aurait bien pu t'arriver aussi, si tu avais rencontré le même mec que moi hier.

— Oh, non ! Clarissa ! Qu'est-ce que je vais faire de toi ?

— Augmentation de salaire, café noir, paracétamol. »

Elle était radieuse en énumérant ces trois points sur ses doigts. Je me suis rappelé que Clarissa ne possédait pas certaines des merveilles que m'avait données la vie, comme mon superbe fils Batman, et qu'elle était donc certainement beaucoup moins épanouie que moi.

Le personnel non administratif ne commençait

qu'à dix heures et demie, les braves filles, et aucune n'était encore là. Les femmes de ménage continuaient de s'affairer à l'étage de la rédaction. Elles passaient l'aspirateur, époussetaient les bureaux, mettant sens dessus dessous toutes les photos encadrées des affreux petits copains de mes collaboratrices pour prouver qu'elles avaient nettoyé partout. C'était le côté mieux-vaut-le-prendre-avec-le-sourire du travail chez *Nixie.* Chez *Vogue* ou *Marie Claire,* le personnel de rédaction était au boulot à 8 heures, toutes habillées en Chloé et sirotant du thé vert. D'un autre côté, elles n'étaient certainement plus là à minuit à gribouiller CECI N'EST PAS PRÊT À PORTER sur un carton de modèles de vêtements à retourner à une vénérable maison de couture parisienne.

Clarissa a posé une fesse sur le coin de mon bureau, je me suis assise dans mon fauteuil, et nous avons regardé à travers l'espace paysagé le gang des visages noirs escamoter les échantillons de tissus reçus hier et les tasses du Starbucks.

Nous avons parlé du numéro que nous étions en train de boucler. L'équipe de publicité avait fait un boulot du tonnerre ce mois-là – l'augmentation vertigineuse du prix des substances illicites les avait peut-être incitées à passer plus de temps au bureau – et nous nous sommes rendu compte que nous avions trop d'articles pour l'espace disponible. Il y avait un texte pour la rubrique « vécu » auquel je tenais beaucoup – le portrait d'une femme qui cherchait à quitter Bagdad – et Clarissa avait un papier sur un nouveau genre d'orgasme qu'on atteignait semble-t-il exclusivement avec son patron. Nous avons discuté pour savoir lequel on allait passer. Je n'étais pas très concentrée. J'ai envoyé un texto à Andrew pour lui demander comment ça allait.

De notre côté, à l'étage, la télé à écran plat diffusait BBC News 24, sans le son. Une émission sur la guerre. On voyait de la fumée s'élever au-dessus d'un des pays participant au conflit. Ne me demandez pas lequel, j'avais perdu le fil, depuis le temps. Cela faisait quatre ans que la guerre durait. Elle avait débuté le mois où mon fils était né, et ils avaient grandi ensemble. Au début, ils avaient provoqué un immense bouleversement, l'un comme l'autre, exigeant une attention constante, mais, au fil des ans, ils avaient gagné en autonomie et on pouvait commencer à les quitter des yeux pendant d'assez longues périodes. De temps en temps, un événement particulier m'obligeait à reporter momentanément toute mon attention sur l'un ou l'autre – mon fils ou la guerre – et, en de tels instants, je me demandais toujours : Bon sang, mais tu ne grandiras donc jamais ?

La nature de ce nouveau genre d'orgasme m'intriguait. J'ai levé les yeux de mon texto.

« Comment ça se fait que ça ne marche que si on baise avec son patron ?

— La bonne vieille histoire du fruit défendu, voyons. Le petit *frisson* supplémentaire à l'idée de briser le tabou du bureau. Hormones, neurotransmetteurs, et tout le toutim. Tu sais bien. La science.

— Hmm. Les chercheurs l'ont vraiment prouvé ?

— Ne joue pas les empiriques avec moi, Sarah. Je te parle d'une toute nouvelle sphère de plaisir sexuel. On appelle ça le point B. B comme *boss*. Tu vois ce qu'on a préparé ?

— Pas mal.

— Merci, *darling*. On fait ce qu'on peut. »

Intérieurement, j'ai pleuré en imaginant des femmes, aux quatre coins du pays, s'envoyant en l'air avec des directeurs d'âge mûr en costard lustré au derrière. Sur l'écran plat, News 24 avait quitté le Moyen-Orient pour faire un panoramique sur l'Afrique. Un paysage différent, la même colonne d'épaisse fumée noire. Deux yeux désabusés jetant le même regard impassible qu'Andrew, juste avant que je file au bureau. J'ai senti les poils de mes bras se hérisser de nouveau. Je me suis détournée et j'ai franchi les trois pas qui me séparaient de la fenêtre donnant sur Commercial Street. J'ai posé le front contre la vitre. Je fais souvent ça quand j'essaie de réfléchir.

« Ça va, Sarah ?

— Mais oui. Écoute, tu veux être un ange et aller nous chercher deux cafés ? »

Clarissa s'est dirigée vers notre machine à café fantasque, succédané du salon de thé de chez Vogue. Sur Commercial Street, un véhicule de police s'est arrêté et s'est rangé devant notre immeuble, juste sur la ligne d'interdiction de stationner. Les deux portières avant se sont ouvertes et un policier en uniforme est sorti de chaque côté. Ils se sont regardés de part et d'autre du toit de leur voiture de patrouille. L'un avait des cheveux blonds coupés court, l'autre une tonsure aussi ronde et nette que celle d'un moine. Je l'ai vu pencher la tête pour écouter la radio fixée au revers de sa veste. J'ai souri, pensant vaguement à un programme « découverte du monde » de la garderie de Charlie. Ça s'appelait : « La police : des hommes qui nous aident. » Mon fils – cela va sans dire – avait manifesté une superbe absence de conviction. En perpétuel état d'alerte rouge sous sa cape et son masque de chauve-souris, Charlie estimait qu'un citoyen digne de ce nom ne devait compter que sur lui-même.

Clarissa est revenue avec deux cafés au lait dans des gobelets en plastique. Dans le premier, le distributeur automatique avait déposé une cuiller transparente. Dans le second, il avait décidé de s'en abstenir. Clarissa a hésité avant de m'en tendre un.

« Première grande décision éditoriale de la journée, a-t-elle lancé.

— Fastoche. C'est moi le boss. Passe-moi celui qui a la cuiller.

— Sinon ?

— Sinon, on risque fort de ne jamais arriver à repérer ton point B, Clarissa. Je t'aurai prévenue. »

Clarissa a blêmi et m'a donné le gobelet avec la cuiller.

« J'aime bien l'article sur Bagdad », ai-je dit.

Clarissa a soupiré et ses épaules se sont tassées.

« Moi aussi, Sarah, c'est clair. C'est un super article.

— Il y a cinq ans, on l'aurait passé en priorité. Ça ne fait aucun doute.

— Il y a cinq ans, on tirait à si peu d'exemplaires qu'on était bien obligées de prendre des risques.

— C'est comme ça qu'on a grandi – en étant différentes. C'est *nous*, ça. »

Clarissa a secoué la tête.

« Grandir est une chose, rester grand en est une autre. Tu le sais aussi bien que moi : on ne peut pas s'en sortir en publiant des histoires morales quand toutes les *majors* vendent du cul.

— Tu crois que nos lectrices sont devenues plus connes ?

— Je n'ai pas dit ça. Ce que je pense, c'est que nos premières lectrices ne lisent plus de magazines, voilà tout. Elles sont passées à autre chose, à des trucs plus importants, comme tu pourrais très bien le faire si tu te décidais à jouer le jeu. Je crois que tu ne réalises pas à quel point tu as évolué. Tu pourrais parfaitement devenir rédactrice en chef d'un journal national d'information. »

J'ai soupiré. « Trop bien. Je pourrais mettre des seins nus à toutes les pages. »

Mon doigt manquant m'a démangée. J'ai de nouveau baissé les yeux vers la voiture de police. Les deux flics étaient en train de mettre leur casquette d'uniforme. J'ai tapoté mon portable contre mes incisives.

« Et si on allait prendre un pot après le boulot, Clarissa ? Invite ton nouveau mec, si tu veux. J'emmènerai Andrew.

— Sérieux ? En public ? Avec ton *mari* ? Est-ce que ça ne date pas terriblement ?

— D'au moins cinq ans. »

Clarissa m'a dévisagée en inclinant la tête sur le côté.

« Qu'est-ce que tu me dis, Sarah ?

— Rien du tout, Clar. Je t'aime trop pour te le *dire.* Je me pose juste des questions. Je me dis qu'après tout, les choix que j'ai faits il y a cinq ans n'étaient peut-être pas si mauvais que ça. »

Clarissa m'a adressé un sourire résigné.

« D'accord. Mais ne me demande pas de ne pas lui caresser les cuisses sous la table sous prétexte que c'est ton mari.

— Tu fais ça, Clarissa, et tu te tapes la rubrique "horoscope" jusqu'à la fin de tes jours. »

Le téléphone de mon bureau a sonné. J'ai regardé l'heure sur son écran. 10 h 25. C'est drôle comme ce genre de détails vous marquent. J'ai décroché. C'était la fille de la réception, qui avait l'air de s'ennuyer à périr. Chez *Nixie*, la réception nous servait de purgatoire – si une fille était un peu trop chiante à l'étage de la rédaction, on l'envoyait passer une semaine au bureau le plus rutilant.

« J'ai deux policiers ici.

— Ah oui ? Ils sont entrés ? Qu'est-ce qu'ils veulent ?

— On va essayer de réfléchir un peu, d'accord ? À ton avis, pourquoi est-ce que j'ai composé ton numéro ?

— Ils veulent me parler ?

— Alors là, franchement, ils ont fait le bon choix en te nommant chef, Sarah.

— Va te faire voir. Pourquoi est-ce qu'ils veulent me parler ? »

Silence.

« Je pourrais leur poser la question, sans doute.

— Si ce n'est pas trop te demander. »

Silence prolongé.

« Ils disent qu'ils veulent tourner un porno dans nos bureaux. Ils disent qu'ils ne sont pas de vrais flics et qu'ils ont des bites comme tu n'en as jamais vues.

— Arrête tes conneries. Dis-leur que je descends. »

J'ai raccroché et j'ai regardé Clarissa. Les poils de mes bras étaient de nouveau tout hérissés.

« Les flics, ai-je ajouté.

— Tout va bien, a répondu Clarissa. Ils ne peuvent pas te coffrer pour complot visant à passer un article sérieux. »

Derrière elle, l'écran plat montrait John Stewart. Il riait. Son invité aussi. Je me suis sentie mieux. Il fallait vraiment trouver un sujet de rigolade, cet été-là, avec le nombre d'endroits qui partaient en fumée. On riait, on enfilait un costume de super-héros ou on expérimentait un type d'orgasme qui avait échappé à la science, on se demande comment.

J'ai descendu l'escalier qui menait à la réception, accélérant le pas au fur et à mesure. Les deux policiers étaient un peu trop près l'un de l'autre, leur casquette à la main et leurs grosses chaussures de cuir confortables sur mon marbre noir. Le plus jeune était tout rouge.

« Excusez-moi de vous avoir fait attendre », ai-je dit.

J'ai fusillé la réceptionniste du regard et elle m'a décoché un grand sourire sous sa raie de côté, blonde et parfaite.

« Sarah O'Rourke ?

— Summers.

— Pardon ?

— Sarah Summers. C'est mon nom professionnel. »

Le plus âgé m'a regardée sans la moindre expression.

« Il s'agit d'une affaire personnelle, madame O'Rourke. Y a-t-il un endroit où nous puissions vous parler tranquillement ? »

Je les ai fait monter jusqu'à la salle de réunion, au premier étage. Du rose et du violet, une longue table de verre, encore des néons.

« Voulez-vous un café ? Ou plutôt du thé ? En fait, je ne peux pas vous promettre que ce sera bien du thé ou du café. Notre machine est un peu...

— Vous feriez mieux de vous asseoir, madame. »

Les visages des policiers luisaient d'un éclat artificiel sous la lumière rosâtre. On aurait dit des acteurs d'un film en noir et blanc colorisé par ordinateur. L'un plus vieux que l'autre, celui qui se dégarnissait. Quarante-cinq ans peut-être. Le plus jeune, aux cheveux blonds coupés court, vingt-deux, vingt-quatre ans. De jolies lèvres. Très pleines, juteuses. Il n'était pas beau, mais j'étais clouée par sa façon de se tenir et de baisser les yeux respectueusement en parlant. Et puis, bien sûr, l'uniforme, ça fait toujours de l'effet. On ne peut pas s'empêcher de se demander si le protocole va tomber avec la veste.

Ils ont posé tous les deux leur casquette sur le verre fumé violet. Ils l'ont fait pivoter du bout de leurs doigts blancs et propres. Ils se sont arrêtés tous les deux exactement au même instant, comme s'ils venaient d'atteindre un angle précis qu'ils s'étaient entraînés à repérer au cours de leur formation de base.

Ils m'ont regardée. Mon portable a sonné avec

outrecuidance sur le plateau de verre – un texto. J'ai souri. C'était sûrement Andrew.

« J'ai une mauvaise nouvelle à vous annoncer, a dit le plus âgé.

— Comment ça ? »

C'était sorti plus agressivement que je ne l'avais voulu. Les policiers ont baissé les yeux vers leur casquette posée sur la table. Il fallait que je lise le texto que je venais de recevoir. Au moment de tendre la main pour attraper mon téléphone, j'ai vu qu'ils avaient les yeux rivés sur le moignon de mon doigt manquant.

« Ça ? Je l'ai perdu en vacances. Sur une plage, si vous voulez tout savoir. »

Les deux policiers se sont regardés. Ils se sont retournés vers moi. Le plus vieux a pris la parole. Sa voix était devenue soudainement rauque.

« Nous sommes profondément navrés, madame O'Rourke.

— Mais non, ce n'est rien. Je m'y suis habituée. Tout va bien. Ce n'est qu'un doigt, après tout.

— Ce n'est pas de ça que je veux parler. Je suis désolé. Nous avons reçu instruction de venir vous informer que...

— Franchement, on finit par s'en passer. Au début, on a tendance à en faire tout un plat, et puis on apprend à se servir de l'autre main. »

J'ai relevé la tête. Ils ne me quittaient pas des yeux, ils avaient le visage gris et grave. Le néon a grésillé. Sur la pendule murale, une nouvelle minute a chassé la précédente avec un petit rebond.

« Le plus drôle, c'est que je le sens toujours, vous savez ? Mon doigt. Celui que j'ai perdu. Il y a des moments où il me démange. J'essaie de me gratter et il n'y a que du vide. Il m'arrive de rêver que mon doigt repousse, et je suis toute contente de l'avoir retrouvé, même si j'ai appris à m'en passer. C'est idiot, vous ne pensez pas ? Il me manque quand même, vous voyez. Il me *démange.* »

Le plus jeune des flics a pris une profonde inspiration et a baissé les yeux sur son carnet.

« Votre mari a été retrouvé inconscient à votre domicile un peu après 9 heures ce matin, madame O'Rourke. Votre voisin a entendu des cris et il a composé le numéro d'urgence pour faire savoir qu'il y avait un homme en état manifeste de grande souffrance. La police s'est rendue à l'adresse indiquée et a forcé la porte. Elle est montée à l'étage à 9 h 15 et a trouvé Andrew O'Rourke inconscient. Nos hommes ont fait tout ce qu'ils pouvaient. Ils ont appelé une ambulance, mais j'ai le profond regret de vous informer, madame O'Rourke, que l'on n'a pu que constater le décès de votre mari sur les lieux à voyons..., 9 h 33. »

Le policier a refermé son carnet. « Nous vous présentons toutes nos condoléances, madame. »

J'ai pris mon téléphone. Le texto qui venait d'arriver était effectivement d'Andrew. VRAIMENT DÉSOLÉ.

Il était désolé.

J'ai réglé le téléphone, et moi-même, en mode silencieux. Le silence a duré toute la semaine. Il ronflait dans le taxi qui me reconduisait chez moi. Il hurlait quand je suis allée chercher Charlie à la garderie. Il grésillait quand j'ai téléphoné à mes parents. Il criait dans mes oreilles pendant que l'entrepreneur des pompes funèbres m'expliquait les mérites respectifs des cercueils en chêne et en sapin. Il se raclait la gorge en s'excusant quand le rédacteur de la rubrique nécrologique du *Times* m'a téléphoné pour me demander quelques précisions. Et le silence m'a suivie dans l'église froide et remplie d'échos.

Comment expliquer la mort à un super-héros de quatre ans ? Comment annoncer l'arrivée abrupte du chagrin ? Je ne l'avais pas acceptée moi-même. Quand les policiers m'avaient appris la mort d'Andrew, mon esprit avait refusé de recevoir cette information. Je suis une femme tout à fait ordinaire, me semble-t-il, et je possède les compétences indispensables pour gérer le mal quotidien. Une baise interrompue, des décisions éditoriales délicates et des machines à café récalcitrantes – mon esprit n'avait pas de difficulté à accepter tout ça. Mais mon Andrew, mort ? Cela me paraissait encore matériellement impossible. À un moment, il avait couvert plus des sept dixièmes de la surface du globe.

Et pourtant, j'étais là, les yeux fixés sur le cercueil de chêne très sobre d'Andrew (*un choix classique, madame*), et je le trouvais plutôt petit dans la vaste nef de l'église. Un rêve silencieux, nauséeux.

Maman, où il est papa ?

J'étais assise au premier rang de l'église, serrant mon fils contre moi, et je me suis rendu compte que je m'étais mise à trembler. Le prêtre prononçait l'oraison funèbre. Il parlait de mon mari au passé. Tout cela était très bien tourné. Je me suis dit qu'il n'avait jamais eu affaire à Andrew au présent, qu'il n'avait jamais eu à corriger les épreuves de ses articles, ni à le sentir se décharger comme une batterie usée.

Charlie s'est tortillé dans mes bras et a reposé sa question, celle qu'il avait déjà posée dix fois par jour depuis la mort d'Andrew. *Maman, où il est le papa de moi, là, juste maintenant ?* Je me suis penchée vers lui et j'ai chuchoté à son oreille : *Il est dans un très joli coin du paradis ce matin, Charlie. Il y a une grande chambre très belle, où tout le monde va après le petit déjeuner avec tout un tas de livres intéressants et d'activités super.*

« Ah ! On peut faire peinture-et-dessin ?

— Oui. Exactement. Peinture-et-dessin.

— Et le papa de moi, il fait du dessin ?

— Non, Charlie. Papa ouvre la fenêtre et il regarde le ciel. »

J'ai frissonné et je me suis demandé combien de temps encore je devrais continuer à raconter la vie *post-mortem* de mon mari.

D'autres mots, et puis des cantiques. Des mains se sont refermées sur mes coudes et m'ont accompagnée dehors. Je me suis vue, debout dans un cimetière, à côté d'un trou profond creusé dans le sol. Six employés des pompes funèbres en costard faisaient descendre un cercueil à l'aide de grosses cordes vertes soyeuses munies de glands à leurs extrémités. J'ai reconnu le cercueil qui avait été exposé sur des tréteaux à l'entrée de l'église. Le cercueil était au fond du trou. Les employés ont récupéré les cordes, d'un mouvement souple du poignet. Je me rappelle avoir pensé : Ils doivent faire ça tout le temps, comme si c'était une idée particulièrement perspicace. Quelqu'un m'a fourré une motte d'argile dans la main. J'ai compris que j'étais invitée – exhortée, même – à la jeter dans le trou. Je me suis approchée du bord. On avait disposé autour de la tombe du gazon propre, impeccable, de l'herbe de marchand de légumes. J'ai baissé la tête et j'ai vu le cercueil qui luisait faiblement dans l'abîme. Batman s'est cramponné à ma jambe et a scruté les ténèbres avec moi.

« Maman, pourquoi les copains de Bruce Wayne, ils ont mis cette boîte dans le trou ?

— N'y pensons pas maintenant, mon lapin. »

J'avais passé tant d'heures à expliquer le paradis à Charlie cette semaine-là – chaque chambre, chaque étagère de livres, le moindre bac à sable – que je n'avais pas abordé une seule fois la question du corps matériel d'Andrew. Je pensais que ce serait trop demander à mon fils de comprendre, à quatre ans, la séparation entre le corps et l'âme. Avec le recul, je me dis aujourd'hui que je sous-estimais un petit garçon qui était capable de vivre simultanément à Kingston-upon-Thames et à Gotham City. Je pense que si j'étais arrivée à le faire asseoir et à lui expliquer les choses tout doucement, il aurait parfaitement admis cette dualité.

Je me suis accroupie et j'ai pris mon fils par les épaules. C'était un geste de tendresse, mais j'avais la tête qui tournait et je me suis rendu compte qu'il n'y avait peut-être que Charlie qui m'empêchait de tomber au fond du trou. Je l'ai serré plus fort. Charlie a posé sa bouche sur mon oreille et a chuchoté : « Où il est le papa de moi, là, juste maintenant ? »

Je lui ai répondu tout bas : « Il est dans les collines du paradis, Charlie. Beaucoup de gens y vont à cette période de l'année. Je crois qu'il est très heureux là-bas.

— Hmm. Il revient bientôt ?

— Non, Charlie. On ne revient pas du paradis. Nous en avons déjà parlé. »

Charlie a fait la moue.

« Maman, a-t-il repris, pourquoi ils ont mis cette boîte, là, en bas ?

— Sans doute pour la mettre à l'abri.

— Ah. Ils vont venir la chercher après ?

— Non, Charlie, je ne crois pas. »

Charlie a cligné les yeux. Sous son masque de Batman, son petit visage s'est plissé d'effort. Il cherchait à comprendre.

« Où il est, le paradis, maman ?

— S'il te plaît, Charlie, pas maintenant.

— Qu'est-ce qu'il y a dans cette boîte ?

— On en reparlera plus tard, mon chéri, d'accord ? Maman ne se sent pas très bien. »

Charlie m'a regardée fixement.

« C'est le papa de moi qu'il y a dans la boîte ?

— Ton papa est au paradis, Charlie, je te l'ai déjà dit.

— LA BOÎTE, C'EST ÇA, LE PARADIS ? » a demandé Charlie tout haut.

Tout le monde nous regardait. Je n'arrivais pas à parler. Mon fils avait les yeux braqués sur le trou. Puis il a levé le regard vers moi, dans un état de panique totale.

« Maman ! Fais-le SORTIR ! Fais sortir papa du paradis ! »

Je me suis cramponnée à ses épaules. « Oh, Charlie, je t'en prie, tu ne comprends pas !

— FAIS-LE SORTIR ! FAIS-LE SORTIR ! »

Mon fils s'est tortillé pour m'échapper et il s'est dégagé. Tout s'est passé très vite. Il était juste au bord du trou. Il m'a regardée, puis il s'est retourné et a avancé un tout petit peu, mais l'herbe de marchand de légumes qui recouvrait le bord de la fosse a cédé sous ses pieds et il est tombé dans la tombe, sa cape se gonflant derrière lui. Il a atterri lourdement sur le cercueil d'Andrew. Quelqu'un dans l'assistance a poussé un unique cri, pressant. Je crois que c'était le premier son, depuis la mort d'Andrew, à rompre vraiment le silence.

Le cri s'est prolongé encore et encore dans ma tête. J'avais la nausée, l'horizon vacillait de façon insensée. Toujours accroupie, je me suis penchée au bord de la fosse. Tout en bas, dans l'ombre obscure, mon fils tambourinait contre le cercueil en criant : *Papa, papa, SORS DE LÀ !* Il s'accrochait au couvercle, il plantait ses chaussures de Batman contre la paroi de la tombe et tirait sur les vis qui maintenaient le couvercle fermé. J'ai tendu les bras à l'intérieur du trou. J'ai supplié Charlie de s'accrocher à mes mains pour que je puisse le hisser. Je crois qu'il ne m'entendait même pas.

Au début, mon fils agissait avec une assurance fébrile. Batman était resté invaincu, après tout, ce printemps-là. Il avait triomphé du Pingouin, du Puffin et de Mister Freeze. Qu'il ne puisse pas remporter ce nouveau défi était tout bonnement impensable pour mon fils. Il hurlait de rage et de fureur. Il ne renonçait pas, mais si je veux être rigoureuse et déterminer l'instant précis où mon cœur s'est irrémédiablement brisé, c'est quand j'ai vu la lassitude et le doute s'insinuer dans les petits muscles de mon fils au moment où ses doigts glissaient, pour la dixième fois, du couvercle de chêne pâle.

L'assistance était massée au bord de la tombe, paralysée par l'horreur de la scène, par cette découverte d'une mort pire que la mort elle-même. J'ai voulu m'avancer, mais les mains qui serraient mes coudes m'en ont empêchée. J'ai fait un effort pour échapper à cette étreinte et j'ai regardé tous les visages épouvantés qui entouraient la tombe. Je me disais : Pourquoi est-ce que personne ne fait rien ?

Mais il est difficile, si difficile, d'être le premier.

Finalement, c'est Petite Abeille qui est descendue dans la fosse et qui a soulevé mon fils pour que d'autres mains le hissent hors du trou. Charlie donnait des coups de pied, il mordait et se débattait furieusement sous son masque et sa cape maculés de boue. Il voulait redescendre. Et c'est Petite Abeille, une fois ressortie, qui l'a pris dans ses bras et l'a retenu pendant qu'il hurlait : *NON, NON, NON, NON, NON,* permettant ainsi à chaque membre de l'assistance de s'avancer sur l'étroite bande de gazon de marchand de légumes et de jeter sa petite poignée de terre. J'ai eu l'impression que les hurlements de mon fils se prolongeaient cruellement. Je me souviens de m'être demandé si ce bruit allait fracasser mon cerveau comme un verre de vin que brise une voix de soprano. Un ancien collègue d'Andrew, un reporter de guerre qui avait couvert l'Irak et le Darfour, m'a appelée quelques jours plus tard pour m'indiquer le nom d'un spécialiste de la psychose traumatique du soldat auquel il avait lui-même fait appel. *C'est très gentil*, lui ai-je dit, *mais je n'ai pas fait la guerre.*

Au bord de la tombe, quand les hurlements ont cessé, j'ai soulevé Charlie et l'ai porté tout contre moi, sa tête sur mon épaule. Il était épuisé. À travers les trous de son masque de Batman, je voyais ses paupières se fermer. J'ai suivi des yeux l'assistance qui s'éloignait lentement, les uns derrière les autres, en direction du parking. Des parapluies aux couleurs vives se sont épanouis au-dessus des vêtements sombres. Il commençait à pleuvoir.

Petite Abeille est restée derrière, avec moi. Nous étions debout, côte à côte devant la tombe, et nous nous regardions.

« Merci, ai-je dit.

— De rien. J'ai fait ce que n'importe qui aurait pu faire.

— Oui. Sauf que les autres ne l'ont pas fait. »

Petite Abeille a haussé les épaules. « C'est plus facile pour quelqu'un d'extérieur. »

J'ai frissonné. La pluie s'était renforcée.

« Ça ne finira jamais, ai-je dit. Tu ne crois pas, Petite Abeille ?

— *Aussi longtemps que la lune disparaisse, il faudra bien qu'un jour elle brille à nouveau.* C'est ce que nous disions dans mon village.

— *Après la pluie vient le beau temps.* C'est ce qu'on disait dans le mien. »

Nous avons essayé de nous sourire.

Je n'ai jamais jeté ma poignée de terre dans la tombe. De toute évidence, j'étais incapable de la lâcher. Deux heures plus tard, restée seule un instant à la table de la cuisine, chez nous, je me suis rendu compte que je la tenais toujours. Je l'ai posée là, sur la nappe, petit tas beige sur le coton bleu tout propre. Quand je suis revenue un peu après, quelqu'un était passé et l'avait enlevée.

Quelques jours plus tard, la notice nécrologique du *Times* notait qu'on avait assisté à des scènes poignantes aux obsèques de leur ancien chroniqueur. Le rédacteur en chef d'Andrew m'a envoyé la coupure de presse, dans une lourde enveloppe crème, avec un petit mot laconique sur papier blanc.

3

Une des choses qu'il faudrait que j'explique aux filles, là-bas, chez moi, si je leur racontais cette histoire, c'est un petit mot tout simple : *horreur*. Il a un autre sens pour les gens de mon village.

Dans votre pays, si vous trouvez que vous n'avez pas déjà assez peur, vous n'avez qu'à aller voir un film d'horreur. Et puis, vous sortez du cinéma en pleine nuit et, un moment, l'horreur rôde partout. Il y a peut-être des assassins qui vous attendent chez vous. C'est ce que vous pensez en voyant de la lumière dans votre maison alors que vous êtes sûrs d'avoir tout éteint en partant. Et quand vous vous démaquillez devant le miroir juste avant de vous coucher, vous remarquez un étrange regard dans vos propres yeux. Pendant une heure, vous êtes dévorés d'angoisse, vous ne faites confiance à personne. Ensuite, cette impression se dissipe. Dans votre pays, l'horreur est une chose dont vous prenez une dose pour vous rappeler que vous n'en souffrez pas.

Pour moi, et pour les filles de mon village, l'horreur est une maladie dont nous sommes atteintes. Ce n'est pas une maladie dont on guérit en se levant et en laissant se rabattre le grand siège rouge du cinéma. Ce serait un bon truc. Si je pouvais faire ça, croyez-moi, je serais déjà dans le hall du cinéma. Je rigolerais avec le garçon du guichet, j'échangerais des pièces d'une livre britannique contre du pop-corn chaud et beurré et je dirais : *Ouf, Dieu merci, c'est fini, c'est bien le film le plus effrayant que j'aie jamais vu, je crois que la prochaine fois, j'irai plutôt voir une comédie ou un film romantique avec des baisers.* Mais le film de votre mémoire, il n'est pas aussi facile d'en sortir. Où que vous alliez, la projection continue. Alors, quand je dis que je suis une réfugiée, il faut que vous compreniez qu'il n'existe pas de refuge.

Certains jours, je me demande combien nous sommes. Des milliers, sans doute, à flotter sur les océans en cet instant précis. Entre notre monde et le vôtre. Si nous n'avons pas de quoi payer des passeurs pour nous transporter, nous embarquons clandestinement sur des cargos. Dans le noir, dans des conteneurs de fret. Respirant sans bruit dans l'obscurité, affamés, les oreilles remplies des étranges bruits métalliques des bateaux, les narines pleines d'odeurs de gasoil et de peinture, à écouter le *boum-boum-boum* des machines. Parfaitement éveillés toute la nuit, avec le chant des baleines qui s'élève depuis les profondeurs de la mer et qui vibre dans tout le bateau. Chuchotant tous, priant, pensant. À quoi pensons-nous ? À la sécurité physique, à la paix de l'esprit. À tous ces pays imaginaires qu'on vous présente en ce moment dans le hall du cinéma.

J'ai embarqué clandestinement dans un grand bateau d'acier, mais l'horreur a embarqué avec moi. Quand j'ai quitté ma patrie, j'ai cru m'être évadée, mais en pleine mer, je me suis mise à faire des cauchemars. Il fallait que je sois bien naïve pour croire que j'avais quitté mon pays sans bagage. C'était une lourde cargaison que je transportais.

On a déchargé mon cargo dans un port de l'estuaire de la Tamise. Je ne suis pas descendue par la passerelle, j'ai été débarquée par vos services de l'Immigration et ils m'ont mise en rétention administrative. Ce n'était pas drôle du tout, au centre de rétention. Que voulez-vous que je vous dise ? Votre système est cruel, mais vous avez été nombreux à être gentils avec moi. Vous avez envoyé des colis humanitaires. Vous avez vêtu mon horreur de rangers et d'une chemise multicolore. Vous lui avez envoyé de quoi se vernir les ongles. Vous lui avez expédié des livres et des journaux. Maintenant, l'horreur sait parler l'anglais de la reine. C'est ce qui nous permet de parler d'asile et de refuge. C'est ce qui va me permettre – *bientôt-bientôt* comme on dit chez moi – de vous raconter un petit peu ce que je fuyais.

Il y a des choses que les hommes sont capables de vous faire dans cette vie, je vous assure, il vaudrait bien mieux se tuer avant. Une fois que vous le savez, vous passez votre temps à cligner les yeux en regardant à gauche et à droite, guettant le moment où les hommes viendront.

Au centre de rétention administrative, on nous a demandé de faire un effort pour surmonter nos peurs. Voilà l'effort que j'ai appris à faire : chaque fois que je vais quelque part, j'essaie d'imaginer comment je pourrais me tuer à cet endroit-là. Je veux être prête si jamais les hommes arrivaient tout d'un coup. La première fois que je suis entrée dans la salle de bains de Sarah, je me suis dit : C'est facile, Petite Abeille, ici, tu n'aurais qu'à briser le miroir de l'armoire à pharmacie et à t'ouvrir les veines des poignets avec les éclats de verre. Quand Sarah m'a emmenée faire un tour en voiture, je me suis dit : Ici, Petite Abeille, tu pourrais baisser la vitre, défaire ta ceinture de sécurité et te jeter par la fenêtre, sans faire d'histoire, sous les roues du premier camion qui circulerait sur l'autre voie. Et quand Sarah m'a emmenée à Richmond Park pour la journée, elle admirait la vue, mais moi, je cherchais une cavité dans le sol où je pourrais me cacher et rester tout à fait immobile jusqu'à ce qu'il n'y ait plus de moi qu'un petit crâne blanc que les renards et les lapins flaireraient du bout de leurs doux museaux humides.

Si les hommes arrivent tout d'un coup, je serai prête. Je pourrai me tuer. Avez-vous pitié de moi parce que je n'ai rien d'autre en tête ? Si les hommes arrivent, qu'ils vous trouvent et que vous n'êtes pas prêts, c'est moi qui aurai pitié de vous.

Pendant les six premiers mois au centre de rétention, j'ai passé mes nuits à hurler et mes journées à imaginer mille façons de me tuer. J'ai mis au point une méthode pour chaque situation qui peut se présenter pour une fille comme moi, au centre de rétention. À l'infirmerie, avec de la morphine. Dans le local des femmes de ménage, avec de l'eau de Javel. Dans les cuisines, avec de la graisse brûlante. Vous croyez que j'exagère ? Certaines de celles qui étaient au centre avec moi l'ont fait pour de bon. Les employés évacuaient les cadavres de nuit, pour que la population locale ne voie pas les ambulances repartir en roulant tout doucement.

Et si on me libérait ? Si j'allais au cinéma et que je doive me tuer là-bas ? Je me jetterais du haut de la cabine de projection. Ou au restaurant ? Je me cacherais dans le plus grand réfrigérateur et je m'endormirais d'un long sommeil frais. Au bord de la mer ? Ah, au bord de la mer, je volerais une camionnette de glaces et je m'enfoncerais dans la mer. Vous ne me reverriez plus. La seule chose qui révélerait qu'une Africaine terrifiée a existé un jour, ce serait deux mille glaces en train de fondre, dansant dans leurs emballages sur les vagues bleues.

Après une centaine de nuits sans sommeil, j'avais fini par imaginer comment me tuer dans le moindre recoin du centre de rétention et même dans tout le pays, ce qui ne m'empêchait pas de continuer à réfléchir. J'étais si affaiblie par tant d'horreur qu'on m'a envoyée à l'infirmerie. J'étais allongée entre des draps rêches loin des autres détenus et je passais toutes mes journées seule dans ma tête. Je savais qu'on avait l'intention de m'expulser, alors j'ai commencé à imaginer comment me tuer là-bas, chez moi, au Nigeria. C'était la même chose que de me tuer au centre de rétention, mais le décor était plus joli. Cela m'offrait un petit bonheur inattendu. Dans des forêts, dans des villages paisibles, sur les flancs des montagnes, je me suis donné la mort encore et encore.

Dans les endroits les plus beaux, je prenais secrètement mon temps. Une fois, dans une jungle chaude et profonde qui sentait la mousse humide et les excréments de singe, il m'a fallu presque toute une journée pour abattre des arbres et construire une haute tour pour me pendre par le cou. J'avais une machette. J'imaginais la sève poisseuse sur mes mains et son doux parfum de miel, l'agréable sensation de fatigue qui engourdissait mes bras à force de couper des branches, et les cris stridents des singes furieux que j'abatte leurs arbres. Je travaillais dur en esprit, je ficelais les troncs ensemble avec des plantes grimpantes et rampantes en faisant un nœud spécial que ma sœur Nkiruka m'avait appris. C'était une grosse journée de travail pour une très jeune fille. J'étais fière de moi. À la fin de cette longue journée, seule dans mon lit d'infirmerie à construire ma tour de suicide, je me suis dit que j'aurais aussi bien pu grimper à un arbre de la jungle et sauter pour me fracasser sur un rocher, mon imbécile de tête en avant.

C'était la première fois que je souriais.

Je me suis mise à manger les repas qu'on m'apportait. Je me disais : Il faut garder des forces, Petite Abeille, ou tu seras trop faible pour te tuer, idiote que tu es, le moment venu, et alors tu seras bien embêtée. J'ai commencé à sortir de l'infirmerie et à aller à la cantine à l'heure des repas, pour pouvoir choisir ma nourriture au lieu qu'on me la serve. J'ai commencé à me poser des questions de ce genre : Qu'est-ce qui me donnera le plus de force pour me suicider ? Les carottes ou les petits pois ?

À la cantine, une télévision était allumée en permanence. Cela m'a permis d'apprendre plus de choses sur la vie dans votre pays. J'ai regardé des émissions qui s'appelaient *L'Île de la tentation* ou *Hell's Kitchen* et *Qui veut gagner des millions ?*, et je me demandais comment me tuer dans tous ces programmes : noyade, couteaux et appel au public.

Un jour, les employés du centre de rétention nous ont remis à tous un exemplaire d'un livre intitulé *Vivre au Royaume-Uni.* Il explique l'histoire de votre pays et comment s'intégrer. J'ai réfléchi à la façon de me tuer à l'époque de Churchill (rester sous les bombes), de Victoria (me jeter sous les sabots d'un cheval), et d'Henry VIII (épouser Henry VIII). J'ai imaginé comment me tuer sous des gouvernements travaillistes et conservateurs, et je me suis aperçue qu'il était inutile de prévoir un mode de suicide sous les démocrates libéraux. J'ai commencé à comprendre comment fonctionne votre pays.

On m'a fait quitter l'infirmerie. Je hurlais encore la nuit, mais plus toutes les nuits. J'ai pris conscience qu'en réalité je transportais deux chargements. L'un était l'horreur, c'est vrai, mais l'autre était l'espoir. Je me suis rendu compte qu'en me tuant aussi souvent, j'étais revenue à la vie.

J'ai lu vos romans. J'ai lu les journaux que vous nous envoyiez. Dans les articles d'opinion, je soulignais les phrases majestueuses et je cherchais tous les mots dans mon dictionnaire anglais Collins de poche. Je me suis exercée pendant des heures devant la glace jusqu'à ce que ces grands mots aient l'air de sortir naturellement de ma bouche.

J'ai lu beaucoup de choses sur votre famille royale. J'aime mieux votre reine que son anglais. Savez-vous comment vous pourriez vous tuer pendant une garden-party de la reine Elizabeth II sur la grande pelouse de Buckingham Palace de Londres, si vous étiez invités ? Moi, oui. Je me tuerais avec une flûte de champagne brisée, ou peut-être avec une patte de homard très pointue, ou alors avec un petit morceau de concombre que je pourrais faire passer dans ma trachée si les hommes arrivaient tout d'un coup.

Je me demande souvent ce que la reine ferait si les hommes arrivaient tout d'un coup. Ne me dites pas qu'elle n'y pense pas très souvent. Quand j'ai lu dans *Vivre au Royaume-Uni* ce qui est arrivé à plusieurs des femmes qui ont exercé le métier de reine, j'ai été sûre que forcément, elle y pensait tout le temps. Je crois que si nous nous rencontrions, la reine et moi, nous aurions beaucoup de choses à nous dire.

La reine sourit quelquefois, mais si vous regardez ses yeux sur son portrait, au dos du billet de cinq livres, vous verrez qu'elle porte une lourde cargaison, elle aussi. La reine et moi, nous sommes prêtes au pire. En public, vous nous verrez sourire, et même rire de temps en temps, mais il suffirait que vous soyez un homme et que vous nous regardiez d'une certaine façon pour que nous nous débrouillions, l'une comme l'autre, pour être mortes sans vous laisser le temps de poser un doigt sur notre corps. Nous ne vous donnerions pas cette satisfaction, la reine d'Angleterre et moi.

C'est plutôt bien de vivre comme cela. Une fois qu'on est prêt à mourir, on souffre moins de l'horreur. Alors, j'étais inquiète mais souriante, parce que j'étais prête à mourir, le matin où l'on nous a libérées du centre de rétention.

Je vais vous raconter ce qui s'est passé quand le chauffeur de taxi est arrivé. Nous quatre, les filles, nous attendions devant le centre de rétention administrative. Nous lui tournions le dos, parce que c'est la chose à faire en présence d'un grand monstre gris qui vous a gardées dans son ventre pendant deux ans avant de vous recracher subitement. Vous lui tournez le dos et vous parlez tout bas, de crainte qu'il ne se souvienne de vous et qu'il n'ait la bonne idée de vous avaler de nouveau.

J'ai posé les yeux sur Yevette, la grande et jolie fille de la Jamaïque. Avant, chaque fois que je la regardais, elle riait et souriait. Mais, cette fois, son sourire avait l'air aussi inquiet que le mien.

« Qu'est-ce qui ne va pas ? » ai-je chuchoté.

Yevette a approché sa bouche de mon oreille.

« Isit, ya pas la sécurité.

— Mais ils nous ont relâchées. Nous sommes libres de partir. Où est le problème ? »

Yevette a secoué la tête et a chuchoté de nouveau :

« Sé pas si fasil, machè. La liberté, yen a deux. Ya : *Sé bon les fi, vous pouvez partir*, et ya : *Sé bon lé fi vous pouvez partir jusqu'à temps que nous on atttrape vous ancò*. Crois-moi, sé set deuxième liberté qu'on a là, isit, Mouchanmyèl. Elle s'appelle *immigrés clandestins.*

— Je ne comprends pas, Yevette.

— Et moi, je peux pas expliquer sa isit. »

Yevette a jeté un regard aux deux autres filles, et au centre de rétention, derrière elle. Puis elle s'est retournée vers moi, elle s'est penchée une nouvelle fois tout près de mon oreille.

« Moi, j'ai fé une bel blag pour que nous on peut partir d'isit.

— Comment ça, une blague ?

— Chchtt, machè. Ya trop de gens ki écoutent, là isit, Mouchanmyèl. Crois-moi, faut cacher nous. Alò, moi, je pourrai t'expliquer la situation *dans le calme.* »

Les deux autres filles nous regardaient. Je leur ai souri et j'ai essayé de ne pas penser à ce que venait de dire Yevette. Nous étions assises sur nos talons devant la grande porte du centre de rétention. La clôture s'étendait des deux côtés. Elle était haute comme quatre hommes et surmontée de barbelés acérés emmêlés en vilains rouleaux noirs. J'ai regardé les autres filles et je me suis mise à rigoler. Yevette s'est relevée, elle a posé les mains sur ses hanches et m'a fait les gros yeux.

« Pourquoi tu ris comme sa, Mouchanmyèl ?

— Je m'appelle Petite Abeille, Yevette, et c'est cette clôture qui me fait rire. »

Yevette a levé les yeux pour la regarder.

« Bon Dieu, machè, vous les Ni-jéérrryans, vous êtes ancò plus toc-toc qu'on croit. Sa te fè rigoler, cette clôture et moi, je voudrais bien plus jamais la voir. Et je suis *sérieuse.*

— C'est à cause des barbelés, Yevette. Regarde-nous ! Moi avec mes sous-vêtements dans un sac en plastique transparent, toi avec tes tongs, cette fille dans son joli sari jaune, et l'autre avec ses documents. Tu nous vois escalader cette clôture ? Croyez-moi, les filles, ils pourraient aussi bien retirer ces barbelés et poser des pièces d'une livre et des mangues fraîches au sommet de la clôture, nous, nous n'arriverions quand même pas à sortir. »

Alors, Yevette s'est mise à rire : « *Ou-ha-ha-ha-ha-ha* » et elle a agité l'index vers moi.

« Que t'es bèt ! Tu crois ki z'ont mis cette clôture pour que nous, les fi, on reste *là-dedans* ? T'es toc-toc ? Y l'ont mise pour que les garçons y restent *dehors*. Si les garçons, y savaient les belles femmes ki gardent enfermées isit, z'enfonceraient la porte ! »

Je riais mais, à ce moment-là, la fille aux documents a parlé. Elle était assise sur ses talons et elle avait les yeux baissés sur ses tennis Dunlop Green Flash.

« Où on va aller, nous toutes ?

— Là où le taksi, y nous conduira, machè, tu vois ? Et pi après, on continuera depuis là. Fé pas set tête carême, mafi ! On va *là*, en *Anglitè.* »

Yevette a tendu le doigt vers la porte ouverte. La fille aux documents a levé les yeux dans la direction qu'elle montrait, la fille au sari jaune aussi, et moi aussi.

C'était une belle matinée, je vous l'ai déjà dit. Nous étions en mai et des gouttes de soleil toutes chaudes ruisselaient par les trous des nuages, comme si le ciel était un bol bleu brisé dans lequel un enfant aurait mis du miel. Nous étions au sommet de la colline. Une longue route goudronnée serpentait depuis notre porte jusqu'à l'horizon. Il n'y avait pas de voitures. La route s'arrêtait là où nous étions assises – elle n'allait pas plus loin. De part et d'autre de la route, il y avait des champs. C'étaient de beaux champs, avec de l'herbe vert vif tellement fraîche qu'elle vous donnait faim. J'ai regardé ces champs et je me suis dit : Je pourrais me mettre à quatre pattes, enfoncer mon visage dans cette herbe et manger, manger, *manger*. C'est d'ailleurs ce que faisaient de très nombreuses vaches à gauche de la route et un nombre encore plus grand de moutons à droite.

Dans le champ le plus proche de nous, un homme blanc assis sur un petit tracteur bleu traînait un outil sur le sol, mais ne me demandez pas à quoi il servait. Un autre homme blanc en vêtements bleus – il me semble que vous appelez cela une *salopette* – fermait une clôture avec une corde orange vif. Les champs étaient carrés et très bien dessinés, et les haies qui les séparaient étaient droites et basses.

« C'est grand, a dit la fille aux documents.

— Mé non, sé rien du tout, a fait Yevette. Faut juste aller à Londres. Moi, je connais des gens, à Londres.

— Moi, j'connais pas de gens, a répondu la fille aux documents. J'connais personne.

— Faudra te débrouiller alò, mafi. »

La fille aux documents a froncé les sourcils :

« Comment ça se fait qu'y ait personne pour nous aider ? Comment ça se fait que ma travailleuse sociale, elle soit pas venue me chercher ? Comment ça se fait qu'ils nous donnent pas de papiers de sortie ? »

Yevette a secoué la tête.

« T'as pas assez de papiers dans ton sac, isit, mafi ? Y a des gens, tu leur donnes le doigt, y veulent le bras. »

Yevette a ri, mais il y avait du désespoir dans ses yeux.

« Et qu'est-ce qu'y fé, set salopri de taksi ?

— Le monsieur au téléphone a dit dix minutes.

— Sa fé déjà plutôt dix ans, pas vrai ? »

Yevette s'est tue. Nous avons recommencé à regarder la campagne. Le paysage était profond et vaste. Le souffle de la brise passait dessus. Nous étions assises là, sur nos talons, à observer les vaches et les moutons, et puis l'homme blanc qui attachait les barrières autour d'eux.

Au bout d'un moment, notre taxi a surgi au loin. Nous l'avons suivi des yeux alors qu'il n'était encore qu'une toute petite tache blanche à l'autre bout de la route. Yevette s'est tournée vers moi et elle a souri.

« Le chauffeur taksi, au téléphone, y était joli garçon ?

— Je n'ai pas parlé au chauffeur, tu sais. J'ai seulement parlé à son patron.

— Ça fait dix-huit mois que j'ai pas d'homme, Mouchanmyèl. Ce chauffeur, y fera bien d'être un vrai Mister Mention, tu comprends ? Moi, j'aime les garçons ki sont bien gros-gras-vaillants, les malabars. Moi, j'aime pas les minables, tout maigres. Et moi, j'aime ki soient *élégants*. J'ai pas temps à perdre avec des losers, tu vois ? »

J'ai haussé les épaules. J'observais le taxi qui approchait. Yevette m'a regardée.

« Et toi, quel modèle d'homme tu aimes, Mouchanmyèl ? »

J'ai regardé par terre. De l'herbe poussait à travers le goudron et je l'ai tortillée entre mes doigts. Quand je pensais aux hommes, je sentais la peur me transpercer le ventre, aussi pointue que des lames de couteaux. Je n'avais pas envie de parler, mais Yevette m'a donné un coup de coude.

« Allez, Mouchanmyèl, c'est quoi le modèle de garçon de mamzel ?

— Oh, tu sais bien, le genre habituel !

— Quoi, kès tu veux dire *le genre a-bi-tu-el* ? Gros, tit, maigre, costaud ? »

J'ai regardé mes mains.

« Je crois que pour moi, l'homme idéal devrait parler plusieurs langues. Il parlerait ibo et yorouba et anglais et français, et aussi toutes les autres langues. Ainsi, il pourrait parler avec tout le monde, même avec les soldats, et si ces gens avaient de la violence dans leur cœur, il pourrait changer cela. Il n'aurait pas besoin de se battre, tu comprends ? Il ne serait pas forcément très beau, mais sa beauté serait dans ses paroles. Il serait très gentil, même si tu laisses brûler son repas parce que tu as rigolé et bavardé avec tes amies au lieu de surveiller la cuisson. Il dirait simplement : *Ça ne fait rien.* »

Yevette s'est tournée vers moi. « Excuse, Mouchanmyèl, mais ton homme *idéal*, y paraît pas très ré-a-lisste. »

La fille aux documents, elle a levé les yeux de ses

tennis Dunlop Green Flash. « Fous-lui donc la paix. Tu vois pas qu'elle est vierge ? »

J'ai baissé la tête. Yevette, elle ne m'a pas quitté des yeux pendant un très long moment, puis elle a posé la main sur ma nuque. J'ai enfoncé le bout de ma ranger dans le sol et Yevette a regardé la fille aux documents. « Et comment toi tu sais sa, mafi, hein ? »

La fille a haussé les épaules et a montré du doigt les documents que contenait son sac en plastique transparent : « J'ai vu des choses. Je connais les gens.

— Et pourquoi toi tu parles pas avec nous, si tu connais tellement de choses ? »

La fille a de nouveau haussé les épaules. Yevette ne la quittait pas des yeux.

« En fé, comment tu t'appelles, mafi ?

— J'dis pas mon nom aux gens. C'est plus prudent. »

Yevette a roulé des yeux. « Moi, je crois bien tu donnes pas non plus ton numéro téléphone aux garçons. »

La fille aux documents, elle a dévisagé Yevette. Puis elle a craché par terre. Elle tremblait.

« Toi, tu sais rien du tout, a-t-elle dit. Si tu savais un seul truc sur cette vie, t'arrêterais de te marrer comme ça. »

Yevette a posé les mains sur ses hanches. Elle a secoué la tête lentement.

« Machè, la vie, elle a pas repris ses cadeaux à toi et à moi dans le même sens, c'est tout. En vrai, la vie m'a juste laissé le marrant. Et toi, machè, elle t'a juste laissé la *paperasse.* »

Et puis elles se sont interrompues, parce que le taxi arrivait. Il s'est arrêté pile devant nous. La vitre latérale était ouverte et de la musique très bruyante en sortait. Je vais vous dire ce que c'était, cette musique. C'était une chanson qui s'appelle *We are the champions*, par un groupe anglais qui s'appelle Queen. Et voilà pourquoi je connais cette chanson : c'est parce qu'un des employés du centre de rétention administrative aimait beaucoup ce groupe. Il apportait sa stéréo et faisait passer la musique quand nous étions enfermées dans les cellules. Si nous dansions et que nous nous balancions pour lui montrer que sa musique nous plaisait, nous avions droit à un supplément de nourriture. Un jour, il m'a montré une photo du groupe. C'était celle du boîtier du CD. Sur la photo, un des musiciens avait des cheveux incroyables. Noirs, avec des boucles très serrées, ils lui couvraient toute la tête comme un poids très lourd et descendaient sur la nuque jusqu'à ses épaules. Je comprends ce que veut dire le mot *mode* dans votre langue, mais ces cheveux-là, ils n'avaient pas l'air d'être à la mode, je peux vous l'assurer – ils avaient l'air d'une punition.

Un des autres employés du centre est passé pendant que nous regardions la photo de la boîte du CD, il a désigné le musicien avec tous ces cheveux et il a dit : *Quelle tête de nœud, celui-là.* Je me rappelle que j'ai été très contente, parce que j'étais encore en train d'apprendre à bien parler votre langue et que je venais de comprendre qu'un mot peut avoir plusieurs sens. J'ai compris tout de suite ce qu'il voulait dire. Je voyais bien que *nœud* faisait allusion aux cheveux du musicien. Ils étaient si bouclés que ça faisait effectivement comme des nœuds autour de sa tête, vous voyez. Alors *nœud* désignait un ruban noué par exemple, mais une *tête de nœud*, c'était un homme qui a ce genre de coiffure.

Je vous raconte cela parce que le chauffeur de taxi avait exactement la même coiffure.

Quand le taxi s'est arrêté devant la grande porte du centre de rétention, le chauffeur n'est pas descendu de son siège. Il nous a regardées par la vitre ouverte. C'était un homme blanc, mince, et il portait des lunettes de soleil aux verres vert foncé, avec une monture dorée. La fille au sari jaune, elle a regardé le taxi, elle n'en revenait pas. Je crois qu'elle était comme moi et qu'elle n'avait encore jamais vu une aussi grosse voiture blanche, une voiture aussi neuve et aussi brillante. Elle a tourné autour, elle l'a caressée de la main et elle a fait : *Mmmm.* Elle tenait toujours le sachet transparent vide. Elle a suivi du doigt les lettres à l'arrière de la voiture. Elle les a épelées très lentement et très soigneusement, comme elle l'avait appris au centre de rétention. Elle a dit : *F...O...R...D... hmm ! Ford !* Quand elle est arrivée devant la voiture, elle a regardé les phares et elle a cligné les yeux. Elle a incliné la tête sur le côté, puis elle l'a redressée, elle a regardé la voiture fixement et elle a ri tout bas. Le chauffeur de taxi ne l'avait pas quittée du regard. Puis il s'est tourné vers nous, les autres filles, avec sur le visage l'expression d'un homme qui vient de se rendre compte qu'il a avalé une grenade en la prenant pour une prune.

« Votre copine, elle est pas bien dans sa tête ou quoi ? » a-t-il demandé.

Yevette m'a enfoncé son coude dans les côtes.

« Vaut mieux c'est toi qui fé la diskission, Mouchanmyèl », m'a-t-elle chuchoté.

J'ai regardé le chauffeur de taxi. Sa stéréo passait toujours *We are the champions*, très fort. J'ai compris qu'il fallait que je lui dise quelque chose qui le persuaderait que nous n'étions pas des réfugiées. Je voulais lui montrer que nous étions britanniques, que nous parlions votre langue et connaissions toutes les subtilités de votre culture. Je voulais aussi être aimable avec lui. Alors j'ai souri, je me suis approchée de la vitre ouverte et j'ai dit au chauffeur de taxi : « Bonjour monsieur, je vois que vous avez une tête de nœud. »

Je crois que le chauffeur ne m'a pas comprise. Il a eu l'air encore plus contrarié. Il a tourné la tête d'un côté à l'autre, très lentement. Il a répondu : « Dites donc, les guenons, on ne vous apprend pas les bonnes manières dans la jungle ? »

Et puis il est reparti, tellement vite que les pneus de son taxi ont hurlé comme un bébé à qui on retire son lait. Nous, les quatre filles, nous sommes restées là à regarder la voiture disparaître au pied de la colline. Les moutons à droite de la route et les vaches à gauche de la route regardaient aussi. Puis ils ont recommencé à brouter l'herbe et nous, les filles, nous avons recommencé à nous asseoir sur nos talons. Le vent a soufflé, et les rouleaux de barbelés ont cliqueté au sommet du mur. Les ombres des petits nuages en haut dans le ciel ont glissé sur la campagne.

Aucune de nous n'a rien dit pendant un très long moment.

« Pitèt on aurait dû laisser la fi au sari faire la dis-kission.

— Je suis désolée.

— Vous, les Afrikens, vous vous croyez toujours tellement malins, mais en vrai, vous êtes *ignorants.* »

Je me suis levée et je me suis approchée de la clôture. Je me suis accrochée au grillage et j'ai regardé à travers, vers le bas de la colline, de l'autre côté des champs. Les deux fermiers travaillaient toujours, celui qui conduisait le tracteur et celui qui attachait les barrières.

Yevette s'est approchée de moi. « Qu'est-ce qu'on fé à présent, Mouchanmyèl ? Faut pas rester isit. On va marcher, d'accord ? »

J'ai secoué la tête. « Et ces hommes, là en bas ?

— Tu crois y vont arrêter nous ? »

Je me suis cramponnée au grillage de toutes mes forces.

« Je ne sais pas, Yevette. J'ai peur.

— Pourquoi t'as peur, Mouchanmyèl ? Pitèt y vont juste nous laisser tranquilles. Ekcepté si tu veux ancò les insulter, comme t'as fé avec le chauffeur taksi ? »

J'ai souri et j'ai secoué la tête.

« Tout va bien alors. T'as pas à avoir peur. Moi, j'accompagne toi sur tous les chemins. Mais toi, faut arrêter les manières guenon, hein ? »

Yevette s'est adressée à la fille aux documents.

« Et toi, mamzel j'ai-pas-de-nom ? Tu viens avec nous ? »

La fille s'est retournée vers le centre de rétention.

« Ça va pas, c'est pas possible, on devrait avoir de l'aide. Pourquoi est-ce qu'ils ont pas envoyé nos travailleurs sociaux nous chercher ?

— Pourquoi ? Parce ki z'ont pa *désidé* de le faire, machè. Alors, tu fé quoi, toi ? Tu retournes là-dedans, tu leur mandé une auto, un chéri chéri et pitèt des bel *bi*-joux ? »

La fille a secoué la tête. Yevette a souri.

« C'est bien, mafi. Et toi, Fi au Sari ? Moi, je vais faciliter les choses pour toi. Tu viens avec nous, machè. Si t'es d'accord, dis rien. »

La fille au sari l'a regardée en clignant les yeux et elle a penché la tête sur le côté.

« Bien. Tout le monde y part, Mouchanmyèl. Tout le monde y part d'isit. »

Yevette m'a regardée, mais j'observais toujours la fille. Le vent soufflait sur son sari jaune et j'ai vu qu'elle avait une cicatrice en travers de la gorge, d'un côté à l'autre, large comme le petit doigt. Blanche comme un os sur sa peau sombre. Elle se nouait et s'enroulait autour de sa trachée, comme si elle refusait de la lâcher. Comme si elle se disait qu'elle avait encore une chance de l'achever. La fille a vu que je la regardais et elle a posé la main sur sa cicatrice pour la cacher. Alors j'ai regardé sa main. Elle était elle aussi couverte de cicatrices. Nous avons passé un accord à propos des cicatrices, je sais, mais là, j'ai détourné les yeux parce qu'il y a des fois où on a du mal à supporter trop de beauté.

Nous avons franchi le portail, nous avons suivi la route goudronnée jusqu'au bas de la colline.

Yevette marchait devant, j'étais la deuxième et les autres me suivaient. Pendant tout ce temps, j'avais les yeux fixés sur les talons de Yevette. Je ne regardais ni à gauche ni à droite. J'avais le cœur qui battait très fort quand nous sommes arrivées au pied de la colline. Le ronflement du tracteur est devenu de plus en plus bruyant jusqu'à couvrir le claquement des tongs de Yevette. Quand le grondement du tracteur a diminué derrière nous, j'ai respiré plus librement. Tout va bien, me suis-je dit. Nous les avons dépassés et, évidemment, il ne s'est rien passé. Quelle sotte j'étais d'avoir peur comme ça. Puis le bruit du tracteur s'est arrêté. Quelque part, tout près, un oiseau a chanté, dans le silence soudain.

« Attendez », a dit une voix d'homme.

J'ai chuchoté à Yevette : « Ne t'arrête pas.

— ATTENDEZ ! »

Yevette s'est arrêtée. J'ai cherché à la dépasser, mais elle m'a attrapée par le bras.

« Sois sérieuse, machè. Ki koté tu veux alé ? »

Je me suis arrêtée. J'avais tellement peur que je n'arrivais pas à respirer. Les autres filles non plus. La fille sans nom, elle a chuchoté à mon oreille : « S'il te plaît. On n'a qu'à remonter sur la colline. Ces gens-là, ils nous aiment pas. »

L'homme du tracteur est descendu de sa cabine. L'autre, celui qui attachait les barrières, il est venu le rejoindre. Ils se tenaient là, sur la route, entre nous et le centre de rétention. Le conducteur du tracteur portait une veste verte et une casquette. Il avait les mains dans les poches. L'homme qui avait attaché les barrières – l'homme en salopette bleue –, il était très grand. Le conducteur du tracteur ne lui arrivait qu'à la poitrine. Il était si grand que le pantalon de sa salopette ne descendait pas jusqu'à ses chaussettes, et en plus, il était très gros. Il avait un épais boudin rose sous le cou et des bourrelets de graisse entre le bas de sa salopette et le haut de ses chaussettes. Un bonnet de laine lui couvrait le front. Il a sorti un paquet de tabac de sa poche et il a roulé une cigarette sans nous quitter des yeux, nous, les filles. Il ne s'était pas rasé, et il avait le nez gonflé et rouge. Ses yeux aussi étaient rouges. Il a allumé sa cigarette, il a soufflé la fumée et il a craché par terre. Quand il parlait, sa graisse tremblotait.

« Alors comme ça, vous vous êtes sauvées, les petites, hein ? »

Le conducteur du tracteur a ri. « Ne faites pas attention à Petit Albert », a-t-il dit.

Nous, les filles, nous regardions par terre. Yevette et moi, nous étions devant, la fille au sari jaune et la fille sans nom se tenaient derrière nous. La fille sans nom, elle a recommencé à chuchoter à mon oreille. « Je t'en prie. On n'a qu'à retourner là-bas. Ces gens-là, ils vont pas nous aider, tu vois bien.

— Ils ne peuvent pas nous faire de mal. Nous sommes en Angleterre, maintenant. C'est différent des endroits d'où nous venons.

— Je t'en prie, *partons.* »

Je la regardais sauter d'un pied sur l'autre dans ses tennis Dunlop Green Flash. Je ne savais pas s'il fallait partir en courant ou rester.

« Alors ? a demandé le grand et gros homme. Vous vous êtes sauvées ? »

J'ai secoué la tête.

« Non, monsieur. Nous avons été libérées. Nous sommes des réfugiées officielles.

— Vous pouvez le prouver ?

— Nos papiers, c'est nos travailleurs sociaux qui les ont », a dit la fille sans nom.

Le gros et grand homme a examiné les environs. Il a levé les yeux vers le haut de la route, les a baissés vers le bas. Il s'est hissé sur la pointe des pieds pour regarder de l'autre côté de la haie, dans le champ voisin.

« J'vois pas de travailleurs sociaux dans le coin, a-t-il dit.

— Vous n'avez qu'à téléphoner si vous nous croyez pas, a répondu la fille sans nom. Appelez le service des Frontières et de l'Immigration. Ils n'ont qu'à vérifier dans leurs fichiers. Ils vous diront qu'on est en règle. »

Elle a fouillé dans son sac en plastique rempli de documents jusqu'à ce qu'elle trouve le papier qu'elle cherchait.

« Là. Voilà le numéro. Appelez, vous verrez bien.

— Non. Faut pas. Fé pas sa », a dit Yevette.

La fille sans nom l'a regardée. « Où est le problème ? On nous a libérées, non ? »

Yevette a serré ses mains l'une contre l'autre. « C'est pas si facile », a-t-elle chuchoté.

La fille sans nom a regardé Yevette. Il y avait de la colère dans ses yeux.

« *Qu'est-ce que t'as fait ?* a-t-elle demandé.

— Moi, j'ai fé ce ke je devais faire », a répondu Yevette.

D'abord, la fille sans nom a eu l'air fâché, et puis

elle a eu l'air gêné et puis, lentement, j'ai vu la terreur envahir son regard. Yevette lui a tendu les mains. « Excuse, machè. Moi, j'aurais plutôt pas fé sa, tu sé. »

La fille a repoussé les mains de Yevette.

Le conducteur du tracteur a fait un pas en avant, il nous a regardées et il a soupiré.

« C'est typique, Petit Albert, c'est parfaitement typique. »

Il m'a regardée avec tristesse, et j'ai senti mon estomac se nouer.

« Vous êtes dans une situation très précaire si vous n'avez pas de papiers, mes petites dames, vous savez ? Il y a des gens qui pourraient en profiter. »

Le vent soufflait sur les champs. J'avais la gorge tellement serrée que je n'arrivais pas à parler. Le conducteur du tracteur a toussé.

« C'est parfaitement typique de ce gouvernement, a-t-il repris. Je me fous pas mal de savoir si vous êtes ici légalement ou non. Mais comment peuvent-ils vous libérer sans papiers ? La main gauche ignore ce que fait la droite. C'est tout ce que vous avez comme affaires ? »

J'ai brandi mon sac en plastique transparent et quand les autres filles m'ont vue faire, elles ont, elles aussi, tendu les leurs. Le conducteur du tracteur a secoué la tête.

« Parfaitement typique, pas vrai, Albert ?

— J'en sais trop rien, monsieur Ayres.

— Ce gouvernement se fout du monde. Vous n'êtes pas les premiers réfugiés que je vois errer dans ces champs comme des Martiens. Vous ne savez même pas sur quelle planète vous êtes, pas vrai ? Putain de gouvernement. Il se fout de vous, les réfugiés, il se fout de la campagne, il se fout des paysans. La seule chose qui intéresse ce foutu gouvernement, ce sont les renards et les citadins. »

Il a levé les yeux vers les barbelés du centre de rétention, derrière nous, puis il nous a dévisagées l'une après l'autre, nous, les filles.

« Pour commencer, vous n'auriez jamais dû vous trouver dans cette situation. C'est une honte, voilà ce que je dis, moi, d'enfermer des filles comme vous dans un endroit pareil. Pas vrai, Albert ? »

Petit Albert a ôté son bonnet de laine, il s'est gratté la tête et a tourné les yeux vers le centre de rétention. Il a soufflé la fumée de sa cigarette par le nez. Il n'a rien dit.

M. Ayres nous a regardées, nous quatre, les filles.

« Bien. Qu'allons-nous faire de vous ? Voulez-vous que je vous raccompagne là-haut et que je leur demande de vous garder jusqu'à ce qu'ils aient pu prendre contact avec vos travailleurs sociaux ? »

Yevette a écarquillé les yeux tout grands quand M. Ayres a dit cela.

« Non non, missié, siouplé. Nous on veut pas aller là ancò. Nous on est trop *malheureuses* là-dedans. C'est pire que la mort là-dedans. Ouh, ouh. »

Alors, M. Ayres m'a regardée.

« J'en viens à me dire qu'ils vous ont peut-être libérées par erreur. Oui, c'est ce que je me dis. Je me trompe ? »

J'ai haussé les épaules. La fille au sari et la fille sans nom, elles se contentaient de nous regarder, nous les autres, pour voir ce qui allait se passer.

« Vous savez où aller, les filles ? Vous avez de la

famille quelque part ? Des gens qui vous attendent ? »

J'ai regardé les autres filles, puis je l'ai regardé lui, de nouveau, et j'ai secoué la tête pour dire non.

« Est-ce que vous pouvez prouver que vous êtes en situation régulière ? Je risque d'avoir des ennuis, moi, si je vous héberge sur mes terres et qu'on découvre que vous êtes des immigrantes clandestines. C'est que j'ai une femme et trois enfants. Je vous pose la question sérieusement.

— Je suis désolée, monsieur Ayres. Nous n'allons pas rester sur vos terres. Nous allons partir, cela vaudra mieux. »

M. Ayres a hoché la tête et a retiré sa casquette, il a regardé à l'intérieur, il l'a tournée et retournée entre ses mains. J'ai observé ses doigts qui trituraient le tissu vert. Il avait des ongles épais et jaunes. Ses doigts étaient pleins de terre.

Un grand oiseau noir a battu des ailes au-dessus de nos têtes et s'est envolé dans la direction où notre taxi avait disparu. M. Ayres, il a pris une profonde inspiration et il a levé sa casquette pour que je voie l'intérieur. Il y avait un nom cousu sur la doublure de la casquette. Le nom était écrit comme à la main sur une étiquette de tissu blanc. L'étiquette était jaune de transpiration.

« Tu lis l'anglais ? Tu vois ce qu'il y a sur cette étiquette ?

— Oui, monsieur, il y a Ayres.

— Exactement. Oui, c'est ça. Ayres, c'est moi, et ça, c'est ma casquette, et la terre sur laquelle vous êtes, les filles, c'est la ferme Ayres. Je travaille cette terre, mais ce n'est pas moi qui y fais la loi, je la laboure au printemps et à l'automne en traçant des sillons bien parallèles. Crois-tu que ça me donne le droit de décider si ces femmes peuvent rester sur cette terre, Petit Albert ? »

Pendant un moment, le seul bruit a été celui du vent. Petit Albert a craché par terre.

« Ma foi, monsieur Ayres, j'suis pas un homme de loi, moi. J'suis qu'un vacher et un porcher, en fait, pas vrai ? »

M. Ayres a ri.

« Vous pouvez rester ici, mesdames », a-t-il dit.

À ce moment-là, j'ai entendu un sanglot derrière moi. C'était la fille sans nom. Elle était cramponnée à son sac de documents, elle pleurait, et la fille au sari jaune l'a prise dans ses bras. Elle lui a chanté quelque chose d'une voix douce, comme nous chanterions à un bébé qui a été réveillé dans la nuit par le bruit des fusils, au loin, et qu'il faut calmer en évitant de l'exciter encore plus. Je ne sais pas si vous avez un mot pour ce genre de chanson.

Albert a retiré la cigarette de sa bouche. Il l'a écrasée entre le pouce et l'index. Il l'a roulée pour en faire une petite boule et l'a laissée tomber dans la poche de sa salopette. Il a de nouveau craché par terre, et il a remis son bonnet de laine.

« Pourquoi elle chiale ? »

Yevette a haussé les épaules. « Pitèt cette fi, la bonté, elle a pas trop l'habitude. »

Albert a réfléchi. Puis il a hoché la tête, lentement.

« Je pourrais les mettre dans la grange des cueilleurs, qu'est-ce que vous en pensez, monsieur Ayres ?

— Merci, Albert. Oui, emmène-les là-bas, et installe-les. Je vais demander à ma femme d'aller voir de quoi elles ont besoin. (Il s'est tourné vers nous, les filles.) Nous avons un dortoir pour nos saisonniers. Il est vide en ce moment. On ne s'en sert qu'à l'époque des récoltes et de l'agnelage. Vous pouvez y rester une semaine, mais pas plus. Après ça, je ne veux plus entendre parler de vous. »

J'ai souri à M. Ayres, mais M. Ayres a chassé mon sourire de la main. Un peu comme vous chasseriez une abeille pour l'empêcher de s'approcher trop près. Nous quatre, les filles, nous avons suivi Albert à travers champs. Nous marchions l'une derrière l'autre. Albert marchait devant, dans son bonnet de laine et sa salopette bleue. Il tenait une grosse bobine de corde en plastique orange. Puis venait Yevette dans sa robe trapèze violette et ses tongs, puis moi, et je portais le jean et la chemise hawaïenne. Derrière moi, il y avait la fille sans nom, et elle pleurait toujours, puis il y avait la fille en sari jaune, qui chantait toujours tout bas. Les vaches et les moutons se sont écartés pour nous regarder traverser les champs. On voyait bien qu'ils se disaient : Quelles étranges nouvelles créatures Petit Albert conduit là !

Il nous a accompagnées jusqu'à un bâtiment tout en longueur, à côté d'un ruisseau. Le bâtiment avait des murs de brique qui n'étaient pas plus hauts que mon épaule, mais ils étaient surmontés d'un grand toit de métal qui s'élevait en arche, si bien que le bâtiment faisait comme un tunnel. Le toit de métal n'était pas peint. Les murs n'avaient pas de fenêtres, mais il y avait des lucarnes en plastique dans le toit.

Le bâtiment se dressait dans un champ de boue où des cochons et des poules grattaient le sol. Quand nous avons approché, les cochons n'ont pas bougé et ils nous ont regardés. Les poules se sont éloignées d'une démarche inquiète, se retournant pour vérifier que nous ne les suivions pas.

Les poules étaient prêtes à s'enfuir s'il le fallait. Elles soulevaient chaque patte d'un mouvement saccadé et, quand elles la reposaient, on voyait leurs griffes trembler. Elles se sont rapprochées les unes des autres et ont fait un bruit comme si elles chuchotaient entre elles. Le son devenait plus aigu chaque fois que l'une de nous, les filles, se rapprochait d'un pas, et le ton redescendait chaque fois que les poules avaient rétabli la distance entre elles et nous. Je n'aimais pas du tout regarder ces poules. Leur façon de marcher et le bruit qu'elles faisaient, c'était exactement comme quand Nkiruka et moi avions finalement quitté notre village, là-bas, chez nous.

Nous avions rejoint un groupe de femmes et de filles et nous nous étions enfuies dans la jungle un matin. Nous avions marché jusqu'à ce qu'il fasse nuit et puis, nous nous étions couchées pour dormir à côté du sentier. Nous n'avions pas osé faire de feu. Dans la nuit, nous avions entendu des coups de fusil. Nous avions entendu des hommes crier comme des cochons qui attendent dans leur cage de se faire égorger. Il y avait pleine lune cette nuit-là et je n'aurais pas été plus terrifiée si la lune avait ouvert la bouche pour se mettre à hurler. Nkiruka me tenait serrée contre elle. Il y avait des bébés dans notre groupe, certains s'étaient réveillés et il avait fallu leur chanter des chansons pour les calmer. Le matin, une grande colonne de fumée maléfique s'élevait des champs, à la place de notre village. Une fumée noire qui s'enroulait et bouillonnait dans le ciel bleu. Certains enfants de notre groupe, des tout-petits, avaient demandé d'où venait cette fumée, et les femmes leur avaient souri et elles leur avaient dit : *Ce n'est que la fumée d'un volcan, les petits. Il ne faut pas vous inquiéter.* Et moi, j'avais vu les sourires quitter leurs visages quand elles avaient détourné les yeux de leurs enfants pour regarder de nouveau le ciel bleu qui se remplissait de noir.

« Ça va ? »

Albert me regardait. J'ai cillé.

« Oui. Merci, monsieur.

— Tu étais dans la lune, hein ?

— Oui, monsieur. »

Albert a secoué la tête et a ri. « Alors, vous les jeunes, c'est quelque chose. Toujours la tête dans les nuages. »

Il a déverrouillé le bâtiment et il nous a fait entrer. À l'intérieur, il y avait deux rangées de lits, une rangée contre chaque mur en longueur. Les lits étaient en métal et ils étaient peints en vert foncé. Dessus, il y avait des matelas blancs tout propres et des oreillers sans taie. Le sol était en béton peint en gris, il était brillant et bien balayé. Le soleil entrait par les lucarnes en grosses rayures. De longues chaînes qui formaient une boucle pendaient du plafond ; il atteignait la hauteur de cinq hommes au milieu du bâtiment. Albert nous a montré comment tirer d'un côté des boucles de chaîne pour ouvrir les lucarnes, de l'autre côté pour les fermer. Il nous a montré les cabines au bout du bâtiment où nous pouvions prendre une douche ou aller aux toilettes. Puis il nous a fait un clin d'œil.

« Et voilà, mes p'tites dames. C'est peut-être pas un cinq étoiles, on est bien d'accord, mais trouvez-moi un hôtel où tu peux faire partager ta piaule à vingt petites Polonaises sans que la direction y mette le holà. Je vous assure qu'il y a des moissonneurs qui s'embêtent pas ici, quand les lumières sont éteintes. Si j'étais malin, je laisserais tomber l'élevage et je ferais un film, c'est moi qui vous le dis. »

Albert riait, et nous, les quatre filles, nous le regardions rire. Je ne comprenais pas pourquoi il parlait de film. Dans mon village, chaque année quand les pluies s'arrêtaient, les hommes allaient en ville et rapportaient un projecteur et un groupe électrogène diesel, ils nouaient une corde à deux arbres, et nous regardions un film sur un drap blanc suspendu à la corde. Il n'y avait pas de son avec le film, seulement le ronflement du groupe électrogène et les cris stridents des créatures de la jungle. C'est ainsi que nous avons appris des choses sur votre monde. Le seul film que nous avions s'appelait *Top Gun* et nous l'avons regardé cinq fois. Je me souviens, la première fois que nous l'avons vu, les garçons de mon village étaient tout excités parce qu'ils pensaient que ce film parlerait d'un fusil, mais ce n'était pas l'histoire d'un fusil. C'était l'histoire d'un homme qui devait voyager partout, très vite, parfois en moto, parfois dans un avion qu'il pilotait lui-même, et parfois la tête en bas. Nous en avons parlé, nous, les enfants de mon village, et nous sommes arrivés à deux conclusions : un, que ce film devrait plutôt s'appeler *L'homme qui était très pressé,* deux, que la morale du film était que cet homme ferait mieux de se lever plus tôt au lieu d'être couché au lit avec une femme aux cheveux blonds que nous avons appelée *la-femme-qui-reste-au-lit.* Comme ça, il n'aurait pas besoin de tellement se dépêcher pour faire tout ce qu'il avait à faire dans la journée. C'était le seul film que j'avais vu de ma vie, alors je n'ai pas compris quand Albert a dit qu'il devrait faire un film. Je ne le voyais vraiment pas piloter un avion la tête en bas. En fait, j'avais bien remarqué que M. Ayres ne le laissait même pas conduire son tracteur bleu. Albert a vu que nous, les filles, nous le regardions, et il a secoué la tête.

« Oh, laissez tomber ! a-t-il dit. Bon, y a des couvertures, des serviettes de toilette et tout un bazar dans les placards du fond. Sûrement que Mme Ayres va passer tout à l'heure vous apporter à manger. J'vous reverrai à la ferme, pour sûr. »

Nous, les quatre filles, nous étions au milieu du bâtiment et nous avons suivi des yeux Albert qui sortait en passant entre les deux rangées de lits. Il riait encore tout seul en s'éloignant dans la lumière du jour. Yevette nous a regardées et s'est tapé le doigt sur le côté de la tête. « Faut pas s'en faire. Les hommes blancs sont tous toc-toc. »

Elle s'est assise au bord du lit le plus proche, elle a sorti une tranche d'ananas séché de son sac en plastique transparent et s'est mise à la mâchonner.

Je me suis assise à côté d'elle, pendant que la fille au sari conduisait la fille sans nom un peu plus loin dans la chambre pour qu'elle s'allonge parce qu'elle pleurait toujours.

Albert avait laissé la porte ouverte, alors quelques poules sont entrées et se sont glissées sous les lits pour chercher à manger. La fille sans nom a crié en voyant les poules entrer dans le bâtiment, elle a remonté ses genoux contre sa poitrine et a mis un oreiller devant elle. Elle est restée assise là, avec ses grands yeux qui dépassaient de l'oreiller, et ses tennis Dunlop Green Flash qui pointaient dessous.

« *Re-LAX*, machè. Sa fé pas mal, c'est des poules, tu vois bien. »

Yevette a soupiré.

« Sa recommence, hein, Mouchanmyèl ?

— Oui, ça recommence.

— Cette fi, elle va pas bien, hein ? »

J'ai regardé la fille sans nom. Elle regardait Yevette et elle a fait le signe de croix.

« Pas trop bien, non, ai-je dit.

— Pitèt c'est plus difficile, à présent que nous, on est parties. Dans centre rétention, y nous disaient toujours : Fé si, fé sa. Nous alò, on avait pas temps pour penser. Mais à présent, tout est trop tranquille. C'est dangereux, sa. Tous les mauvais souvenirs, y viennent alò.

— Tu crois que c'est pour ça qu'elle pleure ?

— Je sé sa, moi, machè. Faut toutes qu'on fé attension à nos têtes, pas vrai ? »

J'ai haussé les épaules et j'ai remonté mes genoux sous mon menton.

« Et qu'est-ce qu'on fait, maintenant, Yevette ?

— J'en sé rien, machè. C'est le plus gros *problème* dans ce pays, isit, tu sé. Dans mon pays y a pas la paix, mais y a mille *rumeurs.* Y en a toujours un ki te dit ki koté tu peux aller aller pour si, pour sa. Mais isit, c'est tout le contraire, Mouchanmyèl. Y a la paix, mais y a pas l'*in-for-ma-sion,* pas vrai ? »

J'ai regardé Yevette dans les yeux. « Qu'est-ce qui se passe exactement, Yevette ? Qu'est-ce que tu as fait, au juste ? Pourquoi est-ce qu'ils nous ont laissées sortir de là sans papiers ? »

Yevette a soupiré.

« Moi, j'ai fait une tit *faveur* à un homme de l'immigrassion. Alò l'homme, y a changé des machins dans l'ordinateur, a appuyé sut le bon bouton, tu vois et hop ! les noms pour la libérasion, y sont venus sur l'écran. Toi, moi et les deux autres. Les hommes de la ré-ten-sion, y z'ont pas posé de question. Y voient les noms sur l'écran ordinateur ce matin, et bam ! y font sortir nous de la chambre et y montrent la porte à nous. Si les travailleurs sociaux, y sont pas là pour chercher nous, tant pis. Y sont trop occupés à regarder les tétés dans le journal, pas vrai ? Et nous, on est isit. Libres comme les zoiseaux.

— Sauf qu'on n'a pas de papiers.

— Oui. Mais moi, sa me fé pas peur.

— À moi, si, ça fait peur.

— Faut pas. »

Yevette m'a pris la main et j'ai souri.

« Je suis isit, moi. »

J'ai parcouru la salle du regard. La fille au sari et la fille sans nom, elles s'étaient installées six lits plus loin. Je me suis serrée contre Yevette et je lui ai dit tout bas : « Tu connais quelqu'un dans ce pays ?

— Évidemment, machè. Willi-yam Shakespeare, Lady Diana, bataille d'Anglitè. Moi, je les connais tous. Moi j'apprends tout sa pou l'examen de citoyenneté. Tu peux tout demander à moi.

— Non. Je veux dire, est-ce que tu connais quelqu'un chez qui tu puisses aller si nous arrivons à sortir d'ici ?

— Évidemment, machè. Moi, j'ai des gens à Londres. Y a la moitié Jamaïque à Cole Harbour Lane. Y rouspètent sûrement à cause tous les Nijééé-rryens qui vivent juste à koté. Et toi ? Tu as la famille isit ? »

Je lui ai montré le permis de conduire du Royaume-Uni que j'avais dans mon sac en plastique transparent. C'était une petite carte en plastique avec la photo d'Andrew O'Rourke. Yevette l'a levée pour la regarder.

« Sé quoi se machin ?

— C'est un permis de conduire. Il y a l'adresse du monsieur dessus. Je vais aller le voir. »

Yevette a approché la carte et l'a regardée fixement. Puis elle l'a éloignée de son visage en louchant. Puis elle l'a de nouveau rapprochée. Elle a cligné les yeux.

« C'est un homme *blanc*, Mouchanmyèl.

— Je sais bien.

— D'accord, d'accord, juste pour dire. Juste pour voir si t'es aveugle ou bête. »

J'ai souri, mais Yevette ne souriait pas.

« Il faut rester ensemble, machè. T'as qu'à venir

à Londres avec moi, tu veux ? On va bien trouver des gens à toi là-bas.

— Mais je ne les connaîtrai pas, Yevette. Je ne saurai pas si je peux leur faire confiance.

— Et cet homme, tu lui fé confiance ?

— Je l'ai rencontré un jour.

— Excuse, Mouchanmyèl, mais cet homme, y a pas l'air ton *modèle.*

— Je l'ai rencontré dans mon pays.

— Et pourquoi y était au Ni-jéé-rrya, cet homme ?

— Je l'ai rencontré sur une plage. »

Yevette a rejeté la tête en arrière et s'est donné des claques sur les cuisses.

« Ou-ha-ha-ha-ha ! Moi je vois, à présent. Et l'autre ki dit que t'es *vierge* ! »

J'ai secoué la tête.

« Ce n'est pas ce que tu crois.

— Dis pas sa à moi, mamzel sexy Mouchanmyèl. T'as bien dû faire kékchoz à cet homme, pour ki te donne ce *pré-ssieux do-cu-ment.*

— Il était avec sa femme, Yevette. Elle est très belle, cette dame. Elle s'appelle Sarah.

— Alors, pourquoi y te donne son permis conduire ? Si sa femme est si belle, y pense : L'auto, moi j'en ai plus besoin, ma dame, elle est si belle, j'ai qu'à rester chez moi tout le temps à la regarder, c'est sa ? »

J'ai détourné les yeux.

« Alors ? Tu l'as volé, ce document ?

— Non.

— Alors quoi ? Y s'est passé quoi ?

— Je ne peux pas en parler. C'était dans une autre vie.

— T'as ptèt passé trop de temps à apprendre ton bel anglais, Mouchanmyèl, pass ke tu dis des bétiz. Tu vis qu'une vie, machè. Et tant pis si t'en apprécies pas un morceau, parce ki fé quand même partie de toi. »

J'ai haussé les épaules, je me suis allongée sur le lit et j'ai observé la plus proche des chaînes qui étaient accrochées au plafond. Chaque maillon était relié au précédent et au suivant. Elle était trop solide pour qu'une fille comme moi la casse. La chaîne se balançait tout entière d'avant en arrière et elle brillait dans le soleil des lucarnes. Comme si on pouvait tirer sur l'extrémité adulte et, tôt ou tard, arriver à l'enfant, exactement comme quand on hisse un seau du puits. Comme si on ne risquait pas de se retrouver avec une extrémité cassée entre les mains, sans rien au bout.

« Je n'aime pas beaucoup penser au jour où j'ai rencontré Andrew et Sarah, Yevette. Et maintenant, je n'arrive pas à savoir si je dois aller les voir ou non.

— Alors, y faut tout me raconter, Mouchanmyèl. Et alors moi, je dis à toi si moi je les crois bons pou toi.

— Je n'ai pas envie d'en parler avec toi, Yevette. »

Yevette a posé les mains sur les hanches et m'a fait les gros yeux.

« Alors, tu peux aller te faire voir, tit mamzel Lafrik ! »

J'ai souri.

« Je suis sûre que toi aussi, il y a des choses dans ta vie dont tu préfères ne pas parler, Yevette.

— Juste pour que tu sois pas jalouse, Mouchanmyèl. Si moi je raconte à toi les choses que moi j'ai fé dans ma vie de *luxe* et de fa-ci-li-té, tu serais tellement jalouse que tu ex-plo-se-rais, et la fi au sari, là, elle devrait tout laver, et elle est déjà bien assez fatiguée, tu crois pas ?

— Arrête, Yevette, je suis sérieuse. Est-ce qu'il t'arrive, à toi, de raconter ce qui s'est passé, ce qui t'a décidée à venir au Royaume-Uni ? »

Yevette a arrêté de sourire.

« Non. Si moi je dis ce ki s'est passé, les gens, y croient pas moi. Les gens, y croient que Jamaïque c'est que soleil et pi la *ganja* et pi Jah Rastafari. Mais c'est pas vrai. Si t'es du mauvais koté de la politique, Mouchanmyèl, c'est la souffrance. Pour toi, et pour ta famille aussi. Et quand moi je dis la souffrance, c'est pas comme si t'as pas d'*ice-cream* pendant une semaine. C'est la souffrance comme quand tu te réveilles dans ton sang glacé et, d'un seul coup, dans ta maison, c'est le silence, pour toujours et toujours, amen. »

Yevette est restée assise, immobile, et elle a baissé les yeux vers ses tongs. J'ai posé la main sur la sienne. Au-dessus de nous, les chaînes se balançaient d'avant en arrière, et puis Yevette a soupiré.

« Mais les gens, y croient jamais sa de mon pays.

— Alors qu'est-ce que tu as dit au monsieur du *Home Office* ?

— Pour l'*interrogatoire de demande d'asile* ? Tu veux savoir ce que moi j'ai di ?

— Oui. »

Yevette a haussé les épaules.

« Moi j'ai di si lui y peut faire sortir moi de là, alors y peut faire ce qu'y veut avec moi.

— Je ne comprends pas. »

Yevette a roulé les yeux.

« Eh bien, machè, tu peux dire merci au Bon Dieu que l'homme du *Home Office*, y était un tit peu plus malin que toi, Mouchanmyèl. T'as pas bien vu là où les hommes du service immigrassion y discutent avec toi ? Y a pas de fenêtre, t'as pas vu sa ? Crois-moi, la femme de cet homme, elle a gardé les jambes fermées pendant dix ans, à voir comment il a accepté ma pro-po-si-sion. Et c'était pas que ce jour-là, tu sé. L'homme, il a fallu quatre *entretiens* pour ki soit sûr mes papiers, y sont *en règle*, tu comprends ? »

Je lui ai caressé la main.

« Oh, Yevette.

— C'est rien, Mouchanmyèl, comparé à ce que les hommes y font à moi, si on me renvoie dans la Jamaïque. *Rien du tout.* »

Yevette m'a souri. Des larmes coulaient depuis le coin de ses yeux, autour de l'arrondi de ses joues. J'ai commencé à les essuyer et puis je me suis mise à pleurer, moi aussi, alors c'est Yevette qui a dû essuyer mes larmes. C'était drôle, parce que nous n'arrivions plus à nous arrêter de pleurer. Yevette s'est mise à rire, et puis j'ai ri aussi et plus nous riions, moins nous arrivions à arrêter de pleurer, jusqu'au moment où nous avons fait tellement de bruit que la fille au sari a sifflé pour nous faire taire parce qu'elle avait peur que nous dérangions la femme sans nom, qui disait n'importe quoi, tout bas, dans une drôle de langue.

« Oh, Mouchanmyèl, regarde l'état où on est ! Qu'est-ce qu'on va fé de nous ?

— Je ne sais pas. Yevette, tu crois vraiment que tu as été libérée à cause de ce que tu as fait avec cet homme du *Home Office* ?

— Moi je sé sa, Mouchanmyèl. L'homme, y m'a même dit la date.

— Mais il ne t'a pas donné tes papiers.

— Ou-ouh. Pas papiers. Y dit y'a une *limite* à son pouvoir, tu comprends ? Y appuie sur tit bouton sur l'ordinateur et les autres y libèrent nous, après, l'homme, y peut juste dire : *Ma main, elle a glissé.* Mais approuver la *demande d'asile* ? C'est autre chose, sa.

— Donc, tu es clandestine, maintenant, c'est bien ça ? »

Yevette a hoché la tête.

« Toi et moi, toutes les deux, Mouchanmyèl. Toi et moi, et les autres, les deux fi. Toutes les quatre, on est sorties à cause de ce que moi, j'ai fait à l'homme du *Home Office*.

— Pourquoi toutes les quatre, Yevette ?

— Il a dit sa fé bizarre si y laisse partir juste moi.

— Comment est-ce qu'il nous a choisies, nous ? »

Yevette a haussé les épaules.

« Fermé les yeux et planté une aiguille sur la liste pitèt, je sé pas, moi. »

J'ai hoché la tête et j'ai regardé par terre.

« Quoi ? dit Yevette. T'es pas contente. Vous, les fi, faut a-pré-sier ce que moi, j'ai fé pour vous.

— Mais nous ne pouvons rien faire sans papiers,

Yevette. Tu ne comprends pas ça ? Si nous étions restées au centre, si nous avions suivi la procédure normale, on nous aurait peut-être libérées avec des papiers en règle.

— Ou-ouh, Mouchanmyèl, ou-ouh. Ça marche pas comme sa. Pas pour les gens de la Jamaïque, et pas pour les gens du Ni-jéé-rry-a non plus. Faut mettre sa dans ta tête, machè : la *procédure normale*, elle finit toujours par la dé-por-ta-sion. »

Elle a martelé les syllabes sur mon front de la paume de sa main, et puis elle m'a souri.

« Et la déportasion, c'est la mort pour nous, dans not' pays, pas vrai ? Isit, au moins, on a une chance, machè, crois-moi.

— Mais, Yevette, nous ne pouvons pas travailler si nous sommes ici illégalement. Nous ne pouvons pas gagner d'argent. Nous ne pouvons pas vivre. »

Yevette a haussé les épaules.

« Tu peux pas vivre si t'es morte, non plus. Mais toi, t'es ptèt trop maline pour comprendre sa. »

J'ai soupiré et j'ai secoué la tête. Yevette m'a adressé un grand sourire.

« Et voilà, c'est bien, a-t-elle dit. Une tit chose comme toi qu'est *réa-lis-te*. À présent, écoute-moi. Tu crois cet homme anglais que tu connais, y peut aider nous ? »

J'ai baissé les yeux vers le permis de conduire.

« Je ne sais pas.

— Mais tu connais personne d'autre, ou bien ?

— Non.

— Et qu'est-ce qu'on va faire là-bas, si moi, je viens avec toi ?

— Je ne sais pas. Peut-être que nous arriverons à

trouver du travail, dans un endroit où on ne nous demandera pas nos papiers.

— Facile pour toi. T'es maline, tu parles bien. Y a beaucoup travail pour une fi comme toi.

— Toi aussi, tu parles bien, Yevette.

— Moi je parle comme une femme ki a *avalé* une femme ki parle bien. Moi bête.

— Tu n'es pas bête, Yevette. Nous autres, toutes celles qui sont arrivées jusqu'ici, nous sommes des rescapées, tu sais – comment pourrions-nous être bêtes ? Les idiotes n'arrivent pas jusqu'ici, crois-moi. »

Yevette s'est penchée vers moi et a chuchoté : « T'es *sérieuse* ? T'as pas vu comment Fi au Sari elle a ri quand elle a vu le taksi ?

— D'accord, c'est vrai. Peut-être que la fille au sari n'est pas très intelligente. Mais elle est plus jolie que nous toutes. »

Yevette a fait ses grands yeux et, d'un geste brusque, elle a serré son sac transparent contre elle.

« T'es méchante, Mouchanmyèl. Comment tu peux dire Fi au Sari est la plus jolie ? Moi je voulais partager une tranche ananas avec toi, mais à présent, t'as qu'à te débrouiller, mafi. »

J'ai ri, et Yevette a souri et m'a frotté le haut du crâne.

Puis nous nous sommes tout d'un coup retournées parce que la fille sans nom avait hurlé. Elle était debout sur son lit, elle tenait son sac de documents contre sa poitrine et elle s'était remise à hurler.

« Empêchez-les de venir ! Ils vont nous tuer, vous voyez pas, les filles ? »

Yevette a bondi sur ses pieds et s'est dirigée vers elle. Elle a levé les yeux vers la fille sans nom. Les poules picoraient et gloussaient autour des tongs de Yevette.

« Écoute, machè. Sa, c'est pas des hommes ki viennent te tuer, moi je t'ai déjà dit sa. C'est des poules. Les poules, elles ont plus peur de nous que nous d'elles. Regarde donc ! »

Yevette a baissé la tête et a foncé dans un groupe de poules. Il y a eu une grande explosion de battements d'ailes et de plumes, les poules ont sauté sur les matelas et la fille sans nom hurlait, hurlait et donnait des coups de pied aux poules avec ses tennis Dunlop Green Flash. Tout d'un coup, elle a cessé de crier et a montré quelque chose du doigt. Je ne voyais pas ce qu'elle montrait parce qu'il y avait des plumes de poules partout, qui voltigeaient dans les rayons brillants du soleil tombant des lucarnes. Son doigt tendu tremblait et elle chuchotait : « Regardez ! Regardez ! Mon enfant ! »

Nous regardions toutes, nous, les filles, mais lorsque les plumes ont arrêté de voler, il n'y avait rien du tout. La fille sans nom, elle souriait à un rayon de soleil qui éclairait le sol propre, peint en gris. Des larmes coulaient de ses yeux. « Mon enfant », a-t-elle dit et elle a tendu les bras vers le rayon de lumière. J'ai vu ses doigts trembler.

Je me suis tournée vers Yevette et vers la fille au sari. La fille au sari regardait par terre. Yevette a haussé les épaules dans ma direction. J'ai de nouveau regardé la fille sans nom et je lui ai parlé : « Comment s'appelle ton enfant ? »

La fille sans nom a souri. Son visage était radieux.

« Elle s'appelle Aabirah. C'est la plus petite. Elle est belle, hein ? »

J'ai posé les yeux sur l'endroit qu'elle regardait. « Oui. Elle est très jolie. » J'ai regardé Yevette en écarquillant les yeux.

« Elle est jolie, hein, Yevette ?

— Oh. Oui. C'est vrai. Comment tu dis qu'elle s'appelle ?

— Aabirah !

— C'est joli. Écoute, Aa-Bi-Rah, pourquoi tu viens pas avec moi pour chasser les poules d'isit ? »

Et puis Yevette, la fille au sari et la plus petite des filles de la fille sans nom, elles se sont mises à chasser les poules du bâtiment. Moi, je me suis assise et j'ai pris la fille sans nom par la main. Je lui ai dit : « Ta fille est très serviable. Tu vois comment elle chasse ces poules ? » La fille sans nom, elle souriait. Je souriais aussi. Je me disais que c'était bien pour nous deux qu'elle ait retrouvé sa fille.

Si je racontais cette histoire aux filles là-bas, chez moi, il y a un autre mot qu'il faudrait que je leur explique, et ce mot, c'est *efficacité*. Nous, les réfugiées, nous sommes très efficaces. Nous n'avons pas ce dont nous avons besoin – nos enfants, par exemple –, alors nous sommes très fortes pour tirer le maximum de ce que nous avons, et même un peu plus. Voyez ce que cette fille sans nom arrivait à faire avec une petite tache de soleil. Ou voyez comment la fille au sari réussissait à faire entrer toute la couleur jaune dans un seul sac en plastique transparent vide.

Je suis retournée m'allonger sur le lit et j'ai levé les yeux vers les chaînes. Je me disais : Ce soleil, ce jaune, peut-être que je n'en verrai plus beaucoup. Peut-être que la nouvelle couleur de ma vie, c'est le gris. Deux ans dans ce centre de rétention tout gris, et maintenant, je suis une immigrée clandestine. Cela veut dire que vous êtes libre jusqu'à ce qu'on vous attrape. Cela veut dire que vous vivez en zone grise. Je me suis demandé comment j'allais vivre. J'ai pensé à toutes ces années où il faudrait vivre aussi discrètement que possible. Cacher mes couleurs, vivre dans l'obscurité et dans les ténèbres. J'ai soupiré et j'ai essayé de respirer à fond. J'avais envie de pleurer en regardant ces chaînes et en me souvenant de la couleur grise.

Je me disais : Si le chef des Nations unies me téléphonait un beau matin et m'annonçait : *Mes hommages, Petite Abeille, vous avez l'immense honneur d'être chargée de concevoir un drapeau national pour tous les réfugiés du monde,* je ferais un drapeau gris. Vous n'auriez pas besoin d'un tissu spécial pour le fabriquer. Je dirais que ce drapeau peut avoir n'importe quelle forme et être fabriqué avec n'importe quoi. Un vieux soutien-gorge délavé, par exemple, qui est passé si souvent à la lessive qu'il est devenu gris. Vous pourriez très bien l'accrocher à l'extrémité d'un manche à balai si vous n'aviez pas de mât pour le hisser. Mais quand même, si vous aviez un mât disponible, peut-être dans cette rangée de grands poteaux blancs qui se trouve devant le bâtiment des Nations unies à New York, je pense qu'un vieux soutien-gorge gris ferait très bel effet, flottant au milieu du long alignement multicolore de drapeaux. Je le mettrais entre la bannière étoilée et le grand drapeau rouge chinois. Ce serait un bon truc. D'y penser, cela m'a fait rire.

« Pourquoi tu ris, Mouchanmyèl ?

— Je pensais à la couleur grise. »

Yevette a froncé les sourcils. « Siouplé, faut pas devenir toc-toc toi aussi, Mouchanmyèl. »

Je suis restée couchée sur le lit et j'ai regardé le plafond, mais il n'y avait que ces longues chaînes qui pendaient. Je me suis dit : Je pourrais m'y pendre par le cou, facile.

Dans l'après-midi, la femme du fermier est venue. Elle nous a apporté de quoi manger. Il y avait du pain et du fromage dans un panier et un couteau aiguisé pour couper le pain. Je me suis dit : Je peux m'ouvrir les veines avec ce couteau si les hommes viennent. La femme du fermier était gentille. Je lui ai demandé pourquoi elle nous traitait avec autant de bonté. Elle a répondu que c'était parce que nous étions tous des êtres humains. J'ai dit : *Excusez-moi, madame, mais je ne crois pas que Yevette soit un être humain. Je crois qu'elle est d'une autre espèce, qui a une plus grande gueule.* Yevette et la femme du fermier se sont mises à rire, et puis nous avons bavardé un petit moment, nous lui avons dit d'où nous venions toutes et où nous allions. Elle m'a indiqué la direction à prendre pour aller à Kingston-upon-Thames, mais elle m'a aussi conseillé de ne pas y aller. *Je ne suis pas sûre que ce soit une bonne idée d'aller en banlieue, mon petit,* a-t-elle dit. *De drôles de coins, par là-bas. Des endroits bizarres, pleins de gens bizarres.* J'ai ri. Je lui ai répondu : *Dans ce cas, peut-être que je serai tout à fait à ma place.*

La femme du fermier a été surprise que nous lui

demandions cinq assiettes au lieu de quatre, mais elle les a apportées tout de même. Nous avons partagé la nourriture en cinq parts et nous avons donné la plus grosse à la fille de la femme sans nom, parce qu'elle était encore en pleine croissance.

Cette nuit-là, j'ai rêvé de mon village. C'était avant que les hommes ne viennent. Il y avait une balançoire que les garçons avaient fabriquée avec un vieux pneu de voiture. Ils avaient noué des cordes tout autour et l'avaient suspendu à une haute branche d'arbre. C'était un grand et vieux limba, qui poussait un peu à l'écart de nos maisons, près de l'école. Quand j'étais encore trop petite pour grimper sur la balançoire, ma mère m'asseyait dans la poussière rouge foncé près du tronc du limba, pour que je puisse regarder les grands se balancer. J'aimais tant les écouter rire et chanter. Deux, trois, quatre enfants à la fois, qui s'envolaient dans le ciel, les jambes, les bras, les têtes emmêlés, et qui frôlaient la fine couche de poussière rouge quand la balançoire descendait tout en bas. *Aïe ! Ouïe ! Lâche-moi, nom de Dieu ! Arrête de pousser !* Il y avait toujours un tas de bavardages et de plaisanteries autour de la balançoire, et, au-dessus de ma tête, dans les branches du limba, des calaos grognons répondaient à nos cris. De temps en temps, Nkiruka descendait de la balançoire, elle me prenait dans ses bras et me donnait des petits bouts de pâte crue à écraser entre mes doigts potelés.

Quand j'étais petite, tout n'était que bonheur et chansons. Nous avions tout le temps qu'il fallait pour ça. Nous n'étions pas pressés. Nous n'avions pas l'électricité, ni l'eau courante, ni la tristesse non plus, parce que rien de tout cela n'était encore arrivé jusqu'à notre village. J'étais assise entre les racines de mon limba et je riais en regardant Nkiruka se balancer d'avant en arrière, d'avant en arrière. Les cordes de la balançoire étaient très longues, alors elle mettait longtemps à aller d'un bout à l'autre de son balancement. On aurait dit qu'elle ne se dépêchait jamais, cette balançoire. Je la regardais toute la journée et je n'ai jamais compris que ce que je voyais, c'était un balancier qui égrenait les heures des dernières saisons de paix de mon village.

Dans mon rêve, je voyais ce pneu aller et venir, aller et venir, dans ce village dont nous ne savions pas encore qu'il était construit au-dessus d'un gisement de pétrole et que, bientôt, des hommes se battraient, fous d'impatience, pour s'en emparer et commencer à forer. C'est le problème avec le bonheur – il est entièrement construit au-dessus de quelque chose que des hommes veulent prendre.

Je rêvais que je regardais Nkiruka se balancer d'avant en arrière, d'avant en arrière, et quand je me suis réveillée, il y avait des larmes dans mes yeux et, à la lumière de la lune, je voyais autre chose qui se balançait d'avant en arrière, d'avant en arrière. Je ne distinguais pas ce que c'était. J'ai essuyé mes larmes et j'ai ouvert mes yeux tout grands, et alors j'ai reconnu ce qui se balançait dans l'air au bout de mon lit.

C'était une unique tennis Dunlop Green Flash. L'autre était tombée du pied de la femme sans nom. Elle s'était pendue à l'une des longues chaînes qui montaient jusqu'au toit. Son corps était nu, à l'exception de cette seule chaussure. Elle était très mince. On voyait ses côtes et les os aigus de ses hanches. Ses yeux sortaient de leurs orbites, ils étaient ouverts et relevés vers le trait de lueur bleue. Ils brillaient. La chaîne avait écrasé son cou, aussi mince que sa cheville. J'ai regardé la tennis Dunlop Green Flash et le pied nu brun foncé avec sa plante grise se balancer d'avant en arrière au bout de mon lit. La tennis Green Flash luisait au clair de lune. On aurait dit un poisson d'argent lent et brillant, que le pied nu pourchassait comme un requin. Ils nageaient en rond l'un autour de l'autre. La chaîne grinçait doucement.

Je me suis approchée et j'ai touché la jambe nue de la fille sans nom. Elle était froide. Je me suis tournée vers Yevette et vers la fille au sari. Elles dormaient. Yevette marmonnait dans son sommeil. J'ai voulu m'approcher du lit de Yevette pour la réveiller, mais mon pied a glissé sur du mouillé. Je me suis accroupie et je l'ai touché. C'était de l'urine. Elle était aussi froide que le sol de béton peint. Une flaque s'était formée sous la fille sans nom. J'ai levé les yeux et j'ai vu une goutte d'urine, une seule, qui pendait au gros orteil de son pied nu. Elle s'est détachée et est tombée en scintillant. Je me suis relevée immédiatement. Cette urine me déprimait tellement. Je n'ai pas voulu réveiller les autres filles, parce que alors elles seraient obligées de voir ça, elles aussi, et qu'aucune de nous ne pourrait faire comme si ce n'était pas vrai. Je ne sais pas pourquoi cette flaque d'urine m'a fait pleurer.

Je ne sais pas pourquoi l'esprit choisit ces petites choses pour s'y briser.

Je suis allée jusqu'au lit où avait dormi la fille sans nom, et j'ai ramassé son T-shirt. J'allais faire demi-tour pour essuyer l'urine avec le T-shirt quand j'ai vu, au pied du lit, le sac en plastique transparent plein de documents. Je l'ai ouvert et j'ai commencé à lire l'histoire de la fille sans nom.

Les-hommes-sont-venus-et-ils... Je pleurais toujours et j'avais du mal à lire à la faible lueur de la lune. J'ai remis les documents de la fille sur le lit et j'ai refermé soigneusement le sachet. Je le tenais serré entre mes mains. Je me disais : Je pourrais prendre l'histoire de cette fille et faire comme si c'était la mienne. Je pourrais prendre ces documents et je pourrais prendre cette histoire avec son tampon rouge officiel à la fin qui dit à tout le monde C'EST VRAI. Peut-être qu'avec ces papiers, ma demande d'asile aboutirait. C'est ce que j'ai pensé pendant une minute, mais alors que je tenais l'histoire de la fille entre mes mains, j'ai eu l'impression que la chaîne grinçait plus bruyamment, et j'ai dû reposer son histoire sur le lit parce que je savais comment elle se terminait. Une histoire est une chose puissante dans mon pays et que Dieu protège celle qui s'empare d'une histoire qui n'est pas la sienne. Alors je l'ai laissée sur le lit de la fille, avec tous ses mots, et même les trombones et toutes les photos des tissus cicatriciels et les noms des petites filles disparues, et avec toute l'encre rouge qui disait que c'était CONFIRMÉ.

Moi, j'ai déposé un petit baiser sur la joue de

Yevette, qui dormait toujours, et je me suis éloignée sans bruit à travers les champs.

Quitter Yevette a été la décision la plus dure que j'aie eue à prendre depuis que j'étais partie de mon village. Mais quand on est une réfugiée, on ne reste pas un instant dans un lieu que la mort a visité. Il arrive tant de choses après la mort – la tristesse, les questions et les policiers –, et on ne peut répondre à rien de tout cela quand on n'a pas de papiers en règle.

En vérité, il n'y a pas de drapeau pour nous, les gens à la dérive. Nous sommes des millions, mais nous ne sommes pas une nation. Nous ne pouvons pas rester ensemble. Nous pouvons peut-être nous rassembler en tout petits groupes, l'espace d'un jour, d'un mois, d'un an même, mais ensuite, le vent tourne et emporte l'espoir. La mort était venue, et je suis partie dans la peur. Maintenant, il ne me reste que ma honte, avec le souvenir des couleurs vives et l'écho du rire de Yevette. Par moments, je me sens aussi seule que la reine d'Angleterre.

Je n'ai pas eu de mal à trouver mon chemin. Londres éclairait le ciel. Les nuages étaient tout orange, comme si la ville qui m'attendait brûlait. Je suis montée, j'ai traversé des champs de céréales que je ne connaissais pas, je suis entrée dans une grande forêt d'arbres que je ne connaissais pas et, quand je me suis retournée une dernière fois vers la ferme, j'ai vu un projecteur s'allumer à l'extérieur de la grange où on nous avait logées. Je me suis dit que c'était un éclairage automatique et, debout, au milieu du faisceau lumineux, il y avait l'unique point jaune citron brillant de la fille au sari. J'étais trop loin pour distinguer son visage, mais je l'ai imaginée clignant les yeux d'étonnement quand la lumière s'est allumée. Comme une actrice qui est entrée en scène par erreur. Comme une fille qui n'a qu'un rôle de figurante et qui se demande : Pourquoi ont-ils braqué cette grande lumière sur moi maintenant ?

J'avais très peur, mais je ne me sentais pas seule. Tout au long de cette nuit, j'ai eu l'impression que ma grande sœur Nkiruka marchait à mes côtés. Je distinguais presque son visage, qui rayonnait dans la lueur orangée. Nous avons marché toute la nuit, à travers les champs et les forêts. Nous avons évité les lumières des villages. Chaque fois que nous voyions une ferme, nous la contournions aussi. À un moment, les chiens d'une ferme nous ont entendues et ils ont aboyé, mais il n'est rien arrivé. Nous avons continué à marcher. Mes jambes étaient fatiguées. J'avais passé deux ans dans ce centre de rétention, sans jamais aller nulle part, et j'étais affaiblie. J'avais mal aux chevilles et ça me tirait à l'arrière des cuisses, mais c'était tellement bon de bouger, d'être libre et de sentir sur mon visage l'air de la nuit et l'herbe qui frôlait mes jambes, mouillée de rosée. Je sais que ma sœur était contente, elle aussi. Elle sifflotait tout bas. Une fois, quand nous nous sommes arrêtées pour nous reposer, elle a enfoncé ses orteils dans la terre au bord d'un champ et elle a souri. Son sourire m'a donné la force de continuer.

L'éclat orange de la nuit s'est estompé, et j'ai commencé à distinguer les champs et les haies qui nous entouraient. Au début, tout était gris, mais ensuite, les couleurs ont peu à peu envahi le paysage – du bleu, du vert, des teintes très douces, comme si elles étaient dépourvues de bonheur. Puis le soleil s'est levé et le monde entier s'est transformé en or. Il y avait de l'or tout autour de moi, je marchais à travers des nuages dorés. Le soleil flamboyait sur la brume blanche accrochée au-dessus des champs, et la brume s'enroulait autour de mes jambes. J'ai tourné la tête vers ma sœur, mais elle avait disparu avec la nuit. J'ai souri quand même, parce que j'ai senti qu'elle m'avait laissé sa force. J'ai contemplé ce beau lever du soleil et je me suis dit : Oui, oui, tout va être beau comme ça maintenant. Je n'aurai plus jamais peur. Je ne passerai plus un seul jour enfermée dans le gris.

J'entendais au-dessus de moi un bruit sourd, un grondement. Le bruit montait et redescendait dans la brume. C'est une cascade, ai-je pensé. Il faut faire attention à ne pas tomber dans la rivière avec ce brouillard.

J'ai continué à marcher, plus prudemment, et le bruit s'est renforcé. Il ne ressemblait plus à celui d'une rivière. Des sons isolés s'élevaient au milieu du grondement. Chaque son devenait plus puissant, il roulait et tremblait, puis s'évanouissait. L'air était envahi d'une odeur sale, âcre. J'entendais à présent le bruit de voitures et de camions. Je me suis approchée. Je suis arrivée au sommet d'une pente couverte d'herbe verte et je l'ai vue là, devant moi. Une route incroyable. De mon côté, il y avait trois files qui allaient de droite à gauche. Puis il y avait une barrière métallique basse, et de nouveau trois files, de l'autre côté, qui allaient de gauche à droite. Les voitures et les camions roulaient très vite. Je suis descendue jusqu'au bord de la route et j'ai tendu la main pour arrêter la circulation et pouvoir traverser, mais personne ne s'est arrêté. Un camion a klaxonné et j'ai dû reculer.

J'ai attendu qu'il y ait une brèche dans le flot des véhicules et j'ai couru jusqu'au milieu de la route. J'ai escaladé la barrière métallique. Cette fois, il y a eu de nombreux coups de klaxon. J'ai traversé en courant et j'ai grimpé sur l'autre talus d'herbe verte, de l'autre côté de la route. Je me suis assise. J'étais très essoufflée. J'ai regardé la circulation passer à toute allure au-dessous de moi, trois files dans un sens, trois files dans l'autre. Si je racontais cette histoire aux filles, là-bas, chez moi, elles diraient : *D'accord, ça se passait le matin, alors les gens partaient travailler aux champs. Mais pourquoi les gens qui roulent de droite à gauche n'échangent pas leurs champs avec ceux qui roulent de gauche à droite ? Comme ça, ils pourraient tous travailler dans les champs qui sont près de chez eux.* Et moi, je me contenterais de hausser les épaules parce qu'il n'existe aucune réponse qui ne risque pas de susciter d'autres questions idiotes, comme : *C'est quoi, un bureau, et qu'est-ce qu'on y fait pousser ?*

J'ai simplement gravé l'autoroute dans mon esprit, parce que c'était un endroit où je pourrais revenir me tuer très facilement si les hommes venaient tout d'un coup, puis je me suis relevée et j'ai continué à marcher. J'ai marché encore une heure à travers champs. Puis je suis arrivée à des petites routes, et il y avait des maisons le long de ces routes. Je n'en revenais pas. Ces maisons s'élevaient sur deux étages et étaient construites en brique rouge bien solide. Elles avaient des toits inclinés couverts de jolies rangées de tuiles. Elles avaient des fenêtres blanches qui étaient toutes fermées par du verre. Rien n'était cassé. Toutes ces maisons étaient très belles, et chacune était identique à la suivante. Devant presque toutes les maisons, il y avait une voiture. J'ai longé la rue et j'ai regardé toutes ces rangées brillantes de voitures. Elles étaient superbes, lustrées et miroitantes, pas le genre d'autos qu'on pouvait voir là-bas, chez moi. Dans mon village, il y avait deux voitures, une Peugeot et une Mercedes. La Peugeot était arrivée avant ma naissance. Je le sais parce que son conducteur était mon père et que c'est dans mon village que sa Peugeot a toussé deux fois et qu'elle est morte dans la poussière rouge. Il est entré dans la première maison du village pour demander s'ils avaient un mécanicien. Ils n'avaient pas de mécanicien, mais ce qu'ils avaient, c'était ma mère, et mon père s'est rendu compte en tout cas qu'il avait plus besoin d'elle que d'un mécanicien, alors il est resté. La Mercedes est arrivée quand j'avais cinq ans. Le chauffeur était ivre et il a embouti la Peugeot de mon père, qui était toujours exactement là où mon père l'avait laissée, sauf que les garçons avaient pris un des pneus pour servir de balançoire sur le limba. Le chauffeur de la Mercedes est sorti, il s'est dirigé vers la première maison du village et il y a trouvé mon père. Il a dit : *Désolé.* Mon père lui a souri et a répondu : *Nous devrions vous remercier, monsieur, vous avez beaucoup fait pour la renommée de notre village*

– *c'est notre tout premier accident de la circulation.* Et le chauffeur de cette Mercedes, il a ri, et il est resté lui aussi, et il est devenu un grand ami de mon père, au point que je l'appelais mon oncle. Et mon père et mon oncle ont vécu là très heureux jusqu'à l'après-midi où les hommes sont venus et les ont tués.

C'était donc vraiment stupéfiant de voir toutes ces belles voitures neuves et brillantes rangées devant ces grandes maisons parfaites. J'ai traversé beaucoup de rues comme celle-ci.

J'ai marché toute la matinée. Les bâtiments devenaient plus hauts et plus lourds. Les routes plus larges et plus animées. Je regardais tout, sans me soucier de la faim dans mon ventre ni de la douleur dans mes jambes, parce que j'étais ébahie par chaque nouveau miracle. Dès que je voyais quelque chose pour la première fois – une fille presque nue sur un panneau d'affichage, ou un bus rouge à impériale, ou un bâtiment étincelant tellement grand qu'il vous donnait le vertige –, l'excitation dans mon ventre était si violente qu'elle me faisait mal. Le bruit était trop fort – le grondement de la circulation et les cris. Bientôt, il y a eu tant de monde dans les rues que j'avais l'impression de n'être plus rien. Je me faisais heurter et bousculer sur tous les trottoirs et personne ne me prêtait attention. J'ai continué à marcher aussi droit que possible, en suivant une rue puis une autre et, au moment où les bâtiments sont devenus si grands que c'était à se demander comment ils pouvaient tenir debout, et où le bruit est devenu si fort que je me demandais si mon corps n'allait pas tomber en morceaux, j'ai tourné à l'angle d'une rue, je suis restée bouche bée et j'ai traversé en courant une dernière route pleine de voitures avec les klaxons qui retentissaient et les chauffeurs qui criaient, je me suis penchée au-dessus d'un muret de pierre blanche et j'ai regardé de tous mes yeux, parce que là, devant moi, il y avait la Tamise. Des bateaux avançaient à travers l'eau brune et boueuse, faisant sonner leur trompe sous les ponts. Tout le long du fleuve, à gauche et à droite, des tours gigantesques s'élevaient dans le ciel bleu. Certaines étaient encore en construction, avec d'immenses grues jaunes qui se déplaçaient au-dessus d'elles. *Ils ont même dressé les oiseaux du ciel pour les aider à construire ! Oueh !*

Je suis restée là, au bord du fleuve, je regardais, je regardais toutes ces merveilles. Le soleil brillait dans le ciel bleu éclatant. Il faisait chaud, et une douce brise soufflait sur la berge du fleuve. J'ai chuchoté à ma sœur Nkiruka, parce que j'avais l'impression qu'elle était là, dans le flot du fleuve, dans le souffle de la brise :

« Regarde cet endroit, grande sœur. Nous serons bien ici. Dans un pays aussi beau, il y a forcément de la place pour deux filles comme nous. Nous ne souffrirons plus. »

J'ai souri et je suis descendue sur le quai du fleuve, en direction de l'ouest. Je savais que si je suivais la berge, j'arriverais à Kingston – c'est pour cela qu'on l'appelle Kingston-upon-Thames, Kingston-sur-la-Tamise. Je voulais y arriver le plus vite possible parce que, maintenant, toute cette foule de Londres commençait à me faire peur. Dans mon village, nous ne voyions jamais plus de cinquante personnes au même endroit. Si vous en voyiez plus, cela voulait dire que vous étiez mort et parti pour la ville des esprits. C'est là que vont les morts, dans une ville où ils peuvent être des milliers à vivre ensemble, parce qu'ils n'ont pas besoin de place pour cultiver leurs champs de manioc. Quand on est mort, on n'a plus faim de manioc, seulement de compagnie.

Il y avait un million de gens autour de moi. Leurs visages défilaient à toute allure. Je cherchais du regard, encore et encore, sans jamais reconnaître les visages des membres de ma famille, car quand tout le monde a disparu, on ne peut plus s'empêcher de chercher. Ma sœur, ma mère, mon père et mon oncle. Dans chaque visage, je les cherche. Si je vous avais rencontré, la première chose que vous auriez remarquée aurait été mes yeux qui vous dévisageaient, comme s'ils voulaient reconnaître quelqu'un d'autre en vous, comme s'ils voulaient à tout prix vous transformer en fantôme. Si nous nous sommes effectivement rencontrés, j'espère que vous ne vous en êtes pas formalisé.

Je me hâtais sur le quai, à travers la foule, à travers mes souvenirs, à travers cette ville des morts. À un moment, près d'une grande aiguille de pierre où étaient gravés d'étranges symboles, mes jambes me brûlaient tant que j'ai dû me reposer, alors je suis restée immobile un instant, et les morts ont afflué autour de moi, comme la Tamise brune et boueuse qui coulait autour de la pile d'un pont.

Si je racontais cette histoire aux filles là-bas, chez moi, je devrais leur expliquer comment on peut se noyer dans un fleuve de gens et en même temps se sentir tellement, tellement seule. Mais à dire vrai, je crois que je ne trouverais pas les mots qu'il faut.

4

Je me souviens que le matin de l'enterrement d'Andrew, avant l'arrivée de Petite Abeille, j'ai regardé par la fenêtre de la chambre à coucher de notre maison de Kingston-upon-Thames. Dehors, près du bassin, Batman trucidait des méchants avec un club de golf en plastique. Je me suis dit que je devrais peut-être lui faire chauffer un peu de lait, lui préparer un bol de quelque chose. Je me suis demandé, je m'en souviens parfaitement, ce qu'on pouvait bien mettre dans un bol qui apporte un réconfort concret. J'avais le cerveau dans cet état de lucidité incroyable que provoque le manque de sommeil.

Par-delà notre jardin, je voyais ceux de toute la rue, s'éloignant en courbe comme une épine dorsale verte et voûtée, avec des barbecues et des balançoires en plastique décoloré en guise de vertèbres. À travers le double vitrage, j'ai entendu une alarme de voiture et le vrombissement d'avions qui décollaient de Heathrow. J'ai appuyé le nez contre la vitre et je me suis dit : Ces putains de banlieues, c'est un vrai supplice. Comment est-ce qu'on a tous échoué ici ? Qu'est-ce qu'on a fait pour se retrouver dans ce coin paumé ?

Dans le jardin mitoyen, le matin de l'enterrement, mon voisin suspendait ses slips kangourou à sa corde à linge. Son chat se frottait contre ses jambes. Dans ma chambre, la radio diffusait *Le Programme d'aujourd'hui.* John Humphrys annonçait que l'indice boursier n'était pas brillant.

Peut-être, mais moi, j'ai perdu mon mari, ai-je dit tout haut, pendant qu'une mouche prisonnière se cognait sans conviction contre la vitre. *Mon mari est mort, vous savez. Mon mari Andrew O'Rourke, le célèbre chroniqueur, s'est suicidé. Et moi, je me sens...*

En fait, j'aurais été bien incapable de dire comment je me sentais. On est à court de mots d'adulte pour parler du chagrin. Les émissions pour ménagères de moins de cinquante ans s'en sortent bien mieux. Je savais que j'étais censée être *ravagée* évidemment. Ma vie était *brisée.* Ce n'est pas ça qu'on dit ? Mais Andrew était mort depuis maintenant près d'une semaine et j'étais toujours là, les yeux secs, dans une maison qui empestait le gin et les lis. À essayer encore d'éprouver une tristesse bienséante. À creuser encore dans les souvenirs des hauts et des bas de ma courte vie commune avec ce pauvre Andrew. À chercher la clé de voûte, le souvenir qui, une fois décrypté, produirait un symptôme quelconque de souffrance. Des larmes, peut-être, sous une pression incroyable. *Ma vie s'était engagée sur une pente infernale, Macha. Je n'aurais jamais imaginé pouvoir vivre une seule journée sans lui.*

C'était épuisant de gratter ainsi pour trouver le

chagrin, sans même être sûre qu'il y en ait. Peut-être fallait-il attendre un peu. Pour le moment, j'éprouvais plus de pitié pour une mouche prisonnière qui bourdonnait contre la vitre. J'ai ouvert l'espagnolette et elle s'est envolée, petite et vulnérable, reprenant sa place dans la partie.

De l'autre côté de la fenêtre, ça sentait l'été. Mon voisin avait poursuivi sa progression le long de sa corde à linge, d'un mètre sur la gauche. Il avait fini de suspendre ses slips kangourou. Il en était aux chaussettes. Son linge pendait comme des drapeaux de prière, implorant des divinités diurnes : *Il semblerait que j'aie été transférée en banlieue. Peut-on faire quelque chose ?*

Une idée d'évasion surgit, scélérate et imprévue. Et si je partais, là, tout de suite ? Pourquoi pas ? Je n'aurais qu'à prendre Charlie sous le bras, ma carte de crédit et mes chaussures roses préférées et nous pourrions monter tous ensemble dans un avion. La maison, le boulot et le chagrin s'amenuiseraient derrière moi, jusqu'à n'être plus qu'un point. Je me souviens de m'être dit, avec un petit frisson coupable, que je n'avais plus une seule raison de rester ici – loin du centre de mon cœur, exilée ici, en banlieue.

Mais la vie n'est pas du genre à autoriser les escapades. C'est alors que j'ai entendu frapper à la porte. J'ai ouvert à Petite Abeille et, pendant un temps infini, je l'ai regardée, c'est tout. Nous n'avons rien dit, ni l'une ni l'autre. Au bout de quelques instants, je l'ai fait entrer et je l'ai invitée à s'asseoir sur le canapé. Fille noire en chemise hawaïenne rouge et blanc, maculée de terre du Surrey. Canapé Habitat. Souvenirs d'enfer.

« Je ne sais pas quoi dire. J'étais sûre que tu étais morte.

— Je ne suis pas morte, Sarah. Mais ça vaudrait peut-être mieux.

— Ne dis pas ça. Tu as l'air crevée. Tu as sûrement besoin de te reposer. »

Il y a eu un silence, qui a duré trop longtemps.

« Oui, vous avez raison. Il faut que je me repose.

— Mais comment diable as-tu... je veux dire, comment est-ce que tu t'en es sortie ? Comment es-tu arrivée jusqu'ici ?

— J'ai marché.

— Depuis le Nigeria ?

— S'il vous plaît. Je suis très fatiguée.

— Oh. Oui. Bien sûr. Oui. Veux-tu une tasse de... tu sais... »

Je n'ai pas attendu sa réponse. Je me suis enfuie. J'ai laissé Petite Abeille assise sur le canapé, adossée aux coussins John Lewis, et j'ai couru au premier étage. J'ai fermé les yeux et j'ai fait rouler mon front contre la vitre froide de la fenêtre de la chambre. J'ai composé un numéro de téléphone. Celui d'un ami. Plus qu'un ami, en fait. Lawrence.

« Oui. Qu'est-ce qu'il y a ? a dit Lawrence.

— Tu as l'air fâché.

— Oh, Sarah, c'est toi. Pardon, excuse-moi. Je croyais que c'était la nounou. Elle est en retard. Et le petit vient de dégobiller sur ma cravate. *Merde.*

— Il s'est passé quelque chose, Lawrence.

— Quoi donc ?

— J'ai reçu la visite de quelqu'un que je n'attendais vraiment pas.

— C'est toujours comme ça aux enterrements. Les vieux squelettes sortent spectaculairement de leurs placards. Impossible de tenir ces salauds à l'écart.

— Oui, je sais, mais ce n'est pas ça. C'est... c'est... » J'ai bégayé et je me suis tue.

« Désolé, Sarah, je sais que ce n'est pas sympa, mais je suis atrocement à la bourre. Je peux faire quelque chose de concret pour t'aider ? »

J'ai appuyé mon visage enflammé contre la vitre froide.

« Pardon. Je suis un peu à côté de mes pompes.

— C'est cet enterrement. Il y a de quoi perdre la boule. C'est inévitable, tu sais. Si seulement tu avais accepté que je vienne. Comment tu gères ?

— Quoi ? L'enterrement ?

— Tout, toute la situation. »

J'ai soupiré.

« Je n'en sais rien. Je suis sonnée.

— Oh, Sarah.

— Pour le moment, j'attends les pompes funèbres. Je suis un peu sur les nerfs, peut-être. C'est tout. Comme dans la salle d'attente du dentiste.

— Bon », a dit Lawrence prudemment.

Un silence. En arrière-plan, les cris des enfants de Lawrence en train de se disputer devant leur petit déjeuner. Je me suis rendu compte que je ne pouvais pas lui parler de l'arrivée de Petite Abeille. Pas maintenant. Il avait déjà assez de problèmes, pas la peine d'en rajouter. En retard pour le boulot, du vomi de bébé sur sa cravate, la nounou qui n'arrivait pas... Ah, et puis une Nigériane qui était censée être morte et venait de ressusciter sur le canapé de sa maîtresse. Je ne pouvais pas lui faire ça. C'est le problème avec un amant. Ce n'est pas la même chose quand on est mariés. Pour que ça marche, il faut avoir des égards. Reconnaître à l'autre un minimum de droit à la vie. Alors je me suis tue. J'ai écouté Lawrence prendre une profonde inspiration, au bord de l'exaspération.

« Qu'est-ce qui ne va pas ? Tu n'éprouves pas grand-chose et tu penses que tu devrais, c'est ça ?

— J'enterre mon mari, merde. Je devrais au moins être triste, non ?

— Tu te maîtrises. Tu n'es pas quelqu'un d'expansif. Et c'est tant mieux.

— Je n'arrive pas à pleurer Andrew. Je n'arrête pas de penser à ce jour-là, en Afrique. Sur la plage.

— Sarah ?

— Oui ?

— Je croyais que nous avions décidé, toi et moi, qu'il valait mieux que tu oublies ça. C'est du passé, OK ? Nous avons décidé qu'il fallait tourner la page, tu te souviens ? Hmm ? »

J'ai appuyé ma main gauche contre la vitre et j'ai contemplé le moignon de mon doigt perdu.

« Cette histoire de tourner la page, Lawrence, je ne crois pas que ça marche. Je ne crois pas que je puisse continuer à faire comme s'il ne s'était rien passé. Je ne crois pas pouvoir le faire. Je... » Ma voix s'est brisée.

« Sarah ? Respire profondément. »

J'ai ouvert les yeux. Dehors, Batman s'en prenait

toujours impitoyablement à la mare. À la radio, les invités du *Programme d'aujourd'hui* râlaient toujours. À côté, le voisin avait fini de suspendre son linge et il restait planté là, les yeux mi-clos. Il ne tarderait pas à se lancer dans une nouvelle tâche : préparer le café, peut-être, remplacer le fil du coupe-bordures. De petits problèmes. Des problèmes parfaitement cernés.

« Maintenant qu'Andrew... qu'Andrew est... *parti*, Lawrence, tu crois que toi et moi, on va... »

Un silence au bout de la ligne. Et puis Lawrence – le prudent Lawrence –, évasif.

« Andrew ne nous gênait pas beaucoup quand il était vivant. Tu vois une raison pour que ça change ? »

J'ai poussé un nouveau soupir.

« Sarah ?

— Oui ?

— Concentre-toi sur la journée à venir, tu veux ? Concentre-toi sur l'enterrement, tiens le coup, ce soir, ce sera fini. Bordel, tu vas arrêter d'écraser ta putain de tartine sur l'*ordinateur* !

— Lawrence ?

— Excuse-moi. C'est le bébé. Il a attrapé un bout de tartine beurrée et il en fourre partout... Pardon, mais il faut que j'y aille. »

Lawrence a raccroché. Je me suis écartée de la fenêtre et je me suis assise sur le lit. J'attendais. Je retardais le moment de redescendre m'occuper de Petite Abeille. Au lieu de bouger, je me suis regardée dans le miroir, en veuve. J'ai essayé de déceler un signe physique de la mort d'Andrew. Pas une ride de plus sur le front ? Pas de cernes plus sombres sous les yeux ? Rien ? Vraiment ?

Que mes yeux étaient calmes depuis ce jour-là, sur la plage d'Afrique. Après une perte aussi fondamentale, perdre une seule chose de plus – un doigt, peut-être, ou un mari – n'a sans doute plus la moindre importance. Dans la glace, mes yeux verts étaient sereins – aussi paisibles qu'une étendue d'eau très profonde, ou très peu profonde.

Pourquoi n'arrivais-je pas à pleurer ? Il allait bientôt falloir y aller, affronter une église pleine de gens en deuil. Je me suis frotté les yeux, plus fort que ne le recommandent nos conseillères beauté. Présenter des yeux rougis à l'assistance, c'était un minimum. Il fallait que je leur montre qu'Andrew avait *vraiment* compté pour moi, que je tenais *vraiment* à lui. Même si, depuis l'Afrique, je ne croyais plus à la permanence de l'amour, mesurable par des tests, garantie si vous obteniez une majorité de B. Alors j'ai enfoncé mes pouces dans ma peau, juste sous les cils. Si j'étais incapable de montrer du chagrin au monde, je lui montrerais au moins ce qu'il faisait aux yeux.

J'ai fini par redescendre. J'ai observé Petite Abeille. Elle était toujours assise sur le canapé, les yeux fermés, la tête appuyée contre les coussins. J'ai toussé et elle s'est réveillée en sursaut. Yeux bruns, coussins de soie à motifs orange. Elle a cillé en me voyant et j'ai continué à la regarder, avec ses rangers toujours couverts de boue séchée. Je n'éprouvais rien.

« Pourquoi es-tu venue ici ? ai-je demandé.

— Je n'avais pas d'autre endroit où aller. Les

seuls gens que je connaisse dans ce pays, c'est vous et Andrew.

— Tu nous connais à peine. On s'est croisés, c'est tout. »

Petite Abeille a haussé les épaules.

« Vous êtes les seuls que j'aie croisés, Andrew et vous, a-t-elle dit.

— Andrew est mort. On l'enterre ce matin. »

Petite Abeille m'a regardée en clignant des yeux, le regard vitreux.

« Tu comprends ce que je te dis ? Mon mari est *mort.* Il va y avoir un *enterrement.* C'est une sorte de cérémonie. Dans une église. On fait ça, dans ce pays. »

Petite Abeille a hoché la tête. « Je sais ce que vous faites dans ce pays. »

Il y avait quelque chose dans sa voix – quelque chose de si vieux, de si fatigué – qui me terrifiait. C'est à ce moment-là que le heurtoir a résonné de nouveau, que Charlie est allé ouvrir à l'entrepreneur des pompes funèbres et qu'il a hurlé dans le couloir : *Maman, c'est Bruce Wayne !*

« Va vite jouer au jardin, mon chéri, ai-je dit.

— Mais, maman, je veux voir Bruce Wayne.

— S'il te plaît, mon chéri, file. »

Quand je suis arrivée à la porte, l'entrepreneur a posé les yeux sur le moignon de mon doigt. Cela arrive souvent, mais rarement avec ce regard professionnel, ce regard qui enregistre : *Main gauche, médius, première et deuxième phalanges, oui, on pourrait arranger ça avec une prothèse de cire, mince, un ton chair clair, il suffirait de masquer le raccord avec du fond de teint Kryolan et de replier la main droite sur la gauche dans le cercueil et voilà, le tour est joué, madame.*

Je me disais : Très futé, monsieur le croque-mort. Si seulement j'étais un cadavre, tu pourrais faire de moi une femme complète.

« Toutes mes condoléances, madame. Nous sommes prêts. C'est quand vous voudrez.

— Merci. Je vais chercher mon fils et mon... euh... mon amie. »

J'ai remarqué que l'employé des pompes funèbres faisait mine d'ignorer que mon haleine empestait le gin. Il m'a rendu mon regard. Il avait une petite cicatrice au front. Le nez aplati et de travers. Son visage n'exprimait rien. Il était aussi vide que mon esprit.

« Prenez votre temps, madame. »

Je suis sortie dans le jardin. Batman creusait sous les rosiers. Je l'ai rejoint. Il tenait un plantoir et déterrait un pissenlit, extirpant consciencieusement sa racine jusqu'au bout. Notre rouge-gorge en résidence avait faim et observait la scène à six mètres de distance. Batman a soulevé le pissenlit de terre et l'a approché pour inspecter la racine. À genoux, il a levé les yeux vers moi.

« C'est une mauvaise herbe, maman ?

— Oui, mon chéri. Mais la prochaine fois, si tu ne sais pas, demande-moi avant de l'arracher. »

Batman a haussé les épaules. « Je le mets dans la réserve sauvage ? »

J'ai hoché la tête et Batman a transporté le pissenlit jusqu'à l'endroit du jardin où Andrew avait donné asile à ce genre de voyous, dans l'espoir d'attirer les papillons et les abeilles. *J'ai aménagé dans notre petit jardin un coin sauvage pour me remémorer le chaos,* avait-il écrit un jour dans sa chronique. *Nos vies modernes sont trop policées, trop aseptisées.*

C'était avant l'Afrique.

Batman a repiqué le pissenlit au milieu des orties.

« Maman, les mauvaises herbes, c'est des méchantes ? »

Je lui ai dit que ça dépendait, que le point de vue n'était pas le même si on était un petit garçon ou un papillon. Batman a roulé des yeux comme un journaliste interviewant un homme politique qui se réfugie dans les faux-fuyants.

« Qui c'est, la dame sur le canapé, maman ?

— Elle s'appelle Petite Abeille.

— C'est un drôle de nom.

— Pas pour une abeille.

— Mais c'est pas une abeille.

— Non. C'est une personne. Elle vient d'un pays qui s'appelle le Nigeria.

— Hmm. C'est une gentille ? »

Je me suis relevée.

« Il faut qu'on y aille, mon chéri, ai-je dit. Le monsieur des pompes funèbres est là.

— Bruce Wayne ?

— Oui.

— On va à la bat-cave ?

— En quelque sorte.

— Hmm. Je va venir dans une minute.

— Je *vais* venir.

— Oui. »

Je sentais la transpiration perler dans mon dos.

J'avais un tailleur de laine gris et un chapeau qui n'était pas noir mais assez crépusculaire pour faire l'affaire. Il n'offensait pas la tradition, sans se plier entièrement à l'obligation du sombre. Replié sur le dessus, un voile noir était prêt à s'abaisser au moment opportun. J'espérais que quelqu'un me l'indiquerait.

Je portais des gants bleu marine, juste assez foncés pour un enterrement. Le médius de la main gauche avait été coupé et le gant recousu. Je m'étais lancée dans ce travail deux nuits plus tôt, dès que j'avais été assez soûle pour le supporter, profitant d'une heure miséricordieuse entre ébriété et incapacité. Le doigt coupé du gant gisait encore sur ma table à ouvrage. Pas facile à jeter.

La poche de mon tailleur contenait mon téléphone, réglé en mode silencieux parce que j'avais peur d'oublier de le faire plus tard. J'avais aussi préparé un billet de dix livres pour la quête, s'il y en avait une. Cela me paraissait peu probable à un enterrement, mais je ne savais pas trop. (Et s'il y avait une quête, dix livres représentaient-elles une somme correcte ? Cinq me semblaient d'une mesquinerie ridicule, vingt d'un tape-à-l'œil indécent.)

Je n'avais plus personne à qui poser ces questions ordinaires. Petite Abeille ne m'était d'aucune utilité. Je ne pouvais pas lui demander : *Ces gants bleus, tu crois que ça va* ? Elle se serait contentée de les regarder fixement, comme si c'était la première paire de gants qu'elle voyait de sa vie, ce qui était peut-être le cas, d'ailleurs. *(Oui, mais est-ce qu'ils sont assez foncés, Petite Abeille ? Entre toi et moi – toi, réfugiée de l'horreur, moi, rédactrice en chef d'un mensuel tendance –, dirions-nous de cette nuance que c'est un bleu courageux ou un bleu irrévérencieux ?)*

Les détails ordinaires, voilà ce qui allait être le plus difficile, manifestement. Maintenant qu'Andrew n'était plus là, il fallait que je me rende à l'évidence : il ne restait personne qui ait une vraie opinion sur la façon de vivre dans un pays civilisé.

Notre rouge-gorge est sorti des digitales en sautillant, un ver dans le bec. La peau du ver était d'une teinte puce, couleur d'hématome.

« Allez, Batman, il faut qu'on y aille.

— Une *minute*, maman. »

Dans le silence du jardin, le rouge-gorge a secoué son ver et a avalé sa vie, la faisant passer de la lumière à l'obscurité avec la prompte indifférence d'un dieu. Je n'éprouvais strictement rien. J'ai regardé mon fils, pâle et perplexe dans le jardin soigneusement planté, et au-delà, j'ai regardé Petite Abeille, fatiguée et maculée de boue, qui attendait que nous entrions dans la maison.

C'est alors que j'ai compris : la vie avait fini par faire irruption. Qu'elles semblaient sottes, désormais, toutes les défenses que j'avais dressées contre la nature : ma revue impertinente, mon mari séduisant, ma ligne Maginot de tâches maternelles et de liaisons. Le monde, le monde réel, avait trouvé une brèche. Il s'était assis sur mon canapé et je ne pourrais plus faire comme s'il n'existait pas.

J'ai traversé la maison jusqu'à la porte d'entrée pour prévenir l'entrepreneur des pompes funèbres que nous serions prêts dans un instant. Il a hoché la tête. Derrière lui, j'ai regardé ses employés, blafards, la gueule de bois, dans leur queue-de-pie. J'ai carburé au gin, moi aussi, dans ma vie, et je connaissais cette expression. Un quart de oh-mon-Dieu-la-pauvre-femme, trois quarts de c'est-juré-je-ne-boirai-plus-*jamais*. Ils m'ont adressé un signe de tête. C'est une curieuse sensation, pour une femme qui a un super boulot, d'inspirer de la compassion à des types qui ont des tatouages et mal au crâne. J'imagine qu'on me regardera toujours ainsi, maintenant, comme une étrangère dans ce pays de mon cœur où je n'aurais jamais dû mettre les pieds.

Le corbillard et la limousine attendaient dans la rue devant chez nous. Je suis sortie dans l'allée pour regarder par la vitre verte du corbillard. Le cercueil d'Andrew était là, allongé sur des glissières à roulettes de chrome brillant. Andrew. Il avait été mon mari pendant huit ans. Je me suis dit : Je devrais tout de même éprouver quelque chose maintenant. Je me suis dit : Des roulettes. Comme c'est pratique.

Dans notre rue, les maisons mitoyennes s'étiraient à l'infini de part et d'autre. Les nuages défilaient dans le ciel, vaguement oppressants, chacun identique au suivant, faisant tous planer une menace de pluie. Je me suis retournée vers le cercueil d'Andrew et j'ai pensé à son visage. J'ai pensé à son visage mort. Il était mort si lentement, au cours de ces deux dernières années. Elle avait évolué si imperceptiblement, l'expression de son visage, elle avait mis si longtemps à passer de triste à en mourir à tristement morte. Ces deux visages se brouillaient déjà dans mon esprit. Mon mari vivant et mon mari mort – désormais, je les voyais accolés, comme si sous le couvercle du cercueil, je devais les trouver unis tels des frères siamois, les yeux béants, regardant vers l'infini dans les deux directions.

Et cette idée m'a soudain traversé l'esprit avec la clarté absolue de l'horreur : *Andrew a été un jour un homme passionné, tendre, brillant.*

Les yeux rivés sur le cercueil de mon mari, je me suis accrochée à cette idée. Je l'ai brandie devant ma propre mémoire comme un timide drapeau blanc. J'ai pensé à Andrew le jour où on s'était rencontrés au journal pour lequel on travaillait tous les deux, en pleine prise de bec avec son rédacteur en chef sur une noble question de principe qui lui avait valu de se faire virer glorieusement, sur-le-champ, après quoi il avait arpenté le couloir à grands pas, farouche et superbe. La première fois où je m'étais dit : Voilà un homme dont on doit pouvoir être fière. Et Andrew avait failli me rentrer dedans alors que, bouche bée, je traînais exprès dans les parages pour ne rien perdre de la scène, feignant d'être là par hasard, sur le chemin de la salle de rédaction. Andrew m'avait adressé un grand sourire et, sans hésiter, m'avait lancé : *Ça vous dirait d'inviter un ancien collègue à dîner ?* Une chance sur un milliard. Comme d'attraper un éclair dans une bouteille.

Notre couple avait commencé à battre de l'aile à la naissance de Charlie. Comme si cet unique éclair était tout ce que nous avions, comme si notre enfant absorbait l'essentiel de la chaleur qu'il dégageait. Le Nigeria avait accéléré la dégringolade et, à présent, la mort l'avait achevée. Mais la fin de mon amour pour Andrew et ma liaison avec

Lawrence étaient antérieures à cela. Voilà pourquoi je ne parvenais pas à m'y faire, je m'en rendais bien compte. Comment verser rapidement des larmes sur Andrew, alors qu'il était parti si lentement ? D'abord de mon cœur, puis de mon esprit, et enfin seulement de ma vie.

C'est à ce moment-là que le vrai chagrin est arrivé. C'est alors que le choc m'a ébranlée, comme si un phénomène sismique s'était déclenché au tréfonds de moi-même et progressait peu à peu, à l'aveuglette, vers la surface. Je tremblais, mais les larmes ne venaient toujours pas.

Je suis rentrée dans la maison, j'ai cherché mon fils et Petite Abeille. Mal assortis, hébétés, accolés, nous sommes partis à l'enterrement de mon mari. Toujours frissonnante, sur mon banc d'église, j'ai compris que ce ne sont pas les morts que nous pleurons. Nous pleurons sur nous-mêmes, et je ne méritais pas ma pitié.

À la fin, quelqu'un, je ne sais plus qui, nous a raccompagnés chez nous. Je me cramponnais à Charlie sur la banquette arrière d'une voiture. Je me souviens d'une odeur de tabac froid. Je caressais la tête de Charlie et je lui désignais les choses de tous les jours devant lesquelles nous passions, invoquant le réconfort des maisons, des boutiques et des autos par la magie pleine d'espoir de leurs noms chuchotés. Des noms ordinaires, voilà ce dont nous avions besoin, ai-je décrété. Les choses de tous les jours nous aideraient à surmonter cette épreuve. Tant pis si le costume de Batman de Charlie était couvert de boue du tombeau. Quand nous sommes arrivés à la maison, je l'ai fourré dans le lave-linge et je lui ai donné le propre. Comme ça me faisait trop mal d'essayer d'ouvrir le paquet de lessive, je me suis servie de l'autre main.

Je me souviens de m'être assise avec Charlie pour regarder l'eau monter dans la machine et s'élever derrière le hublot de verre. Avec un petit tressautement, la machine s'est engagée dans son préambule grinçant et familier, et Charlie et moi avons eu une conversation parfaitement ordinaire. Le pire moment pour moi. Nous avons discuté de ce dont il avait envie pour le déjeuner. Charlie a dit qu'il voulait des chips. J'ai rechigné. Il a insisté. J'ai accepté. En cet instant, je ne faisais pas le poids et mon fils le savait. J'ai encore cédé sur le Ketchup et sur la glace, et j'ai lu le triomphe sur les traits de Charlie, et l'horreur dans ses yeux. J'ai compris que pour lui, et pour moi, une douleur extraordinaire se cachait derrière les mots ordinaires.

Nous avons mangé, puis Petite Abeille a emmené Charlie jouer au jardin. J'avais été à ce point obnubilée par mon fils que je l'avais complètement oubliée et que j'ai été surprise, en fait, qu'elle soit toujours là.

J'étais assise, très calme, à la table de ma cuisine. Ma mère et ma sœur étaient revenues de l'église avec nous et gravitaient autour de moi dans un brouillard d'affairement et de rangement, si bien que si on nous avait prises en photo avec un long temps de pose, mon image aurait été la seule à être nette, entourée d'un halo spectral qui devrait sa couleur azur au cardigan de ma sœur et son excentricité à la propension de ma mère à se rapprocher de moi, pour me demander si ça allait. Je l'entendais à peine, je crois. Elles ont continué à s'agiter autour de moi pendant une heure, respectueuses de mon silence, lavant les tasses à thé sans les faire tinter inutilement, classant les cartes de condoléances par ordre alphabétique avec le minimum de bruit, jusqu'à ce que je les supplie, si elles m'aimaient, de rentrer chez elles.

Après leur départ accompagné de tendres étreintes prolongées qui m'ont fait regretter de les chasser, je me suis rassise à la table de la cuisine et j'ai regardé Petite Abeille qui s'amusait dans le jardin avec Batman. Sans doute avions-nous été bien imprudents d'abandonner la maison pour passer toute la matinée à un enterrement. En notre absence, des méchants de la pire espèce s'étaient installés dans la haie de lauriers, et il fallait les expulser à grand renfort de pistolets à eau et de tuteurs en bambou. La tâche semblait dangereuse et astreignante. Petite Abeille commençait par s'approcher des lauriers à quatre pattes, l'ourlet de sa chemise hawaïenne trop grande traînant dans la poussière. Quand elle apercevait un méchant tapi, elle lui fonçait dessus en hurlant, l'obligeant à sortir à découvert. Là, mon fils l'attendait avec un pistolet à eau pour lui asséner le coup de grâce. Je me suis émerveillée de la rapidité avec laquelle ils avaient constitué une équipe. Je n'étais pas sûre que ça me plaise. Mais que pouvais-je faire ? Aller au jardin et dire : *Petite Abeille, pourrais-tu cesser, s'il te plaît, de devenir l'amie de mon fils ?* Mon fils demanderait énergiquement des explications, et j'aurais beau lui expliquer que Petite Abeille n'était pas dans notre camp, ça ne servirait à rien. Plus maintenant qu'ils avaient exterminé ensemble tous ces méchants.

Non, nier sa présence n'aurait pas plus de sens que de nier ce qui s'était passé en Afrique. On peut chasser un souvenir, indéfiniment même, on peut l'exiler de sa conscience en se focalisant sur la quotidienneté implacable de la direction d'une revue à succès, l'éducation d'un fils, l'enterrement d'un mari. Mais un être humain, c'est une autre affaire. L'existence d'une petite Nigériane, bien vivante, dans votre jardin, les gouvernements peuvent refuser d'admettre ce genre de choses ou les balayer comme des anomalies statistiques, mais les êtres humains ne peuvent pas en faire autant.

J'étais assise à la table de la cuisine et mes yeux soudain humides se sont posés sur le moignon, là où se trouvait mon doigt, avant. J'ai compris que le temps était enfin venu d'affronter ce qui s'était passé sur la plage.

Dans le cours normal des choses, ça n'aurait jamais dû arriver, évidemment. Il y a des pays du monde, et des régions de l'esprit, où il vaut mieux ne pas aller. Je l'ai toujours pensé, et je me suis toujours prise pour une femme raisonnable. D'esprit indépendant, mais sans imprudence. Si seulement j'avais la même relation distante avec les lieux étrangers que d'autres femmes raisonnables.

Intelligente comme je suis, il fallait que je choisisse une destination de vacances originale. À cette époque, une guerre du pétrole faisait rage au Nigeria. Nous ne le savions pas, Andrew et moi. Le conflit a été bref, confus, et on en a peu parlé. Les gouvernements britannique et nigérian nient encore son existence, l'un et l'autre. Dieu sait qu'ils ne sont pas les seuls à avoir employé la méthode du déni.

Je me demande encore comment j'ai pu avoir l'idée d'accepter un séjour au Nigeria. J'aimerais pouvoir prétendre que c'était le seul voyage gratuit que les offices de tourisme avaient adressé à la revue ce printemps-là, mais nous en avions des cartons pleins – des caisses d'enveloppes encore fermées qui laissaient échapper des sachets d'échantillons éventrés dégueulant du Piz Buin. J'aurais pu choisir la Toscane, ou le Belize. Les anciens États soviétiques avaient un succès fou cette saison-là. Mais non. Mon côté forte tête – celui qui m'avait fait lancer *Nixie* au lieu d'entrer dans une revue de luxe plus sage, celui qui m'avait poussée à m'engager dans une liaison avec Lawrence au lieu de me réconcilier avec Andrew –, ce côté aventurier tenace m'a fait éprouver un frisson d'ado quand j'ai trouvé sur mon bureau une grosse enveloppe portant cette question alléchante : POUR VOS PROCHAINES VACANCES, POURQUOI PAS LE NIGERIA ? Une farceuse de la rédaction avait gribouillé dessous, au marqueur noir, la réponse qui s'imposait. Mais j'étais intriguée et j'ai ouvert l'enveloppe. Deux billets d'avion sans limite de durée en sont sortis, avec une réservation d'hôtel. Il n'y avait qu'à se pointer à l'aéroport avec un maillot de bain.

Andrew m'a accompagnée, non sans réticence. Le ministère des Affaires étrangères déconseillait de se rendre dans certaines régions du Nigeria, mais nous n'avons pas imaginé un instant que cela pouvait concerner notre destination. Il m'a fallu un petit moment pour le convaincre, mais je lui ai rappelé que pour notre voyage de noces, nous étions allés à Cuba et qu'il y avait là-bas un certain nombre de coins horribles. Andrew a cédé. Rétrospectivement, je suppose qu'il s'est dit qu'il n'avait pas le choix s'il voulait me garder.

L'office de tourisme qui avait envoyé les billets gratuits présentait Ibeno Beach comme l'endroit « idéal pour les amoureux de l'aventure ». En fait, à l'époque où nous y sommes allés, c'était un cataclysme cerné de frontières. Au nord, une jungle infestée de paludisme, à l'ouest, un vaste delta fluvial brunâtre. Le fleuve était couvert d'irisations de pétrole. Il était, je le sais aujourd'hui, gonflé par les cadavres d'ouvriers des compagnies pétrolières. Au sud, l'océan Atlantique. Sur cette frange sud, j'ai rencontré une fille qui n'était pas le cœur de cible de ma revue. Petite Abeille s'était enfuie en direction du sud-est, les pieds en sang, quittant ce qui avait été son village et allait devenir sous peu un champ de pétrole. Elle avait fui les hommes qui voulaient la tuer parce qu'ils étaient payés pour ça, et les enfants qui voulaient la tuer parce qu'on leur disait de le faire. Assise à la table de ma cuisine, je l'imaginais, fuyant à travers les champs, fuyant à travers la jungle, à toutes jambes, jusqu'à la plage où Andrew et moi jouions les non-conformistes. Et c'est sur cette plage qu'elle s'est arrêtée.

Mon doigt manquant m'a démangée, rien que d'y penser.

Quand ils sont rentrés du jardin, j'ai envoyé Batman jouer dans sa bat-cave et j'ai montré à Petite Abeille où était la douche. Je lui ai trouvé des vêtements. Plus tard, quand Batman a été couché, j'ai préparé deux gin tonics. Petite Abeille était assise, les mains autour de son verre, faisant s'entrechoquer les glaçons. J'ai bu le mien d'un trait, comme un médicament.

« C'est bon, lui ai-je dit. Je suis prête. Tu peux me raconter ce qui s'est passé.

— Vous voulez savoir pourquoi je ne suis pas morte ?

— Commence par le commencement, tu veux ? Dis-moi comment tu t'es retrouvée au bord de la mer. »

Alors elle m'a raconté qu'elle s'était cachée, le jour où elle était arrivée sur la plage. Cela faisait six jours qu'elle marchait, traversant les champs de nuit et se dissimulant dans la jungle et les marécages dès le point du jour. J'ai éteint la radio de la cuisine, et je suis restée assise, très calme, pendant qu'elle me racontait comment elle s'était terrée dans une avancée de jungle qui remontait jusqu'au sable. Elle était restée allongée là pendant les heures les plus chaudes de la journée, à regarder les vagues. Elle m'a dit que c'était la première fois qu'elle voyait la mer et qu'elle ne parvenait pas tout à fait à y croire.

En fin d'après-midi, la sœur de Petite Abeille, Nkiruka, était sortie de la jungle et avait trouvé sa cachette. Elle s'était assise à côté d'elle. Elles s'étaient serrées l'une contre l'autre très longtemps. Elles étaient contentes que Nkiruka ait pu suivre la piste de Petite Abeille, mais elles avaient peur, parce que cela voulait dire que d'autres pouvaient en faire autant. Nkiruka avait regardé sa sœur dans les yeux et lui avait dit qu'elles devaient s'inventer de nouveaux noms. Il était dangereux de se servir des vrais qui trahissaient de quelle tribu et de quelle région elles venaient. Nkiruka avait dit que maintenant, elle s'appelait Bonté. Sa petite sœur aurait bien voulu répondre à Bonté, mais elle n'arrivait pas à se trouver de nom.

Les deux sœurs avaient attendu. Les ombres s'étaient épaissies. Un couple de calaos était venu casser des graines dans les arbres, au-dessus de leurs têtes. Et puis – assise à la table de ma cuisine, elle a dit qu'elle s'en souvenait si distinctement qu'en tendant la main elle pourrait presque caresser le dos noir duveteux de la petite bête –, une abeille s'était approchée, portée par la brise marine, et elle s'était posée entre les deux sœurs. L'abeille était petite, elle avait atterri sur une fleur pâle – une fleur de frangipanier, m'a-t-elle raconté, mais elle n'était pas très sûre du nom européen –, et puis l'abeille était repartie, sans faire de manières. Elle n'avait pas remarqué la fleur avant l'arrivée de l'abeille, mais elle avait vu alors que la fleur était belle. Elle s'était tournée vers Bonté.

« Je m'appelle Petite Abeille. »

En entendant ce nom, Bonté avait souri. Petite Abeille m'a appris que sa grande sœur était très jolie. Que c'était le genre de filles dont les hommes disaient qu'elles leur font oublier tous leurs ennuis. Le genre de filles dont les femmes disaient qu'elles sont *cause* de bien des ennuis. Petite Abeille se demandait qui aurait raison.

Les deux sœurs étaient restées immobiles et silencieuses jusqu'au coucher du soleil. Puis elles s'étaient glissées sur le sable pour aller se laver les pieds dans les vagues. Le sel avait réveillé leurs coupures, mais elles n'avaient pas crié. Il valait mieux ne pas faire de bruit. Les hommes qui les pourchassaient avaient peut-être renoncé à les rattraper, mais ce n'était pas sûr. Les sœurs avaient vu ce qui s'était passé dans leur village. Il n'était pas question de laisser de survivants, parce qu'ils risquaient de parler. Alors les hommes traquaient les femmes et les enfants en fuite et enfouissaient leurs corps sous des branches et des rochers.

Après avoir regagné leur cachette, les deux sœurs s'étaient pansé réciproquement les pieds à l'aide de feuilles vertes et fraîches et elles avaient attendu l'aube. Il ne faisait pas froid, mais cela faisait deux jours qu'elles n'avaient pas mangé. Elles frissonnaient. Des singes criaient sous la lune.

Je pense encore aux deux filles, là, tremblant pendant toute la nuit. Quand je les vois en esprit, encore et encore, j'aperçois des petits crabes roses qui suivent l'odeur ténue de sang jusqu'à l'endroit où leurs pieds se sont posés, au bord de l'eau, mais ils n'y trouvent rien de mort pour l'instant. Les tendres crabes roses émettent de petits cliquetis durs sous les étoiles blanches scintillantes. Un à un, ils s'enfoncent de nouveau dans le sable et patientent.

Je préférerais que mon cerveau n'enregistre pas de détails affreux comme celui-ci. Je préférerais être une femme qui se passionne pour les chaussures et l'anti-cernes. Je préférerais ne pas être le genre de femme qui se retrouve assise à sa table de cuisine à écouter une jeune réfugiée lui parler de sa peur panique de l'aube.

Dans le récit de Petite Abeille, au lever du jour, une épaisse brume blanche était accrochée à la jungle et se répandait sur le sable. Les sœurs ont observé un couple de Blancs qui se promenait sur la plage. Ils parlaient la langue officielle du pays de Petite Abeille, mais c'étaient les premiers Blancs qu'elle voyait. Elles les ont regardés, Bonté et elle, dissimulées derrière un bouquet de palmiers. Elles ont reculé quand le couple s'est approché de leur cachette. Les Blancs se sont arrêtés pour contempler la mer.

« Tu entends le ressac, Andrew ? a demandé la femme blanche. Comme c'est paisible ici, tu ne trouves pas ?

— Franchement, ça me fout les boules. Tu ne veux pas retourner au compound de l'hôtel ? »

La femme blanche a souri.

« Les compounds sont faits pour qu'on en sorte. Je n'en menais pas large non plus, tu sais, la première fois que je t'ai rencontré.

— Ça se comprend. Un bel et grand Irlandais d'amour comme moi. On est des sauvages, tu sais.

— Des barbares.

— Des vagabonds.

— Des cons.

— Voyons, chérie, tu parles comme ta mère. »

La femme blanche a ri et s'est approchée du corps de l'homme. Elle l'a embrassé sur la joue.

« Je t'aime, Andrew. Je suis si contente qu'on soit partis. Je regrette de t'avoir fait ça. Ça n'arrivera plus jamais.

— C'est vrai ?

— C'est vrai. Je n'aime pas Lawrence. Je t'assure. On oublie tout, tu veux ? »

Sur la plage, l'homme blanc a souri. Dans les ténèbres, Petite Abeille a posé sa main en conque autour de l'oreille de Bonté. Elle a chuchoté : *C'est quoi, un con ?* Bonté l'a regardée et a roulé des yeux. *Viens plus près de moi, ma petite, viens tout près de ton vagabond.* Petite Abeille s'est mordu la main pour ne pas pouffer.

C'est alors que les sœurs ont entendu des chiens. Elles entendaient tout, parce qu'une fraîche brise matinale soufflait, une brise de terre qui portait tous les bruits. Les chiens étaient encore loin, mais les sœurs les ont entendus aboyer. Bonté a serré le bras de Petite Abeille. En bas, sur la plage, la femme blanche a regardé la jungle.

« Écoute, Andrew, a-t-elle dit. Des chiens !

— Les gars du coin qui chassent, probablement. Ça doit grouiller de gibier dans la jungle.

— C'est drôle, je n'aurais jamais imaginé qu'ils utilisaient des chiens.

— Et que veux-tu qu'ils utilisent ? »

La femme blanche a haussé les épaules. « Je ne sais pas, moi. Des éléphants ? »

L'homme blanc a ri. « Espèce d'Anglaise indécrottable Tu n'as toujours pas renoncé à l'Empire ! Il suffit que tu fermes les yeux pour qu'il ressuscite. »

À ce moment-là, un soldat est arrivé en courant. Il venait de la même direction que le couple de Blancs. Il était hors d'haleine. Il était vêtu d'un pantalon olive et d'un débardeur gris taché de sueur.

Il avait des bottes de l'armée, lourdes de sable humide. Il portait un fusil en bandoulière dont le canon se balançait, pointé vers le ciel.

« Et merde, a dit l'homme blanc. Revoilà ce connard de garde.

— Il fait son boulot, c'est tout.

— Ouais, mais tu ne crois pas qu'ils pourraient nous foutre la paix cinq minutes, non ?

— Calme-toi. Je te rappelle que ce sont des vacances gratuites. Tout ne peut pas se passer exactement comme on le voudrait. »

Le garde a rejoint le couple de Blancs et il s'est arrêté. Il toussait. Il s'est plié en deux, les mains sur les genoux.

« S'il vous plaît, monsieur, madame, a-t-il haleté. Désolé, s'il vous plaît revenir compound hôtel.

— Mais pourquoi ? a dit la femme blanche. Nous faisons quelques pas sur la plage, c'est tout.

— C'est dangereux, madame, a répondu le garde. Dangereux pour vous et pour le monsieur. Désolé, patron.

— Mais pourquoi ? a demandé l'homme blanc. Où est le problème ?

— Pas de problème. Ici, très bon endroit. Très bon. Mais touristes doivent s'il vous plaît tous rester dans compound hôtel. »

Invisibles dans la jungle, les chiens aboyaient de plus en plus fort. Les sœurs ont entendu les cris des hommes qui les accompagnaient. Bonté tremblait. Les deux sœurs se cramponnaient l'une à l'autre. Un des chiens s'est mis à hurler et les autres l'ont imité. Au fond de la cachette, un bruit d'éclaboussures a crépité sur les feuilles sèches et une odeur d'urine s'est élevée – la réalité de la peur de Bonté. Petite Abeille l'a regardée dans les yeux. On aurait dit que sa sœur ne la voyait même pas.

En bas, sur la plage, l'homme blanc disait : « Vous voulez de l'argent, c'est ça ? »

Et le garde disait : « Non, monsieur. »

Le garde s'est relevé, il a tourné la tête vers la jungle en direction des aboiements. Il a détaché la courroie de son fusil. Petite Abeille a regardé comment il le tenait. Il a retiré le cran de sûreté et tendu la main pour vérifier les chargeurs. Deux chargeurs – je m'en souviens, moi aussi – scotchés dos à dos avec de l'adhésif bleu.

Le Blanc a repris : « Arrêtez un peu votre cinoche. Dites-nous combien vous voulez, qu'on en finisse. Allons. Ma femme en a ras le bol d'être coincée dans ce compound de merde. Vous voulez combien pour nous foutre la paix ? Juste le temps de faire une petite balade tranquilles. Un dollar ? »

Le garde a secoué la tête. Il ne regardait pas l'homme blanc. Il observait une nuée d'oiseaux rouges qui s'envolait de la jungle, à deux cents mètres.

« Pas dollar, a dit le garde.

— Dix dollars, alors, a proposé la femme blanche.

— Bon sang, Sarah, a protesté l'homme blanc. C'est *beaucoup* trop. Ça fait une semaine de salaire ici.

— Quel radin tu fais, a dit la femme blanche. Qu'est-ce que ça représente pour nous, dix dollars ? Ce n'est pas si mal de pouvoir faire quelque chose pour ces gens. Dieu sait qu'ils ne roulent pas sur l'or.

— Bon, cinq dollars alors », a repris l'homme blanc.

Le garde observait la cime des arbres. À cent cinquante mètres, au-dessus d'une petite ravine, l'extrémité des feuilles de cycas frémissait.

« Vous venez avec moi maintenant. Compound hôtel mieux pour vous.

— Écoutez, a dit le Blanc, j'espère que nous ne vous avons pas vexé en vous proposant de l'argent, et c'est tout à votre honneur de ne pas l'avoir accepté. Mais figurez-vous que cinquante et une semaines par an, mon rédacteur en chef prétend me dire ce que je dois faire. Je ne suis pas venu ici pour que quelqu'un écrive mes vacances à ma place. »

Le garde a levé le canon de son fusil. Il a tiré trois coups de feu en l'air, juste au-dessus de la tête de l'homme blanc. L'aboiement des chiens et les cris des hommes se sont interrompus un instant. Puis ils ont repris, plus fort. Les Blancs ne bougeaient plus. Ils avaient la bouche ouverte. Ils avaient peut-être été sonnés par les balles qui les avaient manqués.

« S'il vous plaît, monsieur et madame, a dit le garde. Ça va être des ennuis. Vous ne connaissez pas mon pays. »

Les sœurs ont entendu les machettes dégager un passage. Bonté a attrapé Petite Abeille par la main et l'a obligée à se relever. Les deux sœurs sont sorties du couvert de la jungle et se sont avancées sur le sable. Se tenant par la main, elles se sont arrêtées et ont levé les yeux vers l'homme blanc et vers la femme blanche – Andrew et moi –, pleines d'espoir, pleines d'attente. J'imagine que c'était la seule chose qu'elles pouvaient faire dans le *monde en développement.*

Elles étaient plantées dans le sable, agrippées l'une à l'autre, toutes droites sur leurs jambes flageolantes, Bonté tendant le cou pour essayer d'apercevoir les chiens qui approchaient, tandis que Petite Abeille avait les yeux rivés sur moi, ignorant Andrew, ignorant le garde.

« S'il vous plaît, madame, a-t-elle dit, emmène-nous au compound de l'hôtel avec toi. »

Le garde l'a regardée, puis il s'est tourné vers la jungle. Il a secoué la tête.

« Compound hôtel pour touristes, a-t-il dit. Pas pour vous, les filles.

— S'il vous plaît, a supplié Petite Abeille, en me regardant toujours droit dans les yeux. Des méchants hommes nous chassent. Ils nous tueront. »

Elle me parlait de femme à femme, sachant que je comprendrais. Je n'ai pas compris. Trois jours plus tôt, juste avant notre départ pour Heathrow, debout dans notre jardin sur une dalle de béton nu, j'avais demandé à Andrew quand il avait l'intention de construire enfin cette foutue serre. C'était la grande affaire de ma vie, cette serre, ou son inexistence. Cette serre absente, et toutes les autres constructions passées et à venir, que l'on pourrait obligeamment ériger dans le vide sentimental plus vaste encore qui s'étendait entre mon mari et moi. J'étais une femme moderne, je comprenais mieux la déception que la peur. Les chasseurs allaient la *tuer* ? Mes tripes se sont nouées, mais mon esprit continuait à prétendre que ce n'était qu'une façon de parler.

« Voyons, ai-je dit. Tu n'es qu'une gamine. Pourquoi quelqu'un voudrait-il te tuer ? »

Petite Abeille m'a rendu mon regard et elle a répondu : « Parce que nous les avons vus tuer tous les autres. »

J'ai ouvert la bouche, mais Andrew m'a coupé la parole. Je crois qu'il souffrait du même décalage horaire intellectuel que moi. Comme si nos cœurs savaient que nous étions arrivés sur la plage, mais que nos cerveaux avaient plusieurs heures de retard. Les yeux d'Andrew étaient terrifiés, mais sa voix a prononcé ces mots : « Quelles conneries ! Arnaque nigériane typique. Viens, on rentre à l'hôtel. »

Andrew m'a entraînée le long de la plage. Je l'ai suivi, tordant le cou pour me retourner vers les sœurs. Le garde nous a emboîté le pas. Il avançait à reculons, le fusil braqué sur la jungle. Petite Abeille marchait derrière avec Bonté, à dix mètres de distance.

Le garde a dit : « Vous, les filles, vous arrêtez de suivre. »

Il a pointé son arme vers les sœurs. Elles l'ont regardé sans ciller. Le garde était un peu plus âgé qu'elles, seize, dix-sept ans peut-être. Il avait une fine moustache. Il n'était sûrement pas peu fier qu'elle pousse. Il avait un béret vert dont dégoulinaient dcs gouttes de sueur. Je voyais les veines de ses tempes. Le blanc de ses yeux était jaune.

Petite Abeille a demandé : « Comment tu t'appelles, soldat ? »

Il a dit : « Je m'appelle je-tire-dessus-si-vous-arrêtez-pas-de-suivre. »

Petite Abeille a haussé les épaules et s'est frappé la poitrine. « Moi, je m'appelle Petite Abeille. Ici, c'est mon cœur. Tire, si tu veux. »

Et Bonté a dit : « Les balles, c'est bien. Les balles, ça va vite. »

Elles continuaient à nous suivre sur la plage. Le garde a écarquillé les yeux.

« Qui veut vous attraper, les filles ?

— Les hommes qui ont brûlé notre village. Les hommes de la société pétrolière. »

Le fusil s'est mis à trembler dans la main du garde. « *Mondieumondieu* », a-t-il dit.

Il y a eu des cris d'hommes et des aboiements de chiens, très proches maintenant. Je n'entendais plus le bruit des vagues.

Cinq chiens bruns sont sortis de la jungle en courant. Ils avaient hurlé à s'en rendre fous. Leurs flancs et leurs pattes étaient en sang à cause des épines de la jungle. Les sœurs ont crié, elles ont pris leurs jambes à leur cou et ont dépassé le garde. Le garde s'est arrêté, il a levé son fusil et a tiré. Le premier chien a fait la culbute dans le sable. Le coup de feu lui avait emporté l'oreille, et un morceau de tête aussi, je crois. La meute de chiens a ralenti l'allure, ils se sont arrêtés et ont planté leurs crocs dans celui qui était tombé. Ils arrachaient des lambeaux de chair de son cou alors que ses pattes arrière continuaient à battre l'air et à se convulser. J'ai hurlé. Le garde tremblait.

Six hommes ont surgi de la jungle. Ils portaient

des pantalons de survêtement tout déchirés, des débardeurs et des chaussures de sport, des chaînes en or. Ils se sont dirigés vers nous. Ils ont ignoré les chiens. L'un d'eux tenait un arc bandé. Les autres agitaient leurs machettes, mettant le garde au défi de tirer. Ils se sont précipités droit sur nous.

Ils avaient un chef. Il avait une plaie au cou. Elle pourrissait – l'odeur parvenait jusqu'à moi. Je savais qu'il allait mourir bientôt. Un autre portait un collier en fil de fer d'où pendaient des choses brunes qui ressemblaient à des champignons. Quand il a vu Bonté, l'homme a tendu le bras vers elle, puis, du bout des doigts, il a dessiné des cercles autour de ses tétons et a grimacé un sourire. J'essaie de raconter ça de façon aussi neutre que possible.

Le garde a dit : « Vous continuez à marcher, monsieur et madame. »

Mais l'homme qui avait la plaie au cou – le chef – est intervenu :

« Non, vous arrêtez.

— Alors je tire », a prévenu le garde.

Mais l'homme a lancé : « Peut-être que tu auras un de nous, peut-être deux. »

L'homme à l'arc visait le cou du garde. « Peut-être tu auras aucun, a-t-il dit. Peut-être tu aurais mieux fait de tirer avant, quand on était loin. »

Le garde a cessé de marcher à reculons, et nous nous sommes arrêtés, nous aussi. Petite Abeille et Bonté nous ont contournés. Elles nous ont mis, mon mari et moi, entre les chasseurs et elles.

Les chasseurs se passaient une bouteille d'un liquide que j'ai pris pour du vin. Ils buvaient à tour de rôle. L'homme à l'arc et aux flèches était en érection. Je le voyais sous son pantalon de survêtement. Mais son expression n'a pas changé et ses yeux n'ont pas quitté le cou de notre garde. Il avait un bandana noir. Le bandana portait l'inscription EMPORIO ARMANI. J'ai regardé Andrew. J'ai essayé de parler calmement, mais les mots restaient coincés dans ma gorge.

« Andrew, ai-je dit. S'il te plaît, donne-leur tout ce qu'ils veulent. »

Andrew s'est tourné vers l'homme qui avait la plaie au cou et a demandé : « Qu'est-ce que vous voulez ? »

Les chasseurs se sont regardés. L'homme qui avait la plaie au cou s'est approché de moi. Ses yeux ont vacillé, ils se sont révulsés et, soudain, ils sont revenus en place et m'ont dévisagée d'un regard dément, les pupilles minuscules et les iris durs comme une balle, brillants comme du cuivre. Son sourire s'est contracté en grimace, une ligne mince, cruelle, un dédain amer et amusé. Les émotions défilaient sur son visage, on aurait dit un écran de télévision qu'on avait fait zapper à toute allure. Je sentais sa transpiration et sa pourriture. Il a émis un son, un gémissement involontaire qui a paru l'étonner – ses yeux se sont élargis –, et il a arraché mon drap de plage. Il a baissé les yeux vers le tissu mauve qui lui était resté en main, avec curiosité, semblant se demander comment il se trouvait là. J'ai crié et croisé mes bras sur ma poitrine. J'ai esquissé un mouvement de recul pour m'éloigner de l'homme, du regard qu'il posait sur moi – tantôt patient, comme s'il encourageait un élève un peu lent, tantôt furieux, tantôt empreint d'un calme pesant, vespéral.

Je portais un minuscule deux-pièces vert. Je vais le répéter, et peut-être commencerai-je enfin à le comprendre. Dans la région contestée du delta d'un pays africain en proie à une guerre du pétrole qui opposait trois camps, parce qu'il y avait une plage proche du théâtre de la guerre, parce que l'office de tourisme national avait envoyé des billets avion plus hôtel pour cette plage précise à toutes les revues répertoriées dans l'*Annuaire des auteurs et des artistes*, parce que c'était le modèle de l'année, et parce qu'en tant que rédactrice en chef, j'étais la première à me servir quand les distributeurs envoyaient des modèles gratuits au bureau de la revue, je portais un microscopique deux-pièces Hermès avec soutien-gorge bandeau vert. Les bras croisés sur mes nichons, je me suis dit que je m'étais exposée à l'anéantissement à coups d'offres gratuites.

L'homme blessé s'est approché de moi, si près que j'ai senti le sable s'enfoncer sous mes pieds sous l'effet de son poids. Il a posé le doigt sur mon épaule, l'a fait glisser sur ma peau nue et il a dit : « Ce que nous *voulons* ? Nous voulons... exercer... notre anglais. »

Les chasseurs ont éclaté de rire. Ils se sont repassé la bouteille. Pendant un moment, quand l'un d'eux l'a levée, j'ai aperçu quelque chose à l'intérieur, avec une pupille qui regardait, tassée contre le verre. Puis l'homme a rebaissé la bouteille, et la chose a disparu au fond du liquide. Je dis *liquide* parce que je ne pensais plus que c'était du vin.

Andrew a lancé : « Nous avons de l'argent sur nous, et nous pourrons vous en donner encore plus, après. »

L'homme blessé a gloussé et émis un bruit de cochon, qui l'a fait redoubler de rire. Puis son visage s'est figé brutalement dans une expression de sérieux absolu. Il a dit : « Vous donnez ce que vous avez maintenant. Y a pas d'après. »

Andrew a tiré son portefeuille de sa poche. Il l'a tendu à l'homme blessé. L'homme l'a pris – sa main tremblait –, il a sorti les billets de banque et a jeté le portefeuille dans le sable. Il a donné l'argent aux hommes qui étaient derrière lui, sans le regarder ni le compter. Il avait le souffle très court, le visage couvert de sueur. La plaie de son cou était béante. Elle était bleu-vert. Obscène.

J'ai dit : « Il faut vous faire soigner. Il doit y avoir des gens qui pourront vous aider, à l'hôtel. »

L'homme a répondu : « Aucune médecine soigne ce que ces filles, elles ont vu. Ces filles doivent payer ce qu'elles ont vu. Donne les filles. »

J'ai dit : « Non. »

L'homme blessé m'a regardé, surpris : « Tu dis quoi ?

— Je dis non. Ces filles nous accompagnent au compound. Si vous essayez de les en empêcher, notre garde vous tuera. »

L'homme blessé a écarquillé les yeux dans un simulacre indulgent de peur. Il a posé les deux mains sur sa tête et a fait deux tours sur lui-même en traînant les pieds dans le sable. Quand il s'est retrouvé en face de moi, il m'a adressé un large sourire et a demandé : « D'où tu viens, madame ?

— Nous habitons Kingston », ai-je répondu.

L'homme a incliné la tête et m'a regardée d'un air intéressé.

« Kingston-upon-Thames, ai-je ajouté. C'est à Londres. »

L'homme a hoché la tête. « Je sais où est Kingston. J'ai étudié la mécanique, là-bas. »

Il a baissé les yeux vers le sable. Il est resté silencieux un moment. Puis il a bougé, et tout s'est passé très vite. J'ai vu sa machette s'élever, j'ai vu la lame étinceler dans le soleil levant, j'ai vu un infime tressaillement – le garde n'a pas eu le temps d'en faire plus. La lame s'est enfoncée dans sa gorge et elle a tinté. Elle a tinté en heurtant les cervicales. Le métal tintait encore quand l'homme l'a arrachée et que le garde s'est effondré sur le sable. La lame a tinté, je m'en souviens, comme si la machette était une cloche et la vie du garde le battant.

Le tueur a demandé : « Tu entends déjà un bruit comme ça à Kingston-upon-Thames ? »

Il semblait y avoir plus de sang qu'un jeune Africain maigre comme un clou n'en pouvait raisonnablement contenir. Ça n'en finissait pas. Le garde couché là, le sable couvrant peu à peu ses globes oculaires et le cou béant, comme s'il était accroché à une charnière, grand ouvert. Cette voix très calme, très BCBG dans ma tête, qui disait : *Pac-Man. Pac-Man.* Mince alors, on dirait vraiment *Pac-Man.* Nous étions tous là, silencieux, à regarder le garde saigner à mort. Ça a mis très longtemps. Je me rappelle avoir pensé : Heureusement que nous avons laissé Charlie chez mes parents.

Quand j'ai relevé la tête, le tueur m'observait. Son expression n'était pas méchante. J'ai vu des caissières me regarder comme ça quand il m'arrive d'oublier ma carte de fidélité. J'ai vu Lawrence me regarder de cette façon-là quand je lui annonce que j'ai mes règles. Le tueur m'observait avec une expression, comment dire, de légère contrariété.

« Ce garde est mort à cause de toi », a-t-il fait.

Je devais éprouver des sentiments à l'époque, parce que les larmes ruisselaient sur mon visage.

« Vous êtes fou », ai-je dit.

Le tueur a secoué la tête. Il a refermé ses mains, paume l'une contre l'autre, autour du manche de sa machette, il l'a levée en alignant la pointe sur ma gorge et m'a dévisagée tristement le long de l'axe tremblant de la lame.

« Je vis ici, a-t-il dit. C'est vous qui êtes fous de venir. »

À ce moment-là, je me suis mise à sangloter, de peur. Andrew tremblait. Bonté a commencé à prier, dans la langue de sa tribu.

« Ekenem-i Maria, gratia ju-i obi Dinweni nonyel-i, I nwe ngozi kali ikporo nine na ngozi dili nwa afo-i bu Jesu. »

Le tueur a regardé Bonté et il a annoncé : « Toi, tu es la prochaine à mourir. »

Bonté lui a retourné son regard. *« Nso Maria Nne Ciuku, yo nyel'anyi bu ndi njo, kita, n'ubosi nke onwu anyi. Amen. »*

Le tueur a hoché la tête. Il a respiré. J'ai entendu les vagues froides qui refluaient et renaissaient. Les chiens bruns ont abandonné la carcasse du chien tué et se sont approchés sur leurs pattes tremblantes, l'échine hérissée, le pelage raide de sang séché. Le tueur a fait un pas vers Bonté, mais j'ai pensé que mon esprit ne survivrait pas si je voyais la machette s'abattre sur elle.

J'ai supplié : « Non. S'il vous plaît... S'il vous plaît, ne lui faites pas de mal. »

Le tueur s'est arrêté, il s'est tourné vers moi et a dit : « Encore toi ? »

Il souriait.

Andrew a dit : « Sarah, je t'en prie, je crois que le mieux que nous puissions faire est de...

— De *quoi*, Andrew ? De la boucler et d'espérer qu'il ne va pas leur passer par la tête de nous descendre, nous aussi ?

— Tout ce que je pense, c'est que c'est une affaire qui ne nous regarde pas, alors...

— Ah ! a fait le tueur. Cette affaire te regarde pas. »

Il s'est tourné vers les autres chasseurs et a écarté les bras.

« Il dit, cette affaire, elle le regarde pas. Il dit, cette affaire, elle regarde l'homme noir. Ha ha ha ! »

Les chasseurs ont ri. Ils se donnaient de grandes claques dans le dos et les chiens ont commencé à nous encercler. Quand le tueur s'est retourné, son visage était grave.

« Première fois que j'entends l'homme blanc dire mon affaire c'est pas son affaire. Vous avez pris notre or. Vous avez pris notre pétrole. Qu'est-ce qui te plaît pas chez nos filles ?

— Rien, a répondu ce pauvre Andrew. Ce n'est pas ce que je voulais dire.

— Est-ce que tu es raciste ? »

Rassiste, voilà comment il a prononcé le mot.

« Non, bien sûr que non. »

Le tueur a regardé Andrew avec insistance.

« Alors ? a-t-il demandé. Tu veux sauver ces filles, monsieur ? »

Andrew a toussé. Je l'observais. Les mains de mon mari se sont crispées – ses mains si fortes, ses mains si belles que j'avais souvent regardées, serrées autour d'une tasse de café, cliquetant sur des claviers, bouclant un article juste à temps. Mon mari, qui avait envoyé sa chronique du dimanche depuis la salle d'embarquement de l'aéroport la veille, par Internet, comme d'habitude. Je la relisais pour vérifier qu'il n'y avait pas de fautes de frappe quand notre vol avait été annoncé. Le dernier paragraphe disait ceci : *Notre société est égoïste. Comment nos enfants apprendront-ils à faire passer les autres avant eux-mêmes si nous ne leur donnons pas l'exemple ?*

« Alors ? a répété le tueur. Tu veux les sauver ? »

Andrew contemplait ses mains. Il est resté sans bouger un bon moment. Au-dessus de nous, des oiseaux de mer tournoyaient, ils s'appelaient en poussant des cris déchirants, comme à leur habitude. J'aurais voulu que mes jambes cessent de trembler.

« S'il vous plaît, ai-je dit. Si vous nous laissez emmener les filles, nous ferons ce que vous voudrez. Laissez-nous retourner au compound, s'il vous plaît, et nous vous donnerons tout ce que vous voulez. De l'argent, des médicaments, tout. »

Le tueur a émis un jappement aigu, strident, et un frisson a parcouru tout son corps. Il s'est esclaffé et une goutte de sang s'est échappée de ses belles dents blanches pour s'écraser sur le nylon vert sale de sa veste de survêtement.

« Et j'en fais quoi, moi ? Tu vois pas le trou que j'ai au cou ? Dans deux jours, je suis mort. Alors ton argent et tes médicaments, j'en fais quoi ?

— Mais dans ce cas, qu'est-ce que vous voulez ? » a demandé Andrew.

Le tueur a fait passer sa machette de sa main droite dans sa main gauche. Il a levé la main droite, majeur dressé. Il l'a brandie, tremblante, à un centimètre du visage d'Andrew et il a dit :

« L'homme blanc, il me montre toujours ce doigt, toute ma vie. Aujourd'hui, tu me le donnes pour de vrai. Maintenant, monsieur, tu coupes ton doigt du milieu et tu me le donnes. »

Andrew a sursauté, il a secoué la tête et serré les poings. Il a replié les pouces sur ses autres doigts. Le tueur a pris sa machette par la lame et il l'a tendue à mon mari par le manche.

« Allez. Coupe coupe. Tu donnes le doigt, je donne les filles. »

Un long silence.

« Et sinon ?

— Sinon, tu peux partir. Mais d'abord, tu entends les bruits que ces enfants font quand ils meurent. Tu as déjà entendu une fille mourir lentement ?

— Non. »

Le tueur a fermé les yeux et a secoué la tête, sans impatience.

« C'est une vilaine musique. Tu n'oublies plus jamais. Peut-être un jour, tu te réveilles à Kingston-upon-Thames et tu comprends que tu as perdu plus que ton doigt. »

Petite Abeille pleurait maintenant. Bonté l'a prise par la main.

« N'aie pas peur, lui a-t-elle dit. S'ils nous tuent aujourd'hui, ce soir, nous mangerons du pain avec Jésus. »

Le tueur a ouvert brusquement les yeux, il a regardé Andrew fixement et il a dit :

« S'il te plaît, monsieur. Je suis pas un sauvage. Je veux pas tuer ces filles. »

Andrew a tendu la main, il a pris la machette du tueur. Il y avait du sang sur le manche, le sang du garde. Andrew s'est tourné vers moi. Je me suis approchée de lui et j'ai posé la main sur sa poitrine, tout doucement. Je pleurais.

« Oh, Andrew, je crois que tu n'as pas le choix. Il faut que tu le fasses.

— Je ne peux pas.

— Ce n'est qu'un doigt.

— On n'a rien fait de mal. On se baladait sur la plage, c'est tout.

— Juste un doigt, Andrew, et puis on pourra partir. »

Andrew est tombé à genoux sur le sable. Il a dit : « Je n'arrive pas à y croire. » Il a regardé la lame de la machette et l'a frottée avec du sable pour la nettoyer. Il a posé la main gauche par terre, paume en l'air et a replié tous les doigts, sauf le majeur. Puis il a brandi la machette dans sa main droite, mais il ne l'a pas abattue. Il a dit : « Tu es sûre qu'il ne va pas tuer les filles quand même, Sarah, une fois que je l'aurai fait ?

— Au moins, tu auras fait ce que tu pouvais.

— Je risque de choper le sida avec cette saloperie de machette. Je risque d'en mourir.

— Je serai là. Je suis si fière de toi. »

Tout était calme sur la plage. Des oiseaux de mer planaient très bas dans le ciel bleu et brûlant, sans battre des ailes, portés par la brise marine. Le rythme du ressac était inchangé, bien que l'intervalle entre une vague et la suivante ait paru s'éterniser. Avec les filles, avec les hommes et avec les chiens ensanglantés, je regardais mon mari, je me demandais ce qu'il allait faire et on aurait dit en cet instant que nous étions tous pareils, des créatures au sein de la nature, suspendues sans grand effort sur le vaste vent chaud d'événements qui nous dépassaient.

Andrew a poussé un cri, et il a abattu la machette. La lame a fait un bruit de fouet dans l'air brûlant. Elle s'est enfoncée dans le sable. À bonne distance de sa main.

« Je ne ferai pas ça, a-t-il dit. C'est de la connerie, ce truc. Il ne laissera pas les filles partir, c'est évident. Regarde-le. Il les tuera quoi qu'on fasse. »

Andrew s'est relevé en laissant la machette dans le sable. Je l'ai regardé, et c'est à cet instant précis que j'ai cessé d'éprouver quoi que ce soit. Je me suis rendu compte que je n'avais plus peur. Je n'étais pas fâchée contre Andrew. Quand je le regardais, je ne voyais plus tout à fait un homme. Je me suis dit qu'on allait tous se faire tuer, ce qui m'inquiétait beaucoup moins que je ne l'aurais cru.

Ce qui m'ennuyait, c'est que finalement nous n'aurions pas construit la serre, au fond du jardin. Une idée raisonnable m'a traversé l'esprit : Heureusement que j'ai deux parents en bonne santé pour s'occuper de Charlie.

Le tueur a soupiré, il a haussé les épaules : « OK, monsieur a choisi. Et maintenant, monsieur, tu rentres vite en Angleterre. Tu dis là-bas tu es allé en Afrique et tu as rencontré un vrai sauvage. »

Quand le tueur s'est détourné, je suis tombée à genoux. J'ai regardé Petite Abeille bien en face. Elle a vu ce que le tueur n'a pas vu. Elle a vu la femme blanche poser la main gauche sur le sable durci, elle l'a vue soulever la machette et elle l'a vue se trancher le majeur d'un coup, comme une fille qui coupe les fanes d'une carotte, proprement, par un paisible samedi dans le Surrey, entre compet' de gym et déjeuner. Elle l'a vue lâcher la machette et se balancer d'avant en arrière sur ses talons, en se tenant la main. Je pense que la femme blanche avait l'air étonnée, rien de plus.

« Oh, ai-je dit, je crois. Oh, oh, oh. »

Le tueur a fait volte-face, il m'a vue, il a vu le sang qui ruisselait de mon poing fermé. Dans le sable, devant moi, il y avait mon doigt. Il avait l'air idiot, tout nu. J'étais gênée pour lui. Les yeux du tueur se sont élargis.

« Putain, putain, a dit Andrew. Putain, mais qu'est-ce que tu as fait, Sarah ? Putain, qu'est-ce que tu as fait ? »

Il s'est accroupi et m'a serrée contre lui, mais je l'ai repoussé de ma main valide. J'avais des mucosités qui coulaient de ma bouche et de mon nez.

« Ça fait mal, Andrew. *Merde*, ça fait mal. »

Le tueur a hoché la tête. Il s'est baissé et a ramassé mon doigt mort. Il l'a pointé vers Petite Abeille.

« Toi, tu vivras. La madame a payé pour ta vie. »

Puis il a pointé mon doigt vers Bonté.

« Mais toi, petite, tu mourras. Le monsieur a pas voulu payer pour toi. Et tu sais, mes gars, il leur faut leur compte de sang. »

Bonté a serré la main de Petite Abeille. Elle a relevé la tête.

« Je n'ai pas peur, a-t-elle dit. Le Seigneur est mon berger. »

Le tueur a soupiré.

« Alors, c'est un berger négligent, un mauvais berger. »

Et à cet instant – couvrant le ressac –, j'ai entendu le bruit de mon mari qui sanglotait.

Deux ans plus tard, assise à ma table de Kingston-upon-Thames, j'ai découvert que je l'entendais encore. J'avais les yeux posés sur ma main estropiée, étalée, la paume contre la nappe bleue.

Petite Abeille s'était endormie sur le canapé, son gin tonic intact à côté d'elle. J'aurais été incapable de dire à quel moment elle avait interrompu son récit, à quel moment j'en avais repris le fil, avec mes souvenirs. Je me suis levée pour me préparer un autre verre. Il n'y avait pas de citron, alors je me suis contentée de quelques gouttes de jus d'un citron Jif en plastique que j'avais au frigo. Quand j'ai pris mon verre, les glaçons se sont entrechoqués de façon incontrôlable. Le gin tonic était infect, mais il m'a donné du courage. J'ai attrapé le téléphone et composé le numéro de l'homme que je dois probablement appeler mon *amant*, bien que ce mot me mette légèrement mal à l'aise.

Je me suis rendu compte que c'était la deuxième fois de la journée que j'appelais Lawrence. J'avais cherché à éviter ça. J'avais tenu presque toute une semaine, depuis la mort d'Andrew. Cela faisait des années que je n'avais pas été fidèle aussi longtemps à mon mari.

« Sarah, c'est toi ? »

La voix de Lawrence n'était qu'un chuchotement. Ma gorge s'est nouée. Je n'ai pas pu répondre tout de suite.

« Sarah ? J'ai pensé à toi toute la journée. Comment ça s'est passé ? Ce n'était pas trop atroce ? Tu aurais dû me laisser venir. »

J'ai dégluti.

« Ç'aurait été indécent.

— Oh, Sarah, qui l'aurait su ?

— Moi, Lawrence. Ma conscience, c'est à peu près tout ce qui me reste. »

Silence. Sa respiration lente au téléphone.

« Tu sais, ce n'est pas grave si tu aimes encore Andrew. Ce n'est pas grave pour moi, en tout cas.

— Tu crois que je l'aime encore ?

— Ce n'est qu'une hypothèse. Si ça peut t'aider. »

J'ai ri – une exhalaison presque inaudible.

« Tout le monde essaie de m'aider aujourd'hui. Même Charlie est allé se coucher sans faire d'histoires.

— C'est normal qu'on veuille t'aider. Ça doit être une épreuve insupportable.

— Insupportable ? C'est moi qui suis insupportable. Je m'étonne d'ailleurs que des gens comme toi s'intéressent encore à moi.

— Tu es dure avec toi-même.

— Tu crois ? J'ai vu le cercueil de mon mari aujourd'hui, trimballé sur des roulettes. Tu ne crois pas que c'est le jour ou jamais de faire le point sur ce qu'on est vraiment ?

— Hmmm.

— Il n'y a pas beaucoup d'hommes qui accepteraient de se trancher un doigt, Lawrence, si ?

— Comment ? Non. Bien sûr que non. Je ne pourrais certainement pas faire un truc pareil. »

J'avais la gorge brûlante. « J'en demandais trop à Andrew, tu ne crois pas ? Pas seulement sur la plage. J'en demandais trop à la vie. »

Un long silence.

« Et à moi, qu'est-ce que tu demandais ? » a fait Lawrence.

La question m'a désarçonnée, il y avait de la colère dans sa voix. La main qui tenait mon téléphone a tremblé.

« Tu parles au passé, ai-je dit. J'aurais préféré que tu ne le fasses pas.

— C'est vrai ?

— Oui. Je t'en prie, arrête ça.

— Oh. J'ai cru que c'était pour ça que tu téléphonais. Je me suis dit : C'est pour cette raison qu'elle ne m'a pas demandé de venir à l'enterrement. C'est bien comme ça que tu ferais, non, si tu voulais rompre ? Un préambule pour me rappeler que tu n'es pas facile à vivre, et puis la preuve par neuf.

— Je t'en prie, Lawrence. Tu es horrible.

— Pardon. Je sais. Excuse-moi.

— Je t'en prie, ne te fâche pas contre moi. Je t'appelle pour te demander conseil. »

Un silence. Et puis un rire au bout du fil. Pas amer, mais triste.

« Tu ne demandes jamais conseil, Sarah.

— C'est vrai ?

— Oui. Jamais. Pas pour les choses importantes, en tout cas. Tu demanderas si tes collants vont avec tes chaussures, ça oui. Quel bracelet fait le mieux à ton poignet. Mais tu ne demandes pas qu'on te donne des idées. Tu demandes à tes admirateurs de prouver qu'ils font attention à toi.

— Je suis aussi atroce que ça ?

— Tu es pire. Parce que si j'ai le malheur de te dire que l'or va bien à ton teint, tu te fais un point d'honneur de porter de l'argent.

— C'est vrai ? Je n'ai jamais remarqué. Je suis désolée.

— Inutile. Ce qui me plaît, c'est que tu ne le remarques même pas. Il y a tant de femmes qui se préoccupent de ce qu'on pense de leurs bijoux. »

J'ai remué mon gin tonic et j'en ai avalé une gorgée.

« Tu essaies de me remonter le moral, c'est ça ?

— Tout ce que je veux dire, c'est qu'une femme comme toi, ça ne se rencontre pas tous les jours.

— Je dois prendre ça pour un compliment, j'imagine ?

— Un compliment relatif, oui. Et puis, arrête de chercher les flatteries. »

J'ai souri, pour la première fois de la semaine, je crois.

« Nous n'avons encore jamais parlé ainsi, ai-je remarqué. Aussi franchement, je veux dire.

— Tu veux que je te réponde franchement ?

— Peut-être pas.

— Je t'ai souvent parlé franchement, mais tu n'écoutais pas. »

Autour de moi, la maison était obscure et silencieuse. Le seul bruit était le cliquetis des glaçons dans mon verre. Quand j'ai parlé, il y avait une fêlure dans ma voix.

« Maintenant j'écoute, Lawrence. Tu ne peux pas savoir avec quelle attention j'écoute, maintenant. »

Un bref silence. Puis j'ai entendu une autre voix sur la ligne. C'était la femme de Lawrence, Linda, qui criait à l'arrière-plan : *Qui c'est ?* Et Lawrence qui répondait en criant, lui aussi : *Quelqu'un du boulot, c'est tout.*

Oh, Lawrence ! Qui aurait l'idée de préciser *c'est tout,* si c'était vraiment quelqu'un du boulot ? J'ai pensé alors à Linda, à ce qu'elle pouvait éprouver à devoir partager Lawrence avec moi. Sa froide fureur – moins à cause de cette obligation de partage que de la naïveté de Lawrence, qui ne demandait qu'à se convaincre que Linda ne *savait* rien. Je me suis dit que dans leur couple, la tromperie avait dû acquérir une sorte de symétrie inégale. J'ai imaginé l'amant terne et ordinaire que Linda avait pris pour se venger – par pure rancune, à la hâte. C'était trop horrible. Par respect pour Linda, j'ai raccroché.

J'ai empêché la main qui tenait le gin tonic de

trembler et j'ai tourné les yeux vers Petite Abeille endormie. Les souvenirs de la plage tournoyaient dans ma tête, flous, insensés, atroces. J'ai rappelé Lawrence.

« Est-ce que tu peux passer ?

— J'aimerais bien, mais ce soir, ce n'est pas possible. Linda sort avec une amie et j'ai les gosses sur les bras.

— Tu ne peux pas trouver une baby-sitter ? »

J'ai entendu ma voix plaintive et je me suis maudite. Elle n'avait pas non plus échappé à Lawrence.

« Chérie ? a-t-il dit. Tu sais bien que je viendrais si je pouvais.

— Oui, bien sûr.

— Tu vas t'en sortir sans moi ?

— Mais oui.

— Comment ?

— Oh, probablement comme l'ont toujours fait ces braves Anglaises avant l'invention de la faiblesse.

— Voilà qui est mieux. Écoute, tu disais tout à l'heure que tu avais besoin d'un conseil. On peut en parler au téléphone ?

— Oui. Bien sûr. Il faut que je te raconte quelque chose. C'est un peu compliqué. Figure-toi que Petite Abeille s'est pointée ce matin.

— Qui ça ?

— Une des petites Nigérianes. Tu sais, ce fameux jour, sur la plage.

— Quoi ? Tu ne m'avais pas dit que les types l'avaient tuée ?

— C'est ce que je pensais. Je les ai vus

l'emmener. Elle, et l'autre fille aussi. Ils les ont traînées sur la plage, elles donnaient des coups de pied, elles criaient. Je suis restée là à les regarder jusqu'à ce qu'elles ne soient plus que de minuscules points noirs. Quelque chose est mort en moi à ce moment-là.

— Et alors quoi ? Elle s'est pointée comme ça, sur le pas de ta porte ?

— Ce matin, oui. Deux heures avant l'enterrement.

— Et tu l'as laissée entrer ?

— Évidemment.

— Détrompe-toi, Sarah, ça n'a rien d'évident. La plupart des gens ne l'auraient pas fait.

— C'était comme si elle revenait d'entre les morts, Lawrence. Je n'allais quand même pas lui claquer la porte au nez.

— Mais où était-elle, alors, si elle n'était pas morte ?

— Sur un bateau, si j'ai bien compris. Elle a quitté son pays pour venir ici. Et puis elle a passé deux ans dans l'Essex, dans un centre de rétention administrative.

— Un centre de rétention ? Mais bon sang, qu'est-ce qu'elle a fait ?

— Rien. Apparemment, c'est là qu'on enferme les demandeurs d'asile quand ils arrivent ici.

— Pendant *deux* ans ?

— Tu ne me crois pas ?

— C'est *elle* que je ne crois pas. Bouclée pendant *deux* ans ? Elle a certainement commis un délit.

— Mais bien sûr. Elle est africaine, et elle n'a pas d'argent. Ça fait deux délits. Un an pour chacun.

— Ne fais pas l'idiote. Et comment est-ce qu'elle t'a trouvée ?

— Elle avait le permis de conduire d'Andrew, apparemment. Il avait laissé son portefeuille sur la plage.

— Bon sang. Et elle est toujours là ?

— Elle dort sur mon canapé.

— Ça a dû te faire un choc, non ?

— Ce matin, j'ai bien cru que je perdais la boule. Ça paraissait franchement irréel.

— Pourquoi est-ce que tu ne m'as pas appelé ?

— Je l'ai fait, souviens-toi. Ta nounou était en retard. Tu étais pressé.

— Elle est menaçante ? Tu as prévenu la police, au moins ?

— Non, non, penses-tu ! Elle a joué très gentiment avec Charlie, tout l'après-midi. Il était Batman, elle Robin. Ils forment une sacrée équipe.

— Ça doit te faire complètement disjoncter, non ?

— Ce n'est pas le moment, tu sais. Si je perds les pédales, je suis fichue.

— Mais qu'est-ce qu'elle *fout* ici ? Qu'est-ce qu'elle veut ?

— Je crois qu'elle a envie de rester un petit moment chez moi. Elle dit qu'elle ne connaît personne d'autre.

— C'est une blague ? Et d'abord, est-ce qu'elle *peut* rester ? Juridiquement, je veux dire ?

— Je n'en sais rien, je ne lui ai pas posé la question. Elle est crevée. Je crois qu'elle est venue à pied depuis ce centre de rétention.

— Elle est totalement cinglée.

— Elle n'avait pas un rond. Pas de quoi prendre un bus.

— Écoute, cette histoire ne me plaît pas du tout. Ça m'inquiète de te savoir seule avec elle.

— Alors, à ton avis, qu'est-ce que je dois faire ?

— Ce que je crois, c'est que tu devrais la réveiller et lui demander de partir. Sérieusement.

— Pour aller où ? Et si elle ne veut pas ?

— Dans ce cas, il faut que tu appelles la police pour qu'elle l'embarque. »

Je n'ai rien dit.

« Tu entends, Sarah ? Je veux que tu appelles la police.

— J'ai entendu. J'aurais préféré que tu ne dises pas *je veux*.

— C'est à toi que je pense. Et si elle devient agressive ?

— Petite Abeille ? Il n'y a sûrement pas une once d'agressivité en elle.

— Qu'est-ce que tu en sais ? Tu ne sais rien d'elle. Et si elle entre dans ta chambre la nuit avec un couteau de cuisine ? Elle peut très bien être folle. »

J'ai secoué la tête.

« Mon fils le saurait, Lawrence. Ses bat-sens le lui auraient dit.

— *Putain*, Sarah ! Ce n'est pas drôle ! Il faut que tu appelles la police. »

J'ai regardé Petite Abeille, profondément endormie sur mon canapé, la bouche entrouverte, les genoux remontés sous le menton. Je me suis tue.

« Sarah ?

— Je ne le ferai pas. Elle n'a qu'à rester ici.

— Mais pourquoi ? Qu'est-ce que ça peut t'apporter ?

— Je n'ai pas pu l'aider, la dernière fois. Peut-être que cette fois-ci, j'y arriverai.

— Et ça prouverait quoi, au juste ? »

J'ai soupiré.

« Ça prouverait sans doute que tu as raison, Lawrence, quand tu dis que je suis incapable de demander conseil.

— Ce n'est pas ça que je voulais dire, tu le sais très bien.

— Oui. Ce qui nous ramène à mon point de départ.

— Qui était ?

— Que je ne suis pas toujours facile à vivre. »

Lawrence a ri, mais je crois qu'il se forçait.

J'ai reposé le téléphone et je suis restée longtemps les yeux fixés sur les longues planches blanches et lisses du sol de la cuisine. Puis je suis montée pour dormir par terre, dans la chambre de mon fils. Je voulais être là, avec lui. J'ai dû admettre que Lawrence avait raison sur un point : je ne savais pas ce qui pourrait bien passer par la tête de Petite Abeille pendant la nuit. Assise, le dos contre le radiateur froid de la chambre de Charlie, les genoux serrés sous une couette, j'ai essayé de me rappeler ce que je trouvais à Lawrence. J'ai fini mon gin tonic et le goût du citron artificiel m'a arraché une grimace. C'était un petit problème : l'absence de vrais citrons. C'en était presque réconfortant. Je viens d'une famille où les problèmes étaient toujours petits et faciles à surmonter.

Dans ma famille, les aventures extraconjugales

n'existaient pas. Mes parents s'aimaient beaucoup, ou alors ils avaient engagé un couple d'acteurs ratés pour jouer le rôle de tourtereaux affables dans notre foyer, pendant vingt-cinq ans. Puis ils les avaient gardés sous contrat pour pouvoir les rappeler au pied levé dès qu'un de leurs rejetons étudiants menaçait de venir passer le week-end à la maison ou à l'occasion d'un déjeuner dominical parents-petit copain. Dans ma famille, nous prenions nos vacances dans le Devon et nos conjoints pour la vie. Je me suis demandé pourquoi j'avais brisé le moule.

J'ai regardé mon fils, endormi sous sa couette, immobile et pâle dans son costume de Batman. J'ai écouté le bruit de sa respiration, régulière et continue, parfaitement endormie. Je ne me rappelais pas avoir dormi comme ça, depuis que j'avais épousé Andrew en tout cas. J'avais su dès le premier mois que ce n'était pas l'homme de ma vie. Ensuite, c'est le sentiment grandissant d'insatisfaction qui vous tient éveillée la nuit. Le cerveau qui refuse de renoncer aux autres vies que vous auriez pu mener. Ce ne sont pas les gros dormeurs qui couchent à droite et à gauche.

Mais j'ai été une enfant heureuse, c'est sûr. Je m'appelais Sarah Summers. J'utilise toujours ce nom dans ma vie professionnelle, mais à titre personnel, je l'ai perdu. Petite fille, j'aimais ce qu'aiment toutes les petites filles : les bracelets en plastique rose et, plus tard, en argent ; quelques petits amis en guise d'entraînement, puis, sans précipitation particulière, les hommes. L'Angleterre était faite de brumes matinales, de gâteaux mis à refroidir sur des grilles avant d'être découpés, de réveils pleins de douceur. La première vraie décision de ma vie avait porté sur le choix d'une fac. Tous mes profs me conseillaient le droit, alors, naturellement, j'ai pris journalisme. J'ai rencontré Andrew O'Rourke à un moment où nous travaillions tous les deux pour un journal du soir qui semblait refléter idéalement l'esprit de la capitale. Trente et une pages d'événements people purement londoniens, une page d'informations sur le monde qui s'étendait au-delà du périphérique – le journal en faisait l'offrande à ses lecteurs comme une sorte de *memento mori*.

Londres était une ville sympa. Les mecs croisaient au large tels de grands navires, déjà naufragés pour certains. J'ai aimé Andrew parce qu'il n'était pas comme les autres. C'était peut-être à cause de son sang irlandais ; lui, au moins, ne se laissait pas porter par le courant. Andrew était rédacteur de la page « infos internationales » du journal, assumant ainsi plus ou moins la fonction des roues d'un bateau. Il a été viré pour obstination éhontée, et je l'ai conduit chez moi pour le présenter à mes parents. Ensuite, j'ai pris son nom pour que personne d'autre ne puisse l'avoir.

O'Rourke est un nom anguleux et j'imaginais que mon bonheur saurait l'adoucir. Mais une fois devenue Sarah O'Rourke, je me suis désaccoutumée du bonheur. Il a cédé la place à un sentiment de fracture étonnée. Ce mariage avait été tellement rapide. Peut-être que si j'avais pris le temps de réfléchir, j'aurais compris qu'Andrew me ressemblait trop – que nous étions aussi têtus l'un que l'autre, que notre admiration réciproque finirait inévitablement par s'émousser. La seule raison de ce mariage précipité était que ma mère me conjurait de ne pas épouser Andrew. Dans un couple, il faut qu'il y ait un *tendre*, pensait-elle. Il faut qu'il y en ait un qui sache dire : *D'accord, fais comme tu veux*. Ce ne sera pas toi, ma chérie, alors il vaudrait mieux que ce soit ton mari.

Prendre le nom d'Andrew O'Rourke a été la deuxième vraie décision de ma vie, et elle était mauvaise. Petite Abeille me comprendrait sûrement. Dès que nous avons eu renoncé à notre vrai nom, elle et moi, nous avons été perdues.

Demande-lui de partir, avait dit Lawrence. Mais non, c'était impossible. Nous étions liées par ce qui s'était passé sur la plage. Me débarrasser d'elle, c'était comme perdre une partie de moi-même. Comme me défaire d'un doigt, ou d'un nom. Et ça, j'étais bien décidée à ce que ça ne m'arrive plus. Assise par terre, je regardais mon fils dormir. Je l'enviais de pouvoir dormir aussi paisiblement.

Je n'ai pas dormi du tout, durant une semaine, après l'Afrique. Les tueurs se sont éloignés le long de la plage, et nous avons regagné le compound de l'hôtel, en silence, Andrew et moi. Nous avons commencé à faire nos bagages après une demi-heure atroce en compagnie du médecin du compound qui a couvert le moignon de mon doigt de gaze et l'a soigneusement enveloppé. J'étais dans le brouillard. Je me souviens que dans l'avion qui nous ramenait à Londres, j'étais vaguement surprise, comme je l'avais été à la fin de mon enfance, qu'une histoire aussi importante puisse continuer sans moi. Mais c'est sans doute ainsi que ça se passe, avec les tueurs. Ce qui représente pour toi la fin de toute innocence n'est pour eux qu'un mardi comme les autres, et ils regagnent leur planète de mort sans plus songer au monde des vivants, un monde qui n'est pour eux que ce qu'une destination touristique est pour nous : un lieu qu'on visite rapidement et dont on revient avec des souvenirs et avec la sensation obsédante qu'on aurait pu les payer moins cher.

Dans l'avion pour Londres, je tenais ma main blessée en l'air, parce que la douleur était moins lancinante dans cette position. À travers la brume des antalgiques, une idée m'a effleurée, invisible et inopinée : il vaudrait mieux de ne pas laisser Andrew toucher ma blessure, ni maintenant ni jamais. En esprit, je voyais les tueurs entraîner Petite Abeille et Bonté le long de la plage. Je les regardais disparaître. Je les regardais franchir l'horizon de mon univers pour pénétrer dans cette contrée dangereuse de mon cerveau où je restais éveillée la nuit, à penser à ce que ces hommes avaient pu leur faire.

Ces images ne se sont jamais effacées. Mais je suis retournée travailler à la revue. Lancer *Nixie* avait été la troisième vraie décision de ma vie, et j'ai toujours refusé de la regretter. Je n'avais pas non plus l'intention de renoncer à ma décision numéro quatre – Charlie, la meilleure de toutes –, ni à la numéro cinq, Lawrence, que j'avais sincèrement songé à laisser tomber avant que l'horreur du Nigeria ne me fasse prendre conscience que c'était parfaitement inutile. Je me suis évertuée à faire fonctionner ma vie et me suis obligée à porter sur la plage un regard distant et impersonnel. Il y avait des troubles en Afrique, c'était un fait. À quoi bon se focaliser sur un incident particulier au lieu d'embrasser l'image dans sa globalité ? Lawrence a insisté sur ce point et, pour une fois, j'ai suivi son conseil. J'ai demandé à ma banque de mettre en place des virements permanents au profit de deux ou trois organisations humanitaires qui travaillaient en Afrique. Quand on me demandait ce qui était arrivé à mon doigt, je racontais que nous avions loué un scooter là-bas, Andrew et moi, et que nous avions eu un accident sans gravité. Mon âme ne donnait plus signe de vie. À la maison, j'étais calme. Au boulot, j'étais le chef. La nuit, je ne dormais pas, mais je pensais que j'arriverais sans doute à faire se succéder les jours indéfiniment.

À ce moment-là, je me suis levée du plancher de la chambre de Charlie. Je suis allée me regarder dans la glace une nouvelle fois. J'avais des poches sous les yeux et de nouvelles rides s'étaient creusées sur mon front. Le masque craquait enfin. Je me suis dit : Il ne s'agit plus des décisions que tu as prises. Parce que la plus grande chose de ta vie, celle qui a tué Andrew, celle qui t'empêche de dormir, cette chose-là s'est passée sans toi.

J'ai compris, surtout, que maintenant, il fallait que je sache. Que je sache ce qui était arrivé après, quand les tueurs avaient emmené les filles sur la plage. Que je sache la suite.

5

Je me suis réveillée sur le canapé de Sarah. D'abord, je me suis demandé où j'étais. Il a fallu que j'ouvre les yeux et que je regarde autour de moi. Il y avait des coussins sur le canapé, ils étaient en soie orange, avec des oiseaux et des fleurs brodés dessus. Le soleil entrait par les fenêtres, et ces fenêtres avaient des rideaux qui descendaient jusqu'au sol. Ils étaient en velours orange. Il y avait une table basse avec un plateau en verre, si épais qu'il paraissait vert sur la tranche. Des revues étaient rangées sur l'étagère qui se trouvait sous le plateau de la table. L'une de ces revues était pleine de mode, une autre expliquait comment rendre sa maison plus belle. Je me suis assise et j'ai posé mes pieds par terre. Le sol était recouvert de bois.

Si je racontais cette histoire aux filles, là-bas, chez moi, elles me diraient : *Comment est-ce qu'on peut faire une table en verre sans qu'elle casse, et qu'est-ce que c'est que cette chose qu'on appelle du* velours *et pourquoi la femme chez qui tu étais ne gardait pas son bois en tas à côté de la maison, comme tout le monde ? Pourquoi est-ce qu'elle le laissait traîner partout par terre, est-ce qu'elle était vraiment aussi paresseuse que ça ?* Alors, il faudrait que je leur explique qu'il existe du verre très épais et très solide, que le velours est un tissu doux comme le ventre de bébés nuages et que le bois qui était par terre chez Sarah n'était pas du bois à brûler, que c'était un PARQUET SUÉDOIS AVEC APPLICATION DE TROIS COUCHES DE VERNIS À L'ANCIENNE ET UN PLACAGE EN BOIS VÉRITABLE DE 3 MM MINIMUM D'ÉPAISSEUR CERTIFIÉ PAR LE LABEL FSC GARANTISSANT UNE FABRICATION DANS LE RESPECT D'UNE EXPLOITATION FORESTIÈRE ÉQUITABLE. Je le sais parce que j'ai vu une publicité pour un sol exactement pareil dans la revue qui était sous la table basse et qui expliquait comment avoir une belle maison. Et les filles, là-bas, chez moi, elles écarquilleraient les yeux et elles feraient : *Oueh*, parce qu'elles comprendraient cette fois que j'étais arrivée à un endroit au-delà du bout du monde – un endroit où le bois était fabriqué par des machines – et elles se demanderaient à quelle nouvelle sorcellerie j'avais encore échappé.

Vous imaginez à quel point ce serait fatigant de raconter mon histoire aux filles, là-bas, chez moi ? Voilà en réalité pourquoi on ne nous dit jamais rien, à nous, les Africains. Ce n'est pas parce que quelqu'un cherche à maintenir mon continent dans l'ignorance. C'est parce que personne n'a le temps de s'asseoir pour nous expliquer le Premier Monde depuis le commencement. Ou peut-être que vous aimeriez bien, mais que vous ne pouvez pas. Votre culture est devenue raffinée, comme un ordinateur ou un médicament qu'on prend quand on a mal à la tête. On peut s'en servir, mais on est incapable d'expliquer comment ça marche. Et c'est encore plus impossible de l'expliquer à des filles qui empilent leur bois contre leur maison.

Si je vous dis, comme ça, en passant, que la maison de Sarah était proche d'un grand parc plein de daims qui n'étaient pas du tout sauvages, vous ne bondirez pas de votre siège en hurlant : *Quoi ? File chercher mon fusil que j'aille chasser une de ces stupides bêtes !* Non, vous resterez assis calmement, vous vous frotterez le menton avec sagesse et vous vous direz : *Hmm, il doit s'agir de Richmond Park, juste à côté de Londres.*

C'est une histoire pour les gens raffinés, comme vous.

Je n'ai pas besoin de vous décrire le goût du thé que Sarah m'a préparé quand elle est descendue dans le salon de sa maison ce matin-là. Nous ne connaissions pas le goût du thé dans mon village, bien qu'on en cultive à l'est de mon pays, là où la terre s'élève jusqu'aux nuages et où l'humidité de l'air enveloppe les arbres de longues et douces barbes de mousse. Là-bas, à l'est, les plantations recouvrent les flancs verts des collines et se perdent dans la brume. Le thé qu'on cultive, il se perd aussi. Je crois qu'on exporte tout. Moi-même, je n'avais jamais goûté de thé avant d'être exportée avec lui. Le bateau dans lequel j'ai fait le voyage pour me rendre dans votre pays, il était chargé de thé, entassé dans la cale dans des sacs de gros papier brun. J'ai écarté les sacs pour me cacher. Au bout de deux jours, j'étais trop faible pour continuer à me cacher, alors je suis sortie de la cale. Le capitaine du bateau, il m'a enfermée dans une cabine. Il a dit qu'il ne pouvait pas me laisser avec l'équipage, que c'était trop risqué. Alors pendant trois semaines et huit mille kilomètres, j'ai regardé l'océan par une petite fenêtre vitrée ronde et j'ai lu un livre que le capitaine m'avait donné. Il s'appelait *Les Grandes Espérances* et parlait d'un garçon qui s'appelle Pip, mais je ne sais pas comment son histoire se finit parce que le bateau est arrivé au Royaume-Uni et que le capitaine m'a remise aux services de l'Immigration.

Trois semaines et huit mille kilomètres sur un bateau chargé de thé – peut-être qu'en me grattant, vous trouveriez encore l'odeur du thé sur ma peau. Quand je suis arrivée au centre de rétention administrative, on m'a donné une couverture brune et une tasse de thé en plastique blanc. Et, dès que j'ai bu, je n'ai plus eu qu'une envie : remonter dans le bateau et rentrer chez moi, dans mon pays. Le thé a le goût de mon pays : il est amer et chaud, fort, et chargé de souvenirs. Il a le goût de la nostalgie. Il a le goût de la distance entre l'endroit où vous êtes et l'endroit d'où vous venez. Et puis, il se perd – son goût se perd sur votre langue alors que vos lèvres conservent encore la chaleur de la tasse. Il se perd, comme les plantations qui s'élèvent dans la brume. J'ai entendu dire que dans votre pays on boit plus de thé que partout ailleurs au monde. Cela doit vous rendre tellement tristes – comme des enfants qui pleurent leur mère absente. Cela me fait de la peine pour vous.

Alors, nous avons bu du thé dans la cuisine de Sarah. Charlie dormait encore dans sa chambre, à l'étage. Sarah a posé sa main sur la mienne.

« Il faut qu'on parle de ce qui est arrivé, m'a-t-elle dit. Est-ce que tu es prête à en parler ? De ce qui est arrivé après, quand les hommes vous ont emmenées sur la plage ? »

Je n'ai pas répondu tout de suite. J'étais assise devant la table, je parcourais la cuisine du regard, j'absorbais toutes ces images nouvelles et merveilleuses. Il y avait par exemple un réfrigérateur dans la cuisine de Sarah, une immense boîte argentée avec une machine à glaçons encastrée. La façade de la machine à glaçons était en verre transparent et on pouvait voir ce qui se passait à l'intérieur. Elle fabriquait un petit cube de glace brillant. Il était presque prêt. Vous allez vous moquer de moi – petite villageoise stupide –, parce que je contemplais un glaçon avec émerveillement. Vous vous moquerez, mais c'était la première fois que je voyais de l'eau se solidifier. C'était beau – parce que si on était capable de faire ça, peut-être qu'on pouvait en faire autant avec toutes les autres choses qui se sauvent toujours et qui s'enfuient et se perdent dans le sable ou le brouillard. Tout pourrait reprendre corps, oui, même le temps où je jouais avec Nkiruka dans la poussière rouge, sous la balançoire. Je savais que de grands miracles attendaient simplement que je les découvre, et qu'il suffisait que je trouve le centre, la source de tous ces petits prodiges.

Derrière la vitre froide, le glaçon tremblait au bout de son minuscule bras métallique. Il luisait, comme une âme humaine. Sarah m'a regardée. Ses yeux brillaient.

« Abeille ? a-t-elle demandé. Il faut absolument que je sache. Tu es prête à en parler ? »

Le glaçon était prêt. *Bling*, il est tombé dans le bac collecteur. Sarah a cligné les yeux. La machine s'est mise à fabriquer un nouveau glaçon.

« Sarah, ai-je dit, ce n'est pas la peine que vous sachiez ce qui s'est passé. Vous n'y êtes pour rien. »

Sarah a pris mes mains entre les siennes. « S'il te plaît, Abeille. Il faut que je sache. »

J'ai soupiré. J'étais fâchée. Je n'avais pas envie d'en parler, mais si cette femme m'obligeait à le faire, alors je ferais vite et je ne la ménagerais pas.

« D'accord, Sarah. Après votre départ, les hommes nous ont emmenées sur la plage. Nous avons marché un petit moment, une heure peut-être. Nous sommes arrivés à un endroit où il y avait un bateau sur le sable. Il était retourné. Quelques-unes de ses planches étaient cassées. Il avait l'air d'avoir été brisé par une tempête, rejeté sur la plage et abandonné là. Le dessous du bateau était blanchi par le soleil. Toute la peinture s'était craquelée et s'était détachée. Même les bernaches collées sur la coque s'effritaient. Les chasseurs m'ont poussée sous le bateau et ils m'ont dit d'écouter. Ils ont dit qu'ils me laisseraient partir quand ce serait fini. Il faisait noir là-dessous et il y avait des crabes qui remuaient. Ils ont violé ma sœur. Ils l'ont plaquée contre la coque du bateau et ils l'ont violée. Je l'entendais gémir. Je n'entendais pas tout, à travers les planches du bateau. Les sons étaient assourdis. J'ai entendu ma sœur s'étouffer, comme si on l'étranglait. J'ai entendu le bruit de son corps qui cognait contre les planches. Ça a duré très longtemps. C'étaient les heures les plus chaudes de la journée, mais il faisait noir et frais sous le bateau. D'abord, ma sœur a récité tout haut des versets des Écritures, mais ensuite, elle a commencé à perdre l'esprit et elle s'est mise à hurler les chansons que nous chantions quand nous étions petites. À la fin, il n'y avait plus que des cris. D'abord, c'étaient des cris de douleur, mais à la fin, ils ont changé, on aurait dit les cris d'un bébé nouveau-né. Ils ne renfermaient pas de chagrin. Ils étaient automatiques. Ils se poursuivaient, encore et encore. Chaque cri était exactement pareil au précédent, comme si c'était une machine qui les produisait. »

J'ai redressé la tête et j'ai vu Sarah qui me regardait. Son visage était complètement blanc, ses yeux étaient rouges et elle avait levé les mains pour couvrir sa bouche. Elle tremblait et je tremblais, moi aussi, parce que je n'avais jamais raconté cette histoire à personne.

« Je ne pouvais pas voir ce qu'ils faisaient à ma sœur. Les planches cassées étaient de l'autre côté du bateau. Par là, je pouvais regarder à travers. Le tueur, celui qui avait une blessure au cou, je le voyais. Il n'était pas resté avec ses hommes. Il marchait dans la vague qui se brisait sur la plage. Il fumait des cigarettes d'un paquet qu'il avait pris dans la poche du garde qu'il avait tué. Il avait les yeux fixés au loin, sur l'océan. On aurait dit qu'il attendait que quelque chose arrive de là. De temps en temps, il levait la main vers sa blessure au cou. Il avait les épaules basses. Comme s'il portait un poids. »

Tout le corps de Sarah tremblait, si fort que cela faisait bouger la table de la cuisine. Elle pleurait.

« Ta sœur, disait-elle. Ta jolie sœur, oh, mon Dieu, oh, Seigneur, je... »

Je ne voulais plus faire de mal à Sarah. Je ne voulais pas lui dire ce qui était arrivé, mais maintenant, j'étais obligée de le faire. Je ne pouvais plus m'arrêter de parler parce que maintenant que j'avais commencé mon histoire, je voulais la finir. Nous ne pouvons pas choisir où commencer et où arrêter. Ce sont nos histoires qui nous racontent.

« Vers la fin, j'ai entendu Nkiruka supplier que la mort vienne. J'ai entendu les chasseurs rire. Puis j'ai écouté les os de ma sœur qu'ils brisaient, un par un. Voilà comment ma sœur est morte. Oui, elle était jolie, c'est vrai. Dans mon village, on disait que c'était le genre de fille à faire oublier tous ses ennuis à un homme. Mais, parfois, les choses ne se passent pas comme on le dit. Quand les hommes et les chiens en ont eu fini avec ma sœur, tout ce qu'ils ont jeté à la mer étaient les morceaux qui ne pouvaient pas être mangés. »

À ce moment-là, Sarah a arrêté de pleurer et de trembler. Elle était très calme. Elle se cramponnait à sa tasse de thé, comme si elle risquait d'être emportée par le vent si elle ne s'accrochait pas solidement.

« Et toi, a-t-elle murmuré. Toi, qu'est-ce qui t'est arrivé ? »

J'ai hoché la tête.

« Dans l'après-midi, il s'est mis à faire très chaud, même sous le bateau. Une brise s'est mise à souffler de la mer. Elle projetait du sable sur la coque du bateau. Le sable sifflait contre les planches. J'ai regardé par les trous pour voir ce qui se passait. Au loin, au-delà du ressac, des mouettes se laissaient glisser sur le vent. Elles étaient tout à fait paisibles. De temps en temps, elles se laissaient tomber dans la mer et remontaient avec un poisson argenté dans le bec. Je les ai regardées de toutes mes forces, parce que je pensais que ce qui était arrivé à ma sœur allait m'arriver à moi, maintenant, et je voulais fixer mes pensées sur quelque chose de beau. Mais les hommes ne sont pas venus me chercher. Quand ils ont eu fini avec ma sœur, les chasseurs et les chiens sont retournés dans la jungle pour dormir. Mais le chef, il n'a pas rejoint ses hommes. Il était debout dans le ressac. Les vagues se brisaient autour de ses genoux. Il se penchait en direction du vent. Plus tard, il a fait si chaud que les mouettes ont cessé de pêcher. Elles se laissaient flotter sur la crête des vagues, la tête nichée dans la poitrine, comme ça. Alors le chef s'est avancé dans l'eau. Quand il en a eu jusqu'à la poitrine, il s'est mis à nager. Tout droit dans la mer. Les mouettes s'envolaient sur son passage, puis se reposaient d'un battement d'ailes. Elles avaient envie de dormir, c'est tout. L'homme, il a nagé vers le large, tout droit, et bientôt, je ne l'ai plus vu. Il a disparu et je ne distinguais plus que cette ligne, entre la mer et le ciel, et ensuite il a fait si chaud que la ligne elle-même a disparu. C'est à ce moment-là que je suis sortie du bateau parce que je savais que les hommes dormaient. J'ai regardé tout autour de moi. Il n'y avait personne sur la plage et il n'y avait pas d'ombre. Il faisait tellement chaud que je me suis dit que je risquais de mourir de chaleur. Je me suis avancée dans les vagues, j'ai mouillé mes vêtements et j'ai couru vers le compound de l'hôtel. J'ai couru dans l'eau, tout au bord, pour éviter de laisser dans le sable des empreintes que les hommes pourraient suivre facilement. Je suis arrivée à l'endroit où ils avaient tué le garde. Les mouettes étaient plus nombreuses, là. Elles se battaient sur le corps du garde. Elles se sont envolées quand je suis remontée sur la plage. Je n'ai pas pu regarder le visage du garde. Des petits crabes rampaient, entraient et sortaient de la jambe de son pantalon. J'ai vu un portefeuille par terre et je l'ai ramassé. C'était celui d'Andrew, Sarah. Je suis désolée. J'ai regardé dedans. Il contenait plusieurs cartes en plastique. Sur l'une, il y avait écrit *permis de conduire* et il y avait aussi une photo de votre mari. C'est celle sur laquelle se trouvait votre adresse. C'est celle que j'ai prise. Il y avait une autre carte aussi, sa carte de visite, celle où il y avait le numéro de téléphone, alors j'ai sorti celle-là aussi. Elle s'est envolée de ma main et elle est tombée dans les vagues, mais je l'ai rattrapée. Ensuite, je suis allée me cacher dans la jungle, mais je suis restée à un endroit d'où je voyais encore la plage. Puis il s'est mis à faire plus frais et un camion est arrivé. Il venait de la direction du compound de l'hôtel. C'était un camion bâché, un camion militaire. Six soldats ont sauté de l'arrière et ils ont regardé le garde. Ils donnaient des petits coups dans son corps, du bout de leurs bottes. Il y avait une radio dans la cabine du camion et elle passait *One* de U2. On écoutait toujours ça, chez nous. C'est parce que les hommes étaient venus de la ville un jour, et ils nous avaient donné des radios-réveils, un à chaque famille du village. Nous étions censés les régler et écouter les informations internationales de la BBC, mais ma sœur Nkiruka, elle a réglé la nôtre sur la station musicale de Port Harcourt. On se disputait pour avoir le petit boîtier parce que moi, j'aimais bien écouter les nouvelles et les actualités. Maintenant que je me cachais dans la jungle, je regrettais de m'être disputée avec ma sœur. Nkiruka adorait la musique et je comprenais à présent qu'elle avait raison parce que la vie est vraiment très courte et qu'on ne peut pas danser sur les actualités. C'est à ce moment-là que je me suis mise à pleurer. Je n'avais pas pleuré quand ils avaient tué ma sœur, mais j'ai pleuré en entendant la musique sortir du camion des soldats car je me disais : C'est la chanson préférée de ma sœur et elle ne l'entendra plus jamais. Vous croyez que je suis folle, Sarah ? »

Sarah a secoué la tête. Elle se rongeait les ongles.

« Dans mon village, tout le monde aimait U2. Tous les habitants du pays, peut-être. Peut-être que les rebelles du pétrole écoutaient U2 dans leurs camps de la jungle et que les soldats du gouvernement écoutaient U2 dans leurs camions. Ce serait drôle. Je pense que tout le monde s'entretuait en écoutant la même musique. Vous savez quoi ? La première semaine que j'ai passée au centre de rétention, U2 était numéro un là-bas aussi. C'est un bon truc dans le monde où nous vivons, Sarah. Personne n'aime les autres, mais tout le monde aime U2. »

Sarah se tordait les mains sur la table. Elle m'a

regardée. « Tu veux bien continuer ? a-t-elle demandé. Tu peux me raconter comment tu t'es sauvée ? »

J'ai soupiré. « D'accord. Les gardes tapaient des pieds en écoutant la musique. Ils ont fait rouler le corps sur un drap. Ils ont ramassé le drap par les coins et ils l'ont soulevé pour le mettre dans le camion. J'ai eu envie de courir vers eux et de leur demander de m'aider. Mais j'avais peur, alors je n'ai pas bougé. Les soldats sont repartis sur la plage dans leur camion et le calme est revenu. Quand le soleil s'est couché, j'ai décidé de ne pas rejoindre le compound de l'hôtel. J'avais trop peur des soldats. Alors, j'ai pris l'autre direction. Des roussettes voletaient tout autour de moi. J'ai attendu qu'il fasse noir avant de passer à l'endroit où ils avaient tué ma sœur. Il n'y avait pas de clair de lune, seulement la lueur bleue des petites créatures de la mer. De temps en temps, un filet d'eau douce traversait la plage et je pouvais boire. J'ai marché toute la nuit et, quand le jour s'est levé, j'ai regagné la jungle. J'ai ramassé un fruit rouge que j'ai mangé. Je ne savais pas son nom, mais j'avais faim. Il était amer et j'ai été très malade. J'avais peur que les hommes viennent et me retrouvent. Quand j'ai dû aller aux toilettes, j'ai enterré mes excréments pour ne pas laisser de traces. Chaque fois que j'entendais du bruit, je croyais que c'étaient les hommes qui revenaient. Je me disais : Petite Abeille, ils vont venir t'arracher les ailes. J'ai passé encore deux nuits comme ça et, la dernière nuit, je suis arrivée dans un port. Il y avait des lumières rouges et vertes qui clignotaient dans la mer, et une longue digue de béton. J'ai marché le long de la digue. Des vagues s'abattaient sur moi, mais il n'y avait pas de gardes. Presque tout au bout de la digue, du côté de la terre, deux bateaux étaient amarrés, l'un à côté de l'autre. Le plus proche de moi avait un drapeau italien. L'autre était britannique, alors j'ai escaladé le bateau italien pour rejoindre le deuxième. Je suis descendue dans la cale. Elle était facile à trouver parce qu'il y avait des panneaux en anglais. Et l'anglais, vous le savez, est la langue officielle de mon pays. »

Alors, j'ai arrêté de parler et j'ai regardé la nappe. Sarah a fait le tour de la table et elle s'est assise sur la chaise à côté de moi et elle m'a serrée contre elle, très longtemps. Nous étions assises là, nous tenions nos tasses de thé froid. J'ai posé la tête sur l'épaule de Sarah. Dehors, le jour est devenu un peu plus clair. Nous n'avons rien dit. Au bout d'un petit moment, j'ai entendu des pas dans l'escalier, et puis Charlie est entré dans la cuisine. Sarah s'est essuyé les yeux, elle a pris une profonde inspiration et elle s'est redressée très vite. Charlie portait son costume de Batman, mais sans le masque et sans la ceinture dans laquelle il rangeait ses outils de Batman. Il n'avait pas l'air de prévoir d'ennuis, ce matin. Quand il m'a vue, il a cligné les yeux. Il était surpris que je sois encore là, sans doute. Il s'est frotté les yeux, tout ensommeillé, et a appuyé le haut de sa tête contre le ventre de sa mère.

« Sec horreur d'or mire, a-t-il dit.

— Qu'est-ce que tu dis, Batman ? a demandé Sarah.

— C'est encore l'heure de dormir. Pourquoi vous avez déjà descendu en bas ?

— C'est que maman et Petite Abeille se sont réveillées très tôt ce matin.

— Hmmm ?

— On avait beaucoup de retard à rattraper.

— Hmmm ?

— Qu'est-ce qu'il y a, Batman ? Tu ne comprends pas, ou tu n'es pas d'accord ?

— Hmm ?

— Je vois, mon chéri, tu es comme une petite chauve-souris avec son sonar. Tu continueras à émettre ces *hmm* jusqu'à ce qu'il y en ait un qui rebondisse sur quelque chose de solide, c'est ça ?

— Hmm ? »

Charlie a regardé sa mère fixement. Elle lui a rendu son regard un moment, puis elle s'est tournée vers moi et elle m'a souri. Ses larmes recommençaient à couler.

« Charlie a des yeux incroyables, tu ne trouves pas ? On dirait des écosystèmes en gelée.

— Non, c'est pas vrai », a fait Charlie.

Sarah a ri. « Ce que je veux dire, mon chéri, c'est que tout le monde peut se rendre compte qu'il se passe un tas de choses là-dedans. »

Elle a tapoté le côté de la tête de Charlie.

« Hmm, a dit Charlie. C'est pourquoi que tu pleures, maman ? »

Sarah a laissé échapper un gros sanglot, qu'elle a chassé d'un revers de main. « On dit *pourquoi pleures-tu,* Charlie, pas *c'est pourquoi que tu pleures.*

— Pourquoi pleures-tu, maman ? »

Sarah a craqué. On aurait dit que toute la force

s'échappait de ses os. Elle s'est effondrée, la tête appuyée sur ses bras posés sur la table. Elle sanglotait.

« Oh, Charlie. Maman pleure parce que maman s'est envoyé quatre gin tonics la nuit dernière. Maman pleure à cause d'une chose à laquelle maman a essayé de ne pas penser. Ne t'inquiète pas, Charlie. Maman est grande maintenant, alors elle n'éprouve plus grand-chose et quand ça lui arrive, elle est toute surprise.

— Hmm ? a fait Charlie.

— Oh, Charlie ! » a dit Sarah.

Elle a écarté les bras, Charlie a grimpé sur ses genoux et elle l'a serré contre elle. Je n'étais pas à ma place avec eux, alors je suis allée au jardin et je me suis assise à côté du bassin. J'ai pensé à ma sœur longtemps.

Plus tard, alors que le soleil était plus haut dans le ciel et que le bruit des voitures sur les routes s'était transformé en grondement continu, Sarah est venue me chercher dehors.

« Excuse-moi, a-t-elle dit. Il fallait que je conduise Charlie à la garderie.

— Ça ne fait rien. »

Elle s'est assise près de moi et a posé la main sur mon épaule. « Ça va ? »

J'ai haussé les épaules. « Ça va. »

Sarah a souri, mais son sourire était triste. « Je ne sais pas quoi dire.

— Moi non plus. »

Nous sommes restées là à regarder un chat qui se roulait dans l'herbe au fond du jardin, dans une tache brillante de soleil.

« Il a l'air heureux, ce chat, ai-je dit.

— Hmmm, a dit Sarah. C'est celui du voisin. »

J'ai hoché la tête. Sarah a pris une profonde inspiration.

« Écoute, est-ce que tu veux rester ici un petit peu ? a-t-elle demandé.

— Ici, avec vous ?

— Oui. Avec Charlie et moi. »

Je me suis frotté les yeux.

« Je ne sais pas. Je suis une immigrée clandestine, Sarah. Les hommes peuvent arriver à n'importe quel moment pour me renvoyer dans mon pays.

— Mais pourquoi est-ce qu'on t'a laissée sortir du centre de rétention si tu n'as pas le droit de rester ?

— C'était une erreur. Si vous êtes jolie ou si vous parlez joliment, il arrive qu'on fasse une erreur en votre faveur.

— Mais tu es libre maintenant. Ils ne peuvent pas t'*embarquer* comme ça, Abeille. Ce n'est pas l'Allemagne nazie, ici. Il y a sûrement des démarches à faire. On doit pouvoir faire appel. Je peux témoigner, *dire* ce qui t'est arrivé là-bas. Ce qui t'arrivera si tu y retournes. »

J'ai secoué la tête.

« Ils vous diront que le Nigeria est un pays sûr, Sarah. Avec les gens comme moi, vous savez, c'est tout simple. Ils arrivent et ils nous conduisent tout droit à l'aéroport.

— Je suis sûre qu'il y a une solution, Abeille. Je dirige une revue. Je connais des gens. Une histoire pareille, ça peut faire du bruit, tu sais. »

J'ai baissé les yeux. Sarah a souri. Elle a posé la main sur la mienne.

« Tu es si jeune, Abeille. Tu ne sais pas encore comment marche le monde. Tout ce que tu connais, c'est la galère, c'est l'horreur, alors tu crois que tu n'en sortiras jamais.

— De l'horreur, vous en avez vu aussi, Sarah. Si vous vous imaginez qu'elle est exceptionnelle, vous vous trompez. Vous pouvez me croire, l'horreur, c'est comme l'océan. Elle couvre les deux tiers de la planète. »

Sarah a tressailli, comme si on l'avait frappée au visage.

« Qu'est-ce qu'il y a ? » ai-je dit.

Elle a pris sa tête entre ses mains. « Rien. C'est idiot. »

Je n'ai pas su quoi répondre. J'ai regardé tout autour de moi, dans le jardin, pour trouver un moyen de me tuer si jamais les hommes arrivaient tout d'un coup. Il y avait un abri au fond du jardin, avec une grande fourche appuyée contre un mur. Voilà un bel outil, me suis-je dit. Si les hommes arrivent tout d'un coup, je courrai avec cette fourche et je me jetterai sur ces pointes brillantes.

J'ai enfoncé les ongles dans le parterre de fleurs à côté de nous et j'ai écrasé la terre collante entre mes doigts.

« À quoi tu penses, Abeille ?

— Hmmm ?

— À quoi tu penses ?

— Oh ! Au manioc.

— Au manioc ? Pourquoi ?

— Dans mon village, nous cultivions du manioc.

Nous le plantions, nous l'arrosions et quand il était haut comme ça, nous arrachions les feuilles pour que toute la croissance aille dans la racine, et puis quand elle était prête, nous la déterrions, nous l'épluchions, nous la râpions, nous la pressions, nous la mettions à fermenter, nous la faisions frire, nous la mélangions avec de l'eau, nous en faisions une pâte, et nous mangions, mangions, mangions. La nuit, quand je dormais, j'en rêvais.

— Qu'est-ce que vous faisiez d'autre ?

— Parfois, nous nous balancions sur une corde. »

Sarah a souri. Son regard s'est éloigné vers le jardin.

« Il n'y a pas beaucoup de manioc par ici, a-t-elle dit. Des tonnes de clématites. Beaucoup de camélias. »

J'ai hoché la tête. « Le manioc ne pousserait pas dans cette terre. »

Sarah a souri, mais elle pleurait en même temps. Je lui ai pris la main. Des larmes ruisselaient sur son visage.

« Oh, Abeille ! a-t-elle dit. Je me sens tellement coupable.

— Vous n'y êtes pour rien, Sarah. J'ai perdu mes parents et ma sœur. Vous, vous avez perdu votre mari. Nous avons perdu toutes les deux.

— Je n'ai pas perdu Andrew, Abeille. Je l'ai détruit. Je l'ai trompé avec un autre homme. C'est pour ça qu'on est allés dans ce putain de Nigeria. C'est la seule raison. On s'était dit que des vacances nous feraient du bien. On espérait que ça irait mieux entre nous. Tu comprends ? »

J'ai haussé les épaules, c'est tout. Sarah a soupiré.
« Tu vas me dire que tu n'as jamais pris de vacances. »

J'ai regardé mes mains. « En fait, je n'ai jamais pris d'homme. »

Sarah a cillé. « Oui. Bien sûr. Tu es si jeune. Il m'arrive de l'oublier. »

Nous sommes restées assises calmement une minute. Le portable de Sarah a sonné. Elle a parlé. Quand la conversation s'est terminée, elle avait l'air très fatiguée.

« C'est la garderie. Il faut que j'ailler chercher Charlie. Il s'est battu avec les autres enfants. Il paraît qu'il est déchaîné. (Elle s'est mordu la lèvre.) C'est la première fois que ça arrive. »

Elle a repris son téléphone et a appuyé sur des boutons. Elle a approché le téléphone de son oreille, elle a regardé au-dessus de mon épaule, au-dessus du jardin. Elle mordillait toujours sa lèvre. Au bout de quelques secondes, nous avons entendu sonner un autre téléphone. Une sonnerie lointaine, faible, qui venait de la maison. Le visage de Sarah s'est figé. Et puis, lentement, elle a éloigné le téléphone de son oreille et elle a appuyé sur un des boutons. À l'intérieur de la maison, la sonnerie de l'autre téléphone s'est arrêtée.

« Oh, merde ! a dit Sarah. Oh, non !

— Quoi ? Qu'y a-t-il ? »

Sarah a inspiré profondément. Tout son corps a frémi.

« J'ai appelé Andrew. Je ne sais pas pourquoi. J'ai fait ça machinalement, sans réfléchir. Tu sais... quand quelque chose ne va pas avec Charlie, j'appelle toujours Andrew. J'ai simplement oublié qu'il est... tu sais. Oh, merde ! Je suis complètement à côté de mes pompes. Je croyais être prête, tu sais, à apprendre ce qui vous est arrivé... à toi et à ta sœur. Mais non. Je n'étais pas prête. Oh, putain ! »

Nous étions assises et je lui tenais la main pendant qu'elle pleurait. Puis elle m'a tendu son téléphone. Elle m'a montré l'écran.

« Il est toujours dans mon carnet d'adresses. Tu vois ? »

L'écran de son téléphone indiquait ANDREW et puis un numéro. Juste ANDREW – pas de nom de famille.

« Tu veux bien l'effacer à ma place, Abeille ? Je suis incapable de le faire. »

J'ai pris le téléphone. J'avais vu des gens parler dans des téléphones portables, mais j'avais toujours pensé que c'était très compliqué. Vous allez vous moquer de moi – voilà qu'elle recommence, cette petite sotte avec son odeur de thé sur la peau et les taches de pousses de manioc sur les doigts –, mais j'avais toujours cru qu'il y avait une fréquence à trouver. Je pensais qu'il fallait tourner un cadran jusqu'à ce que vous repériez le signal de votre ami, tout petit et très faible, comme quand vous réglez une radio à manivelle sur le service international de la BBC. J'imaginais que c'était aussi difficile que ça de se servir d'un téléphone portable. Que vous deviez d'abord tourner le cadran au milieu de tous les sifflements et de tous les grincements, et que la voix de votre ami vous parvenait toute bizarre, fragile, presque engloutie par des mugissements – comme si votre ami avait été écrasé, plat comme un biscuit et déposé dans une boîte métallique remplie de singe –, mais qu'ensuite vous tourniez le cadran un tout petit peu plus et que, tout d'un coup, votre ami disait quelque chose comme *God Save the Queen !* et vous expliquait le temps qu'il faisait dans les zones de navigation proches des eaux côtières du Royaume-Uni de Grande-Bretagne et d'Irlande du Nord. Et qu'après, vous pouviez parler.

En fait, j'ai découvert que c'était beaucoup plus simple de se servir d'un téléphone portable. Tout est tellement facile dans votre pays. À côté du nom, ANDREW, il y avait une touche OPTIONS, et j'ai appuyé dessus. L'option 3 était EFFACER, alors j'ai appuyé dessus et Andrew O' Rourke a disparu.

« Merci, a dit Sarah. Je n'avais pas le courage de le faire. »

Elle a baissé les yeux et a regardé son téléphone pendant un long moment.

« Je suis morte de trouille, Abeille. Je n'ai personne à appeler. Il arrivait à Andrew d'être parfaitement insupportable, mais il était toujours si *raisonnable.* Je n'aurais pas dû mettre Charlie à la garderie, tout de suite, après la journée d'hier. C'était une mauvaise idée. Mais je me suis dit qu'il valait mieux ne pas changer ses habitudes. Je n'ai plus personne à qui je puisse demander ce genre de choses, Abeille. Tu comprends ? Je ne suis pas sûre d'arriver à me débrouiller toute seule. À prendre toute seule les bonnes décisions pour Charlie. Pendant des années et des années, tu vois ? À trouver la bonne attitude, la bonne école, les bons amis, la bonne université, la bonne épouse. Oh, pauvre Charlie. »

J'ai posé la main sur la sienne. « Si vous voulez, je peux vous accompagner à la garderie. »

Sarah a incliné la tête et elle m'a regardée très longtemps. Puis elle a souri. « Alors, il faut que tu te changes », a-t-elle dit.

Dix minutes plus tard, je suis sortie de la maison avec Sarah. Je portais une robe d'été rose qu'elle m'avait prêtée. Je n'avais jamais rien porté d'aussi joli. Autour du cou, il y avait d'élégantes fleurs blanches cousues, très délicates, très chic. J'avais l'impression d'être la reine d'Angleterre. C'était un matin ensoleillé, la brise était fraîche, je sautillais sur le trottoir derrière Sarah et, chaque fois que nous croisions un chat, ou un facteur, ou une femme qui poussait un landau, je souriais et je disais : *Bonjour, comment allez-vous ?* Ils me regardaient tous comme si j'étais folle, je ne sais pas pourquoi. Je me disais : Est-ce une façon de répondre au salut de votre souveraine ?

La garderie ne m'a pas plu. C'était une grande maison avec de grandes fenêtres, mais elles n'étaient pas ouvertes. Pourtant, il faisait beau. À l'intérieur, il n'y avait pas d'air. Ça sentait les toilettes et la gouache, exactement la même odeur que dans la salle de psychothérapie, au centre de rétention administrative, et ce souvenir m'a rendue triste. Au centre de rétention, on n'ouvrait pas les fenêtres, parce qu'elles ne s'ouvraient pas. Dans la salle de psychothérapie, on nous donnait des gouaches et des pinceaux et on nous disait de nous exprimer. J'utilisais beaucoup de peinture rouge. Quand la psychologue regardait ce que j'avais fait, elle disait que ce serait bien que j'essaie d'*avancer un peu.* Je répondais : *Oui, madame, avec plaisir. Si vous vouliez bien m'ouvrir une petite fenêtre, ou mieux encore une porte, je ne demande qu'à avancer un peu, immédiatement.* Je souriais, mais la psychologue ne trouvait pas la plaisanterie amusante.

À la garderie de Charlie, l'animatrice n'a pas eu l'air de me trouver très amusante non plus. J'ai su que c'était l'animatrice parce que, sur son tablier vert, un badge indiquait ANIMATRICE. Elle m'a dévisagée, mais elle ne m'a pas parlé, elle s'est adressée à Sarah. Elle a dit : *Je suis désolée, mais les visiteurs ne sont pas admis, c'est le règlement. C'est la nounou du petit ?* Sarah s'est tournée vers moi, puis vers l'animatrice. Elle a répondu : *Écoutez, c'est un peu compliqué, d'accord ?* L'animatrice a froncé les sourcils. Finalement, elle m'a autorisée à rester près de la porte pendant que Sarah entrait dans la salle et essayait de calmer Charlie.

Pauvre Charlie. Elles l'avaient obligé à retirer son costume de Batman – c'est ce qui avait tout déclenché. Elles l'avaient obligé à le retirer parce qu'il avait uriné dedans. Elles voulaient qu'il soit propre, mais Charlie n'avait pas envie d'être propre. Il préférer sentir mauvais avec son masque et sa cape noirs, plutôt que de sentir bon dans la grande blouse de coton blanc qu'elles lui avaient enfilée. Il avait les joues toutes rouges et souillées de gouache et de larmes. Il hurlait de rage. Il frappait tous ceux qui s'approchaient de lui, il leur donnait des coups de poing dans les genoux. Il mordait, il griffait, il criait. Il était debout, dans un coin, le dos contre le mur. Sa figure était tournée vers la salle et il criait : *NON NON NON NON NON !*

Sarah l'a rejoint. Elle s'est accroupie pour rapprocher son visage du sien. Elle a dit : *Oh mon chéri.* Charlie a arrêté de crier. Il a regardé Sarah. Sa lèvre inférieure tremblait. Puis sa mâchoire s'est crispée de nouveau. Il s'est penché vers sa mère et il a craché. Il a crié : *VA-T'EN, JE VEUX LE PAPA DE MOI !*

Les dames faisaient asseoir les autres enfants en tailleur par terre, à l'autre bout de la salle. C'était l'heure de l'histoire. Les autres enfants tournaient le dos à l'endroit où se trouvait Charlie, mais ils n'arrêtaient pas de se tortiller pour regarder par-dessus leurs épaules, pâles, effrayés. Une dame leur lisait l'histoire. Elle portait un jean, des tennis blanches et un sweat bleu turquoise. Elle disait : *Max les fixait, tranquille, RETOURNE-TOI, REGARDE PAR ICI, droit dans leurs yeux jaunes, pas un seul de ses cils, EMMA, CONCENTRE-TOI, S'IL TE PLAÎT, JAMES, ARRÊTE DE CHUCHOTER, pas un seul de ses cils ne bougeait, TU VEUX BIEN REGARDER PAR ICI, OLLIE, IL NE SE PASSE ABSOLUMENT RIEN DERRIÈRE TOI.*

Sarah était à genoux par terre et elle s'est essuyé la joue pour enlever le crachat de Charlie. Elle pleurait. Elle tendait les bras à Charlie. Charlie s'est retourné et a caché sa figure dans le coin. La dame qui lisait l'histoire disait : *Vous êtes terrible.*

Je me suis dirigée vers Sarah. L'animatrice m'a jeté un regard qui disait : *Je ne vous avais pas demandé de rester à la porte, vous ?* Je lui ai répondu par un regard qui disait : *Comment osez-vous ?* C'était un excellent regard, je l'ai appris de la reine Elizabeth II, au dos du billet de cinq livres britanniques. L'animatrice a fait un pas en arrière, et j'ai rejoint Sarah. J'ai posé la main sur son épaule.

Sarah a levé les yeux vers moi. « Oh, merde ! a-t-elle dit. Pauvre Charlie, je ne sais pas quoi faire.

— Qu'est-ce que vous faites d'habitude quand il est comme ça ?

— Je gère. Je gère toujours. Oh, putain, Abeille, je ne comprends pas ce qui m'arrive ! Je n'y arrive plus du tout. »

Sarah a enfoui son visage dans ses mains. L'animatrice l'a emmenée et l'a fait s'asseoir plus loin.

Je me suis approchée du coin où était Charlie. Je suis restée debout à côté de lui et je me suis tournée vers le coin, moi aussi. Je ne l'ai pas regardé, je regardais les briques et je ne disais rien. Je suis très forte pour regarder les briques et ne rien dire. Au centre de rétention administrative, j'ai fait ça pendant deux ans, c'est mon record.

Je me demandais ce que je ferais dans cette salle de garderie si les hommes arrivaient tout d'un coup. Ce n'était pas une salle facile, c'est moi qui vous le dis. Il n'y avait rien pour se couper, par exemple. Tous les ciseaux étaient en plastique avec des bouts ronds et émoussés. Je ne savais vraiment pas comment faire si j'étais obligée de me tuer tout d'un coup dans cette salle.

Au bout d'un long moment, Charlie a levé les yeux vers moi : « Tu fais quoi ? »

J'ai haussé les épaules. « Je réfléchis à un moyen de s'évader d'ici. »

Silence. Charlie a soupiré. « Les dames, elles ont pris le costume de Batman de moi.

— Pourquoi est-ce qu'elles ont fait ça ?

— À cause que j'ai fait pipi dedans. »

Je me suis accroupie et j'ai regardé Charlie dans

les yeux. « On est pareils, toi et moi. J'ai passé deux ans dans un endroit comme celui-ci. Ils nous obligent à faire des choses qu'on n'a pas envie de faire. Ça te met en colère ? »

Charlie a hoché la tête.

J'ai dit : « Moi aussi, ça me met en colère. »

Derrière nous, j'entendais que les activités reprenaient leur cours normal. Les enfants recommençaient à parler et à crier, les dames aidaient, riaient, grondaient. Dans notre coin, Charlie regardait par terre.

« Je veux le papa de moi, a-t-il dit.

— Ton papa est mort, Charlie. Tu sais ce que ça veut dire ?

— Oui. Au paradis.

— Oui.

— C'est où, le paradis ?

— C'est un endroit comme ici. C'est comme une garderie, ou un centre de rétention, ou un pays bizarre, très loin. Ton papa, il a envie de rentrer à la maison, chez toi, mais il ne peut pas. Ton papa, il est comme le mien.

— Oh. Le papa de toi aussi il a mouru ?

— Oui, Charlie. Mon papa est mort, et ma maman est morte, et ma sœur est morte aussi. Ils sont tous morts.

— Pourquoi ? »

J'ai haussé les épaules. « Les méchants les ont attrapés, Charlie. »

Charlie s'est tordu les mains et s'est penché pour ramasser par terre un petit bout de papier rouge. Il l'a déchiré, il l'a posé sur sa langue pour voir quel goût il avait, puis le papier est resté collé à ses doigts à cause de l'humidité. Il a tiré la langue entre ses dents pour se concentrer pendant qu'il détachait le papier de ses doigts. Puis il a levé les yeux.

« Ça me fait triste, moi. Toi aussi ? »

J'ai obligé mon visage à sourire. « Est-ce que j'ai l'air triste, Charlie ? »

Charlie m'a regardée. Je l'ai chatouillé sous les bras et il s'est mis à rire.

« Est-ce qu'on a l'air tristes, Charlie ? Hein ? Toi et moi ? Est-ce qu'on est tristes, là, maintenant ? »

Charlie riait et se tortillait enfin, alors je l'ai attiré contre moi et je l'ai regardé dans les yeux. « On ne va pas être tristes, Charlie. Pas toi et moi. Surtout pas toi, Charlie, parce que de tous les petits garçons du monde, tu es celui qui a le plus de chance. Tu sais pourquoi ?

— Non. Pourquoi ?

— Parce que tu as une maman, Charlie, et qu'elle t'aime. C'est important, non ? »

J'ai un tout petit peu poussé Charlie vers sa mère et il a couru vers elle. Il a enfoui sa tête contre sa robe et ils se sont serrés très fort. Sarah pleurait et souriait en même temps. Elle parlait à l'oreille de Charlie, elle disait : *Charlie, Charlie, Charlie.* Puis la voix de Charlie est sortie, assourdie contre la robe de sa mère. Il disait : *Je suis PAS Charlie, maman, je suis Batman.*

Sarah m'a regardée par-dessus l'épaule de Charlie et elle a simplement fait merci, sans le son, juste en remuant les lèvres.

Nous sommes rentrées à pied de la garderie en balançant Charlie entre nous. Il faisait un temps magnifique. Le soleil était chaud, l'air bourdonnait d'abeilles et le parfum des fleurs se répandait partout. Le long du trottoir, les jardins des maisons étaient remplis de couleurs douces. Il était difficile de ne pas être plein d'espoir.

« Je crois que je vais t'apprendre le nom de toutes les fleurs anglaises, tu veux ? a dit Sarah. Ça, c'est un fuchsia, ça, c'est une rose, et ça, du chèvrefeuille. Quoi ? Qu'est-ce qui te fait sourire ?

— Il n'y a pas de chèvres. C'est pour ça que vous avez toutes ces belles fleurs.

— Il y avait des chèvres, dans ton village ?

— Oui, et elles mangeaient toutes les fleurs.

— Je suis désolée.

— Il n'y a pas de quoi. Nous, nous mangions toutes les chèvres. »

Sarah a froncé les sourcils. « Quand même, a-t-elle dit. Je crois que je préfère le chèvrefeuille.

— Un jour, je vous emmènerai chez moi, et vous ne mangerez que du manioc pendant toute une semaine. Ensuite, vous me direz si vous préférez le chèvrefeuille ou la chèvre. »

Sarah a souri et elle s'est penchée pour respirer les fleurs du chèvrefeuille. À ce moment-là, j'ai vu qu'elle pleurait de nouveau.

« Oh, pardon ! a dit Sarah. Je n'arrive plus à m'arrêter, c'est affreux. Regarde-moi ça, je suis dans un état ! »

Charlie a levé les yeux vers sa mère et je lui ai frotté le haut du crâne pour qu'il sache que tout allait bien. Nous sommes repartis. Sarah s'est mouchée dans un mouchoir en papier. Elle a dit : « Je vais être comme ça pendant combien de temps, à ton avis ?

— Moi, ça a duré un an, après ce qui est arrivé à ma sœur.

— Avant que tu puisses recommencer à avoir les idées claires ?

— Avant que je puisse recommencer à avoir des idées tout court. Au début, je courais, c'est tout, je courais, je courais – je voulais m'éloigner de l'endroit où c'était arrivé, vous comprenez ? Ensuite, il y a eu le centre de rétention. C'était affreux. On ne peut pas réfléchir là-dedans. Vous n'avez pas commis de crime, alors vous ne pensez qu'à une chose, c'est : Quand est-ce que je vais sortir d'ici ? Mais on ne vous dit rien. Au bout d'un mois, de six mois, vous commencez à penser : Je vais peut-être vieillir ici. Je vais peut-être mourir ici. Peut-être que je suis déjà morte. Toute la première année, la seule chose à laquelle je pouvais penser, c'était à me tuer. Quand tous les autres sont morts, il y a des moments où vous vous dites que ce serait plus facile de les rejoindre, vous comprenez ? Mais il faut avancer. *Avancer, avancer,* on vous dit ça tout le temps. Comme si vous étiez une bête têtue. Comme si vous mâchonniez des fleurs à la manière d'une chèvre. *Avancer, avancer.* À cinq heures de l'après-midi, ils vous disent d'avancer, et à six heures du soir, ils vous enferment dans votre cellule.

— Il n'y a donc personne pour vous aider, dans cet endroit ? »

J'ai soupiré. « Ils essayent, vous savez. Il y avait des gens bien. Des psychiatres, des bénévoles. Mais ils ne pouvaient pas faire grand-chose pour nous là-dedans. Une des psychiatres, elle m'a dit : *Faire de la psychiatrie dans un endroit pareil, c'est comme servir un repas aux passagers au moment où l'avion s'écrase. Si je voulais t'être utile, en tant que médecin, c'est un parachute qu'il faudrait que je te donne, pas un sandwich au fromage.* Pour être bien dans sa tête, il faut d'abord être libre, vous comprenez ? »

Sarah s'est tamponné le coin des yeux avec son mouchoir. « Je ne suis pas sûre que ce soit plus facile ici, Abeille.

— Mais je vous aiderai. »

Sarah a souri. « Tu as seize ans. Tu es réfugiée. Tu es orpheline, merde. C'est moi qui devrais t'aider. »

J'ai tiré Sarah par l'épaule pour qu'elle s'arrête. Je lui ai pris la main gauche et je l'ai levée pour qu'elle la voie. Charlie a levé de grands yeux vers nous.

« Regardez, Sarah. Vous m'avez déjà assez aidée. Vous avez coupé votre doigt pour moi. Vous m'avez sauvé la vie.

— J'aurais dû en faire plus. J'aurais dû sauver ta sœur aussi.

— Comment ?

— J'aurais dû inventer quelque chose. »

J'ai secoué la tête. « Vous avez fait tout ce que vous pouviez, Sarah.

— Mais nous n'aurions jamais dû nous trouver dans une situation pareille, Abeille. Tu ne comprends pas ? Nous sommes allés en vacances à un endroit où nous n'avions pas le droit d'être.

— Et si vous n'aviez pas été là, Sarah ? Si Andrew et vous n'aviez pas été là, alors Nkiruka et moi, nous serions mortes toutes les deux. (Je me suis tournée vers Charlie.) Ta maman m'a sauvé la vie, tu savais ça ? Elle m'a sauvée des méchants. »

Charlie a levé les yeux vers sa mère. « Comme Batman ? » a-t-il dit.

Sarah a souri, j'en avais l'habitude maintenant, alors que les larmes recommençaient à lui monter aux yeux. « Comme Batman, plutôt.

— C'est à cause de ça que tu as pas un doigt ?

— C'est à cause de ça qu'il me manque un doigt. Oui, mon chéri.

— C'est les méchants qui l'ont pris ? Le Pingouin ?

— Non, mon chéri.

— C'était le Puffin ? »

Sarah a ri. « Oui, mon chéri, c'était cet horrible Puffin. »

Charlie a fait la grimace. « Méchant, méchant Puffin », a-t-il dit, et il a couru sur le trottoir devant nous, tirant contre les méchants avec un fusil que mes yeux ne pouvaient pas voir. Sarah s'est tournée vers moi. « Tu es super. »

Je me suis accrochée à son bras et j'ai posé la paume de sa main gauche sur le dos de ma main gauche. J'ai disposé mes doigts sous les siens de manière à ce que le seul de mes doigts qu'on puisse voir soit celui qui manquait à la main de Sarah. J'ai vu ce que ça ferait. J'ai vu comment nous pourrions refaire une vie. Je sais que c'était idiot de penser ça, mais j'avais le cœur qui battait, battait, battait.

« Je vous aiderai, ai-je promis. Si vous voulez bien que je reste, ça se passera comme ça entre nous. Peut-être que je ne pourrai rester qu'un mois, peut-être une semaine seulement. Un jour, les hommes arriveront. Mais tout le temps où je serai là, je serai comme votre fille. Je vous aimerai comme si vous étiez ma mère, et j'aimerai Charlie comme s'il était mon frère. »

Sarah m'a regardée. « Alors ça ! a-t-elle dit.

— Qu'y a-t-il ?

— Rien. Simplement, quand on rentre de la garderie, avec les autres mères, on parle généralement d'apprentissage du pot et de gâteaux. »

J'ai lâché la main de Sarah et j'ai baissé la tête.

« Oh, Abeille, pardon ! C'est juste un peu rapide, tout ça, et un peu sérieux, voilà tout. J'ai la tête à l'envers. Il faut me laisser le temps de réfléchir. »

J'ai relevé la tête pour regarder Sarah. Dans ses yeux, j'ai vu que c'était nouveau pour elle, cette impression de ne pas savoir immédiatement ce qu'il fallait faire. Elle avait les yeux d'une créature qui vient de naître. Avant que son monde ne lui soit devenu familier, il n'y a que de la terreur. Je connaissais très bien cette expression. Quand on a vu autant de gens que moi forcés de franchir les portes du centre de rétention administrative, c'est un regard qu'on n'a aucun mal à reconnaître. Il me donnait envie de supprimer cette souffrance de la vie de Sarah aussi vite que je le pouvais.

« Il ne faut pas m'en vouloir, Sarah. Oubliez ce que je viens de dire, je vous en prie. Je vais partir. Vous voyez bien. La psychiatre du centre de rétention avait raison, on ne peut rien faire pour moi. Je suis toujours folle. »

Sarah n'a rien dit. Elle m'a prise par le bras, c'est tout, et nous avons suivi Charlie dans la rue. Charlie courait à toutes jambes, il décapitait les roses dans les jardins des maisons. Il faisait du karaté. Elles tombaient, une à une, une chute brutale, dans une explosion silencieuse de pétales. Comme mon histoire avec Nkiruka, comme mon histoire avec Yevette. J'écrasais les pétales sous mes pas, et je me suis dit que mon histoire n'était faite que de fins.

De retour à la maison, nous nous sommes assises dans la cuisine de Sarah. Nous avons bu du thé, de nouveau, et je me suis demandé si ce serait la dernière fois. J'ai fermé les yeux. Mon village, ma famille, ce goût qui disparaissait. Tout s'évanouit, tout s'enfonce dans le sable ou dans la brume. C'est un bon truc.

Quand j'ai rouvert les yeux, Sarah m'observait.

« Tu sais, Abeille, je réfléchissais à ce que tu disais tout à l'heure, à propos de toi, si tu restais ici. À propos de nous, que nous pouvions nous aider. Je crois que tu as raison. Je me demande s'il n'est pas temps d'être un peu sérieuses. J'ai vaguement l'impression que nous vivons des temps plutôt sérieux. »

6

Les temps sérieux avaient commencé à Londres par un jour gris et menaçant. Je ne cherchais rien de ce genre. Je dirais même que je cherchais le contraire. Charlie avait presque deux ans et je sortais de la phase introvertie, chrysalide, des débuts de ma vie de mère. Je rentrais de nouveau dans mes jupes préférées. J'avais envie de faire admirer mes ailes.

J'avais décidé de passer une journée sur le terrain. Je voulais rappeler aux filles de la rédaction qu'on pouvait parfaitement écrire un article de fond soi-même, par ses propres moyens. En incitant mes collaboratrices à s'engager dans de petits reportages, j'espérais faire des économies sur mon budget de piges. C'était très simple, avais-je lancé avec désinvolture au bureau, il suffisait de coucher ses réflexions piquantes sur le papier avec un minimum de cohérence au lieu de les griffonner, dans le désordre, sur des cartons d'échantillons.

En fait, tout ce que je voulais, c'était le bonheur de mes collaboratrices. À leur âge, je venais de passer mon diplôme de journalisme et ce boulot me grisait. Dénoncer la corruption, clamer la vérité. J'avais adoré ça, pouvoir monter au créneau pour pourfendre les salauds et demander *qui, quoi, où, quand* et *pourquoi*. Mais arrivée dans l'entrée du ministère de l'Intérieur, Marsham Street, avec un peu d'avance pour mon interview de dix heures, je me suis rendu compte que je n'en avais plus très envie. Vers vingt ans, on est naturellement curieux, mais à trente, on se méfie de toutes celles qui ont encore la vie devant elles. Je me suis cramponnée à mon carnet de notes et à mon dictaphone flambant neufs, dans l'espoir qu'un peu de leur prédésenchantement juvénile déteindrait sur moi.

J'étais fâchée contre Andrew. Je n'arrivais pas à me concentrer. Je ne ressemblais même pas à un personnage de reporter – mon carnet à spirale était d'une blancheur virginale. En attendant l'heure, je l'ai couvert de notes d'interview fictives. La fonction publique traversait l'entrée du ministère dans ses chaussures éculées, tenant en équilibre son café matinal sur un plateau en carton. Les femmes débordaient de leurs tailleurs-pantalons Marks & Spencer, fanons tremblotants, bracelets cliquetants. Les hommes avaient l'air mous et hypoxiques – à moitié garrottés par leurs cravates. Ils étaient tous voûtés, ou pressés, ou affligés de tics nerveux. On aurait dit des présentateurs météo s'apprêtant à rectifier à la baisse leurs prévisions pour le pont de l'Ascension.

J'essayais de me concentrer sur l'article que je voulais écrire. Il me fallait un papier optimiste, quelque chose de pétillant, de positif. Diamétralement opposé, autrement dit, à tout ce qu'Andrew pourrait écrire dans sa chronique du *Times*. On s'était disputés, lui et moi. Ses textes devenaient de plus en plus sinistres. Je crois qu'il commençait sincèrement à se persuader que la Grande-Bretagne était en train de s'enfoncer dans la mer. La criminalité montait en flèche, le système scolaire était calamiteux, l'immigration rampante et la moralité publique en chute libre. Sous sa plume, tout suintait, dégoulinait et exsudait, et j'avais *horreur* de ça. Maintenant que Charlie avait presque deux ans, j'envisageais sans doute l'avenir dans lequel mon enfant aurait à vivre et je comprenais que ces récriminations perpétuelles n'étaient pas forcément la stratégie la plus constructive qu'on puisse imaginer. *Est-ce qu'il faut vraiment que tu sois tout le temps négatif ?* avais-je demandé à Andrew. *Si ce pays va si mal, pourquoi ne pas écrire un papier sur les gens qui font quelque chose pour y remédier ?*

— *Ah ouais ? Qui, par exemple ?*

— *Je ne sais pas moi, le ministère de l'Intérieur, pourquoi pas ? Ils sont en première ligne, après tout.*

— *Ah, mais dis-moi, Sarah, c'est génial, franchement ! Les gens ont toute confiance dans le ministère de l'Intérieur, c'est bien connu. Et comment comptes-tu appeler ton merveilleux article édifiant ?*

— *Quel titre je vais lui donner, c'est ça ? Que dirais-tu de* « La bataille d'Angleterre » ?

Je sais, je sais. Andrew avait éclaté de rire. On s'était pris le chou pour de bon. Je lui avais balancé que je faisais enfin quelque chose de constructif avec ma revue. Il m'avait rétorqué que j'avais fini par dépasser la moyenne d'âge de mes lectrices. Autrement dit, un, je vieillissais, deux, tout ce que j'avais fait au cours des dix dernières années était pures gamineries. Difficile d'être plus blessant.

À mon arrivée au ministère, j'étais encore furieuse. *Toujours cette bonne vieille gosse du Surrey, pas vrai ?* Sa flèche du Parthe. *Qu'est-ce que tu veux au juste que le ministère de l'Intérieur fasse pour ce putain de pays, Sarah ? Envoyer les Spitfire mitrailler la racaille ?* Andrew avait l'art d'élargir les plaies qu'il avait provoquées. Ce n'était pas notre première scène depuis la naissance de Charlie et ça finissait toujours de la même manière – il s'en prenait à mon éducation, ce qui m'exaspérait car c'était la seule chose dont je n'étais pas responsable.

J'étais là, dans l'entrée, pendant que tous ces employés glauques circulaient autour de moi. J'ai cligné les yeux, regardé mes chaussures et, pour la première fois depuis de longs jours, une pensée intelligente m'a traversé l'esprit. J'ai compris que je n'étais pas sortie dans le vaste monde ce jour-là pour donner une leçon aux filles de la rédaction. Les rédacteurs en chef ne se remettent pas au reportage simplement pour économiser quelques livres sur leur budget de piges. Si j'étais là, je m'en suis rendu compte, c'était uniquement pour donner une leçon à Andrew.

Et à 10 heures tapantes, quand Lawrence Osborne est descendu et s'est présenté – grand, souriant, pas d'une beauté renversante –, j'ai compris que la leçon que je voulais donner à Andrew ne serait pas obligatoirement de nature journalistique.

Lawrence a baissé les yeux vers son écritoire à

pince. « Tiens, c'est bizarre, a-t-il dit. On m'avait noté cet entretien comme "non hostile". »

Je me suis aperçue que je le regardais férocement. « Oh, pardon ! excusez-moi. La journée a mal commencé.

— À qui le dites-vous ? Essayez d'être sympa, c'est tout ce que je vous demande. Je ne sais pas ce que vous avez contre nous, vous autres journalistes, en ce moment. »

J'ai souri. « Je serai sympa, c'est promis. Je trouve que vous faites un boulot fantastique.

— Ah oui ? Vous n'avez pas dû voir les mêmes statistiques que nous. »

J'ai ri et Lawrence a levé les sourcils.

« Vous croyez que je blague ? »

Sa voix était plate et quelconque. Son élocution n'avait rien de collet monté. Il y avait une certaine rudesse dans ses voyelles, une impression de sauvagerie tenue en bride, comme s'il faisait un effort. J'avais du mal à le situer. Il m'a fait visiter le bâtiment. Nous avons jeté un coup d'œil au service de recouvrement et au bureau des statistiques de la délinquance. L'ambiance était professionnelle, mais détendue. S'efforcer d'éviter un petit délit par-ci, prendre un petit café par-là – ce ton, en gros. Nous avons longé des galeries artificielles au sol couvert de matériaux naturels et baignées de lumière du jour.

« Alors, Lawrence, ai-je demandé, selon vous, qu'est-ce qui ne va pas en Angleterre ? »

Lawrence s'est arrêté et s'est retourné. Un léger rayon jaune, filtré par une vitre teintée, jouait sur son visage.

« Vous ne vous adressez pas à la bonne personne. Si je pouvais vous répondre, je réglerais le problème tout de suite.

— C'est bien ce que vous êtes censés faire au ministère de l'Intérieur, non ? Régler les problèmes ?

— En fait, je ne travaille dans aucun service du ministère. On a bien essayé de me caser ici ou là un moment, mais de mon côté, le cœur n'y était pas. Alors maintenant, je suis au bureau de presse.

— Mais vous devez bien avoir un avis ? »

Lawrence a soupiré. « Tout le monde a un avis, bien sûr. C'est peut-être ça qui ne va pas, dans ce pays. Qu'est-ce que j'ai dit ? Pourquoi est-ce que vous souriez ?

— Vous devriez expliquer ça à mon mari.

— Ah bon ? Il a un avis, c'est ça ?

— Sur un tas de sujets.

— Eh bien, peut-être qu'il devrait travailler ici. Ils adorent les débats politiques, je vous assure. Votre premier entretien, par exemple... » Lawrence a regardé son écritoire, cherchant un nom.

« Pardon ? ai-je dit. J'avais cru comprendre que c'était *vous* que je devais interviewer. »

Lawrence a levé les yeux. « Moi ? Pas du tout. Je ne suis que l'animateur. Je suis navré. J'aurais dû vous prévenir.

— Oh.

— N'ayez pas l'air déçue comme ça, voyons. Je vous ai organisé une journée super, vous verrez. Trois chefs de service à la queue leu leu, et un sous-secrétaire permanent, un vrai, en chair et en os. Vous devriez en tirer largement de quoi faire votre article.

— Mais ça me plaisait bien de discuter avec vous.

— Vous vous en remettrez.

— Vous croyez ? »

Lawrence a souri. Il avait des cheveux noirs bouclés, très brillants, coupés étonnamment court sur la nuque et les côtés. Son costume aussi – une bonne marque, Kenzo, je crois – lui allait bien, mais il avait une curieuse façon de le porter. Les bras légèrement écartés du corps – comme si c'était la fourrure d'un animal très doux, récemment abattu et imparfaitement écorché, et que sa rudesse sanglante lui donnait la chair de poule.

« On n'aime pas trop que je parle aux visiteurs, m'a expliqué Lawrence. Je crois que je ne maîtrise pas à la perfection la voix du ministère de l'Intérieur. »

Je n'ai pas pu m'empêcher de rire. Nous avons suivi le couloir. L'atmosphère a changé quelque part entre le bureau des statistiques de la délinquance et le service de la police scientifique. Des gens nous dépassaient en courant. Une foule était massée autour d'un écran de télévision. J'ai remarqué le geste protecteur de Lawrence, sa main posée au creux de mes reins pour me piloter à travers la cohue soudaine. Rien de déplacé. Mais je me suis rendu compte que je ralentissais pour mieux sentir la pression de sa main dans mon dos.

UNE INFORMATION INATTENDUE, disait l'écran de télé. DÉMISSION DU MINISTRE DE L'INTÉRIEUR. On diffusait une séquence montrant un homme à l'air hagard, grimpant avec son chien d'aveugle sur la banquette arrière d'un instrument de torture qui, pour le moment, ressemblait encore à une voiture ministérielle.

Lawrence a penché la tête vers ceux qui, ravis, avaient les yeux rivés sur l'écran. Il a chuchoté à mon oreille :

« Regardez ces salauds. On cloue ce type au pilori et, eux, ils frétillent déjà en pensant aux conséquences que ça aura pour leurs carrières.

— Et vous ? Ça vous est égal ? »

Lawrence a souri de toutes ses dents. « Oh, pour moi, c'est plutôt une mauvaise nouvelle, a-t-il murmuré. Avec mes brillants antécédents, j'étais en tête de liste pour remplacer son chien. »

Lawrence m'a emmenée dans son bureau. Il m'a dit qu'il devait vérifier ses messages électroniques. J'étais tendue, je ne sais pas pourquoi. Il n'y avait rien de personnel aux murs – juste une photo du pont de Waterloo montée en passe-partout, et une carte plastifiée précisant les points de rassemblement en cas d'incendie. Je me suis surprise à vérifier mon reflet dans la vitre puis à me dire : Ne fais pas l'idiote. J'ai obligé mes yeux à se concentrer sur autre chose et à se poser sur le mur gris et plat de l'immeuble de bureaux voisin. J'ai attendu que Lawrence ait fini de consulter ses courriels.

Il a levé les yeux. « Catastrophe, a-t-il dit. Nous allons être obligés de modifier votre programme d'interviews. Ça va être la pagaille ici pendant quelques jours. »

Le téléphone a sonné et Lawrence a écouté un moment. Il a demandé : « Quoi ? Est-ce qu'il ne vaudrait pas mieux confier ça à quelqu'un de plus haut placé ? Vraiment ? Super. J'ai combien de temps ? » Il a posé le téléphone sur la table, puis sa tête sur le bureau. Dans le couloir, on entendait des rires, des cris, des claquements de portes.

« Quels salauds ! a dit Lawrence.

— Qu'est-ce qui se passe ?

— Ce coup de fil. De vous à moi ?

— Bien sûr.

— Il faut que j'écrive une lettre au ministre sortant, pour lui exprimer les profonds regrets que son départ inspire à notre service.

— Ils n'ont pourtant pas l'air de le regretter beaucoup.

— Sans votre sensibilité et votre sens du détail tout journalistique, je ne l'aurais sûrement pas remarqué, vous savez. »

Lawrence s'est frotté les yeux et s'est retourné vers son écran d'ordinateur. Il a posé ses doigts sur le clavier, puis il a hésité.

« Et merde ! a-t-il fait. Qu'est-ce qu'il faut que j'écrive ?

— Je n'en sais rien, moi. Vous le connaissiez ? »

Lawrence a secoué la tête. « Il m'est arrivé de me trouver dans la même pièce que lui, mais ça s'arrête là. C'était un con, franchement, mais on n'avait pas le droit de le dire parce qu'il était aveugle. C'est sûrement pour ça qu'il est arrivé à un poste aussi élevé. Il était toujours un peu voûté, la main sur le harnais de son chien. Il se penchait, comme ça, et sa main tremblait vaguement. Je suis sûr que c'était du cinéma. Il ne tremblait pas quand il lisait du braille.

— J'ai l'impression que vous ne le regretterez pas beaucoup, vous non plus. »

Lawrence a haussé les épaules. « Je l'admirais assez, en réalité. Il était faible et il en a fait une force. Un modèle pour les losers comme moi.

— Arrêtez, ai-je dit. Ça vous plaît tant que ça de passer votre temps à vous dénigrer ?

— Et alors ?

— Alors ? Ça ne marche pas. Des études l'ont prouvé. Les femmes font seulement semblant d'aimer ça dans les sondages.

— Peut-être que je fais seulement semblant de me déprécier. Peut-être qu'en réalité je suis un *winner*. Peut-être que devenir le sous-fifre du bureau de presse du ministère de l'Intérieur était mon ascension personnelle de l'Éverest. »

Il a dit tout ça le visage parfaitement impassible. Il avait les yeux rivés sur les miens. Je ne savais pas où regarder.

« Revenons à mon article, ai-je dit.

— Vous avez raison. Parce que, autrement, ça risque de déraper, vous ne croyez pas ? »

J'ai senti l'adrénaline me tenailler la poitrine. De toute évidence, une ligne venait d'être franchie, très subtilement. Ce qui se passait était avoué, maintenant, tout en restant soumis à un contrôle relatif qui nous permettait encore de reculer, l'un comme l'autre. C'était là, à notre disposition, tendu entre nous, au bout d'un cordon ombilical : une aventure entre adultes, minuscule mais parfaitement formée, avec tous ses rendez-vous clandestins, ses paroxysmes étouffés et ses trahisons dévastatrices déjà présents, comme des bourgeons de doigts et d'orteils.

Je me rappelle avoir observé les dalles de

moquette dans le bureau de Lawrence. Je les vois encore aujourd'hui, avec une netteté hyperréaliste, leur moindre petite fibre grise en acrylique, brillante sous la lumière des néons, rêche, luisante et frisée, lascive, obscène, toison pubienne grisonnante d'une administration vieillissante. Je les ai observées comme si c'étaient les premières dalles de moquette que je voyais. Je ne voulais pas croiser le regard de Lawrence.

« S'il vous plaît, ai-je dit. Arrêtez. »

Lawrence a cligné les yeux et a incliné la tête, innocemment. « Arrêter quoi ? »

Et, d'un coup, ça a disparu.

J'ai recommencé à respirer. Un néon grésillait au-dessus de nous.

« Pourquoi est-ce que le ministre a dû démissionner ? » ai-je demandé.

Lawrence a levé un sourcil. « Ne me dites pas que vous ne le savez pas. Je croyais que vous étiez journaliste.

— Oui, mais pas une journaliste sérieuse. Pour *Nixie*, les actualités sont à peu près aussi importantes que la nouvelle collection de chaussures pour *The Economist*. On se contente du minimum vital.

— On lui a reproché d'avoir accéléré les démarches d'obtention d'un visa au profit de la nounou des enfants de sa maîtresse.

— Vous y croyez ?

— En fait, je m'en fiche. Tout de même, je n'aurais jamais pensé qu'il était con à ce point. Mais écoutez-les ! »

Les rires et les cris redoublaient de l'autre côté

de la porte du bureau de Lawrence. J'ai entendu un bruit de papier roulé en boule. Des pieds qui traînaient sur la moquette. Une balle de papier qui tombait dans une corbeille avec un bruit métallique.

« Ils jouent au foot de couloir, a dit Lawrence. Ils fêtent ça.

— Vous croyez qu'il s'est fait piéger ? »

Il a soupiré. « Je ne le saurai jamais, Sarah. Je n'ai pas fréquenté les bonnes écoles. Tout ce que je dois faire, c'est écrire une lettre d'adieu à ce type. Qu'est-ce que vous mettriez ?

— C'est un peu difficile si vous ne le connaissiez pas bien. Vous allez probablement devoir vous en tenir à des généralités. »

Lawrence a gémi. « C'est là que je suis le plus nul. J'ai besoin de savoir de quoi je parle. Je ne peux quand même pas écrire n'importe quoi. »

J'ai parcouru son bureau du regard.

« Je me trouve exactement dans la même situation que vous, ai-je dit. Et, que ça vous plaise ou non, j'ai bien l'impression qu'il va falloir que je me rabatte sur vous, pour mon interview.

— Et alors ?

— Vous ne me facilitez pas les choses.

— Comment ça ?

— Eh bien, on ne peut pas dire que vous ayez marqué ce bureau de votre empreinte, si ? Pas de trophées de golf, pas de photos de famille, rien qui me livre le moindre indice sur votre personnalité. »

Lawrence a levé les yeux vers moi. « Dans ce cas, vous allez probablement devoir vous contenter de généralités. »

J'ai souri. « Super. »

De nouveau, le choc douloureux de l'adrénaline.

« Vous n'êtes pas très bien intégré ici, on dirait.

— Écoutez, très franchement, je ne suis pas sûr de bosser encore ici demain si je ne trouve pas quelque chose de suffisamment bateau à écrire au vieux patron dans les vingt minutes qui viennent.

— Eh bien, allez-y, écrivez.

— Le problème, c'est que je sèche. »

J'ai soupiré. « Dommage. Vous aviez l'air trop sympa pour être un loser à ce point. »

Lawrence a souri de toutes ses dents. « Et vous, vous aviez l'air juste assez jolie pour vous tromper aussi lourdement. »

Je me suis aperçu que je lui rendais son sourire. « Une vraie blonde, c'est ça ?

— Hmm. Il me semble qu'on voit vos racines.

— En fait, je crois que vous n'êtes pas un loser, si vous voulez tout savoir. Je crois que vous êtes malheureux, c'est tout.

— Ah oui, vraiment ? C'est votre œil de lynx en quête de signaux émotionnels qui vous dit ça ?

— Exactement. »

Lawrence a cillé et regardé son clavier. Je l'ai vu rougir.

« Pardon, ai-je murmuré. Je n'aurais pas dû dire ça. Je me suis laissée aller. Après tout, je ne vous connais pas. Je suis sincèrement désolée. Je ne voulais pas vous blesser.

— Peut-être que je joue seulement les mecs vulnérables. »

Lawrence a rentré les coudes – en fait, il s'est complètement recroquevillé, comme s'il se rétractait à l'intérieur de son corps, sur le tissu bleu roi de sa chaise pivotante. Il a marqué une pause, puis il a tapé une ligne sur son ordinateur. Le clavier était bon marché, de ceux dont les touches ont une longue course et couinent quand on appuie dessus. Il est resté assis là, immobile, si longtemps que j'ai fini par passer derrière son bureau et que j'ai regardé par-dessus son épaule pour voir ce qu'il avait écrit.

Vous n'avez pas ménagé votre peine et il reste à voir –

Cette phrase inachevée s'affichait, sans résolution ni avertissement, sur l'écran de son ordinateur. Le curseur clignotait au bout de la ligne. Dans la rue, des sirènes de police hurlaient tantôt à l'unisson, tantôt décalées. Il s'est tourné vers moi. Les ressorts de sa chaise ont grincé.

« Bon, dites-moi quelque chose, a-t-il lancé.

— Oui ?

— C'est votre mari qui vous rend malheureuse ?

— Comment ? Vous ne savez rien de mon mari.

— C'est une des premières choses que vous m'ayez dites. À propos de votre mari et de ses opinions. Pourquoi m'avez-vous parlé de lui ?

— Le sujet s'est présenté, c'est tout.

— Votre mari ? C'est vous qui l'avez mentionné. »

Je me suis interrompue, bouche ouverte, essayant de me rappeler pourquoi il avait tort. Lawrence a souri, avec amertume mais sans méchanceté.

« Je pense que c'est parce que vous n'êtes pas très heureuse non plus. »

Rapidement, je me suis écartée de son bureau – à mon tour de rougir – pour me rapprocher de la fenêtre. J'ai fait rouler mon front sur la vitre fraîche et j'ai regardé la vie ordinaire, dans la rue. Lawrence s'est levé et s'est approché de moi.

« Bon, a-t-il dit. Cette fois, c'est à moi de m'excuser. Vous allez sans doute me conseiller de laisser l'observation rapprochée aux journalistes comme vous. »

J'ai souri malgré moi. « C'était quoi, cette ligne que vous étiez en train d'écrire ?

— *Vous n'avez pas ménagé votre peine et il reste à voir*... Je ne sais pas, j'allais mettre : *reste à voir les fruits remarquables que produira votre travail* ou *reste à voir quels seront les succès de votre dur labeur.* Une fin ouverte, en quelque sorte.

— Vous auriez aussi pu la laisser comme ça.

— Ce n'est pas fini.

— Peut-être, mais ce n'est pas mal. En tout cas, on en est exactement là, non ? »

Le curseur a clignoté, mes lèvres se sont écartées et nous nous sommes embrassés, embrassés, embrassés. Je me suis cramponnée à lui, j'ai chuchoté à son oreille. Plus tard, j'ai ramassé ma culotte sur les dalles de moquette grise et je l'ai enfilée sous ma jupe. J'ai défroissé mon chemisier, et Lawrence s'est rassis à son bureau.

Par la fenêtre, j'ai regardé un monde différent de celui que j'avais laissé.

« C'est la première fois que je fais ça, ai-je dit.

— C'est vrai, a acquiescé Lawrence. Je m'en serais souvenu. »

Pendant une bonne minute, il a gardé les yeux fixés sur l'écran qui affichait toujours la ligne inachevée et puis, la bouche encore maculée de rouge à lèvres, il a appuyé sur la touche point. *Vous n'avez pas ménagé votre peine et il reste à voir.* Vingt minutes plus tard, la lettre était transcrite en braille et mise au courrier. Les collègues de Lawrence n'avaient même pas pris la peine de la relire.

Andrew a téléphoné. Mon portable a sonné dans le bureau de Lawrence et je n'oublierai jamais la première chose qu'Andrew m'a dite : « Putain, c'est fantastique, Sarah ! Cette histoire-là, ça va faire un tabac pendant des semaines. Ils m'ont commandé une longue chronique sur la chute du ministre de l'Intérieur. Un filon en or, Sarah. Ils m'ont filé une équipe d'enquêteurs. Le problème, c'est que je vais être au journal tout le temps, dans les jours qui viennent. Tu pourras t'occuper de Charlie ? »

J'ai éteint le téléphone, tout doucement. C'était plus simple que d'annoncer à Andrew que notre vie avait changé. C'était plus facile que de lui expliquer : notre mariage vient d'être mortellement blessé, tout à fait par hasard, par une bande de brutes qui s'en prenaient à un aveugle.

J'ai reposé le téléphone et j'ai regardé Lawrence : « J'aimerais qu'on se revoie, sincèrement », ai-je dit.

On s'est engagés dans une liaison d'heures de bureau. Une liaison de longs déjeuners en jupe courte. Une liaison d'après-midi furtives dans de beaux hôtels. Avec même une soirée occasionnelle. Andrew passait ses nuits au journal, et tant que j'arrivais à trouver une baby-sitter, on pouvait faire ce qu'on voulait, Lawrence et moi. De temps en temps, au cours d'une pause déjeuner qui s'étirait presque jusqu'à l'heure du thé, un verre de vin blanc à la main et Lawrence nu à côté de moi, je pensais à tous les journalistes qui ne bénéficiaient pas de visites guidées, à tous les petits déjeuners « rencontre avec les médias » qui n'étaient pas organisés, à tous les communiqués de presse qui attendaient sur l'ordinateur de Lawrence, le curseur clignotant au bout de la dernière phrase inachevée. *Cette nouvelle cible représente encore un progrès significatif dans le programme gouvernemental en cours de –*

Servir des repas pendant un accident d'avion. C'était une bonne définition de notre liaison. Nous nous étions évadés de nos propres tragédies, Lawrence et moi, pour nous retrouver dans une autre, et six mois durant, le ralentissement de la Grande-Bretagne s'est aggravé infinitésimalement au cours des heures normales de bureau. J'aimerais pouvoir dire que ça s'arrêtait là. Rien de sérieux. Rien de sentimental. Une simple pause miséricordieuse. Un petit clignotement de curseur avant que chacun regagne son histoire d'avant.

Mais non. C'était formidable. Je me suis donnée à Lawrence bien plus entièrement que cela ne m'était jamais arrivé avec Andrew. Ça s'est fait tout seul, sans le moindre effort de ma part. Je pleurais quand nous faisions l'amour. C'était comme ça, ce n'était pas du cinéma. Je le serrais contre moi jusqu'à en avoir mal aux bras, jusqu'à souffrir le martyre à force de tendresse. Je ne le lui ai jamais avoué. Je ne lui ai jamais avoué non plus que je faisais défiler son BlackBerry, que je lisais ses mails, que je lisais ses pensées quand il dormait. Quand cette liaison a commencé, je pensais que ça aurait pu arriver avec n'importe qui. C'était la liaison en soi qui était inévitable, pas cet homme-là. Mais peu à peu, je me suis mise à adorer Lawrence. Avoir une liaison, j'en ai pris conscience, constituait une transgression relativement mineure. Mais pour échapper vraiment à Andrew, pour devenir vraiment moi-même, il fallait que j'aille jusqu'au bout et que je tombe amoureuse. Je le répète, je n'ai eu à faire aucun effort pour tomber amoureuse de Lawrence. Il a simplement fallu que je me laisse basculer. Il n'y a aucun risque, me suis-je dit, la psyché est faite pour absorber le choc de ces chutes.

Je pleurais toujours quand nous faisions l'amour, mais maintenant, je pleurais aussi quand nous ne pouvions pas le faire.

La nécessité de cacher cette liaison est devenue un souci. Je me contentais évidemment de dissimuler mes rendez-vous à Andrew, je faisais attention de ne jamais parler d'Andrew ni de son travail quand j'étais avec Lawrence, pour éviter une trop grande curiosité de sa part. J'ai dressé une sacrée palissade autour de cette relation. Dans ma tête, j'en ai fait un autre pays, et je patrouillais inlassablement le long de ses frontières.

Le plus difficile à masquer était ma propre transformation, indiscutable. Je me sentais *tellement bien.* Je ne m'étais jamais sentie aussi peu raisonnable, aussi peu sérieuse, aussi peu fille du Surrey. Je rayonnais de toute ma peau. C'était tellement flagrant que je la couvrais de fond de teint, mais ça ne servait à rien : je resplendissais de joie de vivre, un point c'est tout. J'ai recommencé à sortir, à aller à des soirées, ce que je n'avais plus fait depuis que j'avais une vingtaine d'années. Lawrence m'invitait à toutes les manifestations du ministère. Le nouveau ministre de l'Intérieur adorait rencontrer les médias, pour leur déclarer en grignotant des canapés qu'il allait se montrer impitoyable. Il y avait des réceptions à n'en plus finir, avec toujours des *after*. Je rencontrais un milieu nouveau. Des comédiens, des peintres, des industriels. Ça me procurait une sensation que j'avais cessé d'éprouver avant même de rencontrer Andrew – je me sentais séduisante, je me savais irrésistible, je me grisais de champagne, je contemplais des visages radieux et souriants autour de moi et je riais tout bas en me disant qu'il pouvait arriver n'importe quoi n'importe quand.

Je n'aurais pas dû être très étonnée le jour où ça s'est effectivement produit. J'aurais dû me douter qu'au cours d'une de ces réceptions, je finirais par me retrouver nez à nez avec mon mari, fripé, les yeux rouges, sortant tout droit du journal. Andrew détestait les soirées – je suppose qu'il n'était venu que pour le boulot. Lawrence est allé jusqu'à faire les présentations. Une salle bondée. De la musique – numéro un au hit-parade britannique – un groupe qui avait fait fureur sur Internet. Lawrence, rayonnant, le teint un peu empourpré par le champagne, la main audacieusement posée au creux de mes reins.

« Oh, bonsoir, bonsoir ! Andrew O'Rourke, je vous présente Sarah Summers. Sarah est rédactrice en chef de *Nixie*. Andrew est chroniqueur au *Times*, un excellent journaliste, des opinions très affirmées. Vous devriez bien vous entendre, j'en suis sûr.

— Le curé aussi, a dit Andrew.

— Pardon ?

— Il était sûr que nous nous entendrions bien. Le jour où il nous a mariés. »

Andrew, aimable, presque souriant. Lawrence – ce pauvre Lawrence – retirant précipitamment sa main de mon dos. Andrew prenant note. Andrew ne souriant plus du tout.

« Je ne savais pas que tu serais là, Sarah.

— Évidemment. Oui... Je... Oh... Ça s'est décidé au dernier moment. La revue... tu sais. »

La trahison de mon corps, la rougeur qui m'a envahie des chevilles au sommet du crâne. Mon enfance, mon Surrey intérieur, réveillé et vengeur, redessinant ses frontières pour annexer ma nouvelle vie. J'ai baissé les yeux vers mes chaussures. J'ai relevé la tête. Andrew était toujours là, très calme, très silencieux – sans opinion, pour une fois.

Cette nuit-là, nous sommes restés sur la dalle de béton vide, au fond du jardin, là où Andrew avait l'intention de construire sa serre, et nous avons parlé de *sauver notre couple.* L'expression à elle seule est déjà atroce. Tout ce qu'Andrew disait ressemblait à sa chronique du *Times* et tout ce que je disais aurait pu sortir du courrier du cœur de ma revue.

« À quel moment avons-nous oublié que quand on se marie, on s'engage pour la vie ?

— J'étais tellement insatisfaite, j'étouffais, essaie de comprendre.

— Le bonheur, ça ne se trouve pas sur un rayonnage de supermarché, tu sais, ça se construit.

— Tu m'as toujours écrasée. Je ne me suis jamais sentie aimée, jamais soutenue.

— La confiance entre adultes s'édifie au cours

d'un long processus, c'est une chose fragile, qu'il n'est pas facile de reconstruire. »

Ça avait moins l'air d'une discussion que d'une effroyable confusion entre deux sorties d'imprimante. Ça ne s'est arrêté qu'au moment où je lui ai balancé un pot de fleurs à la figure. Il a ricoché contre son épaule et s'est écrasé sur le sol de béton. Andrew a sursauté et il est parti. Il est monté dans sa voiture, il a démarré et n'est revenu que six jours plus tard. Je n'ai su que bien après qu'il avait pris l'avion pour l'Irlande et était allé se bourrer la gueule avec son frère.

Cette semaine-là, Charlie devait aller à la garderie pour la première fois, et Andrew n'était pas là. Toute seule à la cuisine, le soir, j'ai fait un gâteau pour marquer le coup avec Charlie. Je n'avais pas l'habitude d'être seule à la maison. Charlie dormait, tout était calme. J'entendais les merles chanter dans le jour qui déclinait. L'absence des ronchonnements et des commentaires politiques d'Andrew en fond sonore était bien agréable. C'est comme le bourdon des cornemuses, on ne se rend compte qu'elles jouaient que lorsque elles se taisent et, en cet instant, le silence prend corps comme quelque chose de vraiment tangible : un supersilence.

Je me rappelle avoir éparpillé des Smarties jaunes sur le glaçage humide tout en écoutant *Le Livre de la semaine* sur Radio 4 et, tout à coup, je n'ai plus su où j'en étais et j'ai fondu en larmes. J'ai regardé mon gâteau : trois couches de bananes, avec des copeaux de banane séchée et un glaçage à la banane. C'était deux ans avant l'été Batman de Charlie. À deux ans, ce que Charlie aimait le plus au monde, c'étaient les bananes. Je me rappelle avoir contemplé mon gâteau et avoir pensé : J'adore être la mère de Charlie. Quoi qu'il advienne maintenant, c'est au moins une chose dont je peux être fière.

J'avais les yeux rivés sur le gâteau posé sur sa grille, sur le plan de travail. Le téléphone a sonné.

C'était Lawrence : « Je peux passer ?

— Quoi, maintenant ? *Chez moi ?*

— Tu m'as bien dit qu'Andrew était parti, non ? »

J'ai frissonné. « Oh, bon sang ! C'est que... tu ne sais même pas où j'habite.

— Tu n'as qu'à me le dire.

— À Kingston.

— Je suis là dans quarante minutes.

— Non, Lawrence... non.

— Mais pourquoi ? Personne n'en saura rien, Sarah.

— Je sais bien, mais... attends une minute, il faut que je réfléchisse. »

Il a attendu. À la radio, le présentateur promettait monts et merveilles pour la suite de la soirée. On se faisait manifestement beaucoup d'idées fausses sur le crédit fiscal et l'émission suivante allait en réfuter un certain nombre. J'ai enfoncé mes ongles dans la paume de ma main libre et j'ai lutté de toutes mes forces contre la petite voix qui me susurrait qu'une soirée au lit avec Lawrence et une bouteille de pouilly-fuissé était un programme plus excitant peut-être que celui de Radio 4.

« Non, je suis désolée. Je ne peux pas te laisser venir.

— Mais pourquoi ?

— Parce que ma maison, c'est *moi*, Lawrence. Ta maison, c'est ta famille, et ma maison, c'est ma famille. Le jour où tu viendras chez moi, ça voudra dire que nos vies sont plus enchevêtrées que je ne suis prête à l'accepter. »

J'ai reposé le téléphone. Je suis restée debout quelques minutes, à le regarder. C'était pour protéger Charlie que je voulais maintenir cette distance entre Lawrence et moi. C'était ce qu'il fallait faire. Tout était déjà assez compliqué. Je n'aurais jamais pu l'expliquer à ma mère, je crois : qu'il y a des circonstances où on peut laisser un homme pénétrer dans son corps, mais pas dans sa maison. J'étais encore tout endolorie d'avoir entendu la voix de Lawrence, et j'ai senti la frustration monter en moi jusqu'au moment où j'ai repris le téléphone et où je m'en suis servi comme d'une massue pour fracasser mon gâteau au glaçage impeccable. Une fois le gâteau à peu près en miettes, j'ai inspiré profondément, j'ai rallumé le four et j'en ai fait un autre.

Le lendemain – c'était le premier jour que Charlie passait à la garderie –, mon train a été annulé et je suis arrivée en retard pour le chercher. Il pleurait. Il était le dernier enfant à être encore là et il hurlait, assis sur le sol encaustiqué, tambourinant les jambes de l'animatrice de ses petits poings. Quand je me suis approchée de lui, il s'est tourné pour ne pas me voir. Je l'ai ramené à la maison en poussette, je l'ai assis à table, j'ai baissé la lumière et apporté le gâteau à la banane avec vingt bougies allumées. Charlie a oublié qu'il boudait et il a souri. Je l'ai embrassé et je l'ai aidé à souffler les bougies.

« Fais un vœu », ai-je dit.

Le visage de Charlie s'est assombri de nouveau. « Veux papa.

— C'est vrai, Charlie ? Tu es sûr ? »

Charlie a hoché la tête. Sa lèvre inférieure tremblait, et moi, j'avais le cœur qui tremblait avec elle. Après le gâteau, il est descendu de sa chaise haute et s'est éloigné en trottinant pour aller jouer aux petites autos. Une démarche bizarre, ce trottinement. Une sorte de vacillement, plutôt – mon fils, à deux ans –, chaque pas tenant de l'improvisation précipitée, évitant la chute autant par chance que par discernement. Une sorte de vie sur petites pattes.

Plus tard, une fois Charlie bordé dans son lit, j'ai téléphoné à mon mari.

« Charlie veut que tu rentres, Andrew. »

Silence.

« Andrew ?

— Charlie, ah oui ?

— Oui.

— Et toi ? Tu veux que je rentre, toi ?

— Je veux ce que Charlie veut. »

Le rire d'Andrew au téléphone – amer, railleur. « On peut dire que tu as le chic pour faire sentir à un homme qu'il compte vraiment pour toi.

— Je t'en prie. Je sais que je t'ai fait du mal. Mais ça va changer maintenant.

— Ça, c'est sûr ! Tu ne crois pas si bien dire.

— Je ne peux pas élever notre fils toute seule, Andrew.

— Eh bien, moi, je ne peux pas élever mon fils avec une femme qui n'est qu'une salope. »

Je me suis cramponnée au téléphone, sentant une vague de terreur monter en moi. Andrew n'avait même pas haussé le ton. *Une femme qui n'est qu'une salope.* Froid, technique, comme s'il avait envisagé *adultère, coureuse* et *nombriliste* avant de choisir avec précision le substantif le plus pertinent. J'ai essayé de maîtriser ma voix, mais je l'ai entendue trembler.

« Andrew, je t'en prie. Il s'agit de nous, de toi, de moi et de Charlie. Je tiens tellement à vous, tu ne peux pas savoir. Ce qui s'est passé avec Lawrence... Je te demande pardon.

— Pourquoi est-ce que tu as fait ça ?

— Ça n'a jamais compté, tu sais. C'était juste sexuel, rien de plus. » Le mensonge est sorti de ma bouche avec une telle facilité que j'ai compris pourquoi il était si populaire.

« *Juste* sexuel ? C'est comme ça qu'on dit les choses aujourd'hui ? Le sexe est devenu un mot qu'on peut faire précéder de *juste.* Il y a autre chose que tu as envie de minimiser, là, maintenant, Sarah ? Juste une infidélité ? Juste une trahison ? Juste briser mon putain de cœur ?

— Arrête, arrête, je t'en prie. Qu'est-ce que tu veux que je fasse ? Qu'est-ce que je peux faire pour arranger les choses ? »

Andrew a dit qu'il ne savait pas. Andrew a pleuré au téléphone. Deux choses qu'il n'avait jamais faites. Ne pas savoir. Pleurer. En entendant Andrew sangloter au bout de la ligne de téléphone crachotante, je me suis mise à pleurer aussi. Quand on a fini par se calmer, Andrew et moi, il y a eu un silence. Et ce silence possédait une qualité nouvelle : la conscience qu'il restait, après tout, quelque chose à pleurer. Cette intuition planait sur la ligne téléphonique. Timide, comme une vie qui attendait d'être écrite.

« Je t'en prie, Andrew. On a peut-être besoin d'un changement de décor. D'un nouveau départ. »

Une pause. Il s'est raclé la gorge. « Oui. Peut-être.

— Il faut prendre un peu de recul. S'éloigner de Londres, du boulot, et même de Charlie – on peut le laisser quelques jours à mes parents. Il nous faut des vacances. »

Andrew a gémi. « Oh, putain, des vacances ?

— Oui, Andrew, s'il te plaît.

— Putain. Bon, d'accord. Où ça ? »

Je l'ai rappelé le lendemain.

« Je viens de recevoir un voyage à l'œil, Andrew : Ibeno Beach au Nigeria, pour deux personnes, sans limite de durée. On pourrait partir vendredi.

— Ce vendredi ?

— Oui. Tu n'as qu'à envoyer ta chronique avant notre départ et tu seras de retour à temps pour la suivante.

— En *Afrique*, tu crois vraiment ?

— C'est une plage, Andrew. Il pleut tout le temps, ici. Là-bas, c'est la saison sèche. Allez, quoi, ça nous fera du bien de voir un peu de soleil.

— Au Nigeria, tu crois que c'est une bonne idée ? Pourquoi pas Ibiza, ou les Canaries ?

— Oh, Andrew, ne sois pas chiant ! Ce sont des vacances à la plage, c'est tout. Qu'est-ce que tu veux qui se passe ? »

Des temps sérieux. Une fois qu'ils se sont pointés, ils pèsent sur vous comme un cumulus. Ça s'est passé comme ça avec Andrew et moi, à notre retour d'Afrique. Le choc, puis les récriminations, puis les deux années épouvantables pendant lesquelles Andrew s'est enfoncé dans la dépression, et ma liaison avec Lawrence qui continuait et à laquelle, de toute évidence, je n'arrivais pas à mettre définitivement fin.

Je pense que j'ai été déprimée, moi aussi, tout ce temps-là. On va de ci, de là, on essaie d'échapper au nuage, mais rien n'y fait et, un beau jour, on se rend compte qu'on trimballe le mauvais temps avec soi. C'est ce que j'expliquais à Petite Abeille l'après-midi où elle m'a accompagnée à la garderie pour chercher Batman. J'étais assise avec elle, on prenait le thé à la table de la cuisine.

« Tu sais, Abeille, je réfléchissais à ce que tu disais tout à l'heure, à propos de toi, si tu restais ici. À propos de nous, que nous pouvions nous aider. Je crois que tu as raison. Je pense qu'il faut qu'on avance un peu, toutes les deux. »

Petite Abeille a hoché la tête. Sous la table, Batman jouait avec une figurine de Batman. Le petit Batman avait tout l'air de livrer un combat désespéré contre un bol de céréales inachevé. J'ai commencé à expliquer à Petite Abeille comment j'allais l'aider.

« La première chose à faire, c'est de mettre la main sur les coordonnées de ton assistante sociale – *Charlie, on ne joue pas avec la nourriture* –, mettre la main sur les coordonnées de ton assistante sociale et essayer de savoir où sont tes papiers. Ensuite – *s'il te plaît, Charlie, arrête de mettre des céréales partout, je ne le répéterai pas* – nous pourrons contester la décision qui a été prise, voir s'il y a moyen de faire appel, etc. J'ai vérifié tout ça sur Internet et, si j'ai bien compris – *Charlie ! S'il te plaît ! S'il faut que je ramasse cette cuiller encore une fois, je confisque ton Batman* –, si j'ai bien compris, il faudrait qu'on t'obtienne un permis de séjour provisoire. Après, je me débrouillerai pour que tu te présentes à l'examen de citoyenneté britannique, ce qui n'est qu'une formalité, en fait – *Charlie ! Bon sang de bonsoir ! D'accord, c'est bon. Va-t'en. Maintenant ! Sors de la cuisine. Tu reviendras quand tu auras décidé d'être sage* –, une pure formalité, sur les rois, les reines, la guerre civile etc., je t'aiderai à réviser et puis – *oh, Charlie ! oh, bon sang ! je suis désolée, je ne voulais pas te faire pleurer, je suis désolée, Batman, mon tout petit. Viens ici.* »

Batman s'est dérobé. Sa lèvre a frémi, son visage s'est empourpré et il s'est mis à hurler, s'abandonnant complètement au chagrin comme seuls le font les bébés et les super-héros – avec cette conscience que le désespoir est insondable et intarissable, avec cette honnêteté sans faille. Petite Abeille a frotté la tête de Batman, et il a enfoui son visage masqué contre sa jambe. J'ai regardé sa petite cape noire trembler pendant qu'il sanglotait.

« Oh, merde, Abeille ! ai-je dit. Excuse-moi. Je suis vraiment nulle en ce moment. »

Petite Abeille a souri. « Ça ne fait rien, Sarah, ça ne fait rien. »

Le robinet de la cuisine gouttait. Pour faire quelque chose, je me suis levée et je l'ai resserré, mais il a continué à goutter. Je n'arrivais pas à comprendre pourquoi ce robinet me contrariait à ce point.

« Oh, Abeille ! ai-je dit. Il faut qu'on prenne les choses en main, toi et moi. On ne peut pas continuer à rester passives comme ça. »

Plus tard, quelqu'un a frappé à la porte. Je me suis ressaisie et j'ai traversé la maison. J'ai ouvert la porte à Lawrence, en costume, sac de voyage à l'épaule. J'ai vu son soulagement, son sourire involontaire en m'apercevant.

« Je n'étais pas sûr que ce soit la bonne adresse, a-t-il dit.

— Je n'en suis pas sûre non plus. »

Son sourire s'est évanoui. « Je pensais que ça te ferait plaisir.

— Je viens d'enterrer mon mari. On ne peut pas faire ça. Et ta femme ? »

Lawrence a haussé les épaules. « J'ai dit à Linda que j'étais en formation. À Birmingham. Trois jours. Un stage de direction.

— Et tu te figures qu'elle t'a cru ?

— Je m'étais dit que tu aurais peut-être besoin de soutien.

— Merci. J'en ai déjà. »

Par-dessus mon épaule, son regard s'est posé sur

Petite Abeille, qui s'était approchée, dans le couloir. « Alors, c'est elle ?

— Elle restera le temps qu'elle voudra, je te préviens. »

Lawrence a baissé la voix. « Elle est en règle ?

— Je m'en fous pas mal. Et toi ?

— Je te rappelle que je bosse au ministère de l'Intérieur, Sarah. Je peux perdre mon boulot si on apprend que je savais que tu hébergeais une immigrée clandestine et que je n'ai rien fait. En théorie, si j'éprouve le moindre doute sur la légalité de sa présence ici, je peux me faire virer simplement parce que j'ai franchi cette porte.

— Eh bien alors... hmm... tu n'as qu'à rester de l'autre côté. »

Lawrence a rougi, il a reculé d'un pas et s'est passé la main dans les cheveux.

« La situation n'est pas très confortable pour moi non plus, Sarah. Je n'aime pas ce que j'éprouve pour toi. Ça serait tellement plus simple si j'aimais ma femme, et ça serait tellement plus facile si je ne travaillais pas pour les forces des ténèbres. J'aimerais bien être aussi idéaliste que toi. Mais je ne suis pas comme ça, Sarah. Je ne peux pas faire semblant d'être quelqu'un. Je ne suis rien. Mon alibi lui-même ne tient pas la route. Trois jours à Birmingham – *Birmingham*, putain ! À un stage où je suis censé apprendre quelque chose où tout le monde s'accorde à admettre ma nullité intégrale. C'est plausible à en être tragique, tu ne trouves pas ? Je me suis dit ça au moment même où je l'inventais. Je n'ai pas honte de mon adultère, Sarah. J'ai honte de mon alibi à la con. »

J'ai souri. « J'ai vaguement l'impression de me rappeler pourquoi je t'aime tant. Personne ne t'a jamais accusé d'être imbu de toi-même, si ? »

Lawrence a gonflé les joues et a soufflé par la bouche, tristement. « Au vu des indices dont je dispose, pas vraiment. »

J'ai hésité. Il a tendu le bras et m'a pris la main. J'ai fermé les yeux et j'ai senti toutes mes belles résolutions refluer dans la douceur froide de sa main. J'ai reculé d'un pas à l'intérieur de la maison. En fait, j'ai presque titubé.

« Je peux entrer, alors ?

— Mais que ça ne devienne pas une habitude. »

Lawrence a souri, mais il a hésité sur le seuil. Il a regardé Petite Abeille. Elle s'est approchée et s'est arrêtée juste derrière mon épaule.

« Ne vous en faites pas à cause de moi, a-t-elle dit. Officiellement, vous ne pouvez même pas me voir. Vous êtes à Birmingham, et moi au Nigeria. »

Lawrence a esquissé un petit sourire. « Je me demande qui de nous deux se fera prendre le premier. »

Nous avons traversé l'entrée et avons rejoint le séjour. Batman faisait foncer son camion de pompiers rouge dans l'aile d'une berline sans défense. (Il semblerait que dans le monde de Charlie, les services de secours procèdent à l'embauche massive d'éléments incontrôlables.) Il a levé les yeux.

« Batman, voici Lawrence. Lawrence est l'ami de maman. »

Batman s'est redressé et s'est approché de Lawrence. Il l'a observé attentivement. Ses bat-sens l'avaient sans doute mis en alerte : « C'est toi le nouveau papa de moi ?

— *Non, non, non* », ai-je dit.

Charlie a eu l'air dérouté. Lawrence s'est accroupi pour mettre son visage au niveau de celui de Charlie. « Non, Batman. Je suis juste l'ami de ta maman. »

Batman a incliné la tête sur le côté. Les oreilles de sa cagoule de Batman se sont repliées. « Tu es un gentil ou un méchant ? » a-t-il demandé lentement.

Lawrence a souri de toutes ses dents et s'est relevé. « Franchement, Batman ? Je crois que je suis un des spectateurs innocents que tu vois en arrière-plan dans les bandes dessinées. Juste un type dans la foule.

— Mais tu es un gentil ou un méchant ?

— C'est un gentil, bien sûr, ai-je répondu. Voyons, Charlie. Tu crois vraiment que je laisserais entrer chez nous quelqu'un qui n'est pas gentil ? »

Batman a croisé les bras et a serré les lèvres en une ligne sévère. Personne n'a prononcé un seul mot. Dehors, on entendait les bruits du soir, des mères qui disaient à des enfants normaux de rentrer du jardin pour prendre le thé.

Plus tard, après avoir couché Charlie, j'ai préparé à dîner pendant que Lawrence et Petite Abeille étaient assis à la table de la cuisine. En fouillant au fond du placard pour chercher la réserve de poivre, j'ai trouvé un paquet presque vide d'*amaretti,* les petits gâteaux préférés d'Andrew. Je les ai reniflés, en cachette, j'ai approché le paquet de mon nez, en tournant le dos à Lawrence et à Petite Abeille.

Cette odeur écœurante et pénétrante d'abricot et d'amande – elle me rappelait les errances d'Andrew dans la maison au cours de ses nuits d'insomnie. Il revenait se coucher à l'aube et son haleine avait cette odeur. Vers la fin, mon mari ne tenait plus le coup qu'avec six *amaretti* et un comprimé de Cipralex par jour.

J'avais les biscuits d'Andrew à la main. J'aurais voulu les jeter, mais je me suis rendu compte que j'en étais incapable. Comme le chagrin est fourbe, me suis-je dit. Je suis trop sentimentale pour jeter des petits gâteaux qui apportaient un vague réconfort à Andrew au moment même où je fais à dîner à Lawrence. Soudain, j'y ai vu le comble de la traîtrise. Voilà exactement pourquoi on ne devrait pas laisser son amant entrer chez soi, me suis-je dit.

Une fois le dîner prêt – une omelette aux champignons, que j'avais laissée légèrement brûler en pensant à Andrew –, je me suis assise pour manger avec Lawrence et Petite Abeille. C'était atroce – ils ne s'adressaient pas la parole, et j'ai pris conscience qu'ils n'avaient pas échangé un mot pendant tout le temps où j'avais préparé le repas. Nous avons mangé en silence, avec pour seul bruit le cliquetis des couverts. Finalement, Petite Abeille a soupiré, elle s'est frotté les yeux et est montée se coucher dans le lit que je lui avais fait dans la chambre d'amis.

J'ai rangé bruyamment les assiettes dans le lave-vaisselle et balancé la poêle dans l'évier.

« Quoi ? a dit Lawrence. Qu'est-ce que j'ai fait ?

— Tu aurais quand même pu faire un effort.

— Oui, sans doute. C'est que je pensais être seul avec toi ce soir. La situation est un peu difficile, tu sais.

— C'est mon invitée, Lawrence. Tu pourrais au moins être aimable.

— Je crois que tu ne comprends pas très bien dans quoi tu t'embarques, Sarah. La présence de cette fille ne peut pas te faire de bien. C'est un rappel constant de ce qui est arrivé.

— J'ai passé deux ans à faire comme s'il n'était rien arrivé sur cette plage. À l'ignorer, à le laisser suppurer. Andrew en a fait autant, et ça a fini par le tuer. Je n'ai pas envie que ça nous tue, Charlie et moi. Je vais aider Petite Abeille, je vais régler cette affaire, et ensuite, je pourrai reprendre ma vie normalement.

— Bon. Et si tu n'arrives pas à régler tout ça ? Tu sais forcément comment cette histoire a toutes les chances de se terminer ? Par une expulsion.

— On n'en arrivera pas là, j'en suis sûre.

— Sarah, il y a au ministère un service entier dont le boulot est de faire en sorte que ça arrive. Officiellement, le Nigeria est un pays relativement sûr, et elle n'a pas de famille ici, elle le reconnaît elle-même. Merde à la fin ! Pourquoi veux-tu qu'on l'autorise à rester ?

— Je peux toujours essayer.

— Tu vas te faire broyer par l'administration et on l'expulsera quand même. Tu vas souffrir. Ça va te faire du mal. Et franchement, tu n'as pas besoin de ça en ce moment. Il te faut du positif. Tu as un fils que tu vas devoir élever toute seule maintenant.

Tu as besoin de gens qui te donnent de l'énergie, pas qui te la pompent.

— Et ces gens, c'est toi ? »

Lawrence m'a regardée et a fait passer son poids sur l'avant de ses pieds. « Je veux avoir de l'importance pour toi, Sarah. Ça m'a pris dès l'instant où tu es entrée dans ma vie avec ton carnet de reporter sur lequel tu n'as pas écrit un seul mot et ton dictaphone que tu n'as même pas allumé. Je ne t'ai pas fait faux bond, si ? En dépit de tout. En dépit de ma femme, en dépit de ton mari, en dépit de tous les autres. Merde. On est bien ensemble, on s'amuse bien tous les deux, Sarah. Ce n'est pas ce que tu veux ? »

J'ai soupiré. « M'amuser ? Franchement, je crois qu'on n'en est plus là.

— Je ne vais pas me tirer pour si peu, tu sais. Il faut qu'on fasse ce qui est le mieux pour toi. Je n'ai pas l'intention de tout plaquer parce que ça prend une tournure un peu sérieuse. Mais tu dois choisir. Comment veux-tu que je t'aide si tout tourne autour de cette fille ? »

J'ai senti le sang refluer de mon visage. J'ai parlé aussi bas et aussi calmement que possible. « Tu n'es quand même pas en train de me demander de choisir entre elle et toi.

— Bien sûr que non. Tout ce que je dis, c'est qu'il va falloir que tu choisisses entre ta vie et la sienne. À un moment, il va bien falloir que tu commences à penser à ton avenir, et à celui de Charlie. C'est bien joli de faire la charité, Sarah, mais il y a des limites. Forcément. »

J'ai frappé la table de ma main mutilée, les doigts

écartés. « Je me suis coupé un doigt pour cette fille. Tu peux me dire où est la limite de quelque chose qui a commencé comme ça ? Je me suis amputée de mon propre doigt, putain ! Tu t'imagines que je ne suis pas capable de m'amputer de toi, s'il le faut ? »

Silence. Lawrence s'est levé. Sa chaise a raclé le sol. « Pardon, a-t-il dit. Je n'aurais pas dû venir.

— En effet. Tu as sans doute raison. »

Assise à la table de la cuisine, j'ai entendu Lawrence prendre son manteau à la patère de l'entrée et ramasser son sac de voyage. Quand j'ai entendu la porte de la maison s'ouvrir, je me suis levée. Le temps que j'arrive sur le seuil, Lawrence était déjà à mi-chemin du sentier.

« Lawrence ? »

Il s'est retourné.

« Où est-ce que tu vas ? Tu ne peux pas rentrer chez toi.

— Oh ! Franchement, je n'y ai pas réfléchi.

— Je te rappelle que tu es censé être à Birmingham. »

Il a haussé les épaules. « Je vais aller à l'hôtel. Ça me fera du bien. Je vais lire un bouquin sur la direction d'un service. J'apprendrai peut-être quelque chose.

— Allez, Lawrence, arrête. Viens. »

Je lui ai tendu les bras. J'ai enfoncé mon visage dans son cou et je l'ai serré contre moi. Il est resté complètement immobile. J'ai inhalé son odeur, je me suis souvenue de toutes ces après-midi super qu'on avait passées à l'hôtel, à s'envoyer en l'air.

« Tu es vraiment un loser, ai-je dit.

— Je me sens tellement con, c'est tout. J'avais tout arrangé. J'avais posé un congé au boulot, inventé toute cette salade pour Linda, j'ai même acheté des jouets pour les gosses, parce que j'avais peur d'oublier de le faire en rentrant chez moi. Tout était ficelé. Je pensais te faire une bonne surprise et... voilà. Enfin, pour une surprise, ça a été une surprise, non ? »

Je lui ai caressé le visage. « Je suis désolée. Je suis désolée de t'avoir rembarré. Merci d'être venu. Je t'en prie, ne va pas à l'hôtel. Je ne supporterai pas l'idée de te savoir tout seul là-bas. S'il te plaît, reste.

— Quoi ? Maintenant ?

— Oui. S'il te plaît.

— Je ne suis pas sûr que ce soit une bonne idée, Sarah. Peut-être que j'ai besoin d'un peu de recul pour réfléchir à ce que nous représentons l'un pour l'autre. Ce que tu as dit tout à l'heure, que tu pourrais t'amputer de moi...

— Arrête, espèce de traître. Arrête, avant que je change d'avis. »

Lawrence a failli sourire. J'ai croisé les doigts autour de sa nuque.

« Ce que je ne t'ai pas dit, c'est que si je devais m'amputer de toi, ça me ferait bien plus mal que de m'amputer de mon doigt. »

Il m'a regardée longuement, et puis il a fait : « Oh, Sarah ! » Nous sommes montés et nous avions déjà commencé à faire l'amour quand j'ai pris conscience que nous étions dans le lit que j'avais partagé avec Andrew. Je me concentrais sur Lawrence, j'enfouissais mon visage dans la douce toison de son torse, je le déshabillais et puis il s'est passé quelque chose – la bretelle de mon soutien-gorge s'est accrochée, la boucle de la ceinture de Lawrence s'est coincée une fraction de seconde – je ne sais plus, mais ce qui est sûr c'est que ça a coupé le courant, et que je me suis rendu compte que Lawrence était du côté d'Andrew, que sa peau s'enfonçait là où s'était enfoncée celle d'Andrew, que son dos, lisse et brûlant de transpiration, se cambrait fièrement au-dessus de la dépression qu'Andrew avait creusée dans le matelas. J'ai hésité – je me suis figée. Lawrence l'a senti, je pense, mais il n'a pas ralenti. Il a roulé sur moi. Je lui ai été vraiment reconnaissante, je crois, de nous faire franchir cet instant sans réfléchir. Je me suis laissé dissoudre dans le lustre de sa peau, la délicatesse de son mouvement, sa légèreté. Lawrence était grand mais mince. Avec lui, je ne subissais pas la compression meurtrissante de mon pelvis, l'écrasement suffocant de mes poumons, la pesanteur accablante du sexe qui, avec Andrew, me faisaient gémir de résignation autant que de plaisir. C'est ce que j'aimais quand je faisais l'amour avec Lawrence – cette légèreté radieuse, étourdissante. Mais, ce soir-là, quelque chose n'allait pas. C'était peut-être la présence d'Andrew, si tenace dans la chambre. Ses livres et ses papiers traînaient encore partout – ils encombraient les étagères, ils s'empilaient dans tous les angles de la pièce –, et quand je pensais à Andrew, je pensais à Petite Abeille. Pendant que Lawrence me faisait l'amour, dans un coin de ma tête, je me disais : Oh ! et dans un autre : Demain matin, il faudra que j'appelle le service des Frontières et de l'Immigration pour essayer de savoir où sont ses papiers, ensuite il faudra que je trouve un avocat, et que j'engage une procédure d'appel, et, et...

Je n'arrivais pas à me laisser aller entièrement – pas avec l'évidence, l'abandon d'avant. Lawrence me paraissait soudain trop léger. Ses doigts ne faisaient qu'effleurer ma peau, comme s'ils n'étaient pas vraiment en prise avec mon corps, comme s'ils ne faisaient que tracer des lignes dans la poussière fine et invisible dont l'Afrique m'avait enveloppée. Et quand tout son poids s'est posé sur moi, c'était comme si un nuage d'été ou un papillon d'hiver me faisait l'amour – une créature privée de l'autorité nécessaire pour faire ployer la gravité autour d'elle, pour devenir le centre de l'instant.

« Qu'est-ce qui ne va pas, Sarah ? »

J'ai bien vu que j'étais complètement rigide. « Oh, pardon ! Excuse-moi. »

Lawrence s'est arrêté et il s'est laissé rouler sur le dos. J'ai entouré son pénis de ma main, mais déjà, la mollesse le regagnait.

« S'il te plaît, a-t-il dit. Ne fais pas ça. »

Je l'ai lâché et j'ai pris sa main à la place, mais il s'est dégagé.

« Je ne comprends pas, Sarah, franchement.

— Pardon. C'est à cause d'Andrew. C'est trop tôt, c'est tout.

— Il ne nous a jamais gênés quand il était vivant. »

J'y ai réfléchi. Dans l'obscurité, dehors, un jet quittait Heathrow à faible altitude et deux chouettes s'appelaient désespérément au-dessus du grondement, leurs cris perçants luttant contre la plainte aiguë des turboréacteurs.

« Tu as raison. Ce n'est pas à cause d'Andrew.

— C'est à cause de quoi, alors ?

— Je ne sais pas. Je t'aime, Lawrence, franchement. Simplement, j'ai tant de choses à faire.

— Pour Petite Abeille ?

— Oui. Je n'arrive pas à me détendre. Ça me tourne dans la tête. »

Lawrence a soupiré. « Et *nous*, dans tout ça ? Tu crois que tu vas avoir un peu de temps pour nous, un de ces jours ?

— Mais oui, bien sûr. On a tout le temps, toi et moi, tu ne crois pas ? On sera encore là dans six semaines, dans six mois, dans six ans. On a le temps de régler tous les problèmes. On a le temps de réfléchir à ce qu'on va vivre ensemble, maintenant qu'Andrew n'est plus là. Petite Abeille n'a pas beaucoup de temps, elle. C'est toi-même qui l'as dit. Si je n'arrive pas à régler les choses rapidement, ils vont la retrouver et l'expulser. Elle sera partie, un point c'est tout. Et nous, quel avenir est-ce qu'on aura devant nous ? Je ne pourrai pas te regarder sans me dire que j'aurais dû en faire plus pour la sauver. C'est ça, l'avenir que tu veux pour nous ?

— Oh, merde ! Pourquoi est-ce que tu ne peux pas être comme tous ceux qui n'en ont rien à cirer ?

— Blonde aux longues jambes, aimant la musique et le cinéma, cherche homme ayant une bonne situation pour amitié, et plus si affinités ?

— D'accord. Je préfère que tu ne sois pas comme ça. Mais je n'ai pas envie de te perdre à cause d'une réfugiée qui de toute façon n'a aucune chance de pouvoir rester ici.

— Oh, Lawrence ! Il n'est pas question de me perdre. Mais tu risques de devoir me partager avec elle un petit moment. »

Lawrence a ri.

« Qu'est-ce qui te faire rire ? ai-je demandé.

— La situation est tellement typique ! Ces immigrés, ils se pointent chez nous, ils nous piquent nos femmes... »

Lawrence souriait, mais il y avait dans ses yeux une circonspection, une opacité qui m'a poussée à me demander s'il trouvait sa blague aussi drôle que ça. Cette incertitude à son égard était nouvelle. Je ne l'avais jamais trouvé compliqué. Il est vrai, j'ai dû en convenir, que, jusqu'à cet instant, je n'avais rien investi de compliqué en lui. Ça venait peut-être de moi. J'ai essayé de me détendre, et j'ai répondu à son sourire. Je l'ai embrassé sur le front.

« Merci. Merci de ne pas rendre les choses plus difficiles qu'elles ne sont. »

Lawrence m'a regardée intensément, son visage était mince et triste à la lueur orangée des réverbères qui filtrait à travers les stores de soie jaune. La palpitation au creux de mon ventre m'a surprise, et j'ai constaté que les poils de mes bras se hérissaient.

« Sarah, a-t-il dit, sérieusement, je crois que tu ne comprends pas à quel point elles sont difficiles. »

7

Sarah m'a expliqué pourquoi elle s'était engagée dans cette liaison avec Lawrence. Ce n'était pas difficile à comprendre. Nous cherchons tous à être libres dans ce monde. Pour moi, la liberté, ce sera le jour où je n'aurai pas peur que les hommes viennent me tuer. Pour Sarah, la liberté, c'est un long avenir où elle pourra vivre comme elle l'a choisi. Je ne trouve pas qu'elle soit faible ou idiote de vivre la vie dans laquelle elle est née. Un chien doit être un chien et un loup doit être un loup – c'est un proverbe de mon pays.

Non, ce n'est pas vrai. Pourquoi aurions-nous un proverbe qui parle de loups ? Nous avons deux cents proverbes à propos de singes, trois cents à propos du manioc. Notre sagesse traite de ce que nous connaissons. Mais j'ai remarqué que dans votre pays je peux dire n'importe quoi pourvu que j'ajoute : *C'est un proverbe de mon pays.* Alors les gens hochent la tête et prennent l'air très sérieux. C'est un bon truc. Pour Sarah, la liberté est un long avenir où elle pourra vivre comme elle l'a choisi. Un chien doit être un chien, un loup doit être un loup et une abeille doit être une abeille. Pour une fille comme moi, la liberté, c'est d'arriver vivante au terme de chaque journée.

L'avenir est encore une de ces choses que je serais obligée d'expliquer aux filles, là-bas, chez moi. L'avenir est le meilleur article d'exportation de mon pays. Il sort si facilement de nos ports maritimes que la grande majorité de mon peuple ne l'a jamais vu et ne sait même pas à quoi il ressemble. Dans mon pays, l'avenir prend la forme de pépites d'or enfouies dans le roc, il se concentre dans de sombres réservoirs, loin, sous la surface de la terre. Notre avenir se dérobe à la lumière, mais vous autres, vous avez l'art de le découvrir quand vous arrivez chez nous. C'est ainsi que fraction après fraction, notre avenir devient le vôtre. J'admire votre sorcellerie, pour sa subtilité et sa diversité. À chaque génération, le processus d'extraction est différent. Dans mon village, par exemple, nous ne nous attendions pas à ce que l'avenir puisse être pompé dans des barils de quarante-deux gallons et expédié vers une raffinerie. Ça s'est passé un jour où nous préparions le dîner, alors que la fumée bleue du feu de bois se mêlait à l'épaisse vapeur des marmites de manioc dans le soleil doré du soir. Ça s'est passé si vite que les femmes ont dû nous attraper, nous, les enfants, et nous conduire à toutes jambes dans la jungle. Nous nous sommes cachés et nous avons écouté les cris des hommes restés au village pour se battre – et pendant ce temps, à la raffinerie, par un phénomène de distillation, l'avenir de mon village a été séparé en différents constituants. Le plus lourd, la sagesse de nos grands-parents, a servi à goudronner vos routes. Les constituants moyens, les prudentes économies de nos mères, ces petites pièces mises de côté après la moisson, ont servi à faire rouler vos voitures. Et le constituant le plus volatil, les rêves incroyables que nous faisions, nous, les enfants, aux heures paisibles des nuits de pleine lune, a donné un gaz que vous avez mis en bouteilles et stocké pour l'hiver. Voilà comment nos rêves vous tiendront chaud. Maintenant qu'ils font partie de votre avenir, je ne vous reproche pas de vous en servir. Vous ne voyez sans doute même pas d'où ils sont venus.

Vous n'êtes pas méchants. Vous êtes aveugles au présent, et nous, nous sommes aveugles à l'avenir. Au centre de rétention administrative, je souriais quand les employés m'expliquaient : *Si vous êtes forcés de venir ici, chez nous, vous les Africains, c'est simplement que vous n'êtes pas capables d'avoir un bon gouvernement chez vous, là-bas.* Je leur disais que, près de mon village, il y avait une large rivière, très profonde, avec des grottes sombres qui s'étaient creusées sous les berges et où vivaient des poissons pâles et aveugles. Il n'y a pas de lumière dans ces grottes, ce qui fait qu'au bout d'un millier de générations, le truc de la vision s'est évaporé de leur espèce. *Vous voyez ce que je veux dire ?* disais-je aux employés. *Sans lumière, comment pouvez-vous conserver la vision des yeux ? Sans avenir, comment pouvez-vous conserver la vision du gouvernement ? Nous pourrions essayer de toutes nos forces, dans mon monde. Nous pourrions avoir un ministre de l'Heure du Déjeuner le plus diligent qui soit. Nous pourrions avoir un excellent Premier ministre des Heures les plus Tranquilles de la Fin d'Après-midi. Mais quand vient le crépuscule – voyez-vous ? – notre monde disparaît. Il ne peut pas voir au-delà de la journée présente, parce que vous lui avez pris demain. Et comme vous avez demain sous les yeux, vous ne pouvez pas voir ce qui se fait aujourd'hui.*

Les employés du centre de rétention se moquaient de moi, ils secouaient la tête et se replongeaient dans leurs journaux. Parfois, quand ils avaient fini, ils me laissaient les lire. J'aimais bien lire vos journaux parce que je tenais à apprendre à parler votre langue comme vous. C'était vital pour moi. Quand vos journaux parlent de l'endroit d'où je viens, ils l'appellent le *monde en voie de développement.* Vous ne diriez pas *en voie de développement* si vous ne croyiez pas nous avoir laissé un avenir dans lequel nous développer. Voilà comment je sais que vous n'êtes pas méchants.

En réalité, ce que vous nous avez laissé, ce sont vos objets abandonnés. Quand vous pensez à mon continent, vous pensez peut-être à la faune – aux lions, aux hyènes, aux singes. Quand j'y pense, moi, je pense à toutes les machines cassées, à toutes ces choses usées, détraquées, démolies et brisées. Oui, nous avons des lions. Ils dorment sur les toits de conteneurs rouillés. Nous avons aussi des hyènes. Elles font craquer sous leurs dents les crânes d'hommes qui n'ont pas réussi à s'enfuir assez vite devant leurs propres soldats. Et les singes ? Les singes sont aux abords du village, ils jouent tout en haut d'un monceau de vieux ordinateurs que vous avez envoyés pour notre école – une école qui n'a pas l'électricité.

Vous avez pris l'avenir de mon pays, et vous nous

avez envoyé les objets de votre passé. Nous n'avons pas la graine, nous avons la cosse. Nous n'avons pas l'esprit, nous avons le crâne. Oui, le crâne. C'est l'idée que j'aurais si je devais trouver un meilleur nom pour mon monde. Si le Premier ministre des Heures les plus Tranquilles de la Fin d'Après-midi me téléphonait un jour pour me dire : *Petite Abeille, il vous a été accordé l'insigne honneur de baptiser notre antique et bien-aimé continent*, je lui répondrais : *Monsieur le ministre, notre monde s'appellera Golgotha, le lieu du Crâne.*

Ce nom aurait bien convenu à mon village, avant même que les hommes ne viennent brûler nos cabanes et forer pour extraire du pétrole. Ce nom aurait bien convenu à la clairière autour du limba où nous nous balancions, nous, les enfants, sur ce vieux pneu tout lisse, et où nous sautions sur les sièges de la Peugeot cassée de mon père et de la Mercedes cassée de mon oncle, avec les ressorts qui jaillissaient, et où nous scandions les chants d'église d'un livre de cantiques qui n'avait plus de couverture et dont les pages étaient maintenues par du ruban adhésif. Golgotha, c'est là que j'ai grandi, dans ce lieu où les missionnaires eux-mêmes avaient condamné leur mission à l'aide de planches en nous laissant les Livres saints qui ne valaient pas le prix de leur réexpédition dans votre pays. Dans notre village, toutes les pages de notre unique bible manquaient après le quarante-sixième verset du vingt-septième chapitre de Matthieu, si bien que, pour ce que nous en savions tous, notre religion s'arrêtait à : *Mon Dieu, mon Dieu, pourquoi m'as-tu abandonné ?*

Voilà comment nous vivions, heureux et sans espoir. J'étais toute petite à l'époque, et l'avenir ne me manquait pas parce que je ne savais pas que j'y avais droit. Tout ce que nous savions du reste du monde était ce que nous montraient vos vieux, vieux films. Où il était question d'hommes très pressés, tantôt en avion, tantôt sur des motos, tantôt la tête en bas.

Comme informations, tout ce que nous avions, nous, c'était Télé Golgotha, le genre de chaîne dont vous devez assurer vous-mêmes la programmation. Il ne restait que le cadre de bois autour de ce qui avait été un jour un écran, et ce cadre se trouvait dans la poussière rouge, sous le limba. Ma sœur Nkiruka passait la tête à l'intérieur du cadre pour faire l'image. C'est un bon truc. Je sais maintenant que nous aurions dû appeler cela *téléréalité.*

Ma sœur ajustait le nœud de sa robe, elle mettait une fleur dans ses cheveux, juste pour faire joli, elle souriait à travers l'écran et elle disait : *Bonjour, voici les informations de la BBC britannique. Aujourd'hui, des crèmes glacées neigeront du ciel et personne n'aura besoin d'aller jusqu'à la rivière pour chercher de l'eau parce que des ingénieurs viendront de la ville et installeront une colonne d'alimentation au milieu du village.* Et nous, les autres enfants, nous nous asseyions en demi-cercle autour du téléviseur et nous regardions Nkiruka présenter les nouvelles. Ces parcelles ténues de ses rêves nous enchantaient. Dans l'ombre plaisante de l'après-midi, nous ouvrions tout grand la bouche de ravissement et nous disions tous : *Oueh !*

Ce qu'il y a de bien dans ce monde perdu, c'est

qu'on peut dialoguer avec la télévision. Nous, les autres enfants, nous criions à Nkiruka :

« La neige de crème glacée, elle arrive à quelle heure exactement ?

— En début de soirée, évidemment, quand il fera plus frais.

— Comment vous le savez, madame la présentatrice de la télévision ?

— Parce qu'il faut qu'il fasse assez frais, sinon la crème glacée fondra, évidemment. Vous ne savez donc rien, vous, les enfants ? »

Et nous, les enfants, nous nous rasseyions et nous hochions la tête en nous regardant – cela allait de soi, il fallait qu'il fasse assez frais. Nous étions très satisfaits des informations télévisées.

Ce truc marche aussi dans votre pays, mais c'est plus dur, parce que le téléviseur n'écoute pas. Le matin, après la nuit où Lawrence est resté pour la première fois chez Sarah, c'est Charlie qui a voulu allumer la télévision. Je l'ai entendu se réveiller et, comme Sarah et Lawrence dormaient encore, je suis allée dans sa chambre. *Bonjour, petit frère, tu veux ton petit déjeuner ?* Il a dit : *Non, je veux pas le petit déjeuner, je veux la TÉLÉ.* Alors j'ai demandé : *Est-ce que ta maman est d'accord pour que tu regardes la télévision avant le petit déjeuner ?* Charlie m'a regardée avec des yeux très patients, comme ceux d'un professeur qui vous a déjà donné trois fois la réponse que vous avez encore oubliée. *Maman, elle dort, en vrai,* a-t-il dit.

Alors, nous avons allumé la télévision. Nous avons regardé les images sans le son. C'étaient les informations matinales de la BBC, et elles montraient le

Premier ministre qui faisait un discours. Charlie a incliné la tête de côté pour regarder. Les oreilles de sa cagoule de Batman se sont repliées.

Il a dit : « C'est le Joker, hein ?

— Non, Charlie. C'est le Premier ministre.

— C'est un gentil ou un méchant ? »

J'ai réfléchi.

« La moitié des gens pensent que c'est un gentil et l'autre moitié que c'est un méchant. »

Charlie a pouffé. « C'est bête.

— C'est la démocratie, ai-je dit. Si tu ne l'avais pas, tu la voudrais. »

Nous sommes restés assis à regarder bouger les lèvres du Premier ministre.

« Qu'est-ce qu'il dit ?

— Il dit qu'il va faire neiger des crèmes glacées. »

Charlie m'a regardée. « QUAND ?

— Vers trois heures de l'après-midi, s'il ne fait pas trop chaud. Il dit aussi que les jeunes qui fuient les troubles qui agitent d'autres pays auront le droit de rester dans ce pays-ci pourvu qu'ils travaillent dur et ne fassent pas de bêtises. »

Charlie a hoché la tête. « C'est un gentil, je crois.

— Parce qu'il veut du bien aux réfugiés ? »

Charlie a secoué la tête. « À cause qu'il va faire neiger des glaces. »

J'ai entendu un rire venant de la porte. Je me suis retournée. C'était Lawrence. Il était en peignoir, pieds nus. Je ne sais pas depuis combien de temps il nous écoutait.

« Eh bien, a-t-il dit, au moins, nous savons comment acheter la voix de ce petit bonhomme. »

J'ai baissé les yeux. J'étais gênée que Lawrence m'ait entendue.

« Oh, ne faites pas la timide. Vous vous débrouillez drôlement bien avec Charlie. Venez donc prendre le petit déjeuner, vous voulez ?

— D'accord. Batman, tu veux ton petit déjeuner ? »

Charlie a regardé Lawrence et il a secoué la tête, alors j'ai zappé sur plusieurs chaînes jusqu'à ce que nous trouvions celle que Charlie aimait. Ensuite, je suis allée à la cuisine.

« Sarah dort encore, a dit Lawrence. Elle est tellement fatiguée. Thé ou café ?

— Thé, s'il vous plaît. »

Lawrence a rempli la bouilloire et a fait du thé pour nous deux. Il a posé ma tasse sur la table devant moi, doucement, en tournant l'anse vers ma main. Il s'est assis à l'autre bout de la table et il a souri. Le soleil éclairait la cuisine. Il était d'un jaune épais – une lumière chaude, mais pas frimeuse. Elle ne revendiquait pas la gloire d'éclairer la pièce. Elle donnait l'impression que chaque objet rayonnait d'une lumière venue de sa profondeur à lui. Lawrence, la table avec sa nappe de coton bleue toute propre, sa tasse de thé orange et la mienne, jaune – tout rayonnait de l'intérieur. La lumière me rendait toute joyeuse. Je me suis dit : C'est un bon truc.

Mais Lawrence était sérieux. « Écoutez, a-t-il dit, je crois qu'il faut que nous mettions les choses à plat, vous et moi. C'est pour vous que je dis ça. Je vais être très clair. Il faut que vous alliez vous signaler au commissariat de quartier. Je ne trouve pas correct de votre part d'imposer à Sarah le stress de votre hébergement.

— Mais personne ne me recherche. Pourquoi est-ce que je devrais me signaler à la police ?

— Vous ne devriez pas être ici. Je ne pense pas que votre présence soit bénéfique pour Sarah en ce moment. »

J'ai soufflé sur mon thé. La vapeur s'est élevée dans l'air immobile de la cuisine. Elle rayonnait. « Et vous croyez que votre présence est bénéfique pour Sarah en ce moment, Lawrence ?

— Oui. Oui, en effet.

— Sarah est quelqu'un de bien. Elle m'a sauvé la vie. »

Lawrence a souri. « Figurez-vous que je connais très bien Sarah. Elle m'a raconté toute l'histoire.

— Alors vous devez me croire quand je dis que je ne reste ici que pour l'aider.

— Je ne suis pas convaincu qu'elle ait besoin de votre aide.

— Je vais l'aider en m'occupant de son enfant comme s'il était mon propre frère. Je vais l'aider en faisant le ménage de sa maison, en lavant ses vêtements et en chantant pour elle quand elle est triste. Et vous, Lawrence, quelle aide lui apportez-vous ? Une aide, peut-être, qu'on ne propose qu'en échange de relations sexuelles ? »

Lawrence a continué à sourire. « Je ne vais pas me vexer pour si peu. Vous êtes manifestement une de ces femmes qui ont vraiment une drôle d'image des hommes.

— Je suis une de ces femmes qui ont vu les

hommes faire des choses qui n'ont vraiment rien de drôle.

— Oh ! je vous en prie. On est en Europe, ici. Nous sommes un peu plus civilisés.

— Que nous, c'est ça ?

— C'est vous qui le dites. »

J'ai hoché la tête. « Un loup doit être un loup et un chien doit être un chien.

— C'est ce qu'on dit chez vous ? »

J'ai souri.

Lawrence a froncé les sourcils. « Franchement, ça me dépasse. Je crois que vous ne vous rendez pas compte de la gravité de votre situation. Il n'y a pas de quoi sourire, je vous assure. »

J'ai haussé les épaules. « Si je ne pouvais pas sourire, je crois que ma situation serait bien plus grave encore. »

Nous avons bu du thé. Il m'observait et je l'observais. Il avait les yeux verts, verts comme les yeux de la fille au sari jaune le jour où on nous a laissées sortir du centre de rétention. Il m'observait sans ciller.

« Qu'est-ce que vous comptez faire ? ai-je demandé. Qu'est-ce que vous comptez faire si je ne me présente pas à la police ?

— Vous voulez savoir si je vais vous dénoncer, c'est ça ? »

J'ai hoché la tête. Les doigts de Lawrence tapotaient sa tasse.

« Je ferai ce qu'il y a de mieux pour Sarah », a-t-il dit.

La peur m'a transpercée, elle s'est enfoncée dans mon ventre. J'ai regardé les doigts de Lawrence tambouriner contre la porcelaine. Il avait la peau blanche comme un œuf d'oiseau de mer, et aussi fragile. Ses mains entouraient sa tasse de thé. Ses longs doigts lisses se recourbaient autour de la tasse orange comme si c'était un bébé animal qui risquait de faire des bêtises si on le laissait s'échapper.

« Vous êtes prudent, Lawrence.

— J'essaie.

— Pourquoi ? »

Lawrence a ri par le nez. « Regardez-moi. Je ne suis pas ce qu'on appelle un homme brillant. Je ne suis pas particulièrement séduisant non plus. Tout ce qu'on peut dire de moi, c'est que je mesure un mètre quatre-vingt-cinq et que je ne suis pas complètement demeuré. La vie n'envoie pas beaucoup de bouées de sauvetage aux types comme moi, alors j'essaie de m'accrocher à ce que j'ai.

— À Sarah, par exemple ?

— J'aime Sarah. Vous ne pouvez pas savoir ce qu'elle représente pour moi. À part elle, ma vie est un merdier. Je travaille pour l'administration la plus dégueulasse, la plus impitoyable qui soit, je fais un boulot à la noix, et mon patron me donne envie de me tirer une balle, franchement. Quand je rentre chez moi, les gosses chialent, Linda n'arrête pas de jacasser, encore et encore, à propos de tout et de rien. Les moments que je passe avec Sarah sont les seuls où j'ai l'impression de faire quelque chose que j'ai *choisi*. Les seuls moments où j'aie l'impression d'être moi-même. Même maintenant, pendant que je vous parle. C'est quand même bizarre, non, quand on y pense, que nous soyons en train de discuter, vous et moi, dans une cuisine anglaise ordinaire ? C'est incroyable. C'est à cent lieues de tout ce qui pourrait m'arriver, dans ma vie de tous les jours, et tout ça, c'est à Sarah que je le dois.

— Vous avez peur que je vous enlève Sarah. C'est pour ça que vous ne voulez pas que je reste ici. Ça n'a rien à voir avec ce qui est bon pour elle.

— J'ai peur que Sarah fasse des conneries en cherchant à vous aider. Que ses centres d'intérêt ne soient plus les mêmes, qu'elle change de vie plus qu'elle n'en a besoin, là, maintenant.

— Et vous avez peur que dans sa nouvelle vie, elle vous oublie.

— Oui, c'est vrai, oui. Vous ne pouvez pas imaginer ce qui m'arriverait si je perdais Sarah. Je m'écroulerais. Je me mettrais à picoler. Boum. Je serais mort. Ça me terrifie, vous comprenez, même si ça vous paraît pitoyable. »

J'ai avalé une gorgée de thé. Je l'ai savourée très consciencieusement. J'ai secoué la tête. « Non, ce n'est pas pitoyable. Dans mon monde, la mort arrive en courant. Dans le vôtre, elle se met à chuchoter à votre oreille, à vous susurrer des idées de suicide. Je le sais, parce qu'elle est venue me parler tout bas à l'oreille quand j'étais au centre de rétention. La mort est la mort, et nous en avons tous peur. »

Lawrence tournait et retournait sa tasse de thé entre ses mains.

« C'est vraiment la mort que vous fuyez ? Pour de vrai ? Il y a tant de gens qui viennent ici juste parce qu'ils pensent que la vie y est plus facile.

— Si on me renvoie au Nigeria, je me ferai

arrêter. Si on apprend qui je suis et ce que j'ai vu, les hommes politiques se débrouilleront pour me faire tuer. Ou, si j'ai de la chance, ils me mettront en prison. Beaucoup de ceux qui ont vu ce que font les sociétés pétrolières restent enfermés pendant de longues années. Il se passe des choses terribles dans les prisons nigérianes. Si on en sort un jour, on n'a plus envie de parler. »

Lawrence a bougé la tête, lentement, et il a baissé les yeux sur son thé. « Vous me racontez tout ça, mais franchement, j'ai du mal à vous croire. Vous vous en sortirez, voyons, regardez-vous, je suis sûr que ça va s'arranger. Rien de plus simple pour moi que de vous dénoncer aux flics. Il suffit que j'aille au bout de la rue. Et ensuite, je retrouverai ma vie, voilà tout.

— Et la mienne, de vie ?

— Ça ne me regarde pas. Je ne peux pas être responsable de tous les problèmes du monde.

— Même si votre vie me tue ?

— Écoutez, ce qui doit vous arriver finira forcément par arriver, avec ou sans moi. Ce pays n'est pas le vôtre. On viendra vous arrêter tôt ou tard, c'est certain. On finira par vous arrêter tous.

— Vous pourriez me cacher.

— C'est ça, évidemment, comme Anne Frank dans son grenier. Vous savez bien comment ça s'est terminé.

— Qui est Anne Frank ? »

Lawrence a fermé les yeux et a croisé les mains derrière sa nuque. Il a soupiré.

« Une autre fille dont la vie ne me regardait pas. »

J'ai senti la colère exploser en moi, avec une telle violence que j'en ai eu mal. J'ai tapé sur la table et Lawrence a écarquillé les yeux.

« Si vous me dénoncez à la police, Sarah vous détestera !

— Elle n'en saura rien. J'ai vu comment les gens des services de l'Immigration travaillent. Ils viendront vous chercher la nuit. Vous n'aurez même pas le temps de parler à Sarah. Vous n'aurez pas le temps de dire un mot. »

Je me suis levée. « Je trouverai un moyen. Je me débrouillerai pour qu'elle sache ce que vous avez fait. Et je me débrouillerai aussi pour le dire à Linda. Je détruirai vos deux vies, Lawrence. Votre vie de famille et votre vie secrète. »

Lawrence a eu l'air étonné. Il s'est mis debout, lui aussi, et a fait les cent pas dans la cuisine. Il s'est passé les mains dans les cheveux. « Ouais. Je pense que vous le feriez.

— Vous pensez bien. Et n'imaginez pas que je vous pardonnerai, Lawrence. Je me débrouillerai pour vous faire du mal, vous pouvez en être sûr. »

Lawrence a regardé dehors, dans le jardin. « Oh », a-t-il fait.

J'ai attendu. Au bout d'un long moment, il a repris : « C'est marrant. Je n'ai pas fermé l'œil de la nuit, je réfléchissais à ce qu'il fallait faire de vous. Je me demandais ce qui serait le mieux pour Sarah, ce qui serait le mieux pour moi. Franchement, je n'ai pas pensé un instant à ce que *vous*, vous pourriez faire. J'aurais dû, sans doute. Je n'aurais jamais cru que vous seriez remontée à ce point.

Quand Sarah parlait de vous, je n'imaginais pas... je ne sais pas... enfin, je ne voyais pas quelqu'un comme vous, ça, c'est sûr.

— J'ai passé deux ans dans votre pays. J'ai appris votre langue et j'ai appris vos règles. Je suis plus comme vous que comme moi, maintenant. »

Lawrence a ri par le nez, de nouveau. « Je vous avouerai que j'ai du mal à voir la ressemblance entre vous et moi. »

Il s'est rassis à la table de la cuisine et s'est pris la tête entre les mains. « Je suis une merde. Un loser, et vous me tenez. »

Il a levé les yeux vers moi. « Vous ne direz rien à Linda, n'est-ce pas ? »

Ses yeux étaient épuisés. J'ai soupiré et je me suis assise en face de lui.

« Nous ferions mieux d'être amis, Lawrence.

— Parce que vous croyez que c'est possible ?

— Nous sommes moins différents que vous ne le croyez, vous et moi. »

Lawrence a ri. « Je viens de vous avouer que je vous dénoncerais si je le pouvais. Vous êtes la courageuse petite réfugiée, et moi un salaud d'égoïste. Il me semble que nos rôles sont parfaitement définis, non ? »

J'ai secoué la tête. « Moi aussi, je suis égoïste, vous savez.

— Ça m'étonnerait.

— Parce que, maintenant, vous vous êtes mis dans la tête que je suis une gentille petite fille, c'est ça ? Vous n'arrivez pas à vous faire à l'idée que j'existe pour de bon. Il ne vous vient pas à l'esprit que je puisse être intelligente, comme un Blanc. Que je puisse être égoïste, comme un Blanc. »

Je me suis rendu compte que j'étais tellement en colère que je m'étais mise à crier. Lawrence a ri.

« Égoïste ! Vous ? C'est vous qui avez piqué le dernier petit gâteau du paquet ? C'est vous qui avez oublié de reboucher le tube de dentifrice de Sarah ?

— J'ai laissé le mari de Sarah accroché en l'air », ai-je dit.

Lawrence m'a regardée fixement. « Quoi ? »

J'ai repris une gorgée de thé, mais il était froid maintenant, alors j'ai reposé ma tasse sur la table. La lumière dans la cuisine était moins chaude, elle aussi. Sous mes yeux, le rayonnement s'effaçait peu à peu de tous les objets de la pièce et j'ai senti la fraîcheur s'insinuer dans mes os. Toute ma colère s'est dissipée.

« Lawrence ?

— Oui ?

— Il vaut peut-être mieux que je parte.

— Non. Arrêtez. Qu'est-ce que vous venez de dire ?

— Vous aviez peut-être raison. C'est sans doute mieux pour Sarah, mieux pour Charlie et mieux pour vous que je ne sois pas là. Je n'ai qu'à m'enfuir. M'enfuir, c'est une chose que je sais faire, Lawrence.

— Ça suffit », a dit Lawrence calmement, en me prenant par le poignet.

« Arrêtez ! Vous me faites mal !

— Alors dites-moi ce que vous avez fait.

— Je n'ai pas envie. J'ai peur.

— Moi aussi. Parlez. »

Je me suis cramponnée au bord de la table, et j'ai respiré à fond plusieurs fois pour chasser ma peur. « Sarah a trouvé bizarre que j'arrive le jour même de l'enterrement d'Andrew.

— Et alors ?

— Ce n'était pas une coïncidence. »

Lawrence a lâché mon bras, il s'est levé d'un bond et a posé les mains sur sa nuque. Il s'est dirigé vers la fenêtre de la cuisine et est resté là un long moment, à regarder dehors. Puis il s'est retourné vers moi. « Qu'est-ce qui s'est passé ? a-t-il demandé tout bas.

— Je crois que je ferais mieux de ne pas vous le dire. J'aurais mieux fait de me taire. J'étais fâchée.

— Parlez. »

J'avais les yeux fixés sur le dos de mes mains. J'avais envie d'en parler à quelqu'un, et je savais que je ne pourrais jamais raconter cela à Sarah. J'ai levé les yeux vers lui.

« J'ai téléphoné à Andrew le matin où on m'a libérée du centre de rétention administrative. Je l'ai prévenu que j'allais venir.

— C'est tout ?

— Ensuite, j'ai marché jusqu'ici depuis le centre de rétention administrative. Ça m'a pris deux jours. Je me suis cachée dans le jardin. (J'ai tendu le doigt vers la fenêtre.) Là, derrière le buisson du chat. J'ai attendu. Je ne savais pas très bien ce que je voulais faire. Je voulais remercier Sarah de m'avoir sauvée, certainement, mais je voulais aussi punir Andrew d'avoir laissé tuer ma sœur. Et je ne savais pas comment m'y prendre, ni pour l'un ni pour l'autre.

Alors j'ai attendu. J'ai attendu deux jours et deux nuits. Comme je n'avais rien à manger, je sortais quand il faisait nuit, je me nourrissais des graines de la mangeoire à oiseaux et je buvais de l'eau au robinet du jardin. Dans la journée, je regardais par les fenêtres de la maison et j'écoutais ce qu'ils disaient quand ils étaient au jardin. J'ai vu comment Andrew parlait à Sarah et à Charlie. Il était atroce. Il était tout le temps en colère. Il ne voulait pas jouer avec Charlie. Quand Sarah parlait, il haussait les épaules ou bien il la rabrouait en criant. Même quand il était seul, il n'arrêtait pas de hausser les épaules et de crier. Il restait tout seul au fond du jardin, il se parlait à lui-même, et de temps en temps, il criait contre lui-même, ou bien il se frappait la tête avec le poing, comme ça. Il pleurait beaucoup. De temps en temps, il tombait à genoux dans le jardin et il sanglotait pendant une heure. C'est à ce moment-là que j'ai compris qu'il était rempli de mauvais esprits.

— Il était malade. Il souffrait de dépression. Ça a été très dur pour Sarah.

— Je crois que c'était très dur pour lui aussi. Je l'ai observé longtemps. Un jour où il pleurait, je l'observais avec une telle attention que j'ai oublié de me cacher. Il a levé les yeux et il m'a vue. Je me suis dit : Oh ! non, et maintenant, qu'est-ce que tu vas faire, Petite Abeille ? Mais Andrew ne s'est pas approché de moi. Il m'a regardée et il a dit : *Putain, merde, tu n'es pas réelle, tu n'es pas là pour de vrai, fous le camp de ma tête.* Il a fermé les yeux, il se les est frottés, et j'en ai profité pour retourner me cacher derrière le buisson. Quand il a rouvert les yeux, il a regardé à l'endroit où j'étais avant, mais il ne m'a plus vue. Alors il a recommencé à parler tout seul.

— Il a cru qu'il avait une hallucination ? Pauvre vieux.

— Oui, mais il ne m'a pas fait pitié tout de suite. Ce n'est qu'après. Le troisième jour, il est revenu au jardin, quand Sarah était au travail et Charlie à la garderie. Il était saoul, je crois. Ses paroles sortaient lentement de sa bouche, et elles étaient toutes déformées.

— C'était sûrement à cause des médicaments qu'il prenait », a dit Lawrence. Il avait le visage tout blanc, à présent, et il me regardait toujours fixement, les yeux très brillants. « Continuez.

— C'était le matin, de bonne heure. Andrew s'est mis à crier. Il disait : *Vas-y, montre-toi, qu'est-ce que tu veux ?* Je n'ai rien dit. *S'il te plaît. Je sais bien que tu es un fantôme. Qu'est-ce que je dois faire pour que tu t'en ailles ?* Je suis sortie du buisson de lauriers et il a reculé d'un pas. *Je ne suis pas un fantôme,* ai-je dit. Il a commencé à se cogner la tête. Il a dit : *Tu n'es pas réelle, tu es dans ma tête, tu n'es pas ici.* Il a fermé les yeux et il a secoué la tête. Pendant qu'il avait les yeux fermés, je me suis approchée de lui, assez près pour le toucher. Quand il a ouvert les yeux et qu'il a vu que j'étais juste à côté de lui, il a hurlé et il a couru se réfugier dans la maison. À ce moment-là, oui, il m'a fait pitié. Je l'ai rejoint à l'intérieur. *Je vous en prie, écoutez-moi,* ai-je dit. *Je ne suis pas un fantôme. Je suis venue parce que je ne connais que vous ici.* Alors il a dit : *Touche-moi. Prouve-moi que tu n'es pas un fantôme.* Alors je me suis approchée et j'ai posé ma main sur la sienne. Quand il a senti ma main, il a fermé les yeux longtemps, puis il les a rouverts. Je l'ai suivi dans l'escalier. Il montait les marches à reculons. Il hurlait : *Va-t'en ! Va-t'en !* Il a couru jusqu'à sa pièce de travail, son bureau, il est entré et il a refermé la porte. Alors je suis restée sur le palier et j'ai crié : *N'ayez pas peur de moi ! Je suis un être humain, rien d'autre !* Le silence a duré très longtemps, et puis je suis partie. »

Lawrence avait les mains qui tremblaient. Ça faisait des rides à la surface de son thé, dans sa tasse.

« Je suis revenue un peu plus tard. Andrew était debout sur une chaise, au milieu de la pièce. Il avait noué un câble électrique autour de la poutre de bois du plafond et il avait passé l'autre bout autour de son cou. Voilà ce qu'il avait fait. Il m'a regardée et je l'ai regardé. Puis il m'a parlé tout bas. Il a dit : *C'était il y a longtemps, OK ? Ça s'est passé très loin d'ici. Pourquoi est-ce que tu ne restes pas là-bas ?* Alors j'ai dit : *Je suis désolée, je ne suis pas en sécurité, là-bas.* Il a dit : *Je sais bien que tu es morte là-bas. Je sais bien que tu n'existes que dans ma tête.* Il m'a regardée longtemps. Ses yeux étaient tout rouges, et ils passaient sans cesse d'un endroit à l'autre de la pièce. Je me suis approchée de lui, mais il s'est mis à crier. Il a dit : *Si tu approches, je descends de cette chaise.* Alors je me suis arrêtée. J'ai dit : *Pourquoi est-ce que vous faites ça ?* Il m'a répondu d'une voix très tranquille. Il m'a dit : *Parce que j'ai vu qui je suis.* J'ai dit : *Mais vous êtes quelqu'un de bien, Andrew. Vous vous souciez de l'état du monde. J'ai lu vos articles dans le* Times, *quand j'apprenais l'anglais.* Andrew a secoué la tête. Il a dit : *Les mots ne sont rien. Celui que je suis, c'est celui que tu as vu sur cette plage. Il sait où mettre les virgules, mais il n'a pas été prêt à se couper un doigt pour te sauver la vie.* Alors je lui ai souri et j'ai dit : *Ça ne fait rien. Vous voyez bien, je suis ici, je suis vivante.* Ça l'a fait réfléchir longtemps. Il a dit : *Qu'est-ce qui est arrivé à la fille qui était avec toi ?* Alors j'ai dit : *Elle va bien. Elle n'a pas pu m'accompagner ici, c'est tout.* À ce moment-là, il m'a regardée dans les yeux. Il a regardé, et regardé, jusqu'à ce que je ne puisse plus supporter son regard et que je baisse les yeux. Alors il a dit : *Menteuse.* Et puis il a fermé les yeux et il est descendu de la chaise. Les bruits qu'il a faits avec sa gorge étaient les mêmes que ceux que ma sœur avait faits pendant que les hommes la tuaient. »

Lawrence s'est cramponné au plan de travail de la cuisine.

« *Merde,* a-t-il dit.

— J'ai essayé de l'aider, mais il était trop lourd. Je n'arrivais pas à soulever son corps. J'ai essayé encore et encore, jusqu'à ce que je sois épuisée, je pleurais, mais je n'arrivais pas à soulager le câble de son poids. J'ai glissé la chaise sous ses jambes, mais il l'a repoussée d'un coup de pied. Au bout d'un long moment, il a cessé de se débattre, pourtant il était encore vivant. Je voyais ses yeux qui me regardaient. Il tournait sur lui-même au bout du câble. Il tournait très lentement et, chaque fois que son corps se trouvait en face de moi, son regard me suivait jusqu'à ce qu'il me perde de vue. Il avait les yeux exorbités et le visage tout violet, mais il me regardait. Je me disais : Il faut que je l'aide. Je me disais : Il faut que j'appelle les voisins, ou il faut que j'appelle une ambulance. J'étais sur le point de descendre l'escalier pour chercher du secours. Mais, à ce moment-là, je me suis dit : Si j'appelle au secours, les autorités sauront que je suis ici. Et si les autorités savent que je suis ici, elles m'expulseront, ou pire encore. Parce que voilà ce qui s'est passé, Lawrence : ils nous ont laissées sortir du centre de rétention et, un peu après, une des filles qui étaient avec moi, elle s'est pendue, elle aussi. Alors je me suis enfuie de l'endroit où nous étions, mais la police sait sûrement que j'y étais. Deux pendaisons, vous comprenez ? Elle trouverait ça louche, forcément. Elle penserait que j'y suis pour quelque chose. Je ne pouvais pas risquer qu'elle me découvre là. Alors je suis sortie en courant du bureau d'Andrew, je me suis pris la tête dans les mains et j'ai essayé de réfléchir à ce qu'il fallait faire, je me suis demandé s'il fallait que je renonce à ma vie pour sauver celle d'Andrew. D'abord, je me suis dit : Il faut que je le sauve, évidemment, quel qu'en soit le prix, parce que c'est un être humain. Et puis, je me suis dit : Il faut que je me sauve, évidemment, parce que je suis un être humain, moi aussi. Et après être restée là cinq minutes à réfléchir à tout ça, j'ai compris qu'il était trop tard et que j'avais choisi de me sauver, moi. Alors je suis allée jusqu'au réfrigérateur et j'ai mangé, parce que j'avais très faim. Puis je suis retournée me cacher tout au fond du jardin et j'y suis restée jusqu'à l'enterrement. »

J'avais les mains qui tremblaient. Lawrence a pris une profonde inspiration. Ses mains tremblaient aussi.

« Oh, merde, merde ! a-t-il dit. C'est grave, vous savez. Très, très grave.

— Vous comprenez, maintenant ? Vous comprenez pourquoi je tiens tellement à aider Sarah ? Vous comprenez pourquoi je veux aider Charlie ? J'ai fait le mauvais choix, Lawrence. J'ai laissé Andrew mourir. Maintenant, il faut que je fasse tout ce que je peux pour réparer ça. »

Lawrence faisait les cent pas dans la cuisine. Il serrait son peignoir autour de lui, et ses doigts trituraient le tissu. Il s'est arrêté et il m'a regardée.

« Sarah est au courant ? »

J'ai secoué la tête.

« Je n'ai pas le courage de le lui dire. J'ai peur que, si je le lui dis, elle m'oblige à partir d'ici, et alors je ne pourrai pas l'aider et je n'aurai aucun moyen de réparer le mal que j'ai causé. Je ne sais pas ce que je vais faire si je ne peux pas le réparer. Je ne peux pas recommencer à fuir. Il n'y a aucun endroit où je puisse aller. J'ai découvert celle que je suis, et je ne l'aime pas. Je suis comme Andrew. Je suis comme vous. J'ai essayé de me sauver, moi. Dites-moi, s'il vous plaît, où trouver un refuge à cela. »

Lawrence m'a regardée attentivement.

« Ce que vous avez fait, ça s'appelle un crime, a-t-il dit. Je n'ai plus le choix à présent. Il faut que j'avertisse la police. »

Je me suis mise à pleurer. « Je vous en prie, ne faites pas ça. Ils m'emmèneront. Tout ce que je veux, c'est aider Sarah. Vous ne voulez pas aider Sarah ?

— J'aime Sarah, moi, alors ne venez pas me parler de l'aider, merde ! Vous croyez vraiment que vous l'avez aidée en venant jusqu'ici ? »

Je sanglotais. « S'il vous plaît. S'il vous plaît. »

Les larmes ruisselaient sur mon visage. Lawrence a frappé la table brutalement du plat de la main.

« Merde ! a-t-il dit.

— Pardon, Lawrence, pardon. »

Lawrence a claqué la paume de sa main contre son front.

« Espèce de salope ! Je ne peux *même* pas prévenir les flics. Sinon Sarah saura tout. Elle est déjà assez à côté de ses pompes en ce moment. Si elle savait que vous avez assisté à la mort d'Andrew, elle disjoncterait complètement. Et ce serait fini entre elle et moi, c'est sûr. Je ne peux pas prévenir la police sans que Linda soit au courant. Les journaux en parleraient. En même temps, comment voulez-vous que je vive avec Sarah alors que je sais ça, et pas elle ? Putain, et les flics ! Merde ! Si je ne les préviens pas, je suis complice. Imaginez que ça finisse par se savoir et qu'on découvre que j'étais au courant depuis le début. Qu'est-ce qui se passera à ce moment-là ? Putain de bordel, je suis l'amant de la femme du mort ! J'ai un mobile. Je pourrais même me retrouver en tôle. Si je ne prends pas le téléphone tout de suite pour prévenir la police, je risque d'aller en prison à cause de vous, Petite Abeille. Vous vous rendez compte ? Je risque d'aller en prison à cause de vous, alors que je ne sais même pas comment vous vous appelez vraiment. »

J'ai posé mes deux mains sur la main de

Lawrence et j'ai levé les yeux vers lui. Je ne distinguais pas son visage, je ne voyais qu'une tache pâle à contre-jour, brouillée de larmes.

« Je vous en supplie. Il faut que je reste ici. Il faut que je répare le mal que j'ai fait. S'il vous plaît, Lawrence. Je ne dirai rien à personne sur Sarah et vous, mais en échange, vous ne direz rien sur moi. S'il vous plaît. Je vous demande de me sauver. Je vous demande de me sauver la vie. »

Lawrence a voulu dégager sa main, mais je m'y suis cramponnée. J'ai posé le front sur son bras.

« S'il vous plaît. Nous pourrions être amis. Nous pourrions nous sauver réciproquement.

— Oh, bon sang ! a-t-il dit tout doucement. Si seulement vous ne m'aviez pas raconté tout ça.

— C'est vous qui m'avez forcée à vous le dire, Lawrence. Ne soyez pas fâché. J'ai parfaitement conscience de ce que je vous demande. Je sais que ça va être difficile pour vous de ne pas dire la vérité à Sarah. »

Lawrence a fait glisser sa main pour échapper aux miennes. Puis il l'a retirée tout à fait. J'étais assise à la table, les yeux fermés, et la peau de mon front m'a démangée à l'endroit où je l'avais posé sur son bras. Tout était calme dans la cuisine. J'attendais. Je ne sais pas combien de temps j'ai attendu. J'ai attendu que mes larmes aient séché et que la terreur que j'avais en moi ait complètement disparu, ne laissant qu'une tristesse paisible, sourde, qui me faisait mal à la tête et aux yeux. Il n'y avait pas la moindre pensée dans ma tête, à ce moment-là. J'attendais.

Et puis j'ai senti les mains de Lawrence sur mes

joues. Il a pris mon visage entre ses paumes. Je ne savais pas si j'étais censée repousser ses mains ou poser les miennes sur les siennes. Nous sommes restés ainsi un petit moment, les mains de Lawrence tremblaient sur mes joues. Il a tourné mon visage vers le sien, pour m'obliger à le regarder dans les yeux.

« Si seulement je pouvais te faire disparaître, d'un coup, a-t-il dit. Mais je ne suis personne. Je ne suis qu'un fonctionnaire. Je ne dirai rien à la police. Mais il faut que tu te taises, toi aussi. Si jamais tu racontes à quelqu'un ce qu'il y a entre Sarah et moi, ou ce qui s'est passé avec Andrew, je te fais immédiatement embarquer dans un avion pour le Nigeria, je te le jure. »

J'ai inspiré, une longue, une profonde inspiration.

« Merci », ai-je chuchoté.

La voix de Sarah s'est élevée à l'étage. « Qui t'a permis de regarder la télé, Batman ? »

Lawrence a retiré ses mains de mon visage et est allé refaire du thé. Sarah est entrée dans la cuisine. Elle bâillait et clignait les yeux à cause du soleil. Charlie est entré avec elle, il lui tenait la main.

« Autant que je vous apprenne les règles, a dit Sarah, puisque vous êtes nouveaux ici, tous les deux. Les super-héros, et plus particulièrement les chevaliers noirs, ne sont pas autorisés à regarder la télé avant le petit déjeuner. On est bien d'accord, Batman ? »

Charlie lui a adressé un grand sourire et a secoué la tête.

« Parfait, a dit Sarah. Bat-céréales ou bat-tartines ?

— Bat-tartines », a répondu Charlie.

Sarah s'est approchée du grille-pain et y a glissé deux tranches de pain. Nous la regardions faire, Lawrence et moi. Sarah s'est retournée.

« Tout va bien, chez vous ? (Elle m'a regardée.) Tu as pleuré ?

— Ce n'est rien, ai-je dit. Je pleure toujours le matin. »

Sarah s'est tournée vers Lawrence en fronçant les sourcils. « J'espère que tu t'es bien occupé d'elle.

— Évidemment, a répondu Lawrence. On a fait connaissance, Petite Abeille et moi. »

Sarah a hoché la tête. « C'est bien. Parce qu'il faut tout faire pour que ça marche. Vous en êtes bien conscients tous les deux, j'espère ? »

Elle nous a regardés l'un après l'autre, puis elle a bâillé encore une fois et s'est étirée. « Un nouveau départ », a-t-elle dit.

J'ai regardé Lawrence et Lawrence m'a regardée.

« Parfait, a fait Sarah. Je vais conduire Charlie à la garderie, ensuite nous pourrons commencer à essayer de dénicher les papiers de Petite Abeille. Mais d'abord, il te faut un avocat. J'en connais un qui est bien. On fait appel à lui de temps en temps, à la revue. »

Sarah a souri et s'est approchée de Lawrence.

« Quant à toi, a-t-elle dit, je vais bien trouver un petit moment pour te remercier d'avoir fait tout ce chemin jusqu'à Birmingham. »

Elle a levé la main vers le visage de Lawrence, mais ensuite, je pense qu'elle s'est souvenue que Charlie était là, alors elle s'est contentée de lui effleurer l'épaule de la main. Je suis passée dans la pièce voisine regarder les informations sans le son.

La présentatrice ressemblait tellement à ma sœur. Mon cœur débordait de choses à dire. Mais dans votre pays, vous ne pouvez pas répondre aux informations.

8

Je me souviens du jour précis où l'Angleterre et moi n'avons fait qu'une, où ses contours ont épousé les courbes de mon propre corps, où ses déclivités sont devenues les miennes. Petite fille, je parcourais les chemins du Surrey à bicyclette, pédalant dans ma robe de coton au milieu des champs brûlants empourprés de coquelicots, descendant en roue libre une pente soudaine vers un sanctuaire de fraîcheur boisée où un ruisseau coulait sous un pont de pierre et de brique. Je m'étais arrêtée, les freins grinçant sous l'effort de cueillir au temps un moment immobile. J'avais jeté mon vélo dans un coussin âcre de cerfeuil et de menthe sauvages, je m'étais laissée glisser le long de la berge qui plongeait dans l'eau froide et claire, tandis que mes sandales faisaient soudainement éclore une brune fleur de boue surgie du lit du ruisseau et que les vairons filaient se réfugier vers la tache noire et ombreuse, sous le pont. J'avais enfoncé mon visage dans l'eau, le temps suspendu, buvant dans un choc de fraîcheur. Et puis, levant la tête, j'avais vu un renard. Il prenait le soleil sur la berge opposée et m'observait à travers un écran plumeux d'orge. Je lui avais rendu son regard et ses yeux d'ambre avaient soutenu le mien. Le moment, le pays : en cet instant, j'avais éprouvé un sentiment de fusion complète. J'avais trouvé un coin moelleux d'herbes folles et de bleuets à côté du champ d'orge, et je m'étais allongée, le visage contre l'odeur terreuse et humide des racines de graminées, à écouter le bourdonnement des mouches d'été. J'avais pleuré, sans savoir pourquoi.

Le matin suivant la nuit que Lawrence a passée à la maison, j'ai déposé Charlie à la garderie et suis rentrée voir ce que je pouvais faire pour aider Petite Abeille. Je l'ai trouvée à l'étage, en train de regarder la télévision sans le son. Elle avait l'air infiniment triste.

« Qu'est-ce qui ne va pas ? » lui ai-je demandé.

Petite Abeille a haussé les épaules.

« Tout va bien avec Lawrence ? »

Elle a détourné le regard.

« Qu'est-ce qu'il y a, alors ? »

Rien.

« Tu as peut-être le mal du pays. Moi, à ta place, je l'aurais sûrement. Ton pays te manque, c'est ça ? »

Elle a posé sur moi un regard très grave.

« Sarah, a-t-elle dit, je crois que je n'ai pas quitté mon pays. Je crois qu'il a voyagé avec moi. »

Elle s'est retournée vers la télévision. C'est bon, me suis-je dit. On a le temps. J'arriverai bien à établir la communication avec elle.

J'ai rangé la cuisine pendant que Lawrence prenait sa douche. Je me suis fait un café et je me suis aperçue que, pour la première fois depuis la mort d'Andrew, je n'avais sorti qu'une tasse du placard au lieu de deux comme je continuais à le faire machinalement. J'ai versé le lait, remué, la cuiller a tinté en heurtant la porcelaine et je me suis dit que je perdais l'habitude d'être la femme d'Andrew. Comme c'est bizarre, ai-je pensé. J'ai souri, et je me suis sentie assez en forme pour faire un saut à la revue.

À l'heure où je partais habituellement, mon train de banlieue était bondé de costumes rayés et de sacoches d'ordinateurs, mais il était déjà dix heures et demie et mon compartiment était presque vide. Le garçon assis en face de moi regardait le plafond. Il portait un maillot de l'équipe d'Angleterre et un jean blanc de poussière de plâtre. Il avait un tatouage sur la face interne de l'avant-bras, quelques mots en caractères gothiques : C'EST LE TEMP DES HÉROS. J'ai regardé le tatouage – son orgueil inébranlable, son orthographe boiteuse. Quand j'ai levé les yeux, j'ai vu que le garçon me dévisageait, lui aussi, de ses yeux d'ambre calmes, sans cligner. J'ai rougi et je me suis tournée vers la vitre, vers les jardins vacillants des rangées de maisons mitoyennes.

Le train a ralenti à l'approche de Waterloo. On avait la sensation d'être entre deux mondes. Les mâchoires des freins ont grincé contre les roues métalliques du train, et j'ai eu l'impression d'avoir de nouveau huit ans, tandis que des rails inexorables me rapprochaient du point de convergence avec ma revue. J'arriverais bientôt au terminus et je devrais prouver que j'étais capable de descendre du wagon et de réintégrer mon métier d'adulte. Quand le train s'est arrêté, j'ai regardé derrière moi pour dire quelque chose au garçon aux yeux d'ambre, mais déjà il avait quitté sa place pour regagner le couvert du champ d'orge, l'ombre des bois protecteurs.

Je suis arrivée à l'étage de la rédaction à onze heures et demie. Un profond silence m'a accueillie. Toutes les filles me regardaient. J'ai souri et j'ai frappé dans mes mains.

« Allez, au boulot ! Le jour où cent mille représentantes des classes moyenne et supérieure appartenant à la tranche des dix-huit - trente-cinq ans, habitant en ville et exerçant un emploi se déconcentreront, nous suivrons le mouvement, mais pas avant. »

Tout au fond de l'espace sans cloisons, j'ai aperçu Clarissa, assise à mon bureau. Elle s'est levée quand je me suis approchée et a fait le tour pour venir à ma rencontre. Son gloss était prune irisé. Elle a pris mes mains dans les siennes.

« Oh ! Sarah. Ma pauvre chérie ! Comment est-ce que tu t'en sors ? »

Elle portait une robe chemisier aubergine avec une ceinture souple en galuchat noir et des bottes cavalières noires brillantes. Je me suis rendu compte que j'avais toujours le jean que j'avais enfilé pour conduire Batman à la garderie.

« Ça va. »

Clarissa m'a regardée de la tête aux pieds, sourcils froncés.

« Vraiment ?

— Oui, oui, je t'assure.

— Oh, eh bien, c'est super. »

J'ai tourné les yeux vers mon bureau. L'ordinateur portable de Clarissa était planté en plein milieu, à côté de son sac Kelly. Elle avait poussé mes papiers tout au bout.

« On ne pensait pas te voir aujourd'hui, a dit Clarissa. Comme tu peux le constater, j'ai usurpé ton trône. J'espère que ça ne te fait rien, *darling* ? »

J'ai vu qu'elle avait branché son BlackBerry dans mon chargeur.

« Non, bien sûr que non.

— On s'est dit que tu serais contente qu'on prenne un peu d'avance pour le numéro de juillet. »

Je sentais les regards posés sur nous d'une extrémité à l'autre du bureau paysagé. J'ai souri.

« Oui, c'est super. Vraiment. Alors, qu'est-ce qu'on a pour le moment ?

— Pour le nouveau numéro ? Tu ne veux pas t'asseoir tranquillement ? Je vais aller te chercher un café. Fais-toi un peu cocooner, va. C'est la moindre des choses après une épreuve pareille !

— Mon mari est mort, Clarissa. Je suis toujours en vie. J'ai un fils dont il faut que je m'occupe et un crédit immobilier à rembourser. J'aimerais autant me remettre au boulot tout de suite. »

Clarissa a reculé d'un pas.

« D'accord. On a des trucs super, tu vas voir. C'est le mois d'Henley, comme tu sais, alors on a prévu un ce-qu'il-ne-faut-surtout-pas-porter pour la régate, sur le mode ironique, un prétexte habile pour passer quelques photos de rameurs, des BG comme tu n'en as pas idée, *of course.* Pour la rubrique mode, on a pensé à un truc qui pourrait s'appeler "Des hommes bien ficelés" – tu vois ce qu'on a fait, là ? Il y aura des filles avec des fouets emmêlés autour de mecs en Duckie Brown, essentiellement. Quant à la rubrique "vécu", on a le choix entre deux machins. On peut passer un article intitulé "La Belle et le Budget", c'est l'histoire d'une femme qui a deux filles, des vraies mochetés, et qui n'a pas assez de fric pour payer une intervention de chirurgie esthétique aux deux. Un choix cornélien. Euh – ouais – je sais. *Ou bien* – c'est la solution que je préfère – on a un dossier "Bonnes vibrations". Je peux te dire que ça vous ouvre des horizons insoupçonnés. Franchement, Sarah, on trouve sur le net des sex-toys incroyables ! Ils sont censés satisfaire des désirs dont j'ignorais jusqu'à l'*existence.* Que Dieu nous ait toutes en sa sainte garde. »

J'ai fermé les yeux et j'ai écouté le bourdonnement des néons, le frémissement des télécopieurs et le papotage fluide des filles de la rédaction qui téléphonaient à des maisons de couture. Tout cela m'a paru soudain aussi insensé que de porter un minuscule deux-pièces vert au milieu d'une guerre africaine. J'ai expiré lentement, et j'ai rouvert les yeux.

« Alors, qu'est-ce que tu en dis ? Dilemme cosmétique ou corne d'abondance charnelle ? »

Je me suis approchée de la fenêtre et j'ai fait rouler mon front contre la vitre.

« Je t'en prie, ne fais pas ça, Sarah. Ça m'énerve.

— Je réfléchis.

— Je vois bien, *darling.* C'est précisément pour ça que ça m'énerve. Je sais parfaitement ce que tu penses. C'est la même chose tous les mois. Mais il faut bien qu'on passe des articles qui plaisent. Tu le sais aussi bien que moi. »

J'ai haussé les épaules. « Mon fils est convaincu qu'il perdra tous ses pouvoirs s'il retire son costume de Batman.

— Et alors ?

— On peut se faire des illusions, voilà ce que je veux dire. On peut avoir des idées fausses.

— C'est pour moi que tu dis ça ?

— Je ne sais plus trop quoi penser, Clar. À propos de la revue, je veux dire. Ça me paraît tellement coupé de la réalité, d'un coup.

— C'est sûr, ma pauvre chérie. Franchement, je me demande pourquoi tu es venue. C'est beaucoup trop tôt. »

J'ai hoché la tête. « Lawrence m'a dit la même chose.

— Tu ferais bien de l'écouter.

— C'est ce que je fais. J'ai de la chance de l'avoir, ça, c'est sûr. Je ne sais pas comment je me débrouillerais sans lui. »

Clarissa m'a rejointe devant la fenêtre.

« Tu lui as beaucoup parlé, depuis la mort d'Andrew ?

— Il est chez moi. Il s'est pointé hier soir.

— Il a passé la *nuit* chez toi ? Je croyais qu'il était marié.

— Ne fais pas ta sainte nitouche. Il l'était déjà avant la mort d'Andrew. »

Clarissa a frissonné. « Je sais. Mais c'est un peu gore quand même, non ?

— Tu trouves ? »

Clarissa a soufflé pour chasser une mèche de

cheveux de ses yeux. « Non, en fait, c'est un peu rapide, voilà ce que je veux dire.

— Si tu veux tout savoir, ce n'est pas moi qui lui ai demandé de venir.

— Alors, je répète ce que je disais : c'est un peu gore. »

Nos deux fronts étaient maintenant posés contre la vitre, nous regardions la circulation.

« En fait, je suis venue parler boulot, ai-je dit au bout d'un moment.

— Très bien.

— Je veux qu'on en revienne au genre d'articles qu'on passait au début, quand on a lancé la revue. Que, pour une fois, on mette vraiment du vécu dans la rubrique "vécu". C'est tout. Et je te préviens, inutile de chercher à m'avoir à l'usure, cette fois.

— D'accord, mais quoi ? Quel genre d'article ?

— Je veux un dossier sur les réfugiés au Royaume-Uni. Ne fais pas cette tête, on peut très bien faire ça dans le style de la revue. Si tu y tiens, on peut traiter des femmes réfugiées. »

Clarissa a roulé des yeux.

« Il y a quelque chose dans ta voix qui me fait penser que tu n'envisages pas exactement un papier sur les réfugiées et les sex-toys. »

J'ai souri.

« Et si je refusais ? a demandé Clarissa.

— Je ne sais pas. Théoriquement, j'imagine que je pourrais te virer. »

Clarissa a réfléchi un instant.

« Pourquoi les réfugiées ? Tu n'as toujours pas digéré qu'on n'ait pas passé ce truc sur la femme de Bagdad dans le numéro de juin ?

— Non. Je me dis simplement que c'est un sujet qui n'est pas près de disparaître. Ni en mai, ni en juin, ni n'importe quand dans un proche avenir.

— Bon », a dit Clarissa. Et puis elle a ajouté : « Tu me virerais vraiment, *darling* ?

— Je ne sais pas. Et toi, tu refuserais vraiment ?

— Je ne sais pas. »

Nous sommes restées longtemps à la fenêtre. En bas, dans la rue, un garçon au type italien doublait la file de voitures en vélo. Vingt, vingt-cinq ans, torse nu et bronzé, en petit short de nylon blanc.

« Cinq, a dit Clarissa.

— Sur dix ?

— Sur cinq, *darling.* »

J'ai ri. « Il y a des jours où j'aimerais bien échanger ma vie contre la tienne, Clar. »

Clarissa s'est tournée vers moi. J'ai remarqué le délicat halo de fond de teint sur la vitre, là où elle avait posé son front, comme un léger nuage couleur chair qui planait sur la flèche blanc-gris de Christ Church à Spitalfields.

« Oh ! Sarah. On se connaît depuis trop longtemps pour se laisser tomber. C'est toi le boss. Je vais te dégoter un article sur les réfugiées, bien sûr, si c'est vraiment ce que tu veux. Mais tu n'imagines sans doute pas la rapidité avec laquelle nos lectrices vont tourner les pages. Ce n'est pas un sujet qui touche leur vie *personnelle,* voilà le problème. »

J'ai été prise de vertige, je me suis sentie vaciller et j'ai reculé d'un pas.

« Tu n'as qu'à trouver le bon angle », ai-je dit d'une voix tremblante.

Clarissa m'a regardée attentivement. « Tu vois bien que ça ne va pas, Sarah. Tu n'es pas capable d'aligner deux idées cohérentes. Tu n'es pas encore en état de reprendre le boulot.

— Tu veux ma place, c'est ça, Clar ? »

Elle a rougi. « Dis-moi que tu n'as pas dit ça. »

Je me suis assise sur un coin du bureau et je me suis massé les tempes avec mes pouces.

« Non, je ne l'ai pas dit. Merde. Je te demande pardon. De toute façon, ce ne serait peut-être pas une mauvaise idée que tu *prennes* ma place. Je suis complètement déconnectée. Je ne sais plus où on va, je t'assure. »

Clarissa a souri. « Je ne veux pas de ta place, Sarah. »

Elle a agité ses ongles longs vers le bureau paysagé.

« Elles, elles en veulent encore, Sarah. Peut-être que tu devrais effectivement passer à autre chose et filer ton poste à l'une de ces filles.

— Tu crois qu'elles le méritent ?

— Et nous, on le méritait, à leur âge ?

— Je ne sais pas. Tout ce que je sais, c'est que j'en avais *vraiment* envie. Tu te rappelles comme c'était grisant ? J'étais prête à dévorer le monde en ce temps-là. Présenter l'actualité de façon glamour. Provoquer, tu te souviens ? Rien que le nom de notre revue, Clar. Tu te souviens pourquoi on l'a choisi ? *Nixie*, bordel. On va les attirer avec du sexe, et elles se retrouveront plongées dans nos articles de fond. On n'avait pas l'intention de laisser qui que ce soit nous apprendre à diriger une revue.

C'est nous qui allions leur apprendre, tu te rappelles ? Qu'est-ce qui est arrivé à l'appétit qu'on avait ?

— Ce qui est arrivé, Sarah, c'est qu'on a obtenu une partie de ce qu'on voulait. »

J'ai souri et je me suis assise à mon bureau. J'ai fait défiler les pages de la maquette sur l'écran de Clarissa.

« C'est très bon, ai-je dit.

— Évidemment que c'est bon, *darling*. Ça fait dix ans que je fais exactement le même article tous les mois. Chirurgie esthétique et sex-toys ? Je pourrais faire ça les yeux fermés. »

Je me suis inclinée contre mon dossier. Clarissa a posé la main sur mon épaule.

« Sérieusement, Sarah ?

— Hmmm ?

— Prends vingt-quatre heures pour y réfléchir, tu veux ? Je veux parler de l'article sur les réfugiées. Tu es complètement dans le gaz, avec tout ce qui t'est arrivé. Pourquoi ne pas te mettre en stand-by demain, juste pour être sûre ? Ensuite, si tu es toujours décidée, je t'arrangerai ça, évidemment. Mais si tu hésites, il n'est peut-être pas indispensable de foutre nos carrières en l'air, là, tout de suite. Tu ne crois pas, *darling* ? »

J'ai ouvert les yeux. « D'accord. Je vais prendre un jour. »

Clarissa s'est affaissée de soulagement. « Merci, ma belle. Parce que franchement, ce qu'on fait, ce n'est pas si mauvais. Les sujets mode, ça n'a jamais tué personne. »

J'ai balayé du regard l'étage de la rédaction et j'ai

vu les filles qui m'observaient : inquisitrices, excitées, prédatrices.

J'ai repris un train à moitié vide pour Kingston et je suis arrivée chez moi à deux heures de l'après-midi. Il faisait chaud et brumeux, avec une immobilité pesante dans l'air. Un peu de pluie n'aurait pas fait de mal.

Lawrence était dans la cuisine. J'ai branché la bouilloire.

« Où est Abeille ?

— Au jardin. »

J'ai regardé dehors et je l'ai vue, allongée dans l'herbe, tout au fond du jardin, près du laurier.

« Alors, comment tu la trouves ? Ça va ? »

Il s'est contenté de hausser les épaules.

« Qu'est-ce qu'il y a ? Vous n'avez pas trop accroché, si ?

— Ce n'est pas ça.

— Ne viens pas me dire que l'atmosphère n'est pas légèrement crispée entre vous. Je le sens. »

Je me suis rendu compte que j'avais remué un des sachets de thé avec une telle énergie qu'il avait éclaté. J'ai vidé la tasse dans l'évier et j'ai recommencé.

Lawrence était derrière moi, il m'a prise par la taille.

« C'est toi qui as l'air crispée, a-t-il dit. C'est le boulot ? »

J'ai penché la tête en arrière pour la poser sur son épaule et j'ai soupiré.

« C'était parfaitement atroce. J'ai tenu quarante minutes. Je me demande si je ne devrais pas laisser tomber. »

Il a soupiré dans ma nuque.

« Je le savais. Je l'ai senti venir. »

J'ai regardé par la fenêtre Petite Abeille, couchée sur le dos, qui regardait le ciel vaporeux se remplir de gris.

« Tu te rappelles ce qu'on éprouvait à son âge ? Ou à celui de Charlie ? Cette impression qu'on pouvait vraiment *faire* quelque chose pour rendre le monde meilleur ?

— Tu t'adresses à la mauvaise personne. Je travaille pour le gouvernement central, tu te souviens ? *Faire* quelque chose ? Voilà très exactement l'erreur qu'on nous apprend à éviter comme la peste.

— Arrête, Lawrence, je parle sérieusement.

— Si j'ai cru un jour que je pourrais changer le monde ? C'est ça ta question ?

— Oui.

— Peut-être, un peu. Quand je suis entré dans la fonction publique, tout au début, je devais être plutôt idéaliste.

— Et tu saurais dire quand tu as cessé d'y croire ?

— Quand j'ai compris qu'on n'allait pas changer le monde. En tout cas pas si ça obligeait à installer des systèmes informatiques. Autrement dit le premier jour, vers midi. »

J'ai souri et j'ai approché ma bouche de l'oreille de Lawrence. « Ce qu'il y a de sûr, c'est que tu as changé mon monde », ai-je chuchoté.

Lawrence a dégluti. « Oui, a-t-il dit. Sans doute. »

Derrière nous, la machine à glaçons a laissé tomber un nouveau cube de glace. Nous sommes restés là un moment, les yeux fixés sur Petite Abeille.

« Regarde-la, ai-je dit. J'ai tellement peur. Tu crois que j'arriverai à la sauver ? »

Lawrence a haussé les épaules. « Peut-être. Ne le prends pas mal, mais je ne peux qu'ajouter : et après ? Sauve-la, mais il y en a tout un monde derrière elle. Tout un essaim de Petites Abeilles, qui viennent butiner ici.

— Ou assurer la pollinisation.

— Ça me paraît bien naïf.

— Je crois que ma chef de rubrique serait assez d'accord avec toi. »

Lawrence m'a massé les épaules et j'ai fermé les yeux.

« Qu'est-ce qui te ronge comme ça ? m'a-t-il demandé.

— Je n'arrive pas à me servir de la revue pour faire bouger les choses. C'était pourtant notre objectif. Être incisive, provocante. Ne pas être un magazine féminin comme les autres.

— Et qu'est-ce qui t'empêche de le faire ?

— Chaque fois qu'on traite un sujet profond, sérieux, les ventes dégringolent.

— La vie des gens n'est pas marrante, tu sais. On peut comprendre qu'ils n'aient pas très envie qu'on leur rappelle que celle des autres est tout aussi merdique que la leur.

— Sans doute. Peut-être qu'Andrew avait raison, après tout. Peut-être qu'il est temps que je devienne adulte et que je fasse un boulot d'adulte. »

Lawrence m'a prise dans ses bras.

« Ou peut-être que tu devrais te détendre cinq minutes et profiter de ce que tu as. »

J'ai regardé dans le jardin. Le ciel s'était assombri. La pluie n'était sûrement pas loin.

« Petite Abeille m'a changée, Lawrence. Je ne peux pas la regarder sans me dire que ma vie est terriblement superficielle.

— Tu dis n'importe quoi, Sarah. La télé nous montre tous les jours les problèmes du monde. Ne viens pas me dire que c'est la première fois que tu prends conscience qu'ils sont réels. Ne viens pas me dire que ces gens ne seraient pas prêts à échanger leur vie contre la tienne s'ils le pouvaient. Leur vie, on est bien d'accord, c'est l'horreur. Mais tu crois que c'est une raison pour foutre la tienne en l'air ? Ça ne les aidera pas.

— Je ne les aide pas en ce moment, si ?

— Qu'est-ce que tu veux faire de plus ? Merde, tu t'es coupé un *doigt* pour sauver cette fille. Et maintenant, tu l'héberges. Nourrie, logée, un avocat... ce n'est pas gratuit, tout ça. Tu touches un salaire plus que correct et tu le dépenses pour l'aider.

— Dix pour cent. Voilà ce que je lui donne. Un doigt sur dix. Dix livres sur cent. Dix pour cent, on ne peut pas appeler ça un engagement total.

— Remets les choses en perspective, tu veux. Dix pour cent, c'est le prix pour faire des affaires. Dix pour cent, ça t'achète un monde stable où faire ta vie. Ici, dans un pays occidental. Voilà comment il faut voir les choses. Si tout le monde donnait dix pour cent, on n'aurait pas besoin d'accorder l'asile à qui que ce soit.

— Tu veux toujours que je la vire, hein ? »

Lawrence m'a fait pivoter pour que je le regarde

en face. Il y avait dans ses yeux quelque chose qui ressemblait presque à de la panique, et, à ce moment-là, ça m'a troublée pour des raisons que je ne comprenais pas.

« Non, a-t-il dit. Absolument pas. Garde-la, occupe-toi d'elle. Mais s'il te plaît, je t'en supplie, ne fous pas ta vie en l'air. Je tiens trop à toi pour ça. Je tiens trop à nous.

— Oh, je ne sais pas, je ne sais plus ! ai-je soupiré. Andrew me manque », ai-je dit.

Lawrence a retiré ses mains de ma taille, il a reculé d'un pas.

« Oh, pardon ! Ce n'est pas ce que je voulais dire. Tu comprends, il était si fort pour gérer le quotidien. C'était un mec tellement carré. Il m'aurait dit : *Arrête tes conneries, Sarah. Tu vas garder ton boulot, c'est clair.* J'aurais été furieuse, parce que je ne supportais pas qu'il me parle sur ce ton, mais j'aurais effectivement gardé mon boulot et, évidemment, c'est lui qui aurait eu raison, ce qui, en un sens, n'aurait fait qu'aggraver les choses. Mais il me manque, Lawrence. C'est bizarre qu'un mec pareil puisse vous manquer. »

Lawrence s'est adossé au comptoir de la cuisine, les yeux rivés sur moi.

« Qu'est-ce que tu veux de moi ? Que je monte sur mes grands chevaux comme Andrew ? »

J'ai souri. « Oh ! arrête, viens. »

Je me suis blottie contre lui, j'ai humé l'odeur douce et propre de sa peau.

« Je redeviens infernale, hein ?

— Tu es paumée, c'est tout. Il va te falloir du temps pour retomber sur tes pieds. Que tu remettes ta vie en question, c'est une bonne chose, bien sûr, mais je crois qu'il ne faut rien précipiter. Si dans six mois tu as encore envie de quitter ton boulot, à ce moment-là, vas-y, fonce. Mais pour l'instant, ce que tu gagnes te permet de faire quelque chose d'utile. On peut parfaitement faire de bonnes choses à partir d'une situation imparfaite. Je suis bien placé pour le savoir, crois-moi. »

J'ai cligné les yeux pour refouler mes larmes. « Le compromis, c'est ça ? Quelle tristesse de devoir grandir ! Au début, on est comme Charlie, persuadé de pouvoir tuer tous les méchants et sauver le monde. Puis on vieillit un peu, on arrive à l'âge de Petite Abeille, mettons, et on se rend compte qu'on a en soi un peu de la méchanceté du monde, qu'on en fait peut-être partie. Ensuite, on vieillit encore, on se sent un peu mieux dans ses baskets, et on commence à se demander si, dans le fond, cette méchanceté qu'on a cru distinguer en soi est aussi terrible que ça. On se met à parler de dix pour cent.

— Peut-être que ça fait partie du développement normal de l'individu, Sarah. »

J'ai soupiré, et j'ai regardé Petite Abeille, dans le jardin.

« Oui, ai-je dit, c'est peut-être ça un monde en développement. »

9

Sarah avait une décision très importante à prendre pour son travail, alors elle n'est pas allée à la revue. Ce matin-là, elle nous a dit, à Lawrence, Charlie et moi : *Allons, en route pour l'aventure !* J'étais heureuse parce que Sarah souriait. Et j'étais contente aussi parce que cela faisait bien des années que je n'étais pas partie pour l'aventure.

Qu'est-ce que c'est une aventure ? Tout dépend de l'endroit d'où on part. Les petites filles de votre pays, elles se cachent dans l'interstice entre la machine à laver et le réfrigérateur et elles font semblant d'être dans la jungle, entourées de serpents verts et de singes. Ma sœur et moi, nous nous cachions dans un interstice de la jungle, entourées de serpents verts et de singes, et nous faisions semblant d'avoir une machine à laver et un réfrigérateur. Vous vivez dans un monde de machines et vous rêvez de choses qui ont un cœur qui bat. Nous, nous rêvons de machines parce que nous savons où les cœurs qui battent nous ont laissés.

Quand nous étions petites, Nkiruka et moi, il y avait un endroit de la jungle où nous allions, près de notre village, un endroit secret. C'est là que nous jouions au papa et à la maman. La dernière fois que nous sommes parties pour cette aventure, ma sœur avait dix ans et moi huit. Nous étions déjà trop grandes pour jouer à ce jeu, nous le savions toutes les deux, mais nous avions envie de rêver notre rêve une dernière fois pour le graver dans notre mémoire, avant de nous réveiller pour toujours.

Nous nous sommes faufilées hors du village pendant les heures les plus tranquilles de la nuit. C'était l'année avant que les problèmes du pétrole ne commencent, et quatre ans avant que ma sœur se mette à sourire aux grands garçons. Comme vous voyez, c'était une période paisible pour notre village. Il n'y avait pas de sentinelles qui gardaient la route là où les maisons se terminaient, et nous sommes sorties sans que personne nous demande où nous allions. Tout de même, nous ne sommes pas parties comme ça, directement. Nous avons dû attendre que le reste du village soit endormi. Cela a pris plus de temps que d'habitude, parce que la lune était pleine, si lumineuse qu'elle se reflétait sur les toits métalliques et étincelait dans la cuvette d'eau que nous mettions dans notre chambre, ma sœur et moi, pour nous laver la figure. La lune rendait les chiens et les vieux nerveux, et de longues heures d'aboiements et de grommellements se sont écoulées avant que le silence ne tombe sur la dernière des maisons.

Nous avons regardé par la fenêtre, Nkiruka et moi, jusqu'à ce que la lune ait atteint une taille extraordinaire, qu'elle soit si grande qu'elle remplissait tout le cadre de la fenêtre. Nous distinguions le visage de l'homme dans la lune, si proche que nous pouvions voir la folie dans ses yeux. La clarté de la lune était si vive qu'on aurait pu croire que c'était le jour, pas un jour ordinaire du tout, mais un jour déconcertant, un jour supplémentaire, comme le sixième doigt d'un chat ou comme un message secret qu'on découvre, caché entre les pages d'un livre qu'on a lu bien des fois déjà sans jamais rien trouver. La lune brillait sur le limba, elle miroitait sur la vieille Peugeot cassée et elle étincelait sur le fantôme de la Mercedes. Tout luisait de cet éclat pâle et sombre. C'est à ce moment-là que Nkiruka et moi sommes sorties dans la nuit.

Les animaux et les oiseaux avaient un comportement étrange. Les singes ne hurlaient pas, et les oiseaux de nuit se taisaient. Le silence dans lequel nous marchions était si profond qu'on aurait dit, ce n'est pas une plaisanterie, que les petits nuages d'argent qui glissaient sur la face de la lune s'inclinaient vers la terre en faisant *chttt*. Les yeux de Nkiruka quand elle s'est tournée vers moi étaient pleins de frayeur et d'excitation en même temps. Nous nous tenions par la main et nous avons parcouru un kilomètre à travers les champs de manioc jusqu'à l'endroit où commençait la jungle. Les sentiers de terre rouge entre les rangées de manioc brillaient au clair de lune comme des côtes de géant. Quand nous sommes arrivées à la jungle, elle était silencieuse et obscure.

Nous n'avons pas parlé, nous y sommes entrées comme ça, avant d'avoir trop peur. Nous avons marché longtemps. Le sentier se resserrait, les feuillages et les branches se refermaient sur nous de plus en plus étroitement, nous obligeant à marcher à la queue leu leu. Puis les branchages ont commencé à barrer le passage, ce qui nous a forcées à nous accroupir. Bientôt, nous n'avons plus pu avancer du tout. Alors Nkiruka a dit : *Ce n'est pas le bon chemin, il faut faire demi-tour*, et nous avons fait demi-tour. Mais à ce moment-là, nous nous sommes rendu compte que nous ne nous trouvions pas du tout sur un sentier, parce que les branches et les plantes continuaient à se serrer tout autour de nous. Nous avons encore continué un petit peu, en contournant les plantes, mais très vite, nous avons constaté que nous nous étions trompées de chemin et que nous étions perdues.

Sous la jungle, il faisait tellement sombre que nous ne distinguions même pas nos propres mains, et nous nous cramponnions l'une à l'autre pour ne pas nous perdre. Tout autour de nous, nous entendions les bruits des animaux qui se déplaçaient dans le sous-bois. Bien sûr, c'étaient de toutes petites bêtes, rien que des rats, des musaraignes et des cochons de jungle, mais dans le noir, ils nous paraissaient énormes, aussi gros que notre peur, et ils grandissaient encore avec elle. Nous n'avions pas du tout envie de faire semblant d'avoir un réfrigérateur et une machine à laver. De toute évidence, ce n'était pas le genre de nuit où des appareils de ce genre peuvent servir à quelque chose.

Je me suis mise à pleurer parce qu'il faisait complètement nuit et que j'étais sûre que cela ne changerait plus jamais. Mais Nkiruka m'a prise dans ses bras, elle m'a bercée et elle m'a chuchoté : *Ne sois pas triste, petite sœur. Tu sais comment je m'appelle ?* Et, à travers mes sanglots, j'ai dit : *Tu t'appelles Nkiruka.* Et ma sœur m'a frotté la tête et elle a dit : *Oui, c'est bien ça. Mon nom veut dire « l'avenir est radieux ». Tu vois ? Crois-tu que notre mère et notre père m'auraient donné ce nom si ce n'était pas vrai ? Tant que tu es avec moi, petite sœur, il ne fera pas toujours noir.* Alors j'ai arrêté de pleurer et je me suis endormie, la tête contre l'épaule de ma sœur.

Je me suis réveillée avant Nkiruka. J'avais froid, c'était l'aube. Les oiseaux de la jungle se réveillaient et nous étions entourées d'une pâle lueur, une fine lumière gris-vert. Tout autour de nous poussaient des fougères basses et des plantes rampantes. Les feuilles ruisselaient de rosée. Je me suis levée et j'ai fait quelques pas devant moi, parce qu'il me semblait que la lumière était plus vive dans cette direction. J'ai écarté une branche basse, et c'est à ce moment-là que je l'ai vue. Il y avait une très vieille Jeep dans le sous-bois. Ses pneus avaient pourri, les plantes rampantes et les fougères s'étaient frayé un passage à travers les arceaux de ses roues. Les sièges de plastique noir étaient en lambeaux et les petits ressorts rouillés en sortaient. Des moisissures recouvraient les portes. J'étais arrivée par l'arrière de la Jeep, alors je me suis approchée.

J'ai vu que la jungle et la Jeep avaient poussé ensemble, si bien qu'on ne savait plus où l'une s'arrêtait et où l'autre commençait – si la jungle poussait dans la Jeep ou la Jeep dans la jungle. Le plancher de la Jeep était couvert de plusieurs saisons de feuilles pourries et tout son métal avait pris la même couleur foncée que les feuilles tombées et que la terre. Le squelette d'un homme était couché en travers des sièges avant. Je ne l'ai pas remarqué tout de suite, parce qu'il portait des vêtements de la même couleur que les feuilles, mais ils étaient tellement déchirés et en guenilles que les os blancs brillaient à travers, dans la lumière du petit matin. On aurait dit que le squelette avait été fatigué de conduire et s'était allongé pour dormir sur les deux sièges avant. Son crâne reposait sur le tableau de bord, un peu à l'écart du reste du corps. Il regardait en l'air, vers un petit morceau de ciel étincelant, très haut au-dessus de nous, là où il y avait une trouée dans la canopée. Je le sais parce que le crâne portait des lunettes de soleil et que le ciel se reflétait dans un des verres. Un escargot avait rampé sur ce verre et avait mangé toute la moisissure verte et toute la saleté qui le recouvraient, et c'était dans la trace luisante de cette créature que le verre reflétait le ciel. L'escargot était arrivé maintenant à mi-chemin d'une des branches des lunettes de soleil. Je me suis approchée pour mieux voir. Les lunettes de soleil avaient une fine monture en or. Dans le coin du verre qui reflétait le ciel, l'escargot avait rampé sur l'endroit qui portait l'inscription Ray-Ban. J'ai cru que c'était le nom de l'homme, parce que j'étais petite, que mes ennuis ne m'avaient pas encore rattrapée et que je ne comprenais pas encore qu'on pouvait avoir de bonnes raisons de porter un nom qui n'était pas le sien.

Je me suis redressée et j'ai passé un long moment

à regarder le crâne de Ray-Ban et à observer le reflet de mon propre visage dans ses verres. J'étais encadrée par le paysage de mon pays : une petite fille avec de grands arbres sombres et une tache de soleil. J'ai regardé longtemps, le crâne ne s'est pas détourné, moi non plus, et j'ai su que cela resterait toujours comme cela pour moi.

Au bout de quelques minutes, j'ai rejoint ma sœur. Les branches se sont refermées derrière moi. Je n'ai pas compris pourquoi la Jeep était là. Je ne savais pas qu'il y avait eu une guerre dans mon pays, presque trente ans plus tôt. La guerre, les routes, les ordres – tout ce qui avait conduit la Jeep à cet endroit-là avait été envahi par la jungle. J'avais huit ans et je croyais que la Jeep avait poussé de la terre, comme les fougères et les grands arbres tout autour de nous. Je croyais qu'elle avait poussé tout naturellement du sol rouge de mon pays, aussi naturellement que le manioc. Je savais aussi que je ne voulais pas que ma sœur la voie.

J'ai suivi la trace de mes pas jusqu'à l'endroit où Nkiruka dormait toujours. Je lui ai caressé la joue. *Réveille-toi,* lui ai-je dit. *La lumière est revenue. Nous pouvons retrouver le chemin de la maison maintenant.* Nkiruka m'a souri et elle s'est assise. Elle s'est frotté les yeux pour chasser le sommeil. *Tu vois ?* a-t-elle dit. *Je t'avais bien dit que la nuit ne durerait pas toujours.*

« Ça va ? » m'a demandé Sarah.

J'ai cligné les yeux et j'ai parcouru la cuisine du regard. J'ai vu les plantes rampantes de la jungle quitter la table, et les murs blancs immaculés reculer dans les angles les plus sombres de la pièce.

« Tu étais dans la lune ?

— Pardon, ai-je dit. Je ne suis pas encore bien réveillée. »

Sarah a souri. « Je proposais qu'on parte pour une aventure. »

Charlie a levé les yeux vers elle.

« On va à Gotham City ? » a-t-il demandé.

Sarah a ri : « Non, Batman, on va faire un tour au parc, c'est tout. »

Charlie s'est laissé tomber par terre. « Veux pas aller au parc. »

Je me suis accroupie à côté de lui. « Batman, ai-je dit, il y a des arbres au parc, et beaucoup de vieilles branches par terre.

— Et alors ?

— Alors, nous pourrons y construire Gotham City, avec des branches. »

Charlie s'est gratté la tête, derrière une de ses oreilles de Batman.

« Avec la bat-grue de moi ?

— Et tes pouvoirs spéciaux. »

Charlie a souri de toutes ses dents. « Je veux aller au parc *tout de suite* ! »

— Alors, viens, mon petit guerrier, a dit Sarah. Grimpons dans la bat-mobile. »

Lawrence s'est assis à l'avant de la voiture avec Sarah et je suis montée derrière avec Charlie. Nous avons franchi la grille de Richmond Park et nous avons pris une route étroite qui montait sur une colline très escarpée. Des deux côtés, de hautes herbes vertes se balançaient dans la brise et des daims relevaient la tête pour nous regarder passer.

Sarah s'est arrêtée au parking, à côté de la camionnette d'un vendeur de glaces.

« Non, Batman, a dit Sarah. Ce n'est même pas la peine de demander, la réponse est non, pas maintenant. »

Elle a pris Charlie par la main et il s'est laissé traîner, en se retournant tout le temps vers la camionnette de glaces. Il n'y avait pas beaucoup de monde dans le parc et nous avons suivi un chemin de terre jusqu'à un endroit appelé l'Isabella Plantation. Il contenait de grandes jungles de buissons qui s'enroulaient et s'emmêlaient.

« Ces rhododendrons sont vraiment splendides », a dit Sarah.

Sous leurs branches lisses et onduleuses, l'ombre était obscure et fraîche. Il faisait chaud au soleil. Nous nous sommes arrêtés sur une jolie pelouse, à côté d'un petit lac où glissaient des canards. Sarah a étalé une couverture à l'ombre d'un arbre qui avait une écorce rouge qui pelait et une étiquette de laiton pour dire ce que c'était. Il n'y avait pas de vent dans l'Isabella Plantation. La surface du lac était lisse comme de l'huile. Le ciel s'y reflétait. L'eau et le ciel s'étiraient pour se rejoindre et la ligne où ils se rencontraient était brumeuse et floue. De gros poissons nageaient dans le lac, mais ils ne remontaient pas à la surface. Tout ce qu'on pouvait voir, c'étaient les remous de l'eau, là où ils étaient passés. J'ai regardé Sarah, elle m'a retourné mon regard, et nous nous sommes rendu compte que nous n'arrivions pas à sourire.

« Je suis désolée, a-t-elle dit. Ça te rappelle la plage, c'est ça ?

— Ça va. Ce n'est que de l'eau. »

Nous nous sommes assis sur la couverture. Il faisait frais à l'ombre et tout était paisible. Un peu partout sur la pelouse, des familles arrivaient et s'installaient pour profiter de la journée. Il y avait une famille, je n'ai pas pu m'empêcher de la regarder deux fois : un père, une mère et une petite fille. Le père faisait des tours avec une pièce de monnaie pour amuser sa fille. Il lançait la pièce en l'air très haut et je la voyais dégringoler à travers le ciel bleu vif, avec le soleil qui brillait dessus et le visage de la reine d'Angleterre dont les lèvres remuaient et disaient, *Grands dieux, il semblerait que nous chutions.* La pièce retombait tout droit dans la main de l'homme et la main de l'homme se refermait. La couleur de sa main était très foncée, encore plus foncée que ma peau. Et sa fille riait et essayait de desserrer les doigts de la main de l'homme, et sa peau à elle était beaucoup plus claire que celle de son père – elle était de la couleur des bâtons que Charlie courait ramasser tout autour de nous. Et la mère riait aussi et aidait sa fille à obliger la main du père à s'ouvrir, et la peau de la mère était claire comme celle de Sarah.

Je n'essayerais même pas d'expliquer ça aux filles, là-bas, chez moi, parce qu'elles ne me croiraient pas. Si je leur disais que j'ai vu des enfants nés de parents dont l'un était noir et l'autre blanc, qui se tenaient par la main dans le parc et qui riaient ensemble, elles se contenteraient de secouer la tête et diraient : *Mam'selle j'y-suis-allée nous raconte encore des histoires.*

Mais j'ai regardé tout autour de moi et j'ai

remarqué d'autres familles comme cela. La plupart étaient blanches, mais il y en avait aussi des noires, et il y en avait autant de mélangées que de toutes noires. Cela m'a fait sourire. Je me suis dit : Petite Abeille, ici, *les autres*, ça n'existe pas. Ces gens heureux, ces gens mélangés qui sont une chose et une autre en même temps, ces gens-là, c'est *toi*. Tu ne manqueras à personne, et personne ne te cherche. Alors qu'est-ce qui t'empêche d'entrer pour de bon dans ce pays mélangé et d'en faire partie ? Je me suis dit : Petite Abeille, voilà peut-être exactement ce que tu devrais faire.

Charlie me tirait par la main. Il voulait construire Gotham City tout de suite, alors nous sommes allés ensemble jusqu'à la lisière de la jungle de rhododendrons. Il y avait beaucoup de morceaux de bois pâles, lisses, qui étaient tombés là. Nous avons travaillé longtemps. Nous avons construit des tours et des ponts. Nous avons construit des routes, des voies de chemin de fer et des écoles. Puis nous avons construit un hôpital pour des super-héros blessés et aussi un hôpital pour les animaux blessés, parce que Charlie a dit que sa ville avait besoin de tout cela. Charlie était très concentré. Je lui ai demandé : « Tu ne veux pas retirer ton costume de Batman ? » mais il a secoué la tête.

« Tu devrais, je t'assure. Il fait une telle chaleur, tu vas être épuisé. Allons, tu n'as pas trop chaud avec ce costume ?

— Si, mais si je suis pas dans le costume de moi, alors je suis pas Batman.

— Et il faut vraiment que tu sois Batman tout le temps ? »

Charlie a hoché la tête. « Oui. Parce que si je suis pas Batman *tout le temps*, alors le papa de moi, il devient mort. »

Charlie a regardé par terre. Il tenait un bâton dans ses mains, si serré que je voyais les petits os blancs de la jointure de ses doigts à travers la peau.

« Charlie. Tu crois que ton papa est mort parce que tu n'étais pas Batman ? »

Charlie a levé la tête vers moi. À travers les orbites sombres de son costume de Batman, je voyais les larmes dans ses yeux.

« Un jour, je suis été à ma garderie, a-t-il dit. Et alors les méchants, ils ont attrapé le papa de moi. »

Sa lèvre tremblait. Je l'ai attiré vers moi et je l'ai serré dans mes bras pendant qu'il pleurait. Pardessus son épaule, j'ai regardé les tunnels noirs et froids qui s'enfonçaient entre les racines enchevêtrées des rhododendrons. J'ai scruté les ténèbres, mais tout ce que j'ai vu, c'était Andrew qui tournoyait lentement au bout du câble électrique et ses yeux qui me regardaient chaque fois qu'il arrivait en face de moi. Le regard de ses yeux était celui de ces tunnels noirs : il n'avait pas de fin.

« Écoute, Charlie, ai-je dit. Ton papa n'est pas mort parce que tu n'étais pas là. Ce n'est pas ta faute. Tu comprends ? Tu es un bon garçon, Charlie. Ce n'est pas du tout ta faute. »

Charlie s'est dégagé et m'a regardée.

« Alors pourquoi il a mouru, le papa de moi ? »

J'ai réfléchi.

« Les méchants l'ont attrapé, Charlie, c'est vrai. Mais ces méchants-là, Batman ne peut pas se battre contre eux. Ces méchants-là, ton papa devait les combattre dans son cœur, et moi, je dois les combattre dans mon cœur. Ce sont des méchants de l'intérieur. »

Charlie a hoché la tête. « Il y en a très beaucoup ?

— De quoi ?

— Des méchants de l'intérieur ? »

J'ai regardé les tunnels sombres et j'ai frissonné. « Je crois qu'ils vont chez tout le monde.

— Mais on va les battre ? »

J'ai hoché la tête. « Bien sûr.

— Et ils vont pas m'attraper, hein ? »

J'ai souri. « Mais non, Charlie. Je pense que ces méchants-là ne t'attraperont jamais.

— Et toi, ils vont pas t'attraper non plus, hein ? »

J'ai soupiré. « Non, non, Charlie, il n'y a pas de méchants ici, dans ce parc. Et aujourd'hui, on est en vacances. Peut-être que tu pourrais arrêter d'être Batman juste un jour, tu ne crois pas ? »

Charlie a pointé son bâton vers moi et il a froncé les sourcils, comme si c'était une ruse de l'ennemi. « Batman, il est *toujours* Batman. »

J'ai ri et nous avons recommencé à construire des maisons avec des bâtons. J'en ai posé un long, blanc-gris, au sommet d'un tas dont Charlie disait que c'était un parking de bat-mobiles à étages multiples.

« Il y a des moments, tu sais, où j'aimerais bien arrêter d'être Petite Abeille pendant un jour », ai-je dit.

Charlie a levé les yeux vers moi. Une goutte de sueur a coulé sous son masque. « Pourquoi ?

— Cela n'a pas été facile de devenir Petite Abeille. J'ai dû réussir un tas d'épreuves. On m'a mise en rétention, et il a fallu que j'apprenne à penser d'une certaine façon, à être forte et à parler ta langue comme vous, vous la parlez. Et c'est toujours un effort pour moi de continuer à le faire. Parce que, à l'intérieur, tu sais, je ne suis qu'une fille de village. J'aimerais bien redevenir une fille de village et faire les choses que font les filles de village. J'aimerais lire et sourire aux grands garçons. J'aimerais faire des bêtises quand la lune est pleine. Et surtout, tu sais, j'aimerais pouvoir utiliser mon vrai nom. »

Charlie s'est arrêté, pelle en l'air.

« Mais Petite Abeille, *c'est* le vrai nom de toi. »

J'ai secoué la tête. « Hmm-mmm. Petite Abeille n'est que mon nom de super-héros. J'ai un vrai nom aussi, comme toi, tu as Charlie. »

Charlie a hoché la tête.

« Et le vrai nom de toi, c'est quoi ? a-t-il dit.

— Je te le dirai si tu retires ton costume de Batman. »

Charlie a froncé les sourcils. « En vrai, je suis *obligé* de garder le costume de Batman de moi pour toujours. »

J'ai souri. « D'accord, Batman. Une autre fois, peut-être. »

Charlie a commencé à construire un mur entre la jungle et les faubourgs de Gotham City.

« Hmmm », a-t-il fait.

Au bout d'un moment, Lawrence nous a rejoints.

« Je vais prendre le relais, a-t-il dit. Si tu pouvais essayer de parler à Sarah et de lui mettre un peu de plomb dans la cervelle, ce serait vraiment sympa.

— Pourquoi, qu'est-ce qui ne va pas ? »

Lawrence a tendu les mains, paumes en l'air, et puis il a soufflé par la bouche, vers le haut, faisant voler ses cheveux. « Va la voir, c'est tout, tu veux bien ? »

Je suis retournée vers la couverture à l'ombre. Sarah y était assise, les bras autour des genoux.

« Franchement, a-t-elle dit en me voyant, ce *mec*. On croit rêver.

— Lawrence ?

— Il y a des moments où je me demande si je ne m'en sortirais pas mieux sans lui. Non, je ne veux pas dire ça, évidemment. Mais franchement. J'ai quand même le droit de parler d'Andrew, non ?

— Vous vous êtes disputés ? »

Sarah a soupiré.

« Je crois que Lawrence a toujours du mal à se faire à l'idée que tu sois là. Ça lui fout les nerfs en pelote.

— Qu'est-ce que vous avez dit, à propos d'Andrew ?

— Je lui ai dit que j'avais fait un peu de rangement dans le bureau d'Andrew, hier soir. J'ai jeté un coup d'œil à ses papiers, c'est tout. Je voulais voir s'il restait des factures à payer, vérifier qu'il n'y avait pas de débit différé sur une de nos cartes, ce genre de choses. (Elle m'a regardée.) Le truc, c'est que visiblement Andrew n'a pas arrêté de penser à ce qui s'était passé sur la plage. Je croyais qu'il avait tourné la page, mais je me trompais. Il avait commencé à faire des recherches à ce sujet. J'ai trouvé, je ne sais pas, une bonne vingtaine de dossiers sur la question dans son bureau. Sur le Nigeria. Sur les guerres du pétrole, les atrocités.

Et... je dois dire que je n'imaginais pas combien de gens comme toi sont parvenus en Angleterre après ce qui est arrivé dans les villages. Andrew avait tout un classeur rempli de documents sur le droit d'asile et la rétention administrative.

— Vous les avez lus ? »

Sarah s'est mâchonné la lèvre. « Pas vraiment. Feuilletés, c'est tout. Il y a de la lecture pour un bon mois. Et figure-toi qu'en plus il a annoté soigneusement chaque document. Un boulot d'enfer. Du Andrew craché. C'était le soir, trop tard pour que je m'installe et que je regarde ça de près. Combien de temps tu dis qu'ils t'ont gardée dans cet endroit, Abeille ?

— Deux ans.

— Tu peux me raconter comment c'était ?

— Il vaut mieux que vous ne le sachiez pas. Ce n'est pas votre faute si je me suis retrouvée là-bas.

— Raconte-moi. S'il te plaît. »

J'ai soupiré parce que les souvenirs de cet endroit me rendaient le cœur lourd.

« Pour commencer, tout le monde devait écrire son histoire. On nous a donné un formulaire rose pour écrire ce qui nous était arrivé. C'étaient les motifs de la demande d'asile. Toute notre vie, on devait la faire tenir sur une feuille de papier. Il y avait un trait noir tout autour de la feuille, une frontière, et si on écrivait de l'autre côté de la ligne, la demande n'était pas valable. Il y avait juste la place d'écrire les choses les plus tristes qui nous étaient arrivées. C'était ça, le pire. Parce que, si on ne peut pas lire les belles choses qui sont arrivées à quelqu'un dans sa vie, pourquoi est-ce qu'on s'intéresserait à sa tristesse ? Vous comprenez ? C'est pour ça que les gens ne nous aiment pas, nous les réfugiés. Parce qu'ils ne connaissent que ce qu'il y a eu de tragique dans notre vie, ils croient que nous sommes des gens tragiques. J'étais une des seules à pouvoir écrire en anglais, alors j'ai rempli les demandes de toutes les autres. J'ai dû écouter leur histoire, puis faire tenir toute leur vie à l'intérieur de la ligne, même pour les femmes qui sont bien plus grandes qu'une feuille de papier. Ensuite, tout le monde attendait le résultat de la demande. On ne nous donnait aucune information. C'était le plus dur. Aucune d'entre nous n'avait commis d'infraction, mais il n'y avait pas moyen de savoir si nous serions libérées le lendemain, la semaine suivante, ou jamais. Il y avait même des enfants, et ils ne se rappelaient pas la vie avant la rétention. Les fenêtres avaient des barreaux. On nous laissait faire de la gymnastique dehors une demi-heure par jour, sauf quand il pleuvait. Si une fille avait mal à la tête, elle pouvait réclamer un comprimé de paracétamol, mais la demande devait être faite vingt-quatre heures à l'avance. Il fallait remplir un formulaire spécial. Il y avait un autre formulaire quand nous avions besoin de serviettes hygiéniques. Un jour, il y a eu une inspection du centre de rétention. Quatre mois plus tard, nous avons vu le rapport des inspecteurs. Il était punaisé sur un tableau d'affichage, celui des *notes de service*, tout au fond d'un couloir où personne n'allait jamais parce qu'il conduisait à la sortie et que la sortie était fermée à clé. Une des filles a trouvé ce panneau d'affichage alors qu'elle cherchait une fenêtre pour essayer de regarder dehors. Le rapport disait : *Nous trouvons les procédures excessivement humiliantes. Nous ne voyons pas comment il est possible de commettre un abus excessif de serviettes hygiéniques.* »

Sarah s'est tournée vers l'endroit où Lawrence et Charlie riaient et s'envoyaient des bâtons à grands coups de pied. Quand elle a repris la parole, sa voix était calme. « Je crois qu'Andrew avait l'intention d'écrire un livre. C'est certainement pour ça qu'il rassemblait tous ces documents. S'il avait simplement voulu faire un article ou un truc comme ça, il n'aurait pas entrepris toutes ces recherches.

— Vous en avez parlé avec Lawrence ? »

Sarah a hoché la tête. « Je lui ai dit que je me demandais si je ne devrais pas reprendre le travail d'Andrew. Lire toutes ses notes. Essayer d'en savoir un peu plus long sur les centres de rétention. Et peut-être même, pourquoi pas, écrire ce livre moi-même.

— C'est pour cela qu'il s'est fâché ?

— Il a pété un câble, oui. (Sarah a soupiré.) Je crois qu'il est jaloux d'Andrew. »

J'ai acquiescé et j'ai dit : « Vous êtes sûre d'avoir envie de rester avec Lawrence ? »

Elle m'a jeté un regard pénétrant.

« Je sais ce que tu vas me dire. Tu vas me dire qu'il s'intéresse plus à lui qu'à moi. Tu vas me dire de me méfier de lui. Et moi, je vais te dire que tous les hommes sont comme ça, mais que tu es encore trop jeune pour le savoir, et puis on va se disputer aussi, toi et moi, et alors je serai vraiment, complètement malheureuse. Tu vois qu'il vaut mieux que tu ne le dises pas. »

J'ai secoué la tête. « Il n'y a pas que cela, Sarah.

— Je ne veux pas entendre ce que tu as à me dire. J'ai choisi Lawrence. J'ai trente-deux ans, Abeille. Si je veux offrir à Charlie une vie à peu près stable, il faut que je commence à m'en tenir à mes choix. Je ne l'ai pas fait avec Andrew et j'ai compris que j'ai eu tort. C'était un type bien – tu le sais comme moi – et j'aurais dû me débrouiller pour que ça marche, même si c'était un peu bancal. Mais maintenant, il y a Lawrence. Il n'est pas parfait non plus, évidemment. Mais je ne peux quand même pas passer mon temps à aller voir ailleurs. (Sarah a pris une profonde inspiration, qui l'a ébranlée.) Il y a un moment où il faut se retourner et affronter la vie en face. »

J'ai remonté mes genoux contre ma poitrine et j'ai regardé Lawrence jouer avec Charlie. Ils arpentaient les rues de Gotham City comme des géants, longeant les hautes tours d'un pas pesant. Charlie riait et criait. J'ai soupiré. « Lawrence s'en sort bien avec Charlie.

— Voilà, a dit Sarah. Merci de faire un effort. Tu es une bonne fille, Abeille.

— Si vous saviez tout ce que j'ai fait, vous ne diriez pas cela. »

Sarah a souri. « J'apprendrai sans doute à mieux te connaître si j'écris le bouquin d'Andrew. »

J'ai posé les mains sur ma tête. J'ai regardé les tunnels obscurs qui s'enfonçaient sous la forêt de rhododendrons. J'aurais voulu me sauver et me cacher. Dans les buissons du parc. Dans la nuit de pleine lune au fond de la jungle. Sous les planches d'un bateau renversé. *Pour toujours.* J'ai fermé les yeux en serrant très fort les paupières, j'avais envie de crier, mais aucun son n'est sorti de ma bouche.

« Ça va ? a dit Sarah.

— Oui, oui, tout va bien. Je suis fatiguée, c'est tout.

— Bon. Écoute, je vais retourner à la voiture. Il faut que j'appelle la revue et, ici, je n'ai pas de réseau. »

J'ai rejoint Charlie et Lawrence. Ils jouaient à lancer des bouts de bois dans les buissons. Quand je me suis approchée, Charlie a continué à jeter ses bâtons, mais Lawrence a arrêté et s'est tourné vers moi.

« Alors ? a-t-il dit. Tu es arrivée à l'en dissuader ?

— De quoi donc ?

— Cette histoire de bouquin. Elle s'est fourré dans la tête de terminer un machin qu'Andrew avait commencé à écrire. Elle ne te l'a pas dit ?

— Si. Elle me l'a dit. Je ne l'ai pas dissuadée d'écrire ce livre, mais je ne l'ai pas non plus dissuadée de rester avec vous. »

Lawrence a souri. « Bonne fille. Tu vois ? On va finir par s'entendre, toi et moi. Elle est toujours fâchée ? Pourquoi est-ce qu'elle n'est pas avec toi ?

— Elle a un coup de fil à passer.

— D'accord. »

Nous sommes restés là longtemps, à nous fixer.

« Tu penses toujours que je suis un salaud, hein ? »

J'ai haussé les épaules. « Ce que je pense n'a pas

d'importance. Sarah vous aime beaucoup. Mais je voudrais bien que vous arrêtiez de me dire que je suis une *bonne fille.* Tous les deux. C'est ce qu'on dit à un chien quand il rapporte un bâton. »

Lawrence m'a regardée et il y avait un tel vide dans ses yeux que j'ai éprouvé une immense tristesse. Je me suis tournée vers l'eau du lac où barbotaient les canards. J'ai vu le reflet bleu du ciel. J'ai gardé les yeux rivés sur l'eau longtemps cette fois, parce que je savais que je regardais de nouveau dans les yeux de la mort, que la mort ne détournait toujours pas le regard, et moi non plus. Je ne pouvais pas.

Puis j'ai entendu aboyer. J'ai sursauté, j'ai regardé en direction du bruit et, l'espace d'une seconde, j'ai été soulagée, parce que j'ai aperçu les chiens à l'autre bout de la pelouse où nous nous trouvions, et ce n'étaient que des gros chiens jaunes de compagnie, qui se promenaient avec leur maître. Et puis j'ai vu Sarah, qui s'approchait rapidement sur le sentier. Elle avait les bras ballants et, dans une main, elle tenait son téléphone portable. Elle s'est arrêtée près de nous, a inspiré profondément et a souri. Elle nous a tendu les mains à tous les deux mais, à cet instant, elle a hésité. Elle a regardé autour de nous.

« Euh, où est Charlie ? » a-t-elle demandé.

Elle l'a dit très doucement, puis elle l'a répété, plus fort, en nous regardant cette fois.

J'ai parcouru des yeux toute l'étendue de la pelouse. Dans une direction, il y avait les deux chiens jaunes, ceux qui avaient aboyé. Leur maître leur lançait des bâtons dans le lac. Dans l'autre, il y avait l'épaisse jungle de rhododendrons. Les tunnels ténébreux au milieu des branches avaient l'air déserts.

« Charlie ? a crié Sarah. Charlie ? Oh ! merde. CHARLIE ! »

J'ai couru jusqu'à la jungle de rhododendrons et je me suis enfoncée en rampant dans l'ombre fraîche, je me suis rappelé l'obscurité sous la voûte de la forêt, la nuit où j'étais partie dans la jungle avec Nkiruka. Quand Sarah a appelé son fils en criant, j'ai écarquillé les yeux dans la noirceur des tunnels et j'ai regardé tout au fond. J'ai regardé longtemps. J'ai vu les cauchemars de tous nos mondes si bien mélangés qu'on ne savait plus où l'un s'arrêtait et où l'autre commençait – si la jungle poussait dans la Jeep ou la Jeep dans la jungle.

10

J'ai laissé Charlie tout content, en train de jouer avec Lawrence et Petite Abeille. J'étais déjà à mi-chemin du parking quand j'ai enfin trouvé du réseau. J'ai suivi le sentier jusqu'à une butte, j'ai baissé les yeux vers mon téléphone depuis un ciel brumeux et j'ai vu deux barres de signal. Mon estomac n'a fait qu'un tour et je me suis dit : Bon, autant agir tout de suite avant que j'aie eu le temps de reprendre mes esprits et de changer d'avis. J'ai appelé le directeur de publication pour lui annoncer que je ne voulais plus être rédactrice en chef de sa revue.

Le directeur a répondu : *Entendu.*

J'ai repris : *Je ne suis pas sûre que vous m'ayez bien comprise. Il m'est arrivé quelque chose d'extraordinaire et il faut que je puisse disposer de tout mon temps. Je me vois donc dans l'obligation de démissionner.* Il a dit : *Ouais, ouais, j'ai compris, c'est bon, je trouverai quelqu'un d'autre.* Et il a raccroché.

Et moi, j'ai fait : *Oh.*

Je suis restée bouche bée une minute, sous le choc, et puis je n'ai pas pu m'empêcher de sourire.

Ce soleil, c'était génial. J'ai fermé les yeux et j'ai laissé la brise estomper les traces des dernières années comme à l'aérographe. Un coup de fil : c'était aussi simple que ça. Il y a des gens qui se demandent comment ils arriveront à changer de vie un jour, mais en fait, c'est d'une facilité terrifiante.

Je réfléchissais déjà à la façon de continuer le bouquin d'Andrew. L'astuce était évidemment d'éviter de s'impliquer personnellement. Andrew avait-il eu du mal à le faire ? Ne pas se mettre dans l'histoire. C'est la première chose qu'on nous apprend à l'école de journalisme.

Mais comment procéder si l'histoire fait que nous sommes précisément dans l'histoire ? Je me suis dit que ce problème avait dû donner bien du fil à retordre à Andrew. Je me suis demandé si c'était pour ça qu'il n'en avait pas parlé.

Andrew chéri, ai-je pensé, pourquoi est-ce que je me sens plus proche de toi aujourd'hui que le jour de notre mariage ? Je viens de refuser d'écouter ce que Petite Abeille avait à me dire parce que je sais qu'il faut que je reste avec Lawrence, et voilà qu'en même temps je suis en train de te parler dans ma tête. C'est toute la duplicité du chagrin, une fois de plus, Andrew. Il te chuchote à l'oreille : *Reviens à ce que tu aimais jadis plus que tout,* tandis que dans l'autre oreille il te chuchote : *Avance.*

Mon téléphone a sonné, j'ai ouvert les yeux brusquement. C'était Clarissa.

« Sarah ? Il paraît que tu as démissionné ? Tu es complètement à la masse ou quoi ?

— Je t'avais dit que j'y pensais.

— Sarah, tu sais combien d'heures j'ai passées à

penser que je pourrais coucher avec des footballeurs de ligue un ?

— Tu ferais peut-être bien d'essayer.

— Ou peut-être que toi, tu ferais bien de passer à la revue, là, tout de suite, et de dire au directeur que tu es vraiment désolée, que tu viens de subir une perte cruelle et, s'il vous plaît, s'il vous plaît, soyez sympa, laissez-moi continuer mon boulot.

— Mais je n'en veux pas, de ce boulot. Je veux redevenir journaliste. Je veux faire quelque chose pour changer le monde.

— Tout le monde veut faire ça, Sarah, mais il y a un temps pour tout. Tu sais ce que tu es en train de nous faire, là, à balancer tes joujoux de ta poussette, comme ça ? La crise de la quarantaine. Tu me fais penser aux mecs d'âge mûr qui s'achètent une bagnole rouge et se mettent à sauter la baby-sitter. »

J'y ai réfléchi. D'un coup, j'ai trouvé la brise plus froide. Mes bras avaient la chair de poule.

« Sarah ?

— Oh, Clarissa, tu as raison, je ne sais plus où j'en suis. Tu crois que je viens de foutre ma vie en l'air ?

— Je voudrais simplement que *tu* y réfléchisses une seconde. Tu veux bien, Sarah ?

— D'accord.

— Tu me rappelles ?

— C'est promis. Clarissa ?

— Oui, *darling* ?

— Merci. »

J'ai raccroché et j'ai repris le sentier d'un pas lent. Derrière moi, les herbes folles s'élevaient jusqu'à un bosquet de chênes, sauvages et foudroyés ; devant moi, s'étendait l'Isabella Plantation entourée de ses grilles de fer forgé, docile, opulente, circonscrite. Quand il s'agit de choisir pour de bon, il est difficile de savoir ce qu'on attend de la vie.

Le trajet m'a paru long. Quand j'ai aperçu Lawrence et Petite Abeille, j'ai pressé le pas pour les rejoindre. Ils avaient l'air tellement malheureux, ils ne se regardaient pas, ne se parlaient pas. Je me suis dit : Oh, merde, quelle idiote j'ai été. Je me suis toujours considérée comme quelqu'un de pragmatique, qui sait s'adapter. Sur le coup, j'ai pensé : Il suffit que je fasse demi-tour, là, tout de suite, que je retourne un peu plus haut, que j'appelle le directeur et que je reconnaisse que j'ai fait une erreur. Pas une petite erreur de rien du tout, une erreur énorme, une erreur élémentaire, l'erreur de toute une vie. Figurez-vous que pendant une semaine de grâce, j'ai complètement oublié que j'étais une fille du Surrey, une fille raisonnable. Il y a quelque chose dans le sourire de Petite Abeille, dans son énergie, qui m'a plus ou moins fait tomber amoureuse d'elle. Et vous savez bien que l'amour nous fait faire des bêtises. Pendant toute une semaine, je me suis prise, sincèrement, pour quelqu'un de meilleur que je ne suis, pour quelqu'un qui peut changer les choses. J'ai perdu de vue que je suis une femme posée, qui a la tête sur les épaules, qui vient de subir un deuil douloureux et se consacre corps et âme à son métier. J'ai oublié, allez savoir pourquoi, que personne n'est un héros, que tout le monde a les mains *souillées* de sang. Ça ne vous semble pas bizarre ? Et maintenant, je voudrais bien, s'il vous plaît, retrouver ma vie d'avant.

De l'autre bout de la pelouse, porté par la brise, un bruit d'aboiements est arrivé à mes oreilles. Petite Abeille s'est retournée et elle m'a aperçue. Je me suis dirigée vers Lawrence et elle.

Je leur ai tendu mes deux mains mais, à ce moment-là, j'ai remarqué que Charlie n'était plus là.

« Euh, où est Charlie ? »

Le souvenir reste douloureux, aujourd'hui encore. J'ai regardé partout, évidemment. J'ai couru à gauche, à droite. J'ai appelé Charlie en criant de toutes mes forces. J'ai fait le tour de la pelouse, j'ai scruté les ténèbres sous les rhododendrons, j'ai fouillé du regard les massifs de roseaux au bord du lac. J'ai crié jusqu'à en être enrouée. Mon fils était introuvable. Une panique déchirante s'est emparée de moi. Les zones les plus avancées de mon cerveau ont cessé de fonctionner, celles qui auraient pu être capables de réfléchir. Sans doute leur irrigation avait-elle été purement et simplement coupée, détournée au profit des yeux, des jambes, des poumons. Je regardais, je courais, je hurlais. Et, pendant ce temps, je la sentais grandir dans mon cœur : la certitude innommable qu'on avait enlevé Charlie.

En parcourant un des sentiers au pas de course, je suis tombée sur une famille qui pique-niquait, installée dans une clairière. La mère – longs cheveux acajou aux pointes abîmées – était assise en tailleur, pieds nus, sur un plaid, entourée d'épluchures et de quartiers intacts de mandarine. Elle lisait le *BBC Music Magazine.* Elle l'avait étalé sur la couverture en le coinçant sous un pied pour empêcher les pages de s'envoler. Elle portait un mince anneau d'argent au second orteil. À côté d'elle sur le plaid, deux petites filles aux cheveux d'un roux flamboyant en robes de vichy bleu dévoraient des tranches de fromage Kraft à même le paquet. Le mari, blond et trapu, s'était éloigné de quelques pas et parlait dans son portable. *Lanzarote ? C'est devenu un vrai piège à touristes. Tu devrais sortir des sentiers battus, essayer la Croatie, ou bien Marrakech. Un meilleur rapport qualité-prix, je t'assure.* Je me suis enfoncée plus profondément dans la clairière, cherchant partout. La mère a levé les yeux vers moi.

Elle m'a hélée : « Quelque chose ne va pas ?

— J'ai perdu mon fils », ai-je dit.

Elle m'a jeté un regard vide. J'ai souri comme une idiote. Je ne savais pas quoi faire de mon visage. J'avais le cerveau et le corps branchés sur la menace des pédophiles et des loups. Face à ces gens ordinaires, étalés sur leur couverture de pique-nique écossaise dans ce tableau d'un charme absurde, ma détresse avait un côté désespéré et vulgaire. Mon conditionnement social luttait contre ma panique. J'avais honte. Et je savais aussi, instinctivement, qu'il fallait que je parle à cette femme calmement, dans son registre, si je voulais arriver à communiquer et à faire passer l'information nécessaire sans perdre de temps. Je me débattais – peut-être m'étais-je débattue toute ma vie – pour parvenir au point d'équilibre entre précision et hystérie.

« Excusez-moi, ai-je dit, mais je ne retrouve plus mon fils. »

La femme s'est levée et a parcouru la clairière du regard. Je ne comprenais pas pourquoi ses gestes étaient si lents. On aurait dit que je me déplaçais dans l'air, alors qu'elle évoluait dans un milieu nettement plus visqueux.

« Il a à peu près cette taille. Il est déguisé en Batman.

— Je suis désolée, a-t-elle dit au ralenti. Je n'ai rien vu. »

Le moindre mot prenait une éternité à se former. J'avais l'impression d'attendre que cette femme grave sa phrase dans la pierre. J'étais déjà presque sortie de la clairière avant qu'elle n'ait fini de parler. Derrière moi, j'ai entendu le mari qui disait : *Tu n'as qu'à prendre le voyage organisé le moins cher, et n'utiliser que les vols. Une fois sur place, tu arriveras bien à te trouver un point de chute plus sympa.*

J'ai parcouru un labyrinthe de petits sentiers obscurs entre les rhododendrons en appelant Charlie. J'ai rampé dans des tunnels sombres au milieu des branches, au hasard. J'avais les avant-bras égratignés, je saignais, mais je ne sentais rien. Je ne sais pas combien de temps j'ai couru. Cinq minutes peut-être, peut-être le temps qu'il faut à une divinité pour créer un univers, façonner l'homme à son image mais n'en éprouver aucun réconfort et présider, horrifiée, à la lente mort grise de ce machin, se sachant toujours irrémédiablement seule et inconsolée. Je me suis retrouvée à l'endroit où Charlie avait construit sa ville de bâtons. J'ai démoli les bâtiments, en criant son nom. J'ai cherché mon fils sous des tas de bâtons qui ne mesuraient pas plus de quinze centimètres de haut. J'ai retourné des amoncellements de feuilles mortes. Je savais, bien sûr, que mon fils n'était pas dessous. Je le savais, ce qui ne m'empêchait pas d'attraper tout ce qui dépassait. Un vieux paquet de chips. La roue cassée d'une poussette. Mes ongles saignaient en s'enfonçant dans une histoire à peine engloutie de sorties en famille.

À l'autre extrémité de l'étendue d'herbe, j'ai vu Petite Abeille et Lawrence, qui revenaient de leurs propres fouilles dans les massifs de rhododendrons. J'ai commencé à courir vers eux, mais je me suis arrêtée au milieu du gazon. Je me rappelle encore la dernière pensée rationnelle qui m'a traversé l'esprit : Il n'est pas sur la pelouse, il n'est pas dans les buissons, il est forcément dans le lac. Et, à l'instant même où cette idée se formait, j'ai senti la mise hors circuit de mon cerveau passer en phase deux. La panique est montée de ma poitrine et m'a submergée tout entière. J'ai fait un écart pour éviter Lawrence et Petite Abeille et j'ai couru jusqu'au bord du lac. Je me suis enfoncée dedans jusqu'aux genoux, jusqu'à la taille, scrutant l'eau brune de boue, hurlant le nom de Charlie aux nénuphars et aux mandarins effarouchés.

J'ai aperçu quelque chose sous l'eau, qui gisait dans la vase, au fond du lac. Entre les nénuphars, déformé par les ondulations de l'eau, on aurait dit un visage blanchâtre. J'ai plongé le bras et je l'ai attrapé. Je l'ai sorti au grand jour. C'était un demi-crâne brisé de lapin. Je le tenais à bout de bras tout dégoulinant de vase quand j'ai pris conscience que quelques instants plus tôt, à la place du crâne, ma main tenait mon téléphone. Mon téléphone avait disparu, quelque part – ma vie avait disparu, quelque part –, perdu au milieu des buissons ou au fond du lac. J'étais debout dans l'eau, je tenais un crâne. Je ne savais plus quoi faire. J'ai entendu un sifflement et j'ai baissé les yeux, aux aguets : la brise sifflait à travers l'orbite vide du crâne et c'est à ce moment-là que je me suis mise à hurler.

Charlie O'Rourke. Quatre ans. Batman. Qu'est-ce qui m'est passé par la tête ? Ses petites dents blanches parfaites. Son air de concentration farouche quand il exterminait des méchants. La façon dont il m'avait serrée dans ses bras, un jour, quand j'étais triste. Cette habitude que j'avais prise, depuis l'Afrique, de courir entre plusieurs mondes – entre Andrew et Lawrence, entre Petite Abeille et mon boulot –, de courir partout, sauf vers le monde qui était le mien. Pourquoi n'avais-je jamais couru vers Charlie ? me criais-je intérieurement. Mon fils, mon joli petit garçon. Il n'était plus là, *plus là.* Il avait disparu comme il avait vécu, pendant que je regardais ailleurs. Vers tous mes propres avenirs égoïstes. J'ai contemplé les jours vides qui s'étendaient devant moi, et ils n'avaient pas de fin.

Puis j'ai senti des mains sur mes épaules. C'était Lawrence. Il m'a fait sortir du lac et m'a ramenée sur la berge. Je frissonnais dans la brise.

« Il faut procéder avec méthode, maintenant, a-t-il dit. Sarah, tu restes ici et tu continues à l'appeler, s'il se balade dans le coin, il t'entendra. Moi, je vais demander à tous les gens que je croise de le chercher et je vais continuer à le chercher moi-même. Et toi, Abeille, tu vas prendre mon téléphone, dégoter un endroit où il y a du réseau et prévenir la police. Ensuite, tu iras attendre les flics à l'entrée de la plantation. Et tu pourras les guider jusqu'à nous quand ils arriveront. »

Lawrence a tendu son téléphone à Petite Abeille et s'est retourné vers moi.

« Tu juges peut-être que j'en fais un peu trop, a-t-il dit, mais après tout, les flics connaissent leur boulot. Je suis certain qu'on va retrouver Charlie avant qu'ils soient là, mais si jamais ce n'était pas le cas, il vaut mieux les prévenir trop tôt que trop tard.

— D'accord, on fait comme ça, ai-je dit. Tout de suite. »

Petite Abeille était toujours là, le téléphone de Lawrence entre les mains, à nous regarder, Lawrence et moi, avec de grands yeux effrayés. Je ne comprenais pas pourquoi elle n'était pas déjà partie.

« Allez, file », ai-je dit.

Elle me regardait toujours. « La police... », a-t-elle murmuré.

Mes neurones se sont connectés, faiblement : Le numéro. Évidemment. Elle ne connaît pas le numéro d'urgence.

« C'est le 999 », ai-je précisé.

Elle n'a pas bougé. Je ne comprenais pas ce qu'elle avait.

« La *police*, Sarah », a-t-elle répété.

Je l'ai regardée fixement. Ses yeux imploraient. Elle avait l'air terrifiée. Et puis, très lentement, son expression s'est transformée. Elle est devenue ferme, résolue. Petite Abeille a pris une profonde inspiration et m'a adressé un signe d'acquiescement. Elle s'est retournée, lentement d'abord, puis très vite, et elle est partie en courant vers l'entrée de la plantation. Elle était à mi-chemin de la pelouse quand Lawrence a posé la main sur sa bouche.

« Et merde, la *police*, a-t-il dit.

— Quoi ? »

Il a secoué la tête.

« Non, rien. »

Lawrence s'est enfoncé dans le dédale de sentiers qui traversaient les rhododendrons. Je suis allée jusqu'au milieu de la pelouse et je me suis remise à appeler Charlie. J'ai appelé, appelé, pendant que les canards reprenaient prudemment leurs circuits familiers sur le lac et que la brise me faisait frissonner dans mon jean mouillé. D'abord, j'ai crié le nom de Charlie pour émettre un signal sonore qui l'aiderait à se repérer, mais, quand ma voix a commencé à faiblir, j'ai compris que j'avais franchi une nouvelle étape et que je ne criais son nom que pour l'entendre, pour assurer la poursuite de son existence sur terre. J'ai compris que ce nom était tout ce que j'avais. Ma voix s'est perdue dans un chuchotement. Je murmurais le nom de Charlie.

Charlie est revenu de lui-même. Il est sorti en trottinant de l'enchevêtrement ténébreux des rhododendrons, couvert de poussière, traînant sa cape de Batman derrière lui. J'ai couru vers lui, je l'ai pris dans mes bras et je l'ai serré contre moi. J'ai enfoui mon visage dans son cou et j'ai respiré son odeur, le sel âcre de sa transpiration et la saveur piquante et acide de la terre. Les larmes ruisselaient sur mon visage.

« Charlie, ai-je chuchoté. Oh, mon univers, mon monde tout entier !

— Arrête, maman ! Tu m'écrabouilles !

— Mais où étais-tu passé ? »

Charlie a écarté ses deux mains latéralement, paumes en l'air, et m'a répondu comme si j'étais débile : « Dans la bat-cave de moi, évidemment.

— Oh, *Charlie* ! Tu ne nous as pas entendus t'appeler ? Tu n'as pas remarqué qu'on te cherchait partout ? »

Charlie a souri de toutes ses dents sous son masque.

« Je m'avais caché.

— Mais pourquoi ? Pourquoi est-ce que tu n'es pas venu ? Tu n'as pas vu qu'on était affreusement inquiets ? »

Mon fils a regardé par terre tristement. « Lawrence et Abeille, ils étaient très fâchés, et ils jouaient pas avec moi. Alors moi, je suis été dans la bat-cave de moi.

— Oh, Charlie ! Maman a connu une période difficile, tu sais. J'ai été tellement sotte, tellement égoïste. Je te promets, Charlie, de ne plus jamais être comme ça. Il n'y a que toi qui comptes pour moi, tu sais ça ? Je ne l'oublierai plus jamais. Tu sais tout ce que tu représentes pour moi ? »

Charlie m'a regardée en plissant les yeux, prêt à saisir la balle au bond.

« Je peux avoir une glace ? » a-t-il demandé.

J'ai serré mon fils dans mes bras. Son souffle chaud, ensommeillé, caressait mon cou et, à travers le mince tissu gris de son costume, je sentais la pression douce et insistante des os sous sa peau.

11

Les policiers sont arrivés au bout d'un quart d'heure. Ils étaient trois. Ils sont arrivés lentement, dans une voiture gris métallisé avec des bandes bleu et orange vif sur les côtés et une longue barre de lumières sur le toit. Ils ont suivi le chemin de terre, jusqu'à l'entrée de l'Isabella Plantation où je me trouvais. Ils sont sortis de la voiture et ont mis leurs casquettes. Ils portaient des chemises blanches à manches courtes et d'épais gilets noirs avec une bande à damier noir et blanc. Les gilets avaient de nombreuses poches, qui contenaient des matraques, des radios, des menottes et d'autres choses dont je ne pouvais pas deviner le nom. Je me suis dit : Ça plairait à Charlie, ça. Ces policiers ont encore plus de gadgets que Batman.

Si je racontais cette histoire aux filles, là-bas, chez moi, il faudrait que je leur explique que les policiers du Royaume-Uni ne portent pas d'arme à feu.

— *Oueh ! Pas de pistolet ?*

— *Pas de pistolet.*

— *Comment ça se fait qu'ils trimballent tous ces*

gadgets et qu'ils oublient le plus important ? Comment est-ce qu'ils tirent sur les hommes qui font de vilaines choses ?

— Ils ne leur tirent pas dessus. Quand ils se mettent à tirer, en général, ça leur vaut des ennuis.

— Oueh ! Tu parles d'un royaume cul par-dessus tête, où les filles peuvent montrer leurs nénés, mais où les policiers ne peuvent pas montrer leur pistolet.

Et je serais bien obligée de hocher la tête et de leur répéter : *Une grande partie de ce que j'ai vécu dans ce pays était si bizarre.*

Les policiers ont claqué les portières de la voiture de police derrière eux. *Chtong.* J'ai frissonné. Les portes, c'est une chose à laquelle vous apprenez à faire attention, quand vous êtes un réfugié. Quand elles sont ouvertes, quand elles sont fermées, le bruit particulier qu'elles font, le côté de la porte où vous vous trouvez.

Un des policiers s'est dirigé vers moi, tandis que les deux autres penchaient la tête pour écouter la radio attachée à leur gilet. Le policier qui s'est approché n'était pas beaucoup plus vieux que moi, je pense. Il était grand, avec des cheveux orange sous sa casquette. J'ai essayé de lui sourire, mais je n'y suis pas arrivée. J'étais tellement inquiète pour Charlie, j'avais la tête qui tournait. J'avais peur d'avoir oublié mon anglais de la reine Elizabeth. J'essayais de me calmer.

Si ce policier éprouvait le moindre soupçon, il risquait d'appeler les gens des services de l'Immigration. Il suffirait alors que l'un d'eux appuie sur une touche de son ordinateur et coche une case de mon dossier pour que je sois expulsée. Je serais morte, sans qu'aucune balle n'ait été tirée. C'est pour ça, je l'ai compris alors, que les policiers ne portent pas de pistolet. Dans un pays civilisé, on vous tue d'un simple clic. L'exécution se fait très loin, au cœur du royaume, dans un bâtiment rempli d'ordinateurs et de tasses à café.

J'ai regardé le policier. Il n'avait pas l'air méchant. Il n'avait pas l'air gentil non plus. Il était jeune, il était pâle et n'avait pas encore de rides sur le visage. Il n'était rien. Il était innocent, comme un œuf. Ce policier, s'il ouvrait la portière du véhicule de police pour me faire monter dedans, il ne verrait rien de plus que l'intérieur d'une voiture. Mais moi, je verrais des choses qu'il ne pouvait pas voir. Je verrais la poussière rouge vif déposée sur les sièges. Je verrais les têtes séchées de manioc que le vent a poussées sous les pédales. Je verrais le crâne blanc sur le tableau de bord et les plantes de la jungle qui poussent à travers les fentes rouillées du plancher et se faufilent à travers le pare-brise fêlé. Cette portière de voiture s'ouvrirait toute grande devant moi, et je quitterais l'Angleterre pour retomber immédiatement dans les ennuis de mon pays. Voilà ce que ça signifie quand on dit : *Le monde est si petit de nos jours.*

Le policier m'a dévisagée attentivement. La radio de son gilet disait : « CHARLIE BRAVO, POURSUIVEZ.

— Il ne s'appelle pas Charlie Bravo, ai-je dit. Il s'appelle Charlie O'Rourke. »

Le policier m'a regardée d'un air absent.

« C'est vous qui avez appelé la police ? »

J'ai hoché la tête. « Je vais vous conduire. »

J'ai fait un pas à l'intérieur de la plantation.

« Attendez. Il me faut juste quelques renseignements d'abord, a dit le policier. Quelles sont vos relations avec la personne disparue ? »

Je me suis arrêtée et je me suis retournée.

« Cela n'a aucune importance, ai-je dit.

— C'est le règlement, mademoiselle.

— Charlie a disparu. Je vous en prie, il n'y a pas de temps à perdre. Je vous donnerai tous les renseignements que vous voulez après.

— La plantation est fermée par une clôture, mademoiselle. Si l'enfant s'y trouve, il n'a pas pu en sortir. Rien ne nous empêche de régler cette formalité tout de suite. »

Le policier m'a regardée de la tête aux pieds.

« L'enfant que nous recherchons est de sexe masculin et de type européen, c'est bien cela ?

— Pardon ?

— Un enfant de sexe masculin et de type européen. Un petit garçon blanc.

— Oui, c'est ça. Sa mère est à l'intérieur de la plantation.

— Et vous êtes la nounou ?

— Non. Non. Je vous en prie, je ne vois pas pourquoi... »

Il a fait un pas vers moi et j'ai reculé. Je n'ai pas pu m'en empêcher.

« C'est moi qui vous rends nerveuse comme ça, mademoiselle ? Auriez-vous quelque chose à nous cacher ? »

Il a prononcé ces mots très calmement, sans me quitter des yeux.

Je me suis redressée, je me suis faite aussi raide et aussi grande que possible, j'ai fermé les yeux un instant et, quand je les ai rouverts, j'ai regardé le policier très froidement et je lui ai parlé avec la voix de la reine Elizabeth II.

« Comment osez-vous ? » ai-je dit.

Le policier a fait un demi-pas en arrière, comme si je l'avais frappé. Il a baissé les yeux et il a rougi.

« Excusez-moi, mademoiselle », a-t-il marmonné.

Puis il a relevé les yeux vers moi. D'abord, il a eu l'air gêné, mais, lentement, une expression de colère a envahi son visage. Je me suis rendu compte qu'une fois de plus j'avais *dépassé les bornes.* Je lui avais fait honte et, ça, c'est une chose que je n'aurais pas plus besoin d'expliquer aux filles de chez moi qu'à celles de chez vous : faire honte à un homme, c'est le rendre dangereux. Le policier m'a regardée dans les yeux très longtemps, et j'ai commencé à avoir affreusement peur. Je n'étais pas sûre de pouvoir le cacher, alors il a bien fallu que je baisse les yeux. À ce moment-là, le policier s'est tourné vers l'un des deux autres.

« Occupe-toi d'elle et vérifie son identité, a-t-il dit. Je vais entrer avec Paul pour localiser la mère.

— S'il vous plaît, ai-je dit. Il faut que je vous montre le chemin. »

Le policier m'a adressé un sourire glacial. « On est des grands garçons, on devrait arriver à se débrouiller tout seuls.

— Je ne comprends pas pourquoi vous tenez tant à vérifier mon identité.

— Je tiens à la vérifier, mademoiselle, parce que de toute évidence, vous, vous n'y tenez pas du tout. Et c'est généralement à ce moment-là que je décide que j'y tiens. Ne le prenez pas mal. Mais vous seriez surprise de savoir le nombre de cas de disparition où la personne qui prévient la police est celle qui détient la clé de l'énigme. »

Je l'ai regardé franchir la grille de la plantation avec celui qui s'appelait Paul. L'autre policier s'est approché de moi et a haussé les épaules.

« Désolé, a-t-il dit. Si vous voulez bien me suivre, vous serez mieux dans la voiture de patrouille pour que je procède aux vérifications. Il y en a pour une minute, pas plus. Je ne vous retiendrai pas plus longtemps que nécessaire. Pendant ce temps, si le petit est effectivement à l'intérieur de la plantation, mes collègues le trouveront, soyez tranquille. »

Il a ouvert la portière arrière de la voiture de police et m'a fait asseoir. Il a laissé la portière ouverte pendant qu'il parlait dans sa radio. Il était mince, avec des poignets pâles et maigres et un petit ventre rebondi comme l'employé du centre de rétention qui était de service le jour où on nous a libérées. La voiture de police sentait le nylon et les cigarettes.

« Votre nom, s'il vous plaît, m'a demandé le policier au bout d'un moment.

— En quoi est-ce que cela vous concerne ?

— Écoutez, nous avons deux ou trois disparitions par semaine et ça nous tombe toujours dessus à l'improviste. Nous sommes ici pour vous aider. La situation est peut-être parfaitement claire dans votre esprit, mais nous, nous ne pouvons pas savoir de quoi il retourne avant de vous avoir posé quelques questions. Grattez un peu en surface et, en général, vous découvrirez de drôles d'histoires. Il y a des familles vraiment bizarres. Il suffit bien souvent de poser deux ou trois questions pour se faire une idée relativement précise des raisons pour lesquelles la personne disparue a choisi de jouer les filles de l'air, si vous voyez ce que je veux dire. (Il a souri.) C'est bon, a-t-il dit, vous n'êtes pas suspecte, ne vous en faites pas.

— Cela va de soi.

— Alors, c'est parfait. Bien. Et si nous commencions par votre nom ? »

J'ai soupiré et une immense tristesse m'a envahie. Je savais que, maintenant, tout était fini pour moi. Je ne pouvais pas donner mon vrai nom au policier, parce qu'ils découvriraient forcément qui j'étais. Mais je n'avais pas non plus de faux nom à leur donner. Jennifer Smith, Alison Jones – aucun de ces noms n'est réel si vous n'avez pas les papiers qui vont avec. Rien n'est vrai tant qu'il n'existe pas un écran qui le dit, quelque part dans ce bâtiment rempli d'ordinateurs et de tasses à café, juste au milieu du Royaume-Uni. Je me suis assise bien droite sur la banquette arrière de la voiture de police, j'ai inspiré et j'ai regardé le policier droit dans les yeux.

« Je m'appelle Petite Abeille.

— Vous pouvez épeler, s'il vous plaît ?

— P-E-T-I-T-E-A-B-E-I-L-L-E.

— C'est un prénom ou un nom de famille ?

— C'est mon nom complet. C'est qui je suis. »

Le policier a soupiré, puis il s'est détourné et il a parlé dans sa radio.

« Charlie Bravo au contrôle, a-t-il dit. Envoyez-moi une équipe, vous voulez ? J'ai une cliente pour l'identité judiciaire. »

Il s'est tourné vers moi. Il ne souriait plus.

« Je vous en prie, ai-je dit. Je vous en prie, laissez-moi vous aider à chercher Charlie. »

Il a secoué la tête. « Attendez ici. »

Il a fermé la portière de la voiture. Je suis restée assise longtemps. Sans la brise, il faisait très chaud à l'arrière de la voiture de police. J'ai attendu qu'un autre groupe de policiers vienne me chercher. Ils m'ont fait monter dans un fourgon. J'ai regardé l'Isabella Plantation disparaître par la vitre arrière, à travers une grille de métal nu.

Sarah et Lawrence sont venus me voir ce soir-là. J'étais dans une cellule de garde à vue du commissariat de police de Kingston-upon-Thames. Le gardien de la police a ouvert tout grand la porte, sans frapper, et Sarah est entrée. Elle portait Charlie. Il était endormi dans ses bras, sa tête reposait sur l'épaule de Sarah. J'ai été tellement heureuse de voir qu'il était sain et sauf que j'ai pleuré. J'ai embrassé Charlie sur la joue. Il a remué dans son sommeil et il a soupiré. À travers les trous de son masque de Batman, j'ai vu qu'il souriait en dormant. Ça m'a fait sourire aussi.

Devant la cellule, Lawrence se disputait avec un policier.

« C'est ridicule. On ne peut pas l'expulser, voyons. Elle a un domicile. Elle a une famille d'accueil.

— Ce n'est pas moi qui décide, monsieur. Ces gens des services de l'Immigration, ce sont eux qui font la loi, vous savez.

— Mais enfin, vous pouvez certainement nous

accorder un délai pour monter un dossier. Je travaille au ministère de l'Intérieur. Je devrais pouvoir engager une procédure d'appel. Mais il me faut un minimum de temps.

— À votre place, monsieur, si je travaillais au ministère de l'Intérieur et que j'avais su dès le début que cette jeune personne était en situation irrégulière, je ne le crierais pas sur tous les toits.

— Un jour seulement, alors. Vingt-quatre heures, *s'il vous plaît.*

— Je regrette, monsieur.

— Putain de merde, c'est comme si je parlais à un robot.

— Je suis un homme comme vous, monsieur. Mais, je vous l'ai dit, ce n'est pas moi qui décide. »

Dans ma cellule, Sarah pleurait.

« Je n'ai pas compris, disait-elle. Je te demande pardon, Abeille, ça ne m'a même pas traversé l'esprit. J'ai cru que tu étais bouchée. Quand Lawrence t'a dit d'appeler la police, il n'a pas pensé un instant... et moi non plus... Et maintenant... oh, merde ! Tu savais ce qui risquait d'arriver et tu l'as fait quand même, sans protester, sans penser à toi. »

J'ai souri. « Ça valait la peine, ça valait la peine de le faire pour retrouver Charlie. »

Sarah a regardé ailleurs.

« Il ne faut pas être triste, Sarah. La police a retrouvé Charlie, n'est-ce pas ? »

Elle s'est retournée vers moi, lentement, et elle m'a dévisagée, les yeux très brillants.

« Oui, Abeille, ils ont fait de longues recherches et ils l'ont retrouvé. Tout ça grâce à toi. Oh, Abeille, je n'ai jamais rencontré quelqu'un de plus gentil... de plus courageux... Oh, merde ! »

Elle a approché son visage tout près de mon oreille.

« Je ne les laisserai *pas* faire ça, a-t-elle chuchoté. J'inventerai quelque chose. Je ne les laisserai pas te renvoyer là-bas. Je ne veux pas qu'on te tue. »

J'ai fait un gros effort pour sourire.

Pour s'en sortir, il faut être joli ou parler joliment. Moi, j'ai appris l'anglais de la reine. J'ai appris tout ce que je pouvais apprendre de votre langue, mais je crois que j'ai *dépassé la mesure.* Et pourtant, à ce moment-là, je n'ai pas trouvé les mots qu'il fallait. J'ai pris la main gauche de Sarah entre les miennes et je l'ai portée à mes lèvres. J'ai embrassé la peau douce de l'articulation qui était tout ce qui restait de son doigt manquant.

Cette nuit-là, j'ai écrit une lettre à Sarah. Le policier de service m'a donné un crayon et du papier, et il a promis de la poster pour moi. *Chère Sarah, Merci de m'avoir sauvé la vie. Nos mondes se sont rencontrés sans que nous l'ayons choisi. J'ai cru un moment qu'ils s'étaient rejoints, mais ce n'était qu'un beau rêve. Ne soyez pas triste. Vous méritez que votre vie retrouve sa simplicité. Je crois qu'on va bientôt venir me chercher. Nos mondes sont séparés, et maintenant, il faut que nous nous séparions, nous aussi. Je vous embrasse, Petite Abeille.*

Ils sont venus me chercher à quatre heures du matin. Il y avait trois agents des services de l'Immigration en uniforme, une femme et deux hommes. J'ai entendu le bruit de leurs chaussures sur le linoléum du couloir. J'étais restée éveillée toute la nuit, je les attendais. Je portais toujours la robe d'été que Sarah m'avait donnée, avec la jolie dentelle à l'encolure, et je tenais mes affaires à la main dans un sac en plastique transparent. Je me suis levée, et j'étais prête quand ils ont ouvert la porte brusquement. Nous sommes sortis de la cellule. La porte s'est refermée derrière moi. *Boum*, et c'était fini. Dehors, dans la rue, il pleuvait. Ils m'ont fait monter à l'arrière d'un fourgon. La route était mouillée et les phares y traçaient des lignes lumineuses qui avançaient devant nous. Une des vitres arrière était à moitié ouverte. Il y avait une odeur de vomi dans le fond du fourgon, mais l'air qui entrait avait l'odeur de Londres. Le long des rues, les fenêtres des appartements étaient silencieuses et aveugles, les rideaux fermés. Je disparaissais sans que personne me voie partir. La policière a attaché mes menottes au dos du siège avant.

« Il n'est pas nécessaire de me menotter, ai-je dit. Comment voulez-vous que je m'enfuie ? »

La policière s'est retournée vers moi. Elle était étonnée.

« Vous parlez drôlement bien anglais, m'a-t-elle dit. La plupart de ceux qu'on embarque n'en savent pas un mot.

— J'avais cru que si j'apprenais à parler comme vous, je pourrais rester. »

Elle a souri.

« La question n'est pas là, vous savez. Vous représentez une charge pour notre pays. Vous n'êtes pas à votre place ici, un point c'est tout. »

Le fourgon a bifurqué au bout de la rue. Par la grille métallique de la fenêtre arrière, j'ai regardé disparaître deux longues rangées de maisons mitoyennes. J'ai pensé à Charlie, profondément endormi sous sa couette, j'ai pensé à son sourire courageux, et mon cœur s'est serré à l'idée que je ne le reverrais plus jamais. J'avais les larmes aux yeux.

« S'il vous plaît, qu'est-ce que cela veut dire ? Être à sa place ici, qu'est-ce que cela veut dire ? »

La policière s'est retournée vers moi.

« Ça veut dire qu'il faut être britannique, évidemment. Partager nos valeurs, tout ça. »

J'ai baissé les yeux et j'ai regardé la pluie tomber.

Trois jours plus tard, un nouveau groupe de policiers m'a fait sortir d'une autre cellule et m'a fait monter dans un minibus avec une deuxième fille. Ils nous ont conduites à l'aéroport d'Heathrow. Au terminal de l'aéroport, ils nous ont fait doubler toute la file pour nous faire entrer dans une petite pièce. Nous avions tous des menottes. Ils nous ont dit de nous asseoir par terre – il n'y avait pas de chaises. Il y avait déjà vingt personnes dans la pièce, des hommes et des femmes, et il faisait très chaud. Il n'y avait pas d'air, on avait du mal à respirer. Une gardienne se tenait à l'entrée de la pièce. Elle avait une matraque et une bombe à poivre à son ceinturon. Je lui ai demandé : *Qu'est-ce qui se passe ici ?* La gardienne a souri. Elle a dit : *Ce qui se passe ici, c'est que beaucoup beaucoup de machines volantes qu'on appelle des* Avions *décollent et atterrissent sur une longue étendue de goudron qu'on appelle une* Piste, *parce que c'est un endroit qu'on appelle un* Aéroport, *et bientôt, un de ces avions va partir pour hmm...* Bongoland, *d'où tu viens, et toi, tu seras dedans. Pigé ? Que ça te plaise ou non. Et maintenant, quelqu'un d'autre a une question à poser ?*

Nous avons attendu longtemps. On est venu en chercher certains. Il y en avait un qui pleurait. Un autre, un homme mince, s'est mis en colère. Il a essayé de résister et la gardienne lui a donné deux coups de matraque dans le ventre. Ensuite, il s'est tenu tranquille.

Je me suis endormie assise. Quand je me suis réveillée, j'ai vu une robe violette et deux longues jambes brunes.

J'ai crié : « Yevette ! »

La femme s'est tournée vers moi, mais ce n'était pas Yevette. D'abord, j'ai été triste que ce ne soit pas mon amie, mais ensuite, cela m'a fait plaisir. Puisque ce n'était pas Yevette, il y avait une chance pour que Yevette soit encore libre. Je l'imaginais, marchant dans les rues de Londres, dans ses tongs violettes, avec ses sourcils dessinés au crayon, en train de s'acheter une livre de poisson salé et de rire aux éclats Ou-ha-ha-ha-ha ! vers le ciel d'un bleu éclatant. Et j'ai souri.

La femme qui n'était pas Yevette a eu l'air fâchée. *Ça va pas ou quoi ?* a-t-elle dit. *Tu crois qu'ils nous envoient en vacances ?*

J'ai souri. *Oui,* ai-je dit. *Des vacances inoubliables.*

Elle s'est retournée et n'a plus voulu me parler, et quand ils l'ont appelée pour son vol, elle s'est levée et est sortie sans faire d'histoires et elle ne m'a pas jeté un seul regard.

C'est en la voyant partir que j'ai pris conscience de la réalité, et j'ai commencé à avoir peur. J'avais peur de rentrer. J'ai pleuré et j'ai regardé la moquette brun sale absorber mes larmes.

On ne nous a rien donné à manger ni à boire, et je me suis sentie mal. J'ai dû attendre encore quelques heures avant qu'on vienne me chercher. On m'a conduite directement à l'avion. Les autres passagers, ceux qui payaient, ont été obligés de reculer pour me laisser monter la première les marches de l'avion. Tout le monde me regardait. On m'a emmenée à l'arrière de l'avion, à la dernière rangée de sièges, juste avant les toilettes. On m'a fait asseoir près de la fenêtre et un gardien s'est installé à côté de moi, un costaud au crâne rasé, avec une boucle d'oreille en or. Il portait un T-shirt Nike bleu et un pantalon Adidas noir. Il m'a ôté mes menottes et je me suis frotté les poignets pour faire circuler le sang dans mes mains.

« Quelle merde ! a dit le gardien. Ça me plaît pas plus qu'à toi.

— Alors pourquoi faites-vous cela ? »

Il a haussé les épaules et a bouclé sa ceinture.

« Il faut bien gagner sa vie. »

Il a sorti une revue de la pochette du siège qui était devant lui et l'a ouverte. Il y avait des montres d'homme à vendre dedans et aussi un petit avion en peluche à offrir aux enfants.

« Vous devriez faire un autre métier, si celui-ci ne vous plaît pas.

— Personne choisit de faire ce boulot-là, ma belle. J'ai pas de qualification. Avant, je bossais comme ouvrier, par-ci par-là, mais avec tous les Polaks qu'on a maintenant, c'est mort. Les Polaks, ils bossent toute la journée contre un mot sympa et un paquet de clopes. Et moi, j'en suis réduit à chaperonner des nanas comme toi pour des vacances de rêve. Quel gâchis, franchement. Je suis sûr que tu trouverais du taf plus facilement que moi. C'est toi qui devrais me raccompagner là où on va... en fait, je sais même plus comment ton pays s'appelle.

— Le Nigeria.

— Ouais, c'est ça. Il fait chaud là-bas ?

— Plus chaud qu'en Angleterre.

— C'est bien ce que je pensais. En général, c'est comme ça dans les endroits d'où vous venez, vous autres. »

Il s'est replongé dans sa revue et a tourné quelques pages. Chaque fois qu'il en tournait une, il se léchait le doigt pour qu'elle colle. Il avait des tatouages sur les jointures des doigts, des petits points bleus. Il portait une grosse montre dorée, mais l'or était tout usé. Il a encore tourné quelques pages, puis il a relevé les yeux vers moi.

« T'es pas bavarde, dis donc. »

J'ai haussé les épaules.

« C'est bon, a-t-il dit. Je m'en branle. Je préfère ça aux grandes eaux.

— Les grandes eaux ?

— Il y en a qui chialent. De ceux que je raccompagne. Les femmes sont pas les pires, tu peux me croire. Je me souviens de ce mec un jour, le Zimbabwe, c'est là qu'on allait, il a pleurniché six heures d'affilée. Ça dégoulinait de partout, des larmes, de la morve, comme un bébé, c'est pas de la blague. Ça finissait par être gênant. À cause des autres passagers, tu comprends. Ils arrêtaient pas de mater, et tout. Moi, je lui disais : *Allez, mon gars, remets-toi, ça sera peut-être pas si horrible,* mais tu parles ! Rien à faire. Il continuait à chialer et baragouiner tout seul dans une langue étrangère. Il y a des gens comme toi, ça me fait quelque chose de vous voir partir, mais celui-là, je peux te dire que j'étais plutôt pressé de le refiler à quelqu'un d'autre. Mais j'ai bien gagné sur ce coup-là. Il n'y avait pas de vol de retour avant trois jours, alors ils m'ont collé au Sheraton. J'ai passé trois jours à regarder Sky Sports et à buller et j'ai touché un bonus de cinquante pour cent. Évidemment, ceux qui se font vraiment de la thune, c'est les prestataires privés. Ceux pour qui je bosse en ce moment, une boîte hollandaise, ils ont la main sur tout. Ils gèrent les centres de rétention et assurent les reconduites aux frontières. De cette façon-là, ils gagnent sur tous les tableaux, qu'on vous boucle ou qu'on vous renvoie chez vous. Bien joué, hein ?

— Bien joué », ai-je dit.

Il s'est tapé la tempe avec son index.

« Voilà comment il faut penser, aujourd'hui, qu'est-ce que tu veux ! C'est la mondialisation, ça. »

L'avion s'est mis à rouler sur la piste en marche arrière et des écrans de télévision sont tombés du plafond. On nous a montré un film sur la sécurité. On nous a expliqué ce qu'il fallait faire si la cabine se remplissait de fumée et on nous a aussi appris où se trouvaient nos gilets de sauvetage, au cas où nous serions obligés de nous poser sur l'eau. J'ai remarqué qu'on ne nous montrait pas quelle position adopter au cas où nous serions expulsés vers un pays où nous avions de bonnes chances de nous faire tuer à cause d'événements auxquels nous avions assisté. On nous a dit que nous pouvions trouver des informations complémentaires sur la notice de sécurité placée dans la poche du siège situé devant nous.

Il y a eu un rugissement énorme et terrifiant, si fracassant que je me suis dit : On s'est moqué de nous. Je croyais que nous partions en voyage, mais en fait, nous allons être exterminés. Mais ensuite, il y a eu une violente accélération, et tout s'est mis à trembler et à se soulever à un angle terrifiant, et soudain toutes les vibrations ont cessé, le son a diminué et mon estomac s'est affolé. L'homme qui était à côté de moi, mon gardien, il m'a regardée et il a ri.

« Tout va bien, ma belle, on a décollé. »

Ensuite, le commandant de bord a parlé dans l'interphone. Il a dit qu'il faisait beau et chaud à Abuja.

J'ai compris que, pendant quelques heures, je ne serais dans le pays de personne. Je me suis dit : Tu vois, Petite Abeille, finalement, tu voles. *Bzz, bzz.* J'ai appuyé le nez contre la vitre de l'avion. J'ai regardé les forêts, les champs et les routes avec leurs voitures miniatures, toutes ces vies minuscules et précieuses. Moi, j'avais l'impression que ma propre vie était déjà finie. De tout là-haut dans le ciel, toute seule, je voyais la courbure du monde.

Et puis j'ai entendu une voix, une voix douce et gentille que je connaissais bien.

« Abeille ? »

J'ai arrêté de regarder par la fenêtre, je me suis retournée et j'ai vu Sarah. Elle était debout dans l'allée centrale et elle souriait. Charlie la tenait par la main et il souriait aussi. Il portait son costume de Batman et il souriait jusqu'aux oreilles, comme s'il venait de tuer tous les méchants.

« On s'a envolés dans le ciel, hein ? a-t-il dit.

— Non, mon chéri, a dit Sarah, on s'*est* envolés dans le ciel. »

Je ne comprenais pas ce que je voyais. Sarah a passé le bras devant le gardien et elle a posé la main sur la mienne.

« Lawrence a trouvé sur quel vol ils t'avaient mise, a-t-elle dit. Il a quelques relations utiles, finalement. On ne pouvait pas te laisser repartir toute seule, Abeille. Pas vrai, Batman ? »

Charlie a secoué la tête. Il a pris l'air très solennel.

« C'est vrai, a-t-il dit. Parce que toi, tu es l'amie de nous. »

Le gardien, il ne savait pas quoi faire.

« Putain, j'aurai tout vu ! » a-t-il dit.

Finalement, il s'est levé et a laissé sa place à Sarah et Charlie. Ils m'ont embrassée et moi, je pleurais, et les autres passagers se sont retournés pour contempler ce miracle, et l'avion nous a tous transportés dans le futur à huit cent quatre-vingts kilomètres à l'heure.

Un peu plus tard, on nous a apporté des cacahuètes et du Coca dans des toutes petites canettes. Charlie a bu trop vite et son Coca lui est sorti par le nez. Après l'avoir nettoyé, Sarah s'est adressée à moi.

« Je me suis demandé pourquoi Andrew n'avait pas laissé de message, a-t-elle dit. Et puis j'ai réfléchi. Ce n'était pas le genre d'Andrew. En fait, il n'aimait pas beaucoup écrire sur lui-même. »

J'ai hoché la tête.

« En tout cas, il m'a laissé mieux qu'un message.

— Quoi donc ? »

Sarah a souri. « Une histoire. »

À Abuja, quand les portes de l'avion se sont ouvertes, la chaleur et les souvenirs sont entrés à flots. Nous avons traversé la piste dans l'air miroitant. Dans le bâtiment du terminal, mon gardien m'a remise aux autorités. *Salut*, a-t-il dit. *Bonne chance, ma belle.*

Des membres de la police militaire m'attendaient dans une petite pièce, ils portaient des uniformes et des lunettes à monture dorée. Ils ne pouvaient pas m'arrêter parce que Sarah m'accompagnait. Elle ne m'a pas quittée un instant. *Je suis une journaliste britannique*, a-t-elle dit. *Si vous faites quelque chose à cette jeune fille, je le ferai savoir au monde entier.* Les policiers ont hésité et ils ont appelé leur commandant. Le commandant est venu, en treillis, avec un béret rouge et des scarifications rituelles sur les joues. Il a regardé mes papiers d'expulsion, il m'a regardée, il a regardé Sarah et Charlie. Il a passé un long moment à se gratter le ventre et à hocher la tête.

« Pourquoi l'enfant est-il habillé ainsi ? » a-t-il demandé.

Sarah l'a regardé droit dans les yeux. Elle a dit : « Cet enfant croit qu'il a des pouvoirs spéciaux. »

Le commandant a souri. « Ma foi, je ne suis

qu'un homme, a-t-il dit. Je vais donc m'abstenir d'arrêter qui que ce soit pour le moment. »

Tout le monde a ri, mais la police militaire a suivi notre taxi depuis l'aéroport. J'avais affreusement peur. Heureusement, Sarah me tenait par la main. *Je ne te quitterai pas*, a-t-elle dit. *Tant que nous sommes là, Charlie et moi, il ne t'arrivera rien.* Les policiers ont attendu devant notre hôtel. Nous y sommes restés deux semaines. Eux aussi.

La fenêtre de notre chambre donnait sur Abuja. De grands immeubles s'étiraient sur des kilomètres, hauts et propres, certains recouverts de verre argenté où se reflétaient les longs boulevards rectilignes. J'ai regardé la ville jusqu'à ce que le soleil couchant fasse flamboyer les immeubles, et ensuite je l'ai regardée toute la nuit. Je n'arrivais pas à dormir.

Quand le soleil s'est levé, il a brillé entre l'horizon et la base des nuages. Il resplendissait sur le dôme doré de la mosquée, alors que des lampes électriques éclairaient toujours les quatre grandes tours. C'était beau. Sarah est sortie sur le balcon de notre chambre et elle m'a trouvée là, les yeux écarquillés.

« C'est ta ville, a-t-elle dit. Tu es fière ?

— Je ne savais pas qu'il existait une chose pareille dans mon pays. J'ai encore du mal à croire que c'est chez moi. »

Je n'ai pas bougé de la matinée tandis que la chaleur du jour grandissait, que les rues se remplissaient de voitures, de taxis et de scooters taxis, et de marchands ambulants avec leurs casiers qui se balançaient, pleins de T-shirts, de foulards et de médicaments.

Charlie était assis dans la chambre où la climatisation était branchée, il regardait des dessins animés. Sarah avait étalé tous les papiers d'Andrew sur une longue table basse. Sur chaque pile de papiers, nous avons posé une chaussure, une lampe ou un verre, pour éviter que le souffle des grands ventilateurs d'acajou qui tournoyaient au plafond ne les fasse s'envoler. Sarah m'a expliqué qu'elle avait décidé d'écrire le livre pour lequel Andrew avait fait des recherches. *Il faut que je trouve d'autres histoires comme la tienne*, a-t-elle dit. *Tu penses que nous pourrons le faire sur place ? Sans avoir à descendre dans le sud du pays ?*

Je n'ai pas répondu. J'ai regardé quelques papiers, puis je suis retournée sur le balcon. Sarah est venue me rejoindre.

« Qu'est-ce qu'il y a ? » a-t-elle dit.

J'ai pointé le menton vers le véhicule de la police militaire qui attendait en bas, dans la rue. Deux hommes y étaient adossés, en uniforme vert avec des bérets et des lunettes de soleil. L'un d'eux a levé les yeux. Il a dit quelque chose en nous voyant et son collègue a suivi son regard. Ils ont observé longtemps notre balcon, puis ils ont allumé des cigarettes et se sont assis dans la voiture, l'un sur le siège avant, l'autre sur la banquette arrière, les portières ouvertes et leurs lourdes bottes posées sur le goudron.

« Vous savez, ce n'est sûrement pas une bonne idée d'aller chercher d'autres histoires », ai-je dit.

Sarah a secoué la tête. « Je ne suis pas d'accord

avec toi. Je crois que c'est le seul moyen d'assurer ta sécurité.

— Comment ça ? »

Sarah a relevé les yeux.

« Le problème, c'est que tu n'as qu'une histoire, la tienne. Et une seule histoire, ça te rend faible. Mais dès qu'on en aura cent, tu seras forte. Si on réussit à montrer que ce qui s'est passé dans ton village est arrivé dans une centaine d'autres villages, c'est nous qui aurons le pouvoir. Il faut qu'on réunisse les histoires de gens qui ont vécu la même chose que toi. Il faut que les faits qu'on rapporte soient incontestables. Alors, on pourra envoyer toutes ces histoires à un avocat et faire savoir aux autorités que, s'il t'arrive quoi que ce soit, ces documents seront immédiatement communiqués aux médias. Tu comprends ? Je pense que c'est ce qu'Andrew espérait obtenir avec son livre. C'était sa façon de sauver des filles comme toi. »

J'ai haussé les épaules. « Et si les autorités n'ont pas peur des médias ? »

Sarah a hoché la tête, lentement. « C'est à envisager. Je ne sais pas. Qu'est-ce que tu en penses ? »

J'ai tourné les yeux vers les tours d'Abuja. Les grands immeubles chatoyaient dans la chaleur, comme un mirage, comme si on pouvait se réveiller et les oublier en s'aspergeant le visage d'eau froide.

« Je n'en sais rien. Je ne sais pas comment les choses se passent dans mon pays. Jusqu'à quatorze ans, j'ai eu pour pays trois champs de manioc et un limba. Ensuite, j'étais dans le vôtre. Il ne faut pas me demander comment marche mon pays.

— Hmm », a fait Sarah. Elle a attendu une minute et puis elle a dit : « Alors, qu'est-ce que tu veux qu'on fasse ? »

J'ai reposé les yeux sur la ville que nous voyions depuis ce balcon. J'ai vu pour la première fois toute la place qui restait. Les pavés d'immeubles étaient séparés par de larges trouées. J'avais cru que ces carrés vert foncé étaient des parcs et des jardins mais, à ce moment-là, je me suis rendu compte que ce n'étaient que des espaces vides, qui attendaient qu'on y construise quelque chose. Abuja était une ville qui n'était pas finie. Cela m'a beaucoup intéressée de voir que ma capitale contenait ces carrés verts d'espoir. De voir que mon pays transportait ses rêves dans un sac transparent.

J'ai souri à Sarah. « Partons chercher ces histoires.

— Tu es sûre ?

— Je veux faire partie de l'histoire de mon pays. (J'ai tendu le doigt dans la chaleur.) Vous voyez ? Ils m'ont laissé de la place. »

Sarah m'a serré la main, très fort.

« D'accord, a-t-elle dit.

— Sarah ?

— Oui ?

— Mais avant ça, il y a une autre histoire qu'il faut que je vous raconte. »

J'ai dit à Sarah ce qui s'était passé au moment de la mort d'Andrew. C'était une histoire difficile à entendre, et difficile à raconter. Ensuite, je suis rentrée dans la chambre d'hôtel et elle est restée toute seule sur le balcon. Je me suis assise sur le lit avec Charlie et il a regardé des dessins animés pendant que je regardais trembler les épaules de Sarah.

Le lendemain, nous nous sommes mises au travail. Le matin de bonne heure, Sarah est descendue dans la rue et elle a donné beaucoup, beaucoup d'argent aux membres de la police militaire qui gardaient l'hôtel. Et leurs yeux sont devenus les yeux des visages qui figuraient sur les billets de banque que Sarah leur avait donnés. Ils ne voyaient que l'intérieur de la boîte à gants de la voiture de police et la doublure des poches de l'uniforme des policiers. Les policiers avaient imposé une seule règle : que nous soyons de retour à l'hôtel tous les soirs avant le coucher du soleil.

Mon travail consistait à trouver des gens qui, normalement, auraient eu peur de parler à une journaliste étrangère, mais qui acceptaient de parler à Sarah parce que je leur jurais que c'était quelqu'un de bien. C'étaient des gens qui croyaient ce que je leur disais, parce que mon histoire était la même que la leur. J'ai découvert que nous étions nombreux dans mon pays, que beaucoup de gens avaient vu des choses que les sociétés pétrolières auraient préféré que nous ne voyions pas. Des gens dont le gouvernement aurait bien voulu qu'ils continuent à se taire. Nous avons fait tout le tour du sud-est de mon pays dans une vieille Peugeot blanche, exactement comme celle que mon père avait autrefois.

J'étais assise à la place du passager et Sarah conduisait, Charlie souriait et riait à l'arrière. Nous écoutions de la musique sur des stations de musique locales, à plein volume. La poussière rouge de la route s'introduisait partout, même à l'intérieur de la voiture, et quand nous retirions à Charlie son costume de Batman pour qu'il fasse sa toilette à la fin de la journée, il y avait deux losanges rouge vif sur sa peau blanche, à l'endroit des trous pour les yeux de son masque.

Quelquefois, j'avais peur. Quelquefois, quand nous arrivions dans un village, je remarquais le regard de certains hommes et je me souvenais de la façon dont nous avions été pourchassées, ma sœur et moi. Je me demandais si les compagnies pétrolières avaient encore de l'argent à donner à celui qui me fermerait définitivement la bouche. Les hommes des villages me faisaient peur, mais Sarah souriait. *Détends-toi*, disait-elle. *Rappelle-toi ce qui s'est passé à l'aéroport. Tant que je suis là, il ne peut rien t'arriver.*

Alors, j'ai effectivement commencé à me détendre. Dans chaque village, je trouvais des gens qui avaient des histoires à raconter, et Sarah les écrivait. C'était facile. Nous commencions à être heureuses. Nous pensions faire ce qu'il fallait pour être en sécurité. Nous nous disions : C'est un bon truc.

Une nuit, alors que cela faisait deux semaines que nous étions dans mon pays, j'ai rêvé de ma sœur Nkiruka. Elle sortait de la mer. La surface de l'eau commençait par tourbillonner, agitée par quelque chose d'invisible, puis, dans le creux de deux vagues, j'ai aperçu le sommet de sa tête entouré d'écume blanche qui dansait. Le visage de ma sœur s'est élevé au-dessus de l'eau et, lentement, elle s'est dirigée vers moi, sur la plage, et s'est tenue là, souriante, vêtue de la chemise hawaïenne que je portais quand on m'avait libérée du centre de rétention. Elle dégoulinait d'eau salée. Ma sœur a prononcé mon nom une fois, et elle a attendu.

Quand Sarah s'est réveillée, je me suis approchée d'elle. *S'il vous plaît,* ai-je dit, *il faut que nous allions à la mer. Je dois dire au revoir à ma sœur.* Sarah m'a regardée longuement, puis elle a hoché la tête. Nous n'avons rien dit. Ce matin-là, Sarah a donné aux policiers beaucoup plus d'argent que les autres fois. Nous nous sommes dirigés vers le sud, vers Benin City, et nous y sommes arrivés en fin d'après-midi. Nous avons passé la nuit dans un autre hôtel qui était exactement pareil à celui d'Abuja et, le lendemain matin, nous sommes repartis vers le sud, en direction de la côte. Nous avons pris la route de bonne heure. Le soleil était encore bas dans le ciel et la lumière qui pénétrait par les vitres de la voiture était chaude et dorée. Charlie soupirait et donnait des coups de talons dans la banquette arrière.

« C'est quand qu'on arrive ? » demandait-il.

Sarah lui souriait dans le rétroviseur.

« Bientôt, mon chéri. »

La route se terminait dans un des villages de pêcheurs qu'il y a là-bas et, en descendant de voiture, nous avons posé les pieds dans le sable. Charlie riait, il a couru sur la plage pour faire des châteaux de sable. Je me suis assise à côté de Sarah et nous avons regardé l'océan. Le seul bruit était celui des vagues qui se brisaient sur la plage. Au bout d'un long moment, Sarah s'est tournée vers moi.

Elle a dit : « Je suis drôlement fière qu'on soit arrivées jusqu'ici. »

Je lui ai pris la main. « Vous savez, Sarah, depuis que j'ai quitté mon pays, je me demande souvent : Comment est-ce que j'expliquerais tout ça aux filles, là-bas, chez moi ? »

Sarah a ri et a écarté les bras, embrassant la plage de ses deux mains tendues.

« Et alors ? Comment est-ce que tu expliquerais ça aux filles, là-bas ? Il te faudrait un sacré paquet d'explications, tu ne crois pas ? »

J'ai secoué la tête. « Je n'expliquerais pas ça aux filles, là-bas.

— Ah bon ?

— Non, Sarah. Parce que, aujourd'hui, je dis au revoir à tout cela. Les filles, là-bas, chez moi, c'est nous maintenant. Vous et moi. Je n'ai pas d'endroit où revenir. Je n'ai pas besoin de raconter cette histoire à quelqu'un d'autre. Merci de m'avoir sauvée, Sarah. »

Quand j'ai dit cela, j'ai vu que Sarah pleurait, et je me suis mise à pleurer, moi aussi.

Au moment où il a commencé à faire plus chaud, la plage s'est remplie de monde. Il y avait des pêcheurs qui s'éloignaient dans les vagues et lançaient de grands filets brillants devant eux, et il y avait des vieux qui venaient s'asseoir et regarder la mer, et des mères qui amenaient leurs enfants patauger dans l'eau.

« Nous devrions aller leur demander s'ils ont des histoires pour nous », ai-je dit.

Sarah a souri et elle m'a montré Charlie du doigt. « Oui, mais ça peut attendre. Regarde, il s'amuse si bien. »

Charlie courait et riait et je peux vous dire qu'une bonne dizaine d'enfants du coin couraient avec lui, riaient et criaient parce que, s'il y a une chose qu'on ne voit pas très fréquemment sur les plages de mon pays, c'est un super-héros blanc de moins d'un mètre, avec du sable et de l'eau salée sur sa cape. Charlie riait avec les autres enfants, ils couraient, ils jouaient, ils se poursuivaient.

Il faisait chaud et j'ai enfoncé mes orteils dans le sable pour trouver un peu de fraîcheur.

« Sarah, ai-je dit, combien de temps avez-vous l'intention de rester ?

— Je ne sais pas. Est-ce que tu voudrais rentrer avec moi en Angleterre ? Nous pourrions essayer d'obtenir des papiers pour toi, cette fois. »

J'ai haussé les épaules. « On ne veut pas de gens comme moi, en Angleterre. »

Sarah a souri. « Je suis anglaise, et je veux des gens comme toi. Je ne suis sûrement pas la seule.

— Les autres diront que vous êtes naïve. »

Sarah a souri. « Laisse-les dire. Laisse-les dire n'importe quoi, si ça peut les rassurer. »

Nous sommes restées assises longtemps à regarder la mer.

Dans l'après-midi, la brise de mer s'est mise à souffler et je me suis endormie un moment, une moitié au soleil, l'autre à l'ombre des arbres, tout en haut de la plage. Le soleil m'a réchauffé le sang jusqu'à ce que je ne puisse plus garder les yeux ouverts, la mer mugissait, se rapprochant et s'éloignant, se rapprochant et s'éloignant, et ma respiration s'est réglée sur le rythme des vagues alors que je commençais à rêver. J'ai rêvé que nous restions tous ensemble dans mon pays. J'étais heureuse. J'ai rêvé que j'étais journaliste, que je racontais les histoires de mon pays et que nous vivions tous dans la même maison – Charlie, Sarah et moi –, dans une grande maison fraîche de trois étages à Abuja. C'était une très belle maison. C'était le genre d'endroit dont je n'aurais jamais rêvé, du temps où notre bible se terminait au vingt-septième chapitre de Matthieu. J'étais heureuse dans la maison de mon rêve, le cuisinier et la femme de ménage me souriaient et m'appelaient *princesse*. De bonne heure tous les matins, le jeune jardinier m'apportait une rose jaune parfumée à mettre dans mes cheveux, tremblante sur sa mince tige verte et encore couverte de la rosée de la nuit. Il y avait une véranda en bois sculpté, peinte en blanc, et un long jardin arrondi avec des fleurs multicolores et une ombre profonde. Je voyageais à travers tout mon pays et j'écoutais toutes sortes d'histoires. Elles n'étaient pas toutes tristes. Je découvrais beaucoup de belles histoires. Elles contenaient des choses terribles, bien sûr, mais aussi de la joie. Les rêves de mon pays ne sont pas différents des vôtres – ils sont grands comme le cœur de l'homme.

Dans mon rêve, Lawrence téléphonait à Sarah. Il lui demandait quand elle rentrerait à la maison. Sarah regardait Charlie, à l'autre bout de la véranda, il jouait avec ses cubes, et elle souriait et demandait : Qu'est-ce que tu veux dire ? Nous *sommes* à la maison.

C'est le bruit des déferlantes qui se brisaient sur la plage qui m'a réveillée. *Blang*, comme le tiroir d'une caisse enregistreuse qui s'ouvre brusquement, projetant toutes les pièces qui se trouvent à l'intérieur contre la paroi de leurs compartiments. Les vagues se brisaient et refluaient, le tiroir-caisse s'ouvrait et se refermait.

Il y a un moment, quand vous vous réveillez après avoir rêvé en plein soleil, un moment hors du temps où vous ne savez plus du tout ce que vous êtes. D'abord, parce que vous vous sentez parfaitement libre, comme si vous pouviez vous transformer en n'importe quoi, vous avez l'impression d'être de l'argent. Puis vous sentez un souffle chaud sur votre visage et vous vous dites que non, vous n'êtes pas de l'argent, vous êtes probablement cette brise brûlante qui vient de la mer. La lourdeur que vous éprouvez dans vos membres est sûrement le poids du sel dans le vent et la douce langueur qui vous ensorcelle n'est que la lassitude provoquée par la poussée des vagues, jour et nuit, à travers l'océan. Mais ensuite, vous vous rendez compte que non, vous n'êtes pas la brise. En fait, vous sentez le frottement du sable contre votre peau nue. Alors, l'espace d'un instant, vous êtes le sable que la brise apporte sur la plage, un unique grain de sable parmi les milliards de grains transportés par le vent. Qu'il est bon d'être insignifiant. Qu'il est agréable de savoir qu'il n'y a rien à faire. Qu'il est doux de se rendormir, comme le sable avant que le vent ne pense à le réveiller. Mais voilà que vous comprenez que non, vous n'êtes pas le sable non plus, parce que cette peau contre laquelle frotte le sable, cette peau, c'est la vôtre. Vous êtes donc une créature entourée de peau – et alors ? N'allez pas croire que vous êtes la première créature à s'endormir au soleil en écoutant le battement des vagues. Un milliard de poissons ont filé ainsi sur le sable blanc aveuglant, à grands coups de queue. Un de plus, un de moins, quelle importance ? Mais le moment se prolonge, vous n'êtes pas un poisson agonisant – en fait, vous ne dormez même pas vraiment –, alors vous ouvrez les paupières, vous posez les yeux sur vous et vous vous dites : Ah, c'est ça, je suis une fille, une Africaine ! Voilà ce que je suis et voilà ce que je resterai, alors que la magie des rêves avec toutes ses métamorphoses retourne chuchoter dans le mugissement de l'océan.

Je me suis assise, j'ai cligné les yeux et j'ai regardé autour de moi. Une femme blanche était assise à mes côtés sur la plage, dans ce qu'on appelle l'*ombre,* et je me suis souvenu que cette femme blanche s'appelait Sarah. J'ai vu son visage, j'ai vu ses yeux écarquillés qui scrutaient la plage, très loin. Elle avait l'air – j'ai cherché le mot qui sert à désigner cette expression dans votre langue –, elle avait l'air *effrayée.*

« Oh mon Dieu ! disait Sarah. Je crois qu'il va falloir qu'on parte d'ici. »

J'ai souri, encore somnolente. Oui, oui, pensais-je. Il faut toujours partir d'ici. Où que soit cet ici, il y a toujours une bonne raison d'en partir. Cela s'est passé comme ça toute ma vie. Toujours courir, courir, courir, sans un moment de répit. Parfois, quand je pense à ma mère, à mon père et à ma grande sœur Nkiruka, je me dis que je vais courir tout le temps jusqu'au jour où je retrouverai les morts.

Sarah m'a prise par la main et a cherché à me hisser sur mes pieds.

« Lève-toi, Abeille. Il y a des soldats qui arrivent. Sur la plage. »

J'ai inhalé l'odeur chaude et salée du sable. J'ai soupiré. Je me suis tournée dans la direction où regardait Sarah. Il y avait six soldats. Ils étaient encore très loin, tout au bout de la plage. Au-dessus du sable, l'air était si chaud que les jambes des soldats se dissolvaient en un miroitement, un brouillard vert de couleurs, qui leur donnait l'air de flotter vers nous sur un nuage d'une substance enchantée, libre comme les pensées d'une fille qui s'éveille de ses rêves sur une plage torride. J'ai plissé les yeux pour éviter d'être éblouie et j'ai vu la lumière se refléter sur les canons des fusils des soldats. L'image de ces fusils était plus nette que celle de ceux qui les portaient. Leurs lignes étaient fermes et droites, alors que les soldats, au-dessous, scintillaient. Les armes chevauchaient ainsi leurs hommes comme des mules, fières et brillantes dans le soleil, sachant que quand une de leurs montures mourrait, elles n'auraient qu'à en prendre une autre. Voilà comment l'avenir a trotté à ma rencontre dans mon pays. Le soleil étincelait sur ces fusils et martelait ma tête nue. J'étais incapable de réfléchir. Il faisait trop chaud, il était trop tard dans l'après-midi.

« Pourquoi est-ce qu'ils viendraient nous chercher ici, Sarah ?

— C'est trop bête, Abeille. Les flics d'Abuja, tu sais ? Je pensais leur avoir donné assez d'argent pour qu'ils ferment les yeux quelques jours. Mais quelqu'un a probablement vendu la mèche. On a dû nous repérer à Sapele. »

Je savais qu'elle avait raison, mais j'ai fait semblant de ne pas la croire. C'est un bon truc. Ça s'appelle *sauver une minute des heures les plus tranquilles de la fin d'après-midi alors que l'intégralité du temps touche à sa fin.*

« Peut-être que les soldats se promènent au bord de la mer, Sarah, c'est tout. Et puis la plage est si grande. Ils ne peuvent pas savoir où nous sommes. »

Sarah a posé la main sur ma joue et m'a obligée à tourner la tête pour que je la regarde dans les yeux.

« Regarde-moi. Tu ne vois pas comme je suis *blanche*, merde ? Tu vois d'autres femmes de cette couleur sur la plage ?

— Et alors ?

— Ils cherchent forcément une jeune fille accompagnée d'une femme blanche et d'un petit garçon blanc. Éloigne-toi de nous, tu veux, Abeille ? Descends là-bas, tu vois, là où il y a toutes ces femmes, et ne bouge pas, ne regarde pas dans notre direction jusqu'à ce que les soldats soient partis. S'ils nous embarquent, Charlie et moi, ne t'inquiète pas. Ils ne peuvent rien nous faire. »

Charlie s'est accroché à la jambe de Sarah et il a levé les yeux vers elle.

« Maman, c'est pourquoi que Petite Abeille elle doit partir ?

— Elle reviendra très vite, Batman. Dès que les soldats ne seront plus là. »

Charlie a posé les mains sur les hanches. « Je veux pas que Petite Abeille s'en va, a-t-il dit.

— Il faut qu'elle se cache, mon chéri. Quelques instants, c'est tout.

— Pourquoi ? » a demandé Charlie.

Sarah a regardé la mer, au loin, et son visage a pris une expression qui était la chose la plus triste que j'aie jamais vue. Elle a répondu à Charlie, mais c'est vers moi qu'elle s'est tournée en parlant.

« Parce qu'on n'a pas encore fait tout ce qu'il fallait pour la sauver, Charlie. Je croyais que si, mais il faut qu'on en fasse plus. Et on va le faire, mon chéri. Tu verras. On ne laissera jamais tomber Petite Abeille. Parce qu'elle fait partie de notre famille, maintenant. Et tant qu'elle ne sera pas heureuse et en sécurité, je crois que nous ne le serons pas non plus. »

Charlie s'est accroché à ma jambe.

« Je veux aller avec elle, a-t-il dit.

— J'ai besoin de toi, Batman. Il faut que tu restes avec moi pour me protéger. »

Charlie a secoué la tête. Il n'était pas content. J'ai tourné les yeux vers la plage. Les soldats étaient à huit cents mètres de nous. Ils avançaient lentement, en regardant à gauche et à droite, ils examinaient les visages des gens sur la plage. De temps en temps, ils s'arrêtaient et ne se remettaient en marche qu'après avoir vérifié les papiers de quelqu'un. J'ai hoché la tête, lentement.

« Merci, Sarah. »

Je me suis éloignée sur la plage jusqu'à l'endroit

où le sable était dur, là où les vagues se brisaient. J'ai regardé l'horizon brumeux, j'ai suivi l'indigo profond de l'océan depuis cette ligne lointaine jusqu'au bord, là où il s'écrasait en vagues de gouttelettes blanches et envoyait des dernières nappes écumantes et sifflantes sur le sable, où elles s'enfonçaient et disparaissaient juste devant moi. J'ai vu que l'océan s'arrêtait là. Le sable mouillé sous mes pieds m'a fait penser au jour où les hommes nous avaient emmenées, Nkiruka et moi, et, pour la première fois, j'ai commencé à avoir peur. J'étais parfaitement réveillée, maintenant. Je me suis accroupie dans le rouleau et je me suis éclaboussé la tête et le visage d'eau salée jusqu'à ce que j'aie les idées claires. Puis, rapidement, j'ai longé la plage jusqu'à l'endroit que Sarah m'avait montré. C'était à deux ou trois minutes de distance. Un grand récif gris foncé y sortait de la jungle, aussi haut que la cime des arbres, et traversait toute l'étendue de sable avant de plonger dans la mer, s'amenuisant au fur et à mesure mais toujours de la taille de deux hommes à la pointe du rocher, où il s'enfonçait dans les déferlantes. Les vagues se brisaient contre ses parois et faisaient jaillir des explosions d'écume blanche dans le ciel d'un bleu argenté. Sous le couvert du rocher, la fraîcheur m'a surprise et ma peau a frissonné en effleurant la pierre sombre. Des femmes du coin se reposaient à l'ombre, assises sur le sable durci, adossées au récif, pendant que leurs enfants jouaient autour d'elles, sautaient par-dessus leurs jambes et couraient dans le rouleau ; ils riaient et se mettaient au défi de sauter dans l'écume blanche et mugissante à l'endroit où les grandes vagues s'écrasaient contre l'extrémité du rocher.

Je me suis assise avec les autres femmes et je leur ai souri. Elles m'ont rendu mon sourire et ont parlé dans leur langue, mais je n'ai pas compris ce qu'elles disaient. Elles sentaient la transpiration et le feu de bois. Je me suis retournée vers la plage. Les soldats étaient tout près maintenant. Les femmes qui m'entouraient, elles observaient les soldats, elles aussi. Quand les soldats ont été assez proches de Sarah pour remarquer la couleur de sa peau, je les ai vus presser le pas. Ils se sont arrêtés devant Sarah et Charlie. Sarah s'est levée, très raide, et elle a toisé les soldats, mains sur les hanches. Le chef des soldats a fait un pas en avant. Il était grand et détendu, son fusil en bandoulière à l'épaule, il se grattait la tête. J'ai vu qu'il souriait. Il a dit quelque chose et Sarah a secoué la tête. À ce moment-là, le chef des soldats a arrêté de sourire. Il a crié quelque chose à Sarah. J'ai entendu qu'il criait mais je n'ai pas compris ce qu'il disait. Sarah a de nouveau secoué la tête et elle a poussé Charlie derrière ses jambes. Autour de moi, les femmes observaient et disaient : *Oueh*, mais les enfants continuaient à jouer dans le rouleau et n'avaient pas remarqué ce qui se passait plus loin sur la plage.

Le chef des soldats, il a retiré le fusil de son épaule et il l'a pointé sur Sarah. Les autres soldats se sont rapprochés et ils ont, eux aussi, défait la courroie de leur fusil. Leur chef a de nouveau crié. Sarah a simplement secoué la tête. Le chef a reculé le canon de son fusil et j'ai cru qu'il allait l'enfoncer dans le visage de Sarah, mais, à cet instant précis, Charlie s'est échappé et il s'est mis à courir sur la plage en direction de l'endroit rocheux où nous étions assises. Il courait, tête baissée, et sa cape de Batman voltigeait derrière lui. Les soldats ont ri, d'abord, en le voyant détaler. Mais le chef des soldats ne riait pas, lui. Il a crié quelque chose à ses hommes, et l'un d'eux a levé son fusil et l'a épaulé pour viser Charlie. Les femmes autour de moi ont retenu leur souffle. L'une d'elles a hurlé. Un cri incroyable, qui m'a fait sursauter. J'ai cru que c'était un oiseau de mer, tout près de moi, et ma tête a pivoté brusquement pour voir ce que c'était, et quand je me suis retournée pour regarder vers l'endroit où Charlie courait, j'ai vu un jet de sable qui jaillissait de la plage, à côté de lui. Je n'ai pas compris tout de suite ce qui se passait, mais juste après, j'ai entendu le coup de feu. Alors j'ai crié, moi aussi. Le soldat épaulait de nouveau, il visait. C'est à ce moment-là que je me suis levée et que je me suis mise à courir en direction de Charlie. J'ai couru si vite que mon souffle était brûlant et je criais aux soldats : *Ne tirez pas, ne tirez pas, C'EST MOI QUE VOUS CHERCHEZ,* je courais, les yeux mi-clos, une main écartée devant mon visage comme si cela pouvait me protéger de la balle qui m'atteindrait. Je courais, baissée comme un chien qui attend un coup de fouet, mais la balle n'est pas venue. Le chef des soldats a crié un ordre et son homme a baissé son fusil. Tous les soldats étaient immobiles, les bras le long du corps, ils regardaient.

Nous nous sommes rejoints, Charlie et moi, à mi-chemin entre le récif et les soldats. Je me suis accroupie et je lui ai tendu les bras. Son visage était tout crispé de terreur et je l'ai serré contre moi pendant qu'il pleurait. J'attendais que les soldats viennent me prendre, mais ils ne sont pas venus. Le chef ne bougeait pas, il regardait, et je l'ai vu remettre la courroie de son fusil sur son épaule et lever le bras pour se gratter la tête de nouveau. J'ai vu Sarah, les mains derrière la tête, elle se tirait les cheveux et hurlait qu'on la lâche tandis qu'un des soldats la maîtrisait.

Après un long moment, Charlie a arrêté de sangloter et il a levé son visage vers le mien. J'ai écarté un petit peu son masque de Batman pour mieux le voir et il m'a souri. Je lui ai souri aussi, en cet instant que le chef des soldats m'accordait, cette unique minute de dignité qu'il m'offrait comme un être humain à un autre, avant d'envoyer ses hommes sur le sable durci pour me chercher. Elle était arrivée, enfin : l'heure la plus tranquille de la fin d'après-midi. J'ai baissé la tête vers Charlie, je lui ai souri, et j'ai compris qu'il serait libre maintenant, même si moi, je ne l'étais pas. Et la vie que j'avais en moi trouverait son chemin en lui et y serait chez elle désormais. Je n'éprouvais aucune tristesse. J'ai senti mon cœur s'envoler, léger comme un papillon, et je me suis dit : Oui, voilà, quelque chose en moi a survécu, quelque chose qui n'a plus besoin de s'enfuir, parce que sa valeur est supérieure à tout l'argent du monde et que sa sphère, sa vraie patrie, ce sont les vivants. Pas seulement les vivants de tel ou tel pays, mais le cœur secret, le cœur irrésistible des vivants. J'ai rendu son sourire à Charlie et j'ai su que les espoirs du monde humain tout entier pouvaient tenir à l'intérieur d'une seule âme. C'est un bon truc. Ça s'appelle *mondialisation.*

« Tout va bien, Charlie, ai-je dit. Il ne t'arrivera rien. »

Mais Charlie n'écoutait pas – déjà, il rigolait, il gigotait et se débattait pour que je le pose. Pardessus mon épaule, il regardait les enfants qui jouaient toujours dans le rouleau, autour de la pointe rocheuse.

« Lâche-moi ! Lâche-moi ! »

J'ai secoué la tête. « Non, Charlie. Il fait très très chaud aujourd'hui. Tu ne peux pas garder ton costume pour courir comme ça, sinon tu vas cuire, crois-moi, et alors tu ne pourras plus nous aider en combattant les méchants. Ôte ton costume de Batman, tout de suite, et alors tu seras toi, tout simplement, et tu pourras aller te rafraîchir dans la mer.

— Non !

— S'il te plaît, Charlie, il le faut. C'est pour ton bien. »

Charlie a secoué la tête. Je l'ai posé sur le sable et je me suis accroupie à côté de lui. Je lui ai chuchoté à l'oreille :

« Charlie, tu te souviens de la promesse que je t'ai faite, si tu retirais ton costume, de te dire mon vrai nom ? »

Charlie a hoché la tête.

« Tu veux toujours le savoir ? »

Charlie a incliné la tête et les deux oreilles de son masque se sont repliées. Puis il a penché la tête de l'autre côté. Et finalement il m'a regardée droit dans les yeux.

« C'est quoi le vrai nom de toi ? » a-t-il demandé tout bas.

J'ai souri. « Je m'appelle Udo.

— Ouou-doh ?

— Oui. Udo. Ça veut dire *paix*. Tu sais ce que c'est la paix, Charlie ? »

Charlie a secoué la tête.

« La paix, c'est un moment où les gens peuvent se dire leur vrai nom les uns aux autres. »

Charlie a souri de toutes ses dents. J'ai regardé par-dessus son épaule. Les soldats se dirigeaient vers nous sur la plage. Ils marchaient lentement, leurs fusils à la main, pointés vers le sable, et pendant que les soldats marchaient, les vagues déferlaient sur la plage et s'y brisaient, une à une, arrivées au terme ultime de leur voyage. Les vagues roulaient et roulaient, et leur pouvoir était sans fin, assez froid pour réveiller une jeune fille de ses rêves, assez bruyant pour dire et redire l'avenir. J'ai baissé la tête et j'ai embrassé Charlie sur le front. Il m'a regardée.

« Udo ? a-t-il dit.

— Oui, Charlie ?

— Je va retirer le costume de Batman de moi. »

Les soldats approchaient.

« Alors, dépêche-toi, Charlie », ai-je murmuré.

Charlie a d'abord ôté son masque, et les enfants du coin sont restés bouche bée en voyant ses cheveux blonds. Leur curiosité était plus forte que leur peur des soldats, et ils ont couru vers nous de toute la force de leurs petites jambes maigres, et ensuite, quand Charlie a retiré le reste de son costume et qu'ils ont vu son petit corps blanc, ils ont dit : *Oueh !* parce qu'on n'avait encore jamais vu un enfant pareil en ce lieu. Alors Charlie a ri, il s'est échappé de mes bras, je me suis redressée et je suis restée tout à fait immobile. Derrière moi, je sentais le martèlement sourd des bottes des soldats dans le sable et, devant moi, tous les enfants du coin couraient avec Charlie vers la mer qui déferlait à côté du récif. J'ai senti la main dure d'un soldat sur mon bras, mais je ne me suis pas retournée. J'ai souri et j'ai regardé Charlie partir en courant avec les autres enfants, tête baissée, ses petits bras heureux tournoyant comme des hélices, et j'ai pleuré de joie quand ils ont commencé à jouer tous ensemble dans l'écume étincelante des vagues qui se brisaient entre deux mondes, juste à la pointe du rocher. C'était beau et, ça, c'est un mot que je n'aurais pas besoin d'expliquer aux filles, là-bas, chez moi, et je n'ai pas besoin de vous l'expliquer, à vous non plus, parce que maintenant, nous parlons tous la même langue. Les vagues déferlaient toujours sur la plage, furieuses, irrépressibles. Mais moi, je regardais tous ces enfants qui souriaient, qui dansaient et s'éclaboussaient dans l'eau salée et dans le soleil radieux, et j'ai ri, j'ai ri, j'ai ri jusqu'à couvrir le bruit de la mer.

Remerciements

Le proverbe « Aussi longtemps que la lune disparaisse, il faudra bien qu'elle brille à nouveau » est tiré de www.motherlandnigeria.com

L'*Ave Maria* en ibo vient du site web Christus Rex et Redemptor Mundi sur www.christusrex.org

Certains idiomes anglo-nigérians sont tirés de *A Dictionary of Nigerian English [Draft]* de Roger Blench et de *A Dictionary of Nigerian English Usage* d'Herbert Igboanusi, Enicrownfit Publishers, 1er janvier 2001.

Certains idiomes anglo-jamaïcains sont tirés de *A Dictionary of Jamaican English* de F.G. Cassidy et R.B. Le Page, University of the West Indies Press, 31 janvier 2002. [Ils ont été remplacés dans la traduction française par des expressions créoles tirées du *Dictionnaire du créole martiniquais* de Raphaël Confiant, Matoury, Guyane, 2007 ou sur www.potomitan.info/dictionnaire, ainsi que du *Créole haïtien de poche,* Les Guides Assimil, 2004.]

Certains idiomes anglo-quatre ans sont empruntés à mon fils, Batman. [Ils ont été remplacés dans la traduction française par des idiomes franco-quatre ans équivalents empruntés à d'autres enfants.]

La formule géniale « Nous ne voyons pas comment quelqu'un pourrait commettre un abus excessif de serviettes hygiéniques » est empruntée mot pour mot à la transcription du rapport spécial du Conseil du comté du Bedfordshire du 18 juillet 2002 à la suite de l'incendie survenu au centre de rétention administrative de Yarl's Wood le 14 février 2002. Elle est attribuée à Loraine Bayley, engagée dans la campagne de lutte contre la détention arbitraire à Yarl's Wood.

Les éléments d'information sur le système de rétention administrative des immigrés clandestins au Royaume-Uni m'ont été fournis par Christine Bacon, dont la mise en scène des *Asylum Monologues* avec des groupes d'Actors for Refugees en Grande-Bretagne et en Australie a été une source d'inspiration de ce projet. Pour ceux que cela intéresse, je recommande le dossier très instructif qu'elle a réalisé pour le Centre d'études sur les réfugiés de l'université d'Oxford, « The Evolution of Immigration Detention in the UK : The Involvement of Private Prison Compagnies », sur www.rsc.ox.ac.uk/PDFs/RSCworkingpaper27.pdf

Les éléments de base concernant les aspects médicaux et sociaux des problèmes d'immigration et d'asile m'ont été fournis par Mina Fazel, Bob Hughes et Teresa Hayter. Tous mes remerciements encore à Bob et Teresa pour leur hospitalité, leurs encouragements, pour la lecture de mon manuscrit et toutes leurs suggestions. C'est à eux que ce roman doit son exactitude ; les erreurs, inévitables, sont de mon fait.

Merci à Andy Paterson et à Olivia Paterson pour leurs excellentes notes sur mon brouillon initial.

Merci à Sharon Maguire et à Anand Tucker pour leur chaleur et leur soutien.

Je dois beaucoup à Suzie Dooré, Jennifer Joel, Maya Mavjee, Marysue Rucci et Peter Straus, dont les multiples lectures patientes et les notes de rédaction pertinentes sur les versions successives de mon livre ont été plus que précieuses. Merci.

Chris Cleave, Londres, 18 février 2008
www.chriscleave.com

« Si tu as le visage enflé par les raclées de la vie, souris et fais semblant d'être gros. »

Proverbe nigérian

Composition et mise en pages réalisées
par ÉTIANNE COMPOSITION
à Montrouge.

Achevé d'imprimer par N.I.I.A.G.
en octobre 2010
pour le compte de France Loisirs, Paris

N° d'éditeur : 61321
Dépôt légal : novembre 2010
Imprimé en Italie